LES NOCES DE LA RENARDE

Pour Christine,

Bon voyage dans ce Japon

de légendes oubliées.

Floriane

DU MÊME AUTEUR
CHEZ POCKET

ROUILLE
LES NOCES DE LA RENARDE

IMAGINAIRE
Collection dirigée par Charlotte Volper

FLORIANE SOULAS

LES NOCES DE LA RENARDE

ScriNeo

MIXTE
Papier issu de
sources responsables
FSC® C003309

L'éditeur de cet ouvrage s'engage dans une démarche
de certification FSC® qui contribue à la préservation
des forêts pour les générations futures.

Pour en savoir plus :
www.editis.com/engagement-rse/

ISBN : 978-2-266-31530-2
Dépôt légal : mars 2021

À ma petite sœur qui m'a emmenée au Japon,
vivre l'aventure de ma vie.

1

1467, province d'Izumi, Japon.

La forêt prenait ses premières respirations de soleil. Des flancs de la montagne, encore chargée de l'humidité de la nuit, s'élevait un brouillard languide. Les écharpes de brume s'effilochaient au sommet des arbres sous les premières lueurs du jour. Assise sur un rocher, les pieds nus sur la mousse humide, Hikari admirait la vallée en contrebas. Un vent frais vint se perdre dans ses longs cheveux défaits. Elle était restée longtemps immobile à attendre le matin et, comme pour la remercier de sa patience, un subtil arc-en-ciel se dessina. Elle huma l'air matinal. L'hiver approchait. Elle le sentait dans la rosée du matin qui cristallisait le long de ses bras et dans les ramures dorées des ginkos sauvages qui tranchaient au milieu des nuances de vert de la forêt. Elle remua les pieds pour les désengourdir de sa longue attente. Son kosode[1] de soie, qu'elle portait négligemment retenu par une fine lanière de tissu, glissa le long de ses cuisses et dévoila ses jambes nues.

1. Kosode : vêtement traditionnel japonais (kimono).

Hikari tendit l'oreille. Au creux de la vallée, les fumées d'un village s'élevaient en longs serpents sinueux. Le jour était à peine levé et déjà les hommes du village s'activaient. Portés par la rumeur de la montagne, son ouïe perçante distinguait les murmures lointains de leur vie si différente, les chants des bûcherons qui partaient la cognée sur l'épaule, les bruits des animaux dans les étables.

Elle plissa les yeux pour percer forêt et brouillard jusqu'à ces hommes et ces femmes si différents d'elle. Elle les enviait. Elle avait vu le hameau se construire à partir de rien et prospérer contre toute attente. Elle l'observait depuis si longtemps, il lui était devenu presque familier. Ses coutumes, ses joies et ses peines, à mille lieues de la vie du clan au cœur des bois, l'attiraient inexorablement. Hikari se pencha encore un peu plus. Elle frissonna dans la soie fine sur laquelle s'envolaient des hérons sauvages.

Un craquement lointain, presque inaudible mais reconnaissable entre mille, retint son attention. La brisure nette d'une branche sous une course légère et sauvage. Une silhouette émergea d'entre les troncs et s'installa près d'elle. La nouvelle venue leva son visage juvénile vers le ciel et prit une profonde inspiration, les yeux clos, savourant l'instant. Ses longs cheveux ébène cascadaient sur ses épaules, retenus entre les omoplates par un nœud d'une blancheur immaculée. Hikari savait leur douceur inégalable. Ses yeux glissèrent sur la bouche, petite et fine, les pommettes hautes et les yeux semblables à deux traits de pinceau délicats sur son visage pâle. Elle sourit, heureuse de la présence de cette amie, chère à son cœur. À son tour, elle exposa son visage, ferma les yeux et laissa le soleil lui réchauffer la peau. Dans le lointain, les chocs des premiers coups de hache leur parvenaient, assourdis par la distance.

— Akane, salua finalement Hikari sans la regarder.

— Je t'ai cherchée toute la nuit, murmura Akane. Où étais-tu ?

— Je chassais, dit-elle en désignant les lièvres à ses pieds. Je suis venue attendre le lever du soleil. Il a plu très tôt et un magnifique arc-en-ciel est apparu.

Un silence tendu s'étira entre les deux femmes. Hikari pouvait sentir les doutes de sa sœur, son regard lui brûlait la nuque. Elle n'était pas dupe.

— Qu'est-ce que tu leur trouves ? demanda finalement Akane avec colère, en désignant le village en contrebas. Ils sont lourds, pataudes, barbares. Ils tuent la forêt, un arbre après l'autre.

— Je les trouve intéressants.

— Ils ne sont pas comme nous, ils sont faibles, assena Akane.

— J'aime leur côté éphémère, toute cette énergie qu'ils dépensent pour le peu de temps qui leur est imparti. Il y a une certaine beauté dans leur faiblesse, comme tu dis.

— Tu devrais faire attention. Ces hommes-là ont beau prier les dieux, qui sait de quoi ils sont capables ? Si Ino découvre que tu es descendue au village…

Hikari sentit l'aiguillon de la peur lui mordre le ventre. Si ses escapades arrivaient aux oreilles de la cheffe de clan, la sanction serait exemplaire. Ino attendait depuis trop longtemps une excuse pour asseoir sa supériorité. Elle se tourna à demi, juste assez pour apercevoir le visage contrarié d'Akane par-dessus son épaule.

— Tu ne lui diras rien, n'est-ce pas ? murmura-t-elle.

— Non, répondit Akane après un silence. Sois juste prudente.

Hikari acquiesça, le cœur serré. Elle savait qu'Akane ne la trahirait pas, tant qu'elle ne mettait pas le clan en danger. Elle se concentra à nouveau sur la chaleur le long de son cou, jusqu'à ce que le regard qu'Akane posait sur elle la mette mal à l'aise. À regret, elle rouvrit les yeux et se confronta aux prunelles inquisitrices. Une excitation perceptible animait les traits de sa sœur de clan. Elle fronça les sourcils.

— Il s'est passé quelque chose, devina-t-elle. Parle !

— Ino a reçu un message du clan du versant nord. Le mariage de Rika aura lieu dans un mois, répondit Akane avec enthousiasme. Les invitations vont partir dès aujourd'hui.

Un grand sourire fleurit sur les lèvres pleines de Hikari. Elle se leva d'un bond et Akane fit de même. Elles se jetèrent dans les bras l'une de l'autre, riant à gorge déployée.

— C'est formidable ! s'exclama Hikari. Rika doit être si heureuse.

— Et si vite ! Un mois, c'est presque demain. Les préparatifs ont déjà commencé, nous avons besoin de tout le monde. Je suis venue te chercher.

— Allons-y vite, répondit Hikari. Je dois féliciter Rika dans les formes.

La jeune femme pivota, attrapa le butin de sa nuit et se mit en marche, accompagnée d'Akane. Celle-ci la dépassa en courant sur le sentier à peine tracé, et Hikari la regarda disparaître entre les arbres. La nouvelle la rendait euphorique. Ce genre d'union était rare et l'occasion de grandes fêtes qui unissaient les clans éparpillés dans les montagnes. Un lien inaltérable, toujours utile pour les petits dieux déstabilisés par les guerres humaines, allait se créer. Être choisie était un honneur et une grande responsabilité, elle n'osait pas imaginer l'état dans lequel devait se trouver Rika. Ino avait envoyé leur proposition d'unir une de leurs filles à l'un des hommes du clan du versant nord d'Izumi voilà plusieurs lunes, et Rika se rongeait les sangs dans l'attente d'une réponse. Les mâles de ce clan étaient réputés pour leur force et leur longévité, ce qui faisait de cette alliance une aubaine inespérée. Maintenant que la demande avait été acceptée, elles devraient être à la hauteur de la confiance qui leur était accordée. Et cela commencerait par un mariage grandiose, dont la préparation prendrait de longues semaines et réquisitionnerait tout le clan.

Alors qu'elle s'enfonçait dans les bois à la suite d'Akane, un grondement secoua la montagne. Hikari se figea sur place, tandis que l'arbre abattu craquait. Une longue plainte déchira la tranquillité du jour nouveau et s'acheva dans un coup de tonnerre quand le tronc heurta le sol. Un nuage de moineaux se dispersa dans les cieux. Elle resserra les amples manches de son kosode autour d'elle et ne put se retenir de jeter un coup d'œil par-dessus son épaule avant de se remettre en route. Quelque part dans la forêt, elle entendit une chanson offerte par les bûcherons en guise de prière à l'arbre terrassé.

Jun chargea le petit ballot de bois sec sur son épaule et attrapa son sac appuyé contre la souche du dernier arbre abattu de la journée. L'odeur de la sève lui monta aux narines. Déjà, les voix des autres bûcherons se fondaient dans la touffeur de la forêt. Une atmosphère lourde peuplait les bois, et les arbres eux-mêmes paraissaient sensibles au moindre bruit. Jun savait qu'il n'avait rien à faire là. Cette certitude pulsait dans chacun de ses os. Le bûcheron leva un regard inquiet vers le ciel que la nuit commençait à obscurcir et qui se chargeait de lourds nuages noirs. Il souffla dans ses mains glacées dans une vaine tentative pour les réchauffer, resserra la sangle de son fardeau. Il leva haut sa lanterne de papier et rejoignit le sentier tracé à travers la montagne. Derrière lui, les troncs amputés de leurs racines ressemblaient à des géants endormis. Une neige fine mais tenace se mit à tomber. Il raffermit sa prise et prit garde à ne pas tomber tout en suivant les traces de ses compagnons.

L'hiver approchait. Les derniers troncs abattus seraient revendus et débités pour l'hiver. Une grande partie de la découpe du jour devait être livrée à Utsumori, le forgeron. En pensant à lui, Jun ne put s'empêcher de jeter un coup d'œil par-dessus son épaule. Les ombres s'allongeaient dans la forêt, sinueuses, gourmandes. Le poids de l'amulette plaquée contre son torse le rassura. Il connaissait bien la forêt mais, à mesure qu'il avançait, louvoyant entre les troncs, une peur sourde s'empara de son esprit. Il pressa le pas, adressa une prière rapide pour apaiser les esprits des bois. Ces derniers temps, il se savait observé. Les hommes du village étaient montés bien plus haut que d'habitude sur le flanc de la montagne, vers des sommets protégés, anciens. À la demande expresse du daimyo[1], de grandes quantités de bois

1. Daimyo : seigneur de guerre dirigeant une région ou une province dans le Japon féodal.

avaient été commandées afin de faire tourner les forges. Les sabres sortaient des flammes, alimentées par le meilleur bois de la région. Les villageois n'en parlaient pas, mais la rumeur de la guerre se profilait à l'horizon. L'excuse habituelle de l'augmentation du brigandage, dû à la saison froide, avait été invoquée pour couvrir ces préparatifs. Mais personne n'était dupe. Kazuya, le chef de la troupe des bûcherons, avait donc été contraint d'entraîner ses hommes plus profondément dans la montagne. La troupe s'aventurait depuis plusieurs jours déjà dans d'anciens lieux sacrés. Leur travail s'effectuait sous le regard impassible des effigies de pierre à moitié recouvertes de mousse, aux significations oubliées. Dans ce royaume des petits dieux et des esprits, les hommes n'avaient pas leur place. Mais la présence des troupes armées du seigneur de guerre, envoyées au village pour contrôler l'abattage, constituait une menace tout aussi redoutable que les superstitions.

Autour de Jun, les arbres grincèrent lugubrement, comme pour lui donner raison de fuir. Jun se dit qu'il devrait passer au temple demander une offrande pour le lendemain, par précaution. Les yokaïs[1] étaient retors et mieux valait ne pas les avoir contre soi. Il chemina un moment sans réussir à rattraper ses compagnons, hâta le pas. Un nuage blanc s'échappa de ses lèvres. La neige s'accumulait en pellicule fine sur les rochers et la terre nue exhalait une brume opaque et masquait le chemin sous ses pieds. Bientôt, Jun fut incapable de voir à plus d'un mètre devant lui. Il s'arrêta sur

---

1. Yokaïs : esprits, fantômes, démons ou apparitions. Cette appellation regroupe les créatures surnaturelles du folklore japonais.

le sentier. Les troncs craquèrent de plus belle autour de lui. Quand il leva les yeux, les branches crochues formaient un entrelacs opaque au-dessus de sa tête. Le corridor végétal masqua un peu plus la lumière de la lune. Il eut un mauvais pressentiment. Scruta la nuit. Ses mains moites se crispèrent sur les lanières de son sac. Au milieu du brouillard, une vague lumière se déplaçait, disparaissant et réapparaissant entre les arbres. Il posa sa lanterne et plissa les yeux, sa main en visière pour chasser la neige qui brouillait sa vision. Prudemment, il reprit sa route. Au bout de quelques mètres, il tomba sur le groupe de ses compagnons, eux aussi immobiles, comme figés par un mauvais sort. Jun sentit son cœur battre un peu plus vite. Il s'approcha de ses camarades, et le brouillard se referma sur eux comme un cocon. Un silence ouaté les coupa du monde. Autour d'eux, la forêt s'était tue. Il toucha délicatement l'épaule de Hisao qui était le plus près de lui. Son ami se retourna, une expression émerveillée et inquiète sur le visage.

— Qu'est-ce que c'est ? demanda Jun à voix basse.

— Tu les as vues ? dit Hisao en tendant le bras vers la brume. Les lumières ?

— Oui, que sont-elles ?

— Je ne sais pas.

Hisao se détourna pour observer le curieux phénomène. Jun suivit du regard l'endroit qu'il lui avait désigné. Trois globes lumineux aux contours incertains dansaient un ballet fascinant entre les arbres. Les lumières, petites et floues comme si elles se trouvaient loin d'ici, brillaient pourtant d'un vif éclat. Le reste du groupe semblait hypnotisé par le spectacle. Même Kazuya fixait la scène d'un air absent.

Kazuya, la force vive de leur groupe, était un colosse à la volonté de fer. Le voir ainsi démuni attisa la peur de Jun. Il déposa son fardeau à terre et serra son amulette d'une main, les yeux fixés sur les étranges lueurs. Le temps semblait englué, suspendu aux mouvements des trois orbes luminescents. La torpeur surnaturelle qui saisissait ses amis commença à s'emparer de lui. Alors que la brume s'enroulait autour de ses chevilles, une langueur inhabituelle envahit ses membres. Une clochette tinta dans la nuit. Bercé par ce son d'une pureté absolue, Jun sentit sa volonté s'effriter. Le vent porta jusqu'à ses oreilles une mélodie envoûtante. Les lumières accordèrent leur danse au rythme de la brise. Qu'il était tentant de se laisser porter, engloutir par la voix chaude qui murmurait dans les courants d'air. Une voix sensuelle qui promettait le repos pour leurs dos fourbus et leurs mains abîmées. Les premiers mots d'une ancienne berceuse lui revinrent en mémoire et Jun se mit à fredonner. La mélodie résonna dans la gangue feutrée de la forêt. Elle déchira le voile grisâtre qui le maintenait immobile. Le doux murmure de la forêt redevint la bise rageuse de la tempête de neige à venir. La lueur éclatante qui émanait des globes se ternit. Perturbées dans leur danse, les lumières se figèrent avant de pâlir et de disparaître totalement. Le charme se rompit.

À ses cotés, les hommes s'ébrouèrent. Jun cligna des yeux à son tour. Déjà le brouillard se délitait autour d'eux comme un rêve. Kazuya, la mine froncée, sonna le rassemblement.

— Partons, nous n'avons rien à faire ici, dit-il d'une voix bourrue. À partir de demain, on s'en tient au secteur habituel, tant pis si le bois est moins bon. Hisao, Mizumi, dépêchez-vous. Jun, tu fermes la marche.

Jun hocha la tête. Quelque chose dans la forêt essayait de les chasser. *Ou de nous piéger*, pensa le jeune homme. Jun fit signe à ses amis de passer devant lui, plaçant une fois de plus sa confiance en Kazuya, l'homme qui l'avait à moitié élevé, qui lui avait appris le métier et à survivre dans les bois. Il aida Hisao à replacer son fagot sur son dos, coinça sa hache entre les lanières et lui donna une tape sur l'épaule. Kazuya encouragea les plus fatigués. Et les bûcherons repartirent sans un mot, craignant de rompre le silence vespéral et inquiétant. Jun attendit qu'ils se soient tous mis en marche. Il se retrouva de nouveau à la traîne, les autres avançant d'un bon pas. La neige s'arrêta de tomber et il la vit.

Entre les troncs gris, la jeune femme à la peau blanche, enveloppée dans un somptueux kimono orange, tranchait dans le paysage morne. Des clochettes lui ornaient les chevilles. Elle lui tournait le dos. Jun lança un regard à Hisao qui fermait la marche et disparaissait déjà à un tournant du sentier. Il hésita, fit un pas en arrière. Son mouvement fit craquer la fine couche de neige. La silhouette se tourna dans sa direction. Jun resta stupéfait, frappé en plein cœur par le visage de la jeune femme. Elle planta ses yeux fauves dans les siens. En dépit des cicatrices qui marquaient son front, son visage restait harmonieux et séduisant. Ses sourcils délicats soulignaient ses yeux fins à la ligne pleine. Sa silhouette fine, mise en valeur par son kimono étranglé à la taille, donnait envie de la protéger. Chacun de ses mouvements graciles, en dévoilant ses poignets, faisait briller sa peau d'une perfection irréelle, presque dérangeante.

Instinctivement, il recula, et le craquement de la neige emplit de nouveau la forêt. Un sourire inquiétant étira le visage de la femme. Il recula encore. Elle lui adressa un clin d'œil charmeur.

Effrayé, Jun récupéra dans une hâte désordonnée son sac et sa lampe et s'élança à la suite de ses compagnons. Il les rattrapa en quelques enjambées mais aucun d'entre eux ne semblait avoir aperçu la mystérieuse jeune femme. Il déglutit et prit sa place dans la colonne. Les bûcherons resserraient instinctivement les rangs, prêts à faire face à une menace qu'ils ne faisaient que pressentir. Les derniers mots de leur chef résonnaient encore, confirmant l'impression qui les étreignait depuis plusieurs jours déjà. Au bout d'un moment, l'air se fit plus respirable. Jun perçut le hululement lugubre d'une chouette quelque part sur sa gauche. Un soupir rasséréné lui échappa. Il n'était pas le seul à avoir perçu le changement d'atmosphère et, pour leur donner du courage, Kazuya entonna une chanson d'auberge. Les paroles évoquaient les rizières et les fêtes de printemps. Les hommes reprirent en chœur le refrain nostalgique jusqu'au village. Lorsqu'ils arrivèrent en bas de la montagne, les lanternes des maisons commençaient à s'éteindre. Les hommes du daymio les saluèrent, un regard satisfait pour le bois sur leurs épaules lasses. Utsumori, le forgeron, les attendait à l'entrée du village. Le visage tendu vers la montagne, il arrêta Kazuya lorsque celui-ci passa près de lui.

— Alors ? demanda-t-il d'une voix rauque.

— Rien, nous ne l'avons pas vue, répondit le bûcheron sur un ton d'excuse.

— Vous êtes sûrs ? Vous êtes montés plus haut ? insista l'homme avec agressivité.

— Utsumori, je te dis que nous n'avons pas vu ta fille ! gronda Kazuya.

Sa colère fit reculer le forgeron d'un pas. Le bûcheron sembla regretter son coup de sang. Il posa une main compatissante sur l'épaule de son ami.

— Je suis désolé, dit-il. Il faut te faire une raison. Kaede est morte.

— Non ! rugit Utsumori.

Il se dégagea de l'étreinte du forestier. Les hommes de la compagnie, épuisés et transis, levaient des regards inquiets vers les hauteurs boisées. Un malaise se propagea dans la petite troupe. Jun sentit son cœur se serrer face à la détresse d'Utsumori. Voyant que personne ne le soutenait, le forgeron claqua la langue avec colère et fit demi-tour d'un pas rageur. Kazuya laissa échapper un soupir contrit.

— Rentrez chez vous, les gars, dit-il à son équipe. On se voit demain.

Il leur adressa un signe de la main et, son ballot de bois sur le dos, disparut dans la nuit. Les six bûcherons se séparèrent, épuisés par leur longue journée de labeur. Jun et Hisao cheminèrent ensemble vers le nord du village où se trouvaient leurs maisons respectives.

— Je vais passer livrer cela au temple avant de rentrer, dit Jun, en désignant le bois qu'il portait sur l'épaule.

— Il est tard, fit remarquer Hisao qui ne cessait de jeter des coups d'œil inquiets par-dessus son épaule. Tu devrais attendre demain.

— Qu'est-ce que tu as, Hisao-san ?

— Un mauvais pressentiment. Ces lumières dans la forêt, ce n'était pas naturel. Et si nous avions coupé les arbres d'un endroit sacré par erreur ? s'inquiéta le bûcheron.

— Alors les dieux se seraient vengés et nous n'aurions pas cette discussion, raisonna Jun.

— Il y a quelque chose dans cette forêt… Depuis la disparition de la petite Utsumori, quelque chose a changé… C'était une miko[1] tout de même, c'est un mauvais signe.

La mention de la fille du forgeron fit tomber un silence inquiet entre les deux hommes. Leurs visages se tournèrent vers la forge. Une lumière rougeâtre s'échappait de l'échoppe fermée et baignait la neige fraîche d'écarlate.

Jun prit la direction du sanctuaire, agitant la main vers son ami en guise d'au revoir. Une bise glacée lui souffla aux oreilles lorsqu'il pénétra dans le petit temple. Des bougies et de l'encens brûlaient, éclairant faiblement le prêtre qui priait à genoux. Il s'agenouilla à ses côtés et entama lui aussi une prière. Les dieux de la forêt étaient vengeurs et aimaient s'amuser aux dépens des humains. On murmurait qu'ils avaient pris Kaede Utsumori en raison de ses grands dons de devineresse. Jun pria pour que les dieux se plaisent à tourmenter un autre village que le sien.

1. Miko : jeune fille officiant dans les sanctuaires auprès des moines. Elles s'occupent généralement des boutiques et de la propreté du temple, participent aux événements religieux ainsi qu'aux mariages.

Une jeune femme en kimono orange, adossée à l'arbre, observait les bûcherons, songeuse. Elle avait suivi Hikari jusque dans la vallée et était tombée sur la petite troupe. Joueuse, elle avait tenté d'égarer les hommes dans son brouillard magique. C'était un tour auquel elle aimait s'adonner, effrayer les mortels qui s'aventuraient trop loin sur son territoire. Elle avait tissé son sort, sensuelle et lancinante, leur envoyant des visions pour détourner leur attention afin de laisser le froid faire son œuvre. Elle n'était pas chasseuse, elle usait de moyens détournés. L'hiver était son allié contre la faiblesse des hommes. Malgré tout, et sans qu'elle comprenne comment, ils s'étaient dépêtrés du sortilège et avaient regagné leur village sans peine. Elle fronça les sourcils en une expression contrariée. Le dernier de la file en particulier l'intriguait. Leurs regards s'étaient croisés mais il n'avait pas cherché à l'approcher. L'aura de séduction qui l'entourait aurait dû le pousser vers elle. Il aurait dû chercher son contact envers et contre tout. Ses yeux s'étrécirent, entre colère et doute. L'homme l'avait bien regardée, elle avait lu la stupeur et l'émerveillement dans ses yeux ternes. Mais il avait reculé. *Reculé.* La colère, mêlée d'une pointe de honte, la submergea. Comment un simple mortel pouvait oser la défier ? Une telle provocation ne pouvait rester ignorée.

De plus, elle avait d'autres frustrations à évacuer et les humains de ce village prétentieux constituaient la cible idéale pour soulager sa rage. Un sourire carnassier illumina son visage d'une lueur sauvage. Avec une grâce nonchalante, elle se rencogna dans les ténèbres et, sans quitter le chemin des yeux, s'enfonça entre les arbres dans un tintement de clochettes.

2

2016, Tokyo, Japon.

Mina se précipita hors de l'appartement, sortit ses gants et dévala les escaliers quatre à quatre. En débouchant sur le trottoir, son regard fut attiré par un gros chat tigré, allongé sur un petit muret de l'autre côté de la rue. Sa longue queue, terminée par un pinceau noir, se balançait en dessinant des cercles paresseux. Pendant une demi-seconde, Mina eut l'impression qu'il se moquait d'elle. Elle s'arrêta face à lui, fronça les sourcils, guettant les démangeaisons familières. Ses doigts se contractèrent mais son corps resta muet. Il s'agissait peut-être d'un simple chat. Le manque de sommeil, dû aux cauchemars qui la hantaient depuis plusieurs jours, lui faisait imaginer des choses. Mina relâcha un soupir, tout de même agacée par l'attitude hautaine du félin.

— Pschitt, va-t'en, dit-elle en faisant mine de le chasser de la main. Cesse de me regarder comme ça.

L'animal poussa un miaulement criard mais ne bougea pas d'un poil. Mina ne put retenir une grimace contrariée. Puis, alors qu'elle enfilait ses gants, elle regarda sa montre et fila vers la gare sans demander son reste.

Sur le chemin, elle croisa un homme assis sur une rambarde de sécurité. Il observait les restes d'une voiture percutée par un poids lourd. Les gyrophares des véhicules de police lançaient des éclairs dans le lointain et la sirène stridente des secours hurlait déjà sur la scène de l'accident. L'homme contemplait un bras qui gisait au sol, écrasé par la tôle froissée. Mina plissa les yeux. Le spectateur était pâle, et sa peau grise paraissait comme décolorée. Lorsqu'elle passa à sa hauteur, le fantôme lui adressa un petit signe de la main. Elle ne répondit pas, trop habituée à ce genre de scène morbide. Elle savait aussi que si les revenants se rendaient compte que vous pouviez les voir, il devenait très dur de s'en débarrasser et elle ne tenait pas à être suivie en permanence par un cortège de morts. Elle essaya de se rappeler un moment où elle n'aurait pas vu d'esprits, qu'ils soient faits de fumée vague ou qu'ils aient un corps bien défini. Comme chaque fois, elle en fut incapable. Enfant, elle avait pourtant tout de suite compris qu'elle devait taire cette capacité et l'avenir lui avait donné raison. Les rares fois où elle avait eu le malheur d'en parler l'avaient suivie comme une marque indélébile, lui valant les surnoms moqueurs dont elle se trouvait à présent affublée. Elle tourna au coin de la rue et se demanda pour la millième fois pourquoi elle n'avait jamais vu le fantôme de son père.

Elle fit un crochet par la petite boutique qui vendait des gâteaux fourrés à la pâte de haricot rouge et en prit deux en forme de poisson. Elle sauta ensuite dans le premier métro du long trajet qui l'attendait, quittant la chaleur de ce matin printanier pour la fraîcheur artificielle de la rame. Malgré l'heure très matinale, celle-ci était bondée. Une vague de nausée lui secoua l'estomac. La proximité de tous ces corps collés les uns aux autres lui soulevait le cœur. Elle se fit toute petite dans un coin, la tête baissée.

Trois arrêts plus loin, le métro ralentit un peu brutalement. Une femme d'âge mûr au regard triste effleura son mollet nu en se penchant pour rattraper son sac. Un flash explosa devant ses yeux. Un chien écrasé sur une route et la passagère plus jeune de vingt ans en larmes devant l'animal mort. Mina déglutit avec difficulté et la vision s'estompa lorsque le contact se rompit. L'inconnue sortit de la rame et Mina se recroquevilla autant qu'elle put sur elle-même, sans parvenir à retenir un regard effrayé. Depuis sa plus tendre enfance, elle était sujette à ces visions dès que sa peau touchait celle de quelqu'un d'autre. Les souvenirs de ses victimes, accidentelles pour la plupart, l'assaillaient alors sans qu'elle ne puisse rien y faire. Des torrents d'images se déversaient devant ses yeux, qu'elle encaissait de son mieux. Elle voyait parfois des scènes du quotidien ou des secrets inavouables, des choses auxquelles pensaient les personnes qu'elle touchait, des souvenirs d'enfance, tristes, rarement joyeux. Mais chaque fois, cela la secouait jusqu'au plus profond d'elle-même. Elle avait l'impression de s'approprier quelque chose qui ne lui appartenait absolument pas et de subir ces visions non désirées. Malaise et culpabilité se disputaient en elle. Aussi, pour éviter ces moments désagréables, elle s'était mise très tôt à porter des gants et à éviter tout contact corporel avec autrui. Le cœur encore battant par l'intrusion de ce souvenir non désiré, elle coinça ses mains gantées sous ses aisselles et prit son mal en patience pendant l'heure de trajet qu'il lui restait.

À peine arrivée en gare, Mina se faufila par l'ouverture et courut en direction de la sortie. L'air frais sur son visage lui fit du bien. Autour d'elle, les cerisiers perdaient leurs dernières fleurs dans le parc de l'école primaire qui bordait la station d'Ikenoue, et la circulation était plus dense que jamais. Guidée par l'habitude, elle se laissa emporter par le flux compact des piétons. Employés et élèves en uniforme se mouvaient dans un ensemble parfait, comme un immense animal à la démarche pesante. Elle se glissa dans cette mécanique bien huilée. De temps en temps, un frisson effleurait la base de sa nuque. Mina se contentait de suivre le mouvement tout en mâchouillant l'un des gâteaux en forme de poisson. Elle regardait sans les voir les esprits et les spectres qui se mêlaient à la foule des passants, mélancoliques ou malicieux.

Elle s'extirpa de cette masse grouillante pour se diriger vers son lycée, traversa une vaste esplanade arborée et franchit les grilles de son établissement, la tête basse, le visage dissimulé derrière ses cheveux. Ne pas attirer l'attention était devenu une seconde nature. Elle se dirigeait vers le bâtiment principal lorsqu'elle avisa l'équipe de basket-ball féminine qui sortait de son entraînement matinal. Les filles quittèrent le gymnase en rigolant et la porte resta entrouverte derrière elles. Dans l'entrebâillement, une silhouette se détacha l'espace d'une seconde, avant de disparaître dans le fond du bâtiment. Mina hésita un instant. Elle regarda le petit sac en papier qu'elle tenait à la main et qui contenait son dernier gâteau. Un coup d'œil à sa montre lui indiqua qu'elle avait encore du temps avant le début du premier cours. Elle se dirigea vers la porte entrouverte.

Les lumières étaient éteintes et une pénombre bienvenue régnait dans le gymnase, en dépit des hautes fenêtres qui donnaient sur les arbres de la cour. Un bac rempli de ballons attendait les élèves et des filets avaient été préparés pour le cours de l'après-midi. Au fond de la salle, des tapis de gymnastique étaient empilés les uns sur les autres, formant deux monticules bien alignés. Entre eux, une forme se devinait. Mina laissa échapper un soupir résigné et se dirigea vers la jeune fille qui se cachait là.

— Mayuri ? demanda Mina à voix basse.

— Oui, répondit une voix inquiète.

— Qu'est-ce que tu fais ici ?

— Je ne sais pas.

Un silence pesant s'étira entre les deux jeunes filles. Mina savait qu'elle aurait dû dire quelque chose, mais aucun des sons qu'elle tenta de formuler ne réussit à franchir ses lèvres.

— J'aime bien les regarder s'entraîner, murmura Mayuri au bout d'un moment. Elles ne me laissent jamais jouer.

Mina s'assit près de la jeune fille. Mayuri portait un vieil uniforme trop grand pour elle, aux couleurs passées. L'adolescente avait l'air perdue, ailleurs, et même son corps semblait distant. Mina fronça les sourcils.

— Tu as besoin de quelque chose ?

— Non, répondit Mayuri d'une voix distante. Merci.

— D'accord, alors je te laisse ça là.

Mina déposa sa dernière brioche sur le sol et se releva pour s'incliner et sortir. Elle atteignait la porte lorsque la voix de Mayuri porta jusqu'à elle, comme un murmure malgré la distance.

— À bientôt ?

— Oui, hésita Mina, mal à l'aise.

La jeune fille dissimulée dans l'ombre des tapis acquiesça et offrit un sourire timide que Mina lui rendit.

Dans le lointain, la cloche sonna le début des cours. Mina pesta d'avoir perdu autant de temps et courut jusqu'à son casier. Elle échangea ses chaussures contre des chaussons d'intérieur et fonça jusqu'au deuxième étage en rasant les murs. Heureusement, les couloirs se vidaient et elle en profita pour retirer discrètement ses gants. Dans la salle, les élèves s'installaient déjà en discutant de leur week-end passé. Elle murmura un bonjour général qui ne reçut aucune réponse. Des regards désapprobateurs suivirent sa jupe trop longue alors qu'elle rejoignait sa place, à l'avant-dernier pupitre près de la fenêtre. Elle prêta l'oreille aux conversations d'un petit groupe d'élèves rassemblés à une table voisine. Yuta, un garçon boutonneux aux larges lunettes qui ne cessaient de lui glisser du nez, agita un journal.

— Il paraît que les victimes ne se souviennent jamais de rien. Mais quand elles se réveillent, on leur a tout pris ! Montre, portefeuille, téléphone portable, tout !

— Mais c'est horrible, s'exclama une fille en serrant avec ferveur son téléphone entre ses doigts. J'ai entendu aux informations qu'ils ont tous été hospitalisés pour de graves cas d'anémie.

— Ça s'est passé où ? demanda un garçon aux cheveux gras.

— Il y a eu trois agressions à Roppongi et une à Kabukicho, révéla Yuta d'un air entendu.

Mina secoua la tête, intriguée. En dépit de leur réputation sulfureuse, les quartiers chauds de Tokyo restaient relativement sûrs, de telles agressions avaient donc de quoi inquiéter.

Une silhouette ronde et voûtée la dépassa. Il lui fallut un instant pour reconnaître Emiko Takada, dont la longue chevelure avait disparu dans la nuit au profit d'un carré raté. Emiko s'installa à son bureau, tremblante, la tête basse. Pendant une seconde, Mina fut tentée d'aller la voir. Cela faisait des semaines que sa camarade perdait du poids à vue d'œil. Elle se souleva imperceptiblement de sa chaise avant de se rasseoir. Ne pas s'impliquer. C'était sa ligne de conduite. *Reste en dehors de tout ça, ça vaut mieux*, se répéta-t-elle.

Un courant d'air la tira de ses pensées. Elle regarda la déléguée[1] de sa classe se diriger d'une démarche aérienne vers la jeune fille en larmes, ses longs cheveux ébène comme une bannière dans son dos. Natsume se pencha vers Emiko et lui murmura quelque chose à l'oreille. Emiko secoua la tête plusieurs fois. Natsume eut une moue agacée, haussa les épaules et rejoignit sa propre place. Le professeur principal entra à cet instant avec un salut et chacun se hâta de s'asseoir pour le début du cours. Emiko continua de pleurer en silence, ignorée par le reste de la classe. En l'observant mieux, Mina remarqua que ses cheveux

1. Les délégué.e.s de classe jouent un rôle très important dans la vie scolaire japonaise, ils/elles sont en charge de la classe, souvent de la discipline et sont les premiers référent.e.s des élèves, faisant l'intermédiaire avec les professeur.e.s.

courts paraissaient plus clairsemés et qu'on voyait même la peau blanche de son crâne par endroits. Une onde d'angoisse lui secoua la colonne vertébrale.

Mina releva légèrement la tête pour regarder enfin l'entité drapée de blanc qui flottait juste au-dessus de sa camarade de classe. Une jeune fille à la peau livide et aux mains crochues comme des serres s'agrippait à Emiko. Ses cheveux emmêlés poissaient jusque sur ses épaules décharnées. Elle dut sentir le regard de Mina car sa tête pivota à cent quatre-vingts degrés sur son cou, dans un tortillement de chair répugnant. Elle pointa sur elle son unique œil. L'autre pendait, inutile, sur sa joue creuse et sale. Mina retint un hoquet dégoûté alors que l'esprit lui offrait une grimace édentée avant de se pencher de nouveau sur Emiko pour lui murmurer des mots qu'elle seule pouvait entendre.

3

2016, Tokyo, Japon.

Mina resserra sa prise sur le sac de courses. Elle fit quelques pas avant de réaliser que quelque chose clochait. Une sensation de familiarité désagréable lui hérissa les poils des avant-bras. Elle s'arrêta brutalement au milieu de la rue et observa ce qui l'entourait. Des maisons plongées dans le noir, encadrées par des jardins eux-mêmes entourés de hautes haies impénétrables. La rue devant elle s'étendait comme un immense tunnel sombre. Sur sa droite, un lampadaire clignotait en dégageant une odeur de brûlé. L'impression de déjà-vu se renforça. Elle était déjà venue ici. Elle avait déjà fait ce rêve, plusieurs fois.

Mina hésita et les feuilles de l'arbre qui la surplombaient se mirent à onduler. Elle fit un pas en arrière avec prudence, scruta son environnement. Elle pouvait sentir que quelqu'un l'observait, dissimulé parmi les ombres qui pullulaient sous les lampadaires clignotants. Elle recula encore et la température chuta drastiquement autour d'elle. Elle expira un nuage blanc, fit un nouveau pas en arrière et un grondement menaçant emplit l'atmosphère. Mina frémit mais ne flancha pas. Elle ne savait pas pourquoi celui ou celle qui se cachait tenait tant à ce qu'elle avance mais elle n'allait pas lui donner satisfaction. Son épiderme se hérissa, elle sut alors avec certitude qu'un yokaï l'observait, refusant de se montrer. Elle continua de rebrousser chemin et le grondement sourd devint un feulement rauque. Elle fit un nouveau pas prudent en arrière. Son dos heurta un mur qui ne se trouvait pas là la seconde précédente. Surprise, elle lâcha le sac qui s'écrasa au sol. La sensation d'une présence se fit plus oppressante. Un craquement retentit dans le ciel moucheté d'étoiles. Mina leva la tête, juste à temps pour voir la lune se fendre en deux comme une mâchoire tout en dents déchiquetées. Elle illuminait le ciel d'un rictus sordide et semblait la considérer d'un air narquois. Mina s'ébroua pour chasser ce sentiment d'être observée, comme si quelque chose de visqueux lui collait à la peau. La fêlure du satellite se propagea à sa surface, et le sourire devint une gueule béante et moqueuse, prête à la dévorer.

Son cœur loupa un battement. Elle se pencha pour ramasser son sac, fuyant l'horrible vision. En se redressant, ses yeux rencontrèrent une haie de buissons. Une haie pourvue de deux grands yeux jaunes aux pupilles fendues. Mina déglutit mais soutint le regard de celui qui l'épiait.

— Je ne fuirai pas, murmura-t-elle pour se donner du courage.

Les pupilles se contentèrent de la fixer avec une insistance malsaine. Mina inspira profondément, cligna des yeux et les rouvrit dans sa chambre. Elle expira longuement pour calmer ses tremblements, fixant l'o-fuda[1] qui se devinait à peine dans la pénombre. La peur lui fit remonter une bile acide dans la gorge. La créature hantait ses rêves depuis quatre nuits. Cette prudence, cette attente, qu'elle ressentait de la part de cette nouvelle menace la faisait paniquer. C'était la première fois qu'un esprit jouait ainsi avec elle. Elle devinait le plaisir qu'il prenait à l'effrayer, sans comprendre ce qu'il attendait d'elle. Elle remonta la couverture par-dessus sa tête malgré la chaleur et, toujours immobile, attendit que le soleil se lève et chasse sa peur.

Le réveil hurla dans ses oreilles. Elle l'éteignit d'une claque et ouvrit les yeux pour regarder le plafond. Suspendus au bout de fils de longueurs inégales, des origamis pendaient du plafond, entourant l'o-fuda. Il y en avait exactement cent huit, un chiffre sacré chez les bouddhistes. Au-dessus de la porte, une croix chrétienne ramenée de Corée pendait à un clou. Bien que de religion shintoïste, Mina estimait que toutes les protections étaient bonnes à prendre. *Et tout ce qui est sacré peut servir de protection*, comme disait souvent la jeune fille.

La lumière du mois d'avril filtrait par le rideau qu'elle avait mal refermé et éclairait les animaux multicolores. Mina sourit à cette vision apaisante et s'extirpa de la chaleur de son lit. Aujourd'hui, elle allait enfin visiter Kyoto et ses temples. Elle attendait cette sortie de classe depuis des semaines. Elle quitta sa petite chambre, traversa le minuscule salon de l'appartement où elle vivait avec sa mère et arriva dans la cuisine.

---

1. O-fuda : gofu, ou talisman issu d'un temple shinto, qui sert de protection contre les maux et les créatures malfaisantes.

Grâce à ce réveil plus que matinal, Mina croisa sa mère, penchée au-dessus du plan de travail. Saiko lui sourit malgré la fatigue qui marquait ses traits. Les deux femmes se voyaient si rarement que Mina eut, l'espace d'une seconde, l'impression d'être face à une inconnue. Saiko lui désigna les petits plats sur lesquels elle s'affairait. Dans sa boîte à bento[1] en forme de poisson s'alignaient ses mets préférés : des onigiris, boulettes de riz enveloppées d'algues noires, des œufs, du poulet frit et de l'omelette coupée en tranches épaisses. Un élan de tendresse submergea Mina.

— Occupe-toi de l'origami du jour, s'il te plaît. Je dois partir, lui dit Saiko de sa voix ténue.

Les yeux de Mina pétillèrent. Elle se précipita sur une boîte pleine de papiers colorés. Elle en choisit un à damier noir et doré, et entama son pliage. C'était une activité que sa mère se réservait, un instant fugace qui la rapprochait de son défunt époux. Une sensation de sérénité enveloppa Mina. Particulièrement sensible à cette attention, elle sentit son corps se réchauffer de l'intérieur. Ses yeux se fixèrent sur la photo de l'entrée. Sa mère la changeait régulièrement. Ce matin-là, le cadre contenait une photo de leurs fiançailles. Saiko et Kentaro s'y regardaient, l'air plus heureux que jamais, sous une arche d'où pendaient des centaines de grives de papier. Ils tenaient entre leurs mains jointes un cœur tout juste plié. Le visage de sa mère y était empreint d'une joie tranquille, qui avait déserté ses traits depuis longtemps.

Mina se concentra sur son origami. Autrefois, ses parents prenaient souvent le temps de lui apprendre

1. Bento : boîte japonaise traditionnelle utilisée pour les repas.

le pliage traditionnel. C'était d'ailleurs à un cours du soir qu'ils avaient fait connaissance. Elle leva le pliage achevé du bout des doigts et une moue contrariée lui brouilla les traits. Le cygne de papier avait une aile qui pointait vers le bas. Sa mère lui déposa son petit déjeuner et enfila son manteau en silence.

Mina l'accompagna jusqu'à l'entrée, secoua la main en réponse au signe d'au revoir de sa mère et regarda la porte se refermer. Un frisson angoissé lui électrisa le dos. Son souffle devint court. Un avertissement. Mina s'appuya contre le mur et se força au calme. Elle n'avait rien à craindre, elle était chez elle. Elle se tourna vers le petit guéridon où trônait une photo.

— Veille sur maman, s'il te plaît papa.

Le cliché lui renvoyait un sourire aimant. Son père était mort alors qu'elle était encore très jeune, mais son rire résonnait souvent dans ses oreilles et, lorsque la peur la saisissait au plus noir de la nuit, c'était à lui qu'elle pensait pour se donner du courage. Elle prit le temps de contempler le visage de son père, les petites rides au coin de ses yeux, la mélancolie qui s'en dégageait. Elle lui rendit son sourire.

Une fois son petit déjeuner englouti, elle déposa le bol vide et les baguettes dans l'évier et fit rapidement la vaisselle avant d'aller enfiler son uniforme. Elle détestait cette tenue obligatoire. La jupe plissée qui s'arrêtait aux genoux et dévoilait ses jambes trop maigres. Le blazer noir cintré à l'écusson rouge qui bâillait sur sa poitrine menue. Sans un regard pour son reflet, elle laissa ses longs cheveux raides lui retomber devant le visage comme un voile et resserra distraitement sa cravate rayée.

Mina sortit en trombe de l'appartement, excitée à l'idée de la journée qui l'attendait. Comme toujours à cette heure, le métro était bondé. Elle fouilla dans son sac à la recherche de ses gants et réalisa avec horreur qu'elle les avait oubliés. Jugulant la panique qui menaçait de la submerger, elle enfouit ses mains dans les poches de son blazer et se mit en route en prenant bien garde de fixer ses pieds pour éviter tout contact visuel avec les fantômes qui hantaient son trajet.

Elle ne releva la tête qu'à la vue des grilles du lycée. Une pointe d'inquiétude lui pinça la poitrine. Retenant un soupir contrarié en avisant le troupeau d'élèves et d'adultes stationnés devant l'entrée, elle s'approcha doucement. Elle avait oublié que deux autres classes accompagnaient la sienne pour cette visite printanière à Kyoto. Elle repéra Natsume dans le groupe chargé de l'encadrement, composé de professeurs et des délégués de classe. Elle discutait avec leur professeur principal, Ogawa-sensei, dont les larges cernes et la mine renfrognée le faisaient paraître dix ans de plus que ses quarante ans. Mina se retrancha derrière le voile de ses cheveux et se glissa parmi les autres élèves. Dans la foule, elle aperçut Emiko. Ses joues rondes avaient décidément beaucoup fondu au cours des derniers jours et ses cheveux clairsemés révélaient désormais la peau irritée de son crâne. Les autres élèves lui jetaient des coups d'œil dégoûtés et l'évitaient soigneusement. Pendant une seconde, elle fut à nouveau tentée de rejoindre Emiko mais en fut incapable. Elle croisa le regard embué de larmes de la victime du fantôme. À ses côtés, le spectre ricanait.

Le groupe se mit en marche. Les classes se frayèrent un chemin sous le dôme de la gare centrale de Tokyo, en direction des voies. Mina traversa le hall principal, bourdonnant de phénomènes surnaturels qu'elle était seule à voir, avec un sentiment d'urgence chevillé au cœur. Des regards vides se levaient sur son passage, s'accrochaient à ses omoplates dans l'espoir d'être vus. Les yeux résolument baissés, Mina retint son souffle jusqu'au quai. Une fois dehors, elle ne put cependant éviter le visage défait de cette femme, vêtue d'un kimono orné d'un splendide obi[1]. Le fantôme inclina poliment la tête et amorça un pas dans sa direction. Mina accéléra, affolée, laissant la femme se faire aspirer par la foule qui se pressait sur le quai de la gare. Elle grimpa avec soulagement dans le Shinkansen[2], direction Kyoto.

ɞ

En arrivant au Fushimi Inari Taisha[3] à Kyoto, Mina ouvrit de grands yeux émerveillés. Il y avait foule par ce beau temps et les visiteurs se pressaient sur l'esplanade qui bordait le lieu sacré, mais le regard de Mina était inexorablement rappelé par les toriis[4] et la montagne, pointant sa verdure vers le ciel limpide. Le sanctuaire commençait dans le bas de la vallée et les portails écarlates sinuaient à travers les arbres comme un formidable serpent enflammé. Les chefs de groupe désignés par les encadrants appelèrent les élèves qui furent répartis en équipes de cinq ou six.

---

1. Obi : ceinture portée avec un kimono.
2. Shinkansen : TGV.
3. Plus célèbre sanctuaire shinto de Kyoto, dédié à Inari la déesse du riz.
4. Toriis : portails marquant l'entrée des sanctuaires shinto.

— Viens, dit une voix douce, tu es avec moi.

Mina se retourna pour se retrouver nez à nez avec Natsume. Avant qu'elle ait eu le temps de réagir, celle-ci lui prit le bras et l'entraîna vers trois adolescents qu'elle ne connaissait pas. Une bouffée de chaleur monta aux joues de Mina, surprise par ce geste intime, juste avant qu'un souvenir s'impose à elle. Une fillette observait son reflet dans l'eau d'un grand bassin. À ses côtés, un homme imposant au crâne rasé lui tenait la main. Le visage candide de la petite fille se leva vers celui, fermé, de son père. La vision s'envola dès que Natsume la relâcha.

La déléguée la présenta au reste du groupe et lui tendit un questionnaire. La journée s'organisait comme une grande chasse au trésor au bout de laquelle un prix serait accordé à l'équipe la plus rapide. Mina eut une moue déçue. La plupart de ses camarades semblaient ravis, mais elle avait espéré pouvoir se promener à son aise dans le sanctuaire. Elle laissa ses coéquipiers dresser un plan d'attaque, tentant vaguement de prendre part à la conversation. Natsume faisait preuve d'une autorité naturelle, et elle prit très vite la tête de leur groupe avec charme et simplicité. Pourtant, la joie qu'elle mettait dans sa voix ne montait jamais jusqu'à ses yeux, d'où émanait une tristesse diffuse. Finalement, Natsume prit une décision dont Mina ignorait tout et elle se contenta de la suivre dans les allées bondées. Sur le chemin, elle s'émerveilla des petits rochers sculptés, en forme de temples et de renards, qui émaillaient les allées du sanctuaire.

— Tu as remarqué pour Emiko, n'est-ce pas ?

Mina se figea. Natsume la fixait avec intensité, attendant une réponse. Le coin de sa bouche esquissait une moue, mi-moqueuse, mi-amusée. Dans ses yeux, elle lisait assurance et curiosité, comme si la jeune fille savait quelque chose qu'elle-même ignorait encore. Sa gêne se mua en soupçons.

— De quoi tu parles ?

— Elle ne va pas bien, il est de mon devoir de déléguée de faire en sorte qu'elle aille mieux. Notre classe doit rester soudée, si quelqu'un va mal, c'est notre rôle à tous de l'aider. Tu es la seule, à part moi, à avoir remarqué que quelque chose n'allait pas avec Emiko. Comment as-tu su ?

Mina se remémora l'image du fantôme décati et grimaçant qui hantait Emiko. Le regard de Natsume, posé sur elle, semblait attendre une réponse qu'elle connaissait déjà. Le doute s'insinua en elle ; que savait la jeune fille exactement ? Et pourquoi lui parler de ça, maintenant ? Mina décida de garder la vérité pour elle, au moins pour le moment, le temps de sonder ses intentions. Elle haussa donc les épaules et dit d'une voix neutre :

— Elle avait vraiment l'air pâle et fatiguée, c'est tout.

— Tu es observatrice, répondit Natsume en étrécissant les yeux.

— On dirait.

— Très bien, comme tu veux, s'agaça subitement la jeune fille. Mais je sais que tu ne me dis pas tout. Moi aussi, je remarque certaines choses.

Sur ces mots, elle accéléra l'allure pour rattraper le reste du groupe et la laissa à la traîne. Mina resta songeuse. Une vague appréhension se nicha au creux de son estomac. Natsume était populaire, influente, elle pouvait décider de faire de sa vie un enfer. Tout en Mina l'exhortait à la prudence, elle savait comment cela fonctionnait. Pourtant, dans l'attitude de la téméraire déléguée, elle discernait quelque chose de trouble, un besoin qui perçait sous l'assurance. Natsume semblait avoir réellement envie d'aider Emiko. En voyant les autres se diriger vers le temple principal, Mina se mit à trottiner pour les rattraper.

Mina fit de son mieux pour participer aux activités de la journée. Mais Natsume l'éclipsait et paraissait toujours lui en vouloir de n'avoir pas répondu à ses questions. Après plusieurs tentatives infructueuses, Mina se contenta de se laisser guider par ses coéquipiers, profitant du paysage. Natsume n'essaya plus de lui parler d'autre chose que du questionnaire donné par les professeurs. Malgré tout, Mina se sentait surveillée et il n'était pas rare qu'elle trouve la cheffe de groupe en train de l'observer. Mina prit le parti de faire comme si de rien n'était et suivit le groupe vers l'attraction principale du sanctuaire.

En bas de la vallée, des toriis serpentaient en une traîne carmin jusqu'aux tréfonds de la forêt. Une atmosphère sereine flottait sur les lieux malgré les nombreux visiteurs qui se pressaient dans ce tunnel à ciel ouvert. Plus haut dans la montagne, la foule se raréfiait et les toriis perdaient leurs couleurs éclatantes. Au lieu du bois, surgissaient parfois des portes en pierre gravées de kanjis couverts de mousse, de clochettes d'acier et d'offrandes. Mina trouva les lieux imprégnés d'une aura presque magique. Une atmosphère différente régnait dans les hauteurs de la montagne. De part et d'autre du sentier, des statues de renard, les gardiens d'Inari affublés de foulards d'un rouge vif, veillaient sur leur promenade. Le petit groupe s'arrêta au milieu d'un croisement pour consulter la carte qu'on leur avait remise. Un éclat de lumière le long des marches de pierre attira l'œil de Mina. Après quelques secondes d'hésitation, la curiosité l'emporta. Elle faussa compagnie à ses camarades pour remonter le petit chemin qui sinuait toujours plus haut dans la montagne. Très vite, elle s'enfonça dans la forêt et le chemin devint moins net sous ses pas. Les pépiements des oiseaux s'élevaient dans les airs.

Un mouvement furtif dans les fourrés sur sa gauche retint son attention. Elle se tourna pour le suivre mais ne surprit que les ondulations des feuilles. Mina fronça les sourcils, scruta les fourrés proches. Les voix des membres de son équipe lui parvenaient, assourdies par la distance. Des branches bruissèrent dans le lointain, provoquant l'envol d'une nuée de moineaux. Elle eut soudain très chaud, son sac pesait sur son épaule. Mal à l'aise, elle tira légèrement sur la cravate rayée rouge et noire de son uniforme. La sensation d'étouffement se faisait de plus en plus forte, pesant sur sa poitrine et lui enserrant la gorge. L'air crépitait comme avant une tempête.

Au bout de quelques secondes d'un silence tendu, elle n'y tint plus et fit volte-face pour fuir cette atmosphère irrespirable. Une ombre remua entre les arbres, fit craquer des brindilles dans la pénombre. Mina se figea. Une forme se fondit dans la futaie. La jeune fille déglutit et expira lentement malgré son affolement. Elle tendit l'oreille. Un silence ouaté plombait l'air au-dessus du lac. Mina resserra la main sur la poignée de son sac, le replaçant sur son épaule, inspira un grand coup et remonta d'un pas décidé le chemin par lequel elle était arrivée.

Le renard jaillit du sous-bois d'un bond souple et gracieux. Il atterrit en plein milieu du sentier. La jeune fille et l'animal s'immobilisèrent. Leurs regards se croisèrent. L'atmosphère sembla se geler. Mina sut, à l'engourdissement dans sa nuque, qu'elle était face à un yokaï. Son regard glissa sur la fourrure ocre et feu, sur les oreilles ourlées de noir. Le pinceau sombre de sa queue se mit à battre l'air à un rythme lent, hypnotique. Queue qui se dédoubla pour devenir cinq appendices agités. Mina perdit pied dans les prunelles fauves du goupil, l'horizon tangua. Les babines de l'animal se retroussèrent en un sourire sardonique, terriblement humain. Il glapit comme pour la défier de le suivre et, d'un nouveau bond, retourna sous le couvert des arbres. La terre retrouva sa place avec violence. Le temps se remit en marche.

Les battements de son cœur lui martelaient furieusement les côtes. Mina s'apprêta à tourner les talons par prudence, puis hésita. Elle ne croyait plus aux coïncidences, elle avait vu trop de choses incroyables pour passer son chemin sans se poser de questions. Contre toute attente, elle avait envie de répondre à l'invitation de l'animal. Mina quitta le sentier et s'enfonça plus profondément dans les bois. Il lui restait encore deux heures avant le rassemblement final, elle avait un peu de temps.

Devant elle, le sentier avait disparu depuis longtemps. La nuit jetait à présent son voile glacé sur la montagne. Sa gorge crissait comme du papier de verre. Mina se frictionna les épaules pour les réchauffer et s'obstina à avancer. La jeune fille exhala un nuage blanc, resserra les bras sur sa poitrine, les mains sous les aisselles pour les réchauffer. Elle plissa les yeux pour tenter de se repérer, consciente sans oser l'admettre qu'elle s'était égarée dans le labyrinthe de la forêt. La lune apparaissait par intermittence dans les trouées de la canopée. Les glapissements moqueurs du renard résonnaient à intervalles réguliers. Ils sonnaient comme un défi personnel, lui intimant de poursuivre sa quête insensée, de continuer à le traquer. Mina trébucha sur une branche à peine discernable dans la pénombre, manqua de chuter mais se rattrapa à un tronc. Les aiguillons des bosquets s'accrochaient à ses vêtements, et les branches basses se prenaient dans ses cheveux. Au détour d'une souche, Mina se prit les pieds dans un roncier. Elle retrouva de justesse son équilibre et, lorsqu'elle releva la tête, le renard la toisait, assis sur un rocher à quelques mètres d'elle. Sa queue battait l'air autour de lui. Son pelage, luisant d'humidité, brillait dans un rayon de lune. La lumière argentée dédoubla un instant la queue touffue. Pendant un instant, Mina aperçut plusieurs appendices, fouettant l'air en ondulant. Un sourire, elle en était sûre à présent, était accroché aux babines bordées de noir du yokaï. Il inclina sa tête pointue vers Mina, comme une invitation. La température chuta encore d'un cran, Mina se mit à grelotter. Elle tendit la main et le renard s'enfuit ventre à terre. Elle dut alors rassembler tout ce qui lui restait d'énergie et de volonté. Bandant ses muscles transis de froid, elle bondit et courut à sa poursuite. Les branches lui fouettaient le visage mais ses joues, déjà échauffées par la course, ne sentaient plus rien. Elle perdit le goupil de vue. Son sac s'écrasa au sol avec un bruit mat.

— Reviens ! cria-t-elle, entre rage et désespoir. Qu'est-ce que tu veux ?

Seuls les froufroutements des grillons lui répondirent. L'esprit la guettait, dissimulé dans les taillis. Elle sentait son regard sur elle, comme une sensation familière. Entre deux troncs, une lumière trouble apparut. Mina considéra le phénomène avec inquiétude. Ce qui ressemblait à une boule de feu d'un blanc luminescent flottait à un mètre au-dessus du sol, dansait entre les arbres et jetait des éclats opalescents sur les écorces et les mousses. Le renard restait invisible, comme si la nuit l'avait avalé ou qu'il s'était délité dans les ténèbres après l'avoir menée là où il le désirait. Voyant que l'étrange globe demeurait immobile, comme en attente, Mina se dirigea vers lui d'un pas prudent. Lorsqu'elle s'approcha, l'orbe glissa hors de sa portée et disparut derrière un rocher. Mina puisa dans ses dernières forces, se précipita à sa suite et, en contournant l'obstacle, le percuta de plein fouet. Une vague gelée l'enveloppa, lui coupant le souffle. Une odeur musquée lui envahit les narines, ses doigts se plièrent pour retenir la caresse d'une fourrure inconnue. Elle heurta le sol. Sa vision se brouilla. Le froid de l'air se répandit dans ses membres. La forêt se mit à tourbillonner. Elle entendit vaguement des cris résonner dans le lointain, reconnut son nom. Mina s'effondra mollement dans l'humus, humide contre sa joue, et perdit connaissance.

4

2016, Tokyo, Japon.

Allongée sur son lit, Mina faisait tourner le lapin de papier entre ses doigts. Deux jours après sa sortie de l'hôpital, elle se sentait toujours vidée de toute énergie. Elle laissa l'origami tomber au sol. Les bras en croix, elle essaya une fois de plus de faire le lien entre ses souvenirs brumeux de l'excursion. Si elle se rappelait s'être égarée dans la forêt, à la poursuite de l'esprit-renard, elle n'avait aucun souvenir d'avoir perdu connaissance ni d'avoir été conduite à l'hôpital. Tout ce dont elle se souvenait se résumait à l'odeur des sous-bois. Une fois revenue à Tokyo, le médecin avait recommandé quelques jours de repos. Elle aurait voulu rester cachée chez elle jusqu'à ce que mort s'ensuive, mais son retour au lycée avait été programmé pour le surlendemain. Un sentiment de malaise lui tordit les entrailles alors qu'elle s'imaginait retourner en classe. Les rumeurs devaient aller bon train et sa réputation n'en ressortirait pas grandie. Mina laissa échapper un soupir tremblant, se retourna dans son lit, ferma les yeux pour s'échapper dans le sommeil.

À peine son esprit commença-t-il à lâcher prise qu'elle sentit le cauchemar se presser contre ses paupières. Depuis son retour de Kyoto, les mauvais rêves avaient repris de plus belle, et l'esprit qui la guettait se montrait plus agressif que jamais.

Refusant de céder au sommeil et à la menace du yokaï, Mina bondit hors de son lit. Il fallait qu'elle s'occupe. Elle devait savoir quel genre de monstre cherchait à s'infiltrer dans son esprit, et pourquoi. Elle attrapa son ordinateur portable et s'installa à la table du salon, incapable de rester cloîtrée dans sa chambre. Elle ouvrit le dossier répertoriant les sites et les forums qu'elle avait l'habitude de fréquenter et explora les entrées récentes. Après plusieurs minutes de vaines recherches, elle tapa plusieurs mots-clefs : yokaï, esprit, rêves. Les pages Internet se mirent à défiler par centaines devant ses yeux fatigués. Une vague d'étourdissement la saisit. Il y avait tellement d'esprits, de fantômes et de dieux oubliés qui se terraient dans les villes et les campagnes. Le folklore japonais regorgeait d'histoires et de spectres. Elle le savait, elle était leur première observatrice. Elle tenta d'affiner sa recherche, rajouta le terme « possession » à ses critères. De nouvelles pages apparurent, des textes anciens, des légendes, des témoignages de personnes possédées.

Au bout d'une heure à parcourir et noter des références bibliographiques introuvables sur Internet, elle repoussa son ordinateur et se massa les paupières. Il lui faudrait se rendre dans une bibliothèque bien fournie pour espérer trouver les ouvrages qu'elle avait notés. Elle commencerait par celle de son lycée, peut-être avaient-ils acquis de nouveaux livres, sinon il lui faudrait se rendre dans une université. Comment allait-elle dénicher un yokaï particulier dans ce monde invisible et foisonnant qu'elle s'échinait à éviter depuis toujours ? Elle prit une grande inspiration, fit le tri dans ses pensées. Elle devait réfléchir de façon rationnelle, se baser sur ce qu'elle savait de cet ennemi. Une question surgit dans son esprit : quelle était la vraie forme de ce yokaï ? Dans ses rêves, il planait telle une menace sournoise. Il essayait de forcer la barrière de son esprit, s'insinuant entre ses défenses sous la forme de visions, cherchant à susciter une peur assez puissante pour créer une brèche en elle et prendre possession de son corps. Mais il ne se montrait pas, il se cachait. Jamais elle ne l'avait vu ou aperçu et elle était donc incapable de lui donner une forme et, *a fortiori*, un nom. Cependant, elle n'était pas sans défense et l'esprit s'en était rapidement rendu compte. S'il l'avait choisie par hasard, une telle résistance de sa part aurait dû le lasser et l'encourager à partir à la recherche d'une proie plus facile. Sa persistance était bien plus révélatrice, et inquiétante.

Mina repensa au renard du sanctuaire. Lors de leur rencontre, elle n'avait ressenti ni méfiance ni peur face à ce yokaï. Simplement de la curiosité, et une attirance qu'elle ne s'expliquait pas.

Une migraine lui martelait à présent le nerf optique gauche. Mina repoussa son ordinateur et se laissa tomber en arrière. Au-dessus d'elle, un carton dépassait du haut de l'armoire. Elle se releva sur un coude, intriguée. En dépit de l'encombrement de la pièce, chaque objet avait sa place dans le minuscule appartement. Sa mère avait dû le ranger dans la précipitation. Mina se leva et se haussa sur la pointe des pieds pour attraper la boîte et éviter qu'elle ne tombe. Le carton était scellé avec du gros scotch marron et ne comportait aucune inscription sur son éventuel contenu. Or, Saiko notait tout. Elle étiquetait tout avec soin afin que chaque chose puisse être retrouvée rapidement dans le capharnaüm que les deux femmes faisaient tenir dans leurs vingt-cinq mètres carrés. Mina la prit et la soupesa. Elle était très légère. Elle saisit le bord de l'adhésif et tira dessus. Il se décolla sans difficulté.

À l'intérieur, elle découvrit une enveloppe en papier kraft. Mina l'ouvrit et en sortit une liasse de vieux papiers officiels portant le nom de son père et des photos de lui, enfant. Elle s'arrêta sur son visage rond de petit garçon. Un détail qu'elle ne parvenait pas à identifier la gênait. Il lui fallut faire défiler plusieurs fois la série de clichés avant de mettre le doigt dessus. Son père ne regardait jamais l'objectif. Au milieu des autres enfants qui exposaient leurs plus beaux sourires, Kentaro Kobayashi restait sérieux. Son regard était toujours posé sur quelque chose d'autre, qu'il semblait le seul à voir, et qui accaparait toute sa concentration.

Parmi les papiers, elle dénicha son acte de naissance. La mention « inconnus » était inscrite en lieu et place des noms de ses parents. Une seconde feuille était agrafée à l'acte. Elle la retourna et y trouva un certificat confirmant que son père avait bien quitté l'orphelinat le jour de ses dix-huit ans. Mina sentit ses poumons se vider d'un seul coup. Si on ne parlait jamais de ses grands-parents paternels à la maison, elle avait toujours supposé que c'était parce qu'ils étaient morts. Elle découvrait que son père lui-même n'avait aucune idée de qui il était. Avait-il cherché ses parents ? Les avait-il trouvés ? Les questions tempêtaient sous son crâne. La gorge serrée par des émotions contraires, Mina ravala sa frustration et le sentiment de vide qui grossissait dans sa poitrine. Une petite voix désagréable dans sa tête la narguait. *Qui es-tu, Mina ? Le sais-tu vraiment ?* Elle leva l'une des photos jusqu'à ses yeux.

— Qu'est-ce que tu regardes ? lui demanda Mina en reniflant. Qu'est-ce que tu ne m'as pas dit ?

Le petit garçon sur le cliché tourna lentement la tête vers elle. Mina sentit son cœur cesser de battre. Son souffle se gela dans sa poitrine, elle faillit lâcher la photo. Son père, en costume d'écolier, se tourna à nouveau ostensiblement vers sa gauche. Les yeux écarquillés, Mina suivit son regard. Une tache floue brouillait un coin du cliché, perdue au milieu du feuillage d'un arbre en noir et blanc. Un désagréable picotement remonta depuis la racine de ses cheveux, lorsque Mina reconnut une forme vaguement animale, à peine visible. Allongée sur la branche, elle rendait à son père son regard soupçonneux.

La sonnette stridente de l'appartement l'arracha à ses questionnements. Paniquée comme si elle venait d'être prise en faute, Mina remit précipitamment les papiers dans la boîte et la replaça sur le haut de l'armoire. Elle conserva la dernière photo qu'elle cacha dans un de ses cahiers et se précipita dans l'entrée. En poussant la porte de l'appartement, trois paires d'yeux se tournèrent vers elle. Natsume fronçait ses sourcils parfaitement dessinés. À ses côtés, Yuta cachait mal son embarras tandis que Mayuri lui adressait un petit signe de la main. Mina eut un mouvement de recul involontaire, sa main se crispa sur le chambranle de la porte.

— Que se passe-t-il ? demanda-t-elle à la fois surprise et inquiète.

— Bonjour, Mina-chan. Tu ne nous invites pas à entrer ? demanda Natsume en penchant la tête de côté.

— On vient juste s'assurer que tout va bien, marmonna Yuta, en jetant des coups d'œil curieux à l'intérieur de l'appartement.

Un sentiment de malaise souleva le cœur de Mina. Elle jeta un coup d'œil au minuscule appartement pardessus son épaule. Pendant une seconde, elle eut honte à l'idée de recevoir ses camarades de classe dans la minuscule pièce à vivre et le bric-à-brac qu'elle contenait. Mais à présent, mise au pied du mur, elle n'avait plus le choix. Sans répondre, elle s'écarta pour les laisser entrer, scrutant leurs réactions comme ils découvraient l'appartement. Le visage de Natsume resta de marbre tandis que Yuta remontait ses lunettes d'un geste embarrassé. Mayuri pénétra la dernière dans le petit salon.

— J'ai appris ce qu'il s'était passé. Ça va ?

Mina acquiesça en silence et lui indiqua la table basse du salon. Pendant que ses camarades se déchaussaient, elle fila dans la cuisine pour mettre de l'eau à bouillir et farfouilla dans les placards à la recherche de gâteaux à leur servir. Lorsqu'elle revint dans le salon, elle se retrouva de nouveau face aux yeux inquisiteurs de Natsume, qui la fixait avec intensité. Yuta, lui, continuait d'observer la pièce, ses petits yeux ronds semblaient tout enregistrer, classer, analyser. Fidèle à elle-même, Mayuri baissait la tête, les mains timidement posées sur ses genoux. Mina sentit son estomac se contracter. Elle déposa la bouilloire et les tasses devant les deux délégués et prit la dernière place libre autour du kotatsu[1]. Mayuri garda le menton baissé, ostensiblement ignorée par le reste du groupe. Mina lui jeta un regard par en dessous, mal à l'aise, mais ne dit rien.

— Comment vas-tu ? demanda Natsume en rompant le silence gêné qui menaçait de s'installer. Toute la classe est très inquiète pour toi.

— Nous pensions que tu reviendrais en cours plus tôt, enchaîna Yuta en coupant Natsume, qui fronça à nouveau les sourcils. Tu reviens bientôt alors ?

— Oui, après-demain, bredouilla Mina. Il ne fallait pas vous déplacer jusqu'ici.

— C'est notre devoir de déléguée et délégué suppléant, dit simplement Natsume en prenant une gorgée de thé sans se préoccuper de Yuta et de son expression ennuyée. Nous représentons toute la classe qui te transmet ses meilleurs vœux. Nous avons tous hâte que tu reviennes.

Yuta manqua de s'étouffer dans sa tasse. Natsume le fusilla du regard. Une moue blasée fleurit sur les lèvres de Mina. Elle n'était pas dupe, et la crainte qui entourait son retour revint la hanter. Elle se leva pour aller chercher une serviette. Yuta l'accepta en s'excusant, et Mina se contenta de hausser les épaules.

— Tu as l'air en forme, j'ai eu très peur en apprenant la nouvelle. Je suis rassurée maintenant, lui dit gentiment Mayuri.

---

1. Kotatsu : support de bois de faible hauteur recouvert d'un futon ou d'une couverture épaisse, sur lequel repose un dessus de table. Le dessous d'un kotatsu est chauffé. C'est le mode de chauffage le plus courant au Japon et le véritable centre de discussion des maisons japonaises.

— C'est gentil, les remercia Mina du bout des lèvres. Je serai en classe après-demain, c'est promis.

Natsume et Yuta échangèrent un hochement de tête entendu. Mina accrocha le regard de Mayuri qui lui souriait toujours. Ils finirent les petits gâteaux au thé vert puis Mina raccompagna avec soulagement tout le monde au pied de l'immeuble. Yuta fut le premier à s'en aller, prétextant un cours du soir, il s'éloigna en trottinant. Mina s'approcha de Natsume. Mayuri resta respectueusement en retrait.

— Merci d'être venue, c'est très prévenant de ta part.

Natsume hocha la tête tout en continuant à la transpercer des yeux. Malgré son air revêche, Mina y décela une lueur inquiète. Penser aux événements de Kyoto lui était difficile. Ses souvenirs étaient si flous qu'ils se mélangeaient en un patchwork confus. En fin de compte, elle ne savait pas vraiment ce qu'il s'était passé ce jour-là et ce vide la taraudait. Elle devait savoir. Mina prit la parole, priant pour que sa voix ne tremble pas.

— Je voulais savoir… que s'est-il passé au sanctuaire exactement ?

Natsume se figea, les yeux écarquillés de surprise. Mina prit une inspiration sifflante. Elle devait en avoir le cœur net, savoir si quelqu'un d'autre avait vu le renard dans la forêt.

— Tu ne te souviens pas ? demanda prudemment la déléguée.

— Non, avoua Mina. Je me rappelle m'être perdue dans les bois et être tombée. J'ai peut-être entendu des voix, je ne sais plus bien. Ensuite, je me souviens de l'hôpital.

Natsume afficha une mine contrariée. Mina ouvrit la bouche mais aucun son ne sortit. Son cœur se mit à cogner à toute allure dans sa cage thoracique. Son esprit s'emballa lui aussi. Qu'avait-elle oublié ? Qui l'avait retrouvée et comment ?

— Je ne m'attendais pas à ça, avoua Natsume. À la fin de la journée, nous nous sommes tous retrouvés et on s'est rendu compte que tu n'étais plus là.

— Humpf, grogna Mina avec colère. Comment avez-vous pu…

— Arrête de m'interrompre, ce n'est pas poli. Deux des professeurs sont partis à ta recherche. En tant que déléguée de notre classe, je les ai accompagnés ainsi que quelques autres élèves. Nous nous sommes séparés pour te retrouver et…

— Et quoi ?

— Tu t'étais enfoncée vraiment loin dans la forêt. On allait abandonner et je t'ai entendue crier, j'ai paniqué. Quand nous sommes arrivés jusqu'à toi…, Natsume s'arrêta un instant, gênée. Tu étais inconsciente et tes vêtements étaient complètement déchirés, comme si on avait essayé de te les arracher. Les enquêteurs ont parlé d'une possible agression.

À ses côtés, Mayuri laissa échapper une exclamation d'horreur. Mina recula de quelques pas, choquée. Elle se mit à faire les cent pas en se frottant énergiquement les bras, tremblante. Pourquoi ne lui avait-on rien dit ?

— Mina, ce n'est pas ce que tu crois, lui dit Natsume en la saisissant par les épaules. Regarde-moi. Aucun pervers ne t'a touchée, si c'est ce que tu crains. Il n'y avait personne avec toi !

— Mais… comment ?

— J'ai couru et je suis arrivée la première. Tu brillais, Mina. Tu brillais comme si tu avais le soleil sous la peau. Quand je t'ai touchée, la lumière a disparu et j'ai vu tes vêtements en lambeaux. Les autres n'ont rien vu.

— Mais qu'est-ce qu'il s'est passé ? demanda Mina, le cœur au bord des lèvres.

— Aucune idée, dit Natsume en haussant les épaules. La version officielle est que tu as dû te faire agresser dans les bois, mais je n'y crois pas. Je cours vite, j'avais de l'avance sur les autres. S'il y avait eu quelqu'un avec toi, je l'aurais vu. Tu étais seule et tu étincelais. Tu es vraiment quelqu'un de très intéressant tu sais, Mina-chan.

— Intéressant ? Pourquoi n'as-tu rien dit aux autres ?

— Pour quoi faire ? Tu me dois une faveur maintenant, dit-elle avec une lueur malicieuse au fond des yeux. Donne-moi ton numéro de téléphone.

Mina la dévisagea sans comprendre et lui récita la suite de chiffres. Un sourire satisfait étira les lèvres pleines de Natsume alors qu'elle le notait dans son propre smartphone.

— Rendez-vous demain soir à Shibuya, devant la statue de Hachiko[1] à 19 heures, je t'enverrai un rappel. Ne sois pas en retard !

Sur ces mots, Natsume fit volte-face, ses cheveux dansant dans son dos. Mayuri voulut faire un écart pour l'éviter mais elle ne fut pas assez rapide. Le choc

---

1. Hachiko : célèbre statue du chien Hachiko, connu pour avoir attendu son maître devant la station de métro pendant des années après la mort de ce dernier. Cette statue est un point de rendez-vous très connu et apprécié des Tokyoïtes.

était inévitable. Mina ouvrit la bouche pour la retenir. Mayuri poussa un petit cri perçant quand Natsume lui passa au travers. Elle continua son chemin sans un regard en arrière et tourna à l'angle de la rue. Mina inspira bruyamment, les mains moites. Mayuri s'était figée, les bras encore levés. Elle contempla sa poitrine, releva lentement le menton vers Mina, ses yeux débordant de larmes, et s'écroula au sol. Sa peau avait pris une couleur translucide et vaporeuse. Sa silhouette parut se brouiller, incertaine, comme les brumes d'air chaud au-dessus du bitume les jours de grande chaleur. Son vieil uniforme parut plus démodé que jamais. Elle tremblait en regardant ses paumes ouvertes comme si elle les voyait pour la première fois. Mina se précipita à ses côtés.

— Personne ne me regarde jamais, je ne suis jamais choisie dans les équipes en sport, dit Mayuri d'une voix atone. Tu es la seule à me parler à l'école mais tu ne m'as pas servi de thé cet après-midi…

Une immense douleur lui déforma les traits. Elle baissa la tête et enfouit son visage entre ses bras. Mina entendit ses sanglots silencieux et sa détresse. Elle ne savait pas quoi faire pour l'apaiser, alors elle se contenta de rester près d'elle et d'attendre que sa peur passe d'elle-même.

— Qu'est-ce qu'il m'arrive ? balbutia Mayuri.

— Mayuri, je suis désolée, murmura Mina, le cœur déchiré de culpabilité.

— Je suis morte, c'est ça ?

Des larmes barbouillaient son visage fané. Mayuri triturait distraitement sa jupe à la coupe démodée, les yeux résolument tournés vers ses pieds. Mina sentit son cœur se serrer un peu plus.

— Oui.
— Tu le savais.

Ce n'était pas une question mais Mina hocha la tête. Elle aurait pu choisir de prévenir la fantôme de son état, elle en avait eu maintes fois l'occasion. Elle avait vite compris que Mayuri ignorait tout de sa condition, elle aurait pu lui éviter de le découvrir de cette façon. Maintenant, il était trop tard.

— Ça fait longtemps que je suis…

Les yeux perdus dans le vague, la voix de Mayuri se brisa.

— Au moins vingt ans. Je suis désolée.

— Je ne me souviens de rien, hoqueta Mayuri entre deux reniflements.

— C'était un accident, je crois. Tu es tombée du toit du gymnase, je l'ai lu dans un des vieux journaux de l'école.

Le silence s'étira entre les deux jeunes filles. Une première goutte s'écrasa sur le sol à ses pieds, bientôt suivie par ses sœurs. Le ciel se couvrait rapidement au-dessus d'elles.

— Mina-chan ? Je peux rester un peu avec toi ce soir ? demanda Mayuri tout bas.

Mina laissa échapper un soupir résigné. Elle s'attendait à cette demande. Tous les spectres essayaient de s'attacher aux humains qui les percevaient, ce besoin de se raccrocher à la vie faisait partie de leur nature. Elle aurait voulu retourner au carton contenant les photos de son père, prendre le temps de les observer, d'en faire sortir les non-dits qu'elles contenaient. Mais la détresse qui brouillait le visage de Mayuri vrilla quelque chose dans son cœur. Mina connaissait la solitude. Dans les yeux gris du fantôme, elle lisait le reflet de son propre isolement. Elle hésita. En acceptant d'aider Mayuri, elle romprait définitivement avec sa ligne de conduite. Ce simple acte reviendrait à accepter ce don qu'elle repoussait de toutes ses forces, à accepter de s'en servir, de le reconnaître. Elle eut la sensation aiguë qu'en tendant la main au yokaï éploré, elle ne pourrait plus jamais revenir en arrière. Qu'elle franchissait un point de non-retour. Remisant ses questions sur son père dans son esprit, Mina se releva, époussetant de la poussière invisible sur son jogging informe, et fit signe à la jeune fille de la suivre.

5

1467, province d'Izumi, Japon.

Accroupie, Hikari huma profondément l'air du sous-bois. Le musc et la sueur du daim qu'elle traquait depuis plusieurs heures étaient bien là, ténus. Des craquements dans son dos lui indiquèrent qu'une partie du clan la rattrapait. Ses sœurs étaient trop bruyantes, elles risquaient de faire fuir la proie. Il fallait en finir au plus vite. Hikari resserra son kosode et son large hakama[1] d'un geste déterminé. Elle jaillit hors d'un fourré et s'élança à toutes jambes sur le chemin presque invisible que suivait l'animal. Sa foulée s'allongea en puissantes enjambées, sa respiration se calqua sur sa course, de plus en plus rapide. Ses mains la picotèrent, sa peau ondulant au-dessus des articulations. Ses membres se déformèrent et s'allongèrent. Ses ongles se durcirent, virèrent au gris, se changèrent en griffes acérées, prêtes à déchiqueter la chair. Les arbres se floutèrent dans son champ de vision. Comme son corps se déformait, elle se focalisa sur la sensation

1. Hakama : large pantalon traditionnel porté sous un kosode.

de la terre meuble sous la plante de ses pieds, la saveur sèche de l'air qui lui emplissait les poumons. Elle avait conscience des oiseaux dans les cimes, de cette famille de lapins pris de frémissements inquiets, des battements de cœur affolés du daim. Un sourire joyeux vint lui étirer les lèvres. Elle se délecta de cet instant, l'instinct de la chasse lui submergeant les veines. L'adrénaline déferla dans tout son corps, inonda ses muscles tendus sous l'effort.

Elle négocia un virage serré pour intercepter sa proie. Cette dernière l'avait aperçue et bifurqua au dernier moment. Dans la précipitation, le cervidé manqua de s'emmêler les pattes. Femme aux attributs animaux et daim se retrouvèrent à courir côte à côte, dans une cavalcade éperdue. Hikari contracta tous ses muscles. Elle pivota brusquement et bondit. Ses griffes s'enfoncèrent dans le cuir de la bête. L'animal brama de douleur. Ses pattes cédèrent sous l'impact. Ils roulèrent au sol. Et percutèrent un chêne massif. Le choc assomma le daim. Hikari se redressa, appuya un genou contre le cou de sa proie et, saisissant les jeunes bois duveteux, lui tordit violemment la nuque. Les vertèbres du cervidé craquèrent. Hikari ne put retenir un cri d'exultation. La bête expira sans un bruit, la lumière dans ses grands yeux bruns frangés de cils s'éteignit d'un coup.

Hikari, redevenue humaine, se détacha du cadavre. Ses mains dégoulinaient de sang, qu'elle essuya sur la fourrure encore chaude. L'excitation de la chasse désertait à présent son corps, la laissant hors d'haleine. Soudain, la silhouette souple d'Akane émergea d'un bosquet, essoufflée. Dans son sillage, une femme à la carrure imposante arriva à son tour. Ino braqua ses yeux vairons sur la dépouille puis sur Hikari.

Avec sa haute taille et ses larges épaules, Ino dépassait Hikari d'une bonne tête. En dépit de sa stature, drapée dans son kimono de soie écarlate, elle possédait cette beauté farouche propre au clan. Ses longs cheveux étaient retenus par un ruban rouge lui aussi et dégringolaient sur son épaule jusqu'à sa taille. Une moue contrariée plissa ses lèvres minces. Deux autres sœurs du clan vinrent compléter ce tableau. Morio se posta un peu en retrait, adossée à un arbre proche, les marques rituelles sur son front luisaient même dans la pénombre. Sanaka, la plus jeune de la famille, accompagnait Morio, la prêtresse dont elle suivait la formation. Lorsqu'elle avisa le cadavre encore chaud, elle laissa échapper un piaulement et se dirigea directement vers le daim. Morio tenta vainement de la retenir mais Sanaka fut plus rapide. Elle passa un doigt tremblant d'excitation sur l'une des blessures et lécha avec délice le sang qui gouttait. Ino grogna sourdement, exaspérée. Akane leva les yeux au ciel.

— Je m'en occupe, dit-elle avec lassitude.

L'aînée s'approcha de Sanaka et la saisit par le bras. D'un geste sec, elle l'éloigna de l'animal. La cadette se laissa faire et la lueur avide dans ses yeux s'estompa. Sanaka sembla émerger d'une transe. Elle s'ébroua et croisa le regard dur d'Ino.

— Pardon, murmura-t-elle.

— Tu es ridicule, la tança Ino. Et dire que tu as été choisie pour protéger nos cultes et nos secrets. Tu n'arriveras jamais à la cheville de Morio si tu n'es même pas capable de te contenir un peu plus. C'est une offrande rituelle, Sanaka, pas un amuse-bouche avec lequel tu peux jouer. Ramène-la, lança-t-elle à Akane avec mépris.

Sanaka baissa la tête, soumise. Akane feula doucement, vexée de cette injuste punition. Hikari fronça un sourcil. D'un geste du menton, la chasseresse fit signe à sa sœur d'obéir. Ino était d'une humeur exécrable, nul besoin de la contrarier davantage. Akane, crispée, entraîna à sa suite sa jeune sœur au petit trot. Hikari suivit leur course avant que la forêt ne les avale. Morio s'agenouilla près de l'animal mort. Elle renifla la carcasse et eut l'air satisfaite. Elle murmura quelques mots pour honorer la bête. Son sacrifice servirait un dessein plus grand.

— C'est une bonne prise, jeune et forte.

— Il porte encore ses premiers bois, remarqua Ino du bout des lèvres.

— Oui, il les aurait perdus d'ici quelques jours, confirma Morio. La fracture des cervicales est nette, le corps n'est presque pas abîmé, ce sera parfait pour la cérémonie.

— Merci, répondit Hikari.

— Ce n'était pas un compliment, répliqua Ino d'une voix suave. Tu es notre chasseuse, nous n'en attendions pas moins de toi, tu n'as fait que ton devoir.

Vexée, Hikari ravala la pique qui lui brûlait les lèvres et demeura silencieuse malgré l'affront. Ino marqua une pause. Ses prunelles disparates la dévisageaient sans laisser filtrer aucune émotion. Hikari en oublia de respirer.

— Cependant, j'ai une bonne nouvelle pour toi, Hikari. Avec Chikanori, nous avons décidé de te proposer comme meneuse de la noce, lâcha finalement Ino au bout d'un silence interminable. La chasseresse du nord possède bien moins de pouvoirs que toi, et cette union est trop importante pour ne pas y mettre les formes. Tu es donc toute désignée pour ouvrir la voie et assurer la sécurité du convoi. Nous statuerons définitivement avec le clan du versant nord dès leur arrivée. C'est un grand honneur, j'espère que tu t'en montreras digne. Morio, tu peux rentrer aussi, tu as beaucoup à faire.

D'un geste de la main, Ino congédia Morio. Hikari regarda la prêtresse se relever avec grâce, ses cicatrices se plissèrent sur son front, renforçant son air de petite souris. Elle laissa échapper un claquement de langue réprobateur puis s'esquiva. Hikari et Ino restèrent seules. Le silence entre les deux femmes s'épaississait. Un voile de mépris émanait de la cheffe, qui fit un pas en avant. Ses dents pointues affleurèrent sur ses lèvres fines. Elle prit le visage de sa jeune sœur entre ses mains avec une délicatesse exagérée. Le souffle de Hikari se gela dans sa poitrine, elle battit des paupières, troublée. Les lèvres d'Ino se rapprochèrent des siennes avant de dévier vers son oreille, effleurant sa peau. La chasseresse ne put retenir un frisson.

— Chikanori a beau te porter aux nues, je sais ce que tu essaies de faire, souffla Ino.

— Je ne sais pas de quoi tu parles, répondit Hikari sans comprendre.

Ino pressa un peu plus ses doigts contre la mâchoire de la chasseresse. Hikari prit de petites inspirations saccadées. Ino était-elle en train de la provoquer ? Le défi n'était pas clair, elle ne pouvait pas réagir. Les lois du clan étaient très strictes, elle devait s'y conformer. Ino avait l'avantage hiérarchique, et elles le savaient toutes les deux.

— Ne te fais pas plus idiote que tu ne l'es, Hikari, la lumière divine[1], gronda la cheffe.

— Lâche-moi.

Ino gronda sourdement près de son visage. Ses ongles s'enfoncèrent dans la peau fine de Hikari, un liquide chaud affleura à ses joues. L'odeur métallique du sang embauma l'atmosphère et satura son odorat surdéveloppé. Le premier sang était versé et lui donnait le droit de se défendre. Hikari saisit les poignets d'Ino. Sa colère lui électrisait les nerfs, elle raffermit sa prise et repoussa sa cheffe. Ino résista. Ses orteils se crochetèrent dans l'humus, ses griffes labourèrent la terre. Centimètre par centimètre cependant, les mains de la cheffe de clan cédèrent du terrain, ses ongles acérés creusant des sillons sur le visage de Hikari. Les dents d'Ino s'étaient transformées en crocs. Sa mâchoire, déformée en un museau fin couvert de duvet blanc se retroussait en dévoilant des babines roses. Elle claqua des dents avec rage. Hikari rejeta juste à temps sa tête de côté. D'une bourrade, elle relâcha les poignets de sa rivale et bondit en arrière, hors de portée. Les deux femmes se défièrent du regard. Hikari jonglait entre la fureur et la peur. Ino tentait de la pousser à commettre une faute. Attentive, elle demeura immobile, les jambes légèrement pliées, prête à fuir ou à se battre, tandis que ses joues pulsaient douloureusement. Ino éclata soudain d'un rire puissant, brisant la tension palpable qui les reliait l'une à l'autre. Lorsque son fou rire prit fin, elle désigna à une Hikari toujours stoïque l'animal mort à ses pieds.

— Soigne-toi.

1. Le prénom Hikari signifie « lumière divine ».

Hikari leva un sourcil perplexe, déstabilisée. Que venait-il de se passer ? Voyant qu'elle hésitait, Ino se remit à rire en se tenant les côtes. Son rire rauque et agressif résonna entre les arbres.

— Je ne vais pas t'attaquer enfin, se moqua Ino avec un sourire carnassier. Nos invités arrivent, cela ferait mauvais genre.

Hikari resta muette. Ino en profita pour rajuster son kimono et se masser les poignets.

— Tu deviens de plus en plus forte, chasseuse. Je vais devoir surveiller mes arrières, susurra Ino.

Une lueur mauvaise dansait au fond de ses prunelles. Hikari se souvenait des jeux du clan, quand ses sœurs s'entraînaient à se battre comme des nouveau-nés encore inconscients de leurs capacités. Des siècles s'étaient écoulés depuis ces temps bénis. Mais au cours de ces jeux, jamais le sang ne coulait. Sans oser quitter des yeux la grande femme querelleuse, Hikari s'accroupit et tendit un bras vers le daim. Ses mains trouvèrent le sang coagulé sur la fourrure fauve mouchetée. Elle enfonça ses doigts dans les blessures et les porta à sa bouche, aspirant la vie. Sur ses joues, les coupures se mirent à la picoter. D'un coup de langue, elle nettoya les dernières traces de sang sur sa main. Hikari se redressa, ses pommettes à nouveau intactes.

— Tu es la seule à penser comme cela.

— Hikari, douce Hikari, il n'y a pas de place pour deux cheffes dans un clan.

— Je n'ai jamais désiré cette place, la mienne me convient et me suffit, se défendit la chasseresse.

— Évidemment, grinça Ino. En attendant, ne crois pas que tu pourras me dépasser aussi facilement. Sache que je vois clair dans ton jeu.

— Il n'y a pas de…

— Silence, la coupa Ino. Je ne suis pas d'humeur pour tes discours insipides, je sais ce que tu trames dans l'ombre et je te dis, moi, que tu ne me prendras pas ma place !

Ino lâcha ses mots à travers ses mâchoires crispées. Ses dents grincèrent. La cheffe transperça Hikari de ses yeux disparates, brun et vert sapin. Sans un mot, elle fit volte-face et disparut entre les troncs, la laissant seule avec le daim mort.

Hikari, les jambes tremblantes, s'assit sur une souche. Le chant d'un rouge-gorge s'éleva dans les airs, délitant en trilles joyeux la colère nichée dans le corps de la chasseresse. Une lourde fatigue lui tomba sur les épaules. Ses bras lui faisaient mal. Un lapin détala dans les fourrés. Hikari eut un sursaut nerveux, à nouveau prête à affronter Ino mais ce fut Morio qu'elle vit sortir des bois et s'avancer jusqu'à elle. La yokaï au visage scarifié s'agenouilla près d'elle et nettoya du pouce une goutte de sang sur les joues de la chasseresse. Toujours inquiète, Hikari tenta de se dérober.

— Calme-toi, lui dit Morio d'une voix étonnamment douce. On ne peut pas te laisser rentrer comme ça.

— Merci, bredouilla Hikari, méfiante malgré tout.

Morio lui sourit, pressant un peu plus son corps contre le sien. À nouveau, une onde de malaise parcourut le corps déjà tendu de Hikari.

— Bien, te voilà déjà plus présentable.

Hikari se releva dès que Morio eut éloigné sa main. Celle-ci accompagna son mouvement, sa main se posa sur la taille de Hikari, lui pressa la hanche. Les deux femmes se retrouvèrent debout, à moitié enlacées.

Hikari tenta de se dégager mais Morio se coula entre ses bras et nicha son visage scarifié dans le creux de son cou. Hikari sentit ses lèvres contre sa peau. Elle repoussa sa sœur, ses mains fermement posées sur ses épaules. Morio exsudait le désir par tous les pores de sa peau. Sa convoitise teintait son aura d'un jaune fade. Hikari écarquilla les yeux. Le visage de Morio se tordit entre honte et colère.

— Morio, je ne…, commença Hikari.

— Tu quoi ? J'essaie de t'aider, Hikari, et crois-moi, tu as besoin d'alliées en ce moment, susurra Morio en se dégageant d'un mouvement d'épaule.

— D'alliées ? Pourquoi aurais-je besoin d'alliées ?

— Ma parole, tu es vraiment sotte. Je peux t'aider, Ino m'écoute, moi. Je pourrais parler pour toi.

Hikari était dépassée. Par la situation, par les insinuations, par ce désir dont elle ne voulait pas. Les amours entre femmes étaient courantes et acceptées dans le clan, mais Hikari ne ressentait pas cet amour-là pour ses sœurs. Elles étaient sa famille. Elle regarda Morio, aux joues rougies par l'émotion. Que savait au juste la jeune femme du différend qui l'opposait à Ino ? Elle-même ignorait l'origine de la haine que lui vouait leur cheffe, une haine qu'elle n'avait pas vue naître et grossir mais qui semblait ancienne et profonde. Elle tendit une main en direction de sa sœur, mais celle-ci se détourna en grondant.

— Morio, regarde-moi, nous sommes sœurs. Ino est aveuglée par sa colère, elle s'imagine que je veux lui prendre sa place mais ce n'est pas le cas. Elle finira par le comprendre, j'en suis sûre.

— Tu ne vois rien, n'est-ce pas ? Elle a peur ! Laisse-moi t'aider, supplia presque Morio, ses grands yeux noirs frangés de larmes. Tu pourrais prendre sa place, je pourrais t'aider. Je t'en prie. Laisse-moi être à tes côtés.

Avec ses mots, elle s'avança encore, son visage traversé d'ombres. Les doigts de Morio lui effleurèrent le bras. La caresse envoya des ondes désagréables danser jusqu'à sa nuque. Le désir de la yokaï circulait entre leur peau comme un fluide vivant et trop longtemps retenu. Hikari s'écarta vivement en laissant échapper une exclamation de surprise :

— Non !

Morio blêmit face à ce rejet catégorique et croisa les bras sur sa poitrine menue. Hikari aurait voulu faire un geste vers elle, mais elle eut peur qu'il soit une fois de plus mal interprété. Elle resta donc silencieuse, à se tordre les mains face à cette situation gênante. Elle finit par ouvrir la bouche pour rompre le silence, mais la jeune femme la devança :

— C'est à cause de mes cicatrices ? murmura-t-elle d'une voix étranglée.

— Tes cicatrices ? Non, bien sûr que non ! Morio, c'est juste que je ne ressens pas ces choses-là pour toi.

— Pas pour moi, répéta Morio, les yeux dans le vague.

L'air triste qui lui brouillait les traits se durcit. Elle redressa la tête, répétant ces derniers mots, comme une litanie pour elle-même, et s'enfonça dans la forêt sans un regard en arrière.

Hikari se retrouva seule. Elle s'assit à côté de sa proie, pensive. Les paroles d'Ino et de Morio tourbillonnaient sous son crâne, lui donnaient la nausée. Elle entendit un chant monter depuis les entrailles de la montagne. Hikari leva le menton, ses oreilles évaluant la distance qui la séparait des bûcherons. Ils étaient bien trop proches.

Elle bondit sur ses pieds. Elle renifla l'odeur de chair et de musc du daim. Les humains risquaient de le découvrir. Ino ne lui pardonnerait jamais ce faux pas. Avec un soupir contrarié, Hikari chargea la carcasse sur son dos. Ses poils drus lui démangèrent le cou. Elle grogna pour la forme et se mit en marche, le cœur lourd et inquiet.

6

1467, province d'Izumi, Japon.

Hikari se hâta en direction du temple abandonné dans les hauteurs de la montagne. L'air portait le son des craquements, annonciateurs de nouvelles chutes de neige. Elle fit cascader sa longue chevelure pour en chasser les feuilles qui s'y accrochaient et pénétra dans le sanctuaire. Elle traversa l'allée principale, flanquée d'une fontaine purificatrice laissée à l'abandon, et de cellules jadis habitées par des religieux. La toiture de tuiles rouges était effondrée et les mousses mangeaient les murs.

Elle se dirigea vers la structure principale, ouverte aux courants d'air. En son centre flambait un feu ardent, dont la fumée s'échappait par une ouverture du toit. Autour de l'âtre, des coussins étaient dispersés sur le sol, sur des nattes de bambou tressées. La chasseresse se délesta de son encombrante proie. Chikanori, la doyenne, s'en empara et commença à la préparer pour le repas. Hikari s'avança parmi ses sœurs, chercha Akane du regard. Elle avisa sa cadette dans un coin, disciplinant les longs cheveux de Rika à l'aide d'un peigne de bois. Elles riaient de concert, joyeuses. Elle tourna la tête vers Ino. La cheffe de clan trônait au milieu des femmes rassemblées. Dans les ombres, assise en tailleur avec ses osselets de divination, Morio ne releva même pas la tête à son passage. Ses sourcils froncés et la lueur du feu accentuaient les marques rouges sur son front.

Ino leva son cou gracile vers la nouvelle venue et fit un geste de la main. Aussitôt, une jeune femme, presque une enfant, se précipita, un plateau entre les mains. Hikari reconnut Kaede, l'humaine qui s'était perdue dans la forêt plusieurs semaines auparavant. Ino l'avait trouvée par hasard et s'était entichée de la jeune fille au point de la garder près d'elle. L'esprit de Kaede avait été saturé de visions et d'images. Envoûtée, sa volonté avait été brisée par la magie du clan et ses souvenirs arrachés. Elle ne s'en remettrait jamais. Le jour où Ino se lasserait de l'humaine et la renverrait dans son village natal, ses proches ne retrouveraient qu'une coquille vide. Hikari eut pitié d'elle. Ce qu'elle aurait autrefois pris pour un jeu sans importance lui apparut en cet instant comme un acte cruel et égoïste.

L'adolescente déposa des tasses de saké fumant et s'inclina, les yeux perdus dans le vague. Ino lui donna l'ordre silencieux de danser puis l'oublia aussitôt. Les tourments imposés par Ino avaient été si violents que même ces pas traditionnels, que l'apprentie prêtresse connaissait à la perfection, étaient à présent exécutés avec maladresse. Hikari vit des larmes silencieuses tracer des sillons plus clairs sur ses joues souillées et creusées par la faim. Elle eut pitié de la pauvre enfant et se demanda combien de temps encore Ino s'amuserait avec elle avant de s'en lasser. La cheffe de clan fit signe à Hikari de s'asseoir face à elle et lui proposa une coupe. Hikari, encore tendue par sa dernière entrevue avec sa sœur, s'assit avec raideur et prit le breuvage pour se réchauffer les doigts. Morio redressa soudainement la tête, son attention tournée vers la porte grande ouverte du temple.

— Ils arrivent, chuchota-t-elle.

Et comme si la forêt l'avait entendue, une mélodie flûtée s'éleva dans les airs, annonçant la venue des représentants du clan du versant nord. Toutes les femmes se levèrent d'un seul mouvement pour sortir accueillir leurs invités.

Une procession de cinq femmes convoyant le promis se présenta aux abords du temple. Leurs vêtements de voyage étaient richement décorés et brodés du symbole de leur clan, une lune pleine coiffant une vague. Leur représentante, une femme mûre, aux cheveux poivre et sel, du nom d'Akimi, s'inclina devant Ino et présenta les siens. Hikari et ses sœurs regardèrent les nouveaux venus avec curiosité. Ino et Chikanori reçurent les premiers hommages et les cadeaux rituels.

Le clan du nord apportait avec lui de somptueux bols laqués, leur fierté artisanale, ainsi que des soieries délicates qui firent briller de plaisir les yeux sombres d'Ino. Morio, plus grave et silencieuse que jamais, fit pénétrer Akimi et sa suite dans le temple où un banquet avait été dressé. Les deux cheffes de clan échangèrent une coupe de saké rituelle. Un silence respectueux accompagna ce geste sacré et chargé de sens. L'offrande et son acceptation engageaient les deux partis en un pacte de non-agression pour la durée des noces. Pacte qui serait scellé après la cérémonie. Du soulagement mêlé de fierté envahit Hikari devant l'importance de ce si petit geste.

Après cet échange, Rika fut enfin présentée à son futur époux, Gen, le seul membre mâle de la délégation. Des murmures appréciateurs montèrent dans les rangs du clan. Le jeune homme avait un visage avenant et de larges épaules, il la dépassait d'une tête. Il portait un kimono de cérémonie bleu foncé parsemé de fleurs de glycine. Sa crinière brune étincela à la lueur des flammes alors que ses yeux couleur d'ambre, aux pupilles fendues, dévisageaient la jeune femme avec envie. Rika rougit et se fit taquiner par ses sœurs.

Le banquet se déroula en douceur tout au long de la nuit. Chaque clan était avide de découvrir ses nouveaux alliés et les premiers liens se tissèrent. Chitose, la musicienne du clan, accorda son shamisen[1] pour suivre la mélodie endiablée des joueuses de flûte d'Akimi. Sanaka, qui adorait danser, entraîna les invités à l'extérieur du temple où l'on improvisa une fête. La mélodie enveloppait la nuit, encourageait les confidences. Rika et son promis s'éclipsèrent discrètement tandis que Sanaka et Fumi venaient chercher Hikari pour l'entraîner au milieu des noceurs. Même Ino participa aux danses rituelles, accompagnée de la cheffe du clan du nord.

La fête battait son plein lorsque des silhouettes émergèrent des arbres dans un sifflement soyeux pour se joindre aux réjouissances. On accueillit plusieurs

1. Shamisen : instrument traditionnel shinto ressemblant à une guitare.

hommes aux profils acérés. Les tengus[1] s'inclinèrent poliment avant de prendre leur place près du feu. Chikanori se porta à leur rencontre et engagea la conversation. Ils furent rapidement rejoints par des rongeurs de la taille d'un petit enfant, au regard sombre et malicieux, ainsi que par deux belles femmes au corps terminé par une queue de serpent écailleuse, qui descendirent des hautes branches pour onduler avec la musique.

La tête rendue légère par l'alcool, Hikari lâcha la main d'une des invitées et se propulsa, les jambes tournoyant encore, vers le foyer. Elle essuya d'un revers du poignet la sueur qui lui maculait le front tandis que des protestations accompagnaient son désistement. Chitose entama un nouvel air, les couples se reformèrent et la danse reprit de plus belle. Sanaka lança l'idée d'une grande partie de cache-cache qui enflamma les esprits. Les filles du clan, comme leurs invités, se rassemblèrent. Leurs longs cheveux les enveloppèrent comme un drap, leurs mains se refermèrent en poings. Dans un même ensemble, elles levèrent la tête vers le petit bout de ciel visible dans le toit. Leurs pupilles prirent une teinte plus claire, tirant sur le jaune et se fendirent d'une barre verticale. Leurs mâchoires s'allongèrent et leurs dents claquèrent dans la nuit. Finalement, elles se fondirent entièrement dans la masse de

1. Tengu : type de créatures légendaires de la religion populaire japonaise, ils sont aussi considérés comme des dieux shinto (kami) ou comme des yokaïs. À l'origine, ils prenaient la forme de rapaces, et ils sont traditionnellement représentés avec des caractéristiques à la fois humaines et aviaires.

leurs cheveux qui avaient pris toutes les nuances de roux et se recroquevillèrent au sol.

Toute à son allégresse, Hikari laissa la transformation rétrécir son corps, renforcer ses muscles, affiner sa vision et son odorat. Imitant ses sœurs et leurs invités, elle se débarrassa de sa peau humaine comme d'un vêtement trop petit et savoura avec délice la sensation du vent dans ses poils roux. Elle frappa le sol de ses pattes aux extrémités d'un beau noir luisant et s'assit, ses cinq queues s'enroulant autour de ses membres antérieurs. Autour d'elle, six renardes au port altier l'observaient avec attention. Les femmes-renardes s'égaillèrent dans les bois en glapissant avec entrain. Hikari allait s'élancer pour participer au jeu quand la chasseresse croisa les prunelles inquisitrices d'Ino, qui s'éloignait avec Akimi pour discuter au calme. Hikari soupira, toute allégresse envolée, après ce simple échange de regards.

Elle se redressa et reprit une apparence humaine, chercha Akane du regard. Elle la trouva assise près de Chikanori, qui s'écarta pour lui faire une place entre elles. Les tengus, au nez busqué et aux cheveux comme un plumage, hochèrent la tête dans sa direction. L'un d'entre eux s'était lancé dans une partie de go[1] avec la doyenne. Hikari inclina à son tour la tête avec respect. Elle s'apprêtait à s'asseoir lorsqu'elle réalisa qu'elle n'avait pas aperçu Morio de la soirée. Sans attendre, elle projeta son aura autour d'elle, autant de filaments de pensées tournés vers sa sœur absente. Elle la débusqua, prostrée, dans un coin du temple. Le cœur de la jeune femme se serra et elle se dirigea vers le bâtiment principal.

1. Go : jeu traditionnel japonais.

— Où tu vas ? demanda Akane d'une voix ensommeillée par le saké.

— Voir Morio, elle reste seule dans son coin sans participer à la fête.

— Elle semble de mauvaise humeur ces temps-ci. Hier soir, elle a rabroué Fumi sans raison. Même Chitose, dont elle est très proche, n'a pas réussi à lui tirer les vers du nez.

Hikari déglutit, submergée par la culpabilité. À peine visible dans les profondeurs silencieuses du temple, Morio semblait perdue dans ses pensées, à moitié engloutie par la pénombre. L'aura sombre qui l'entourait, et qu'elle percevait malgré la distance, la cloua sur place. Akane se leva à son tour et lui prit la main.

— Je t'accompagne, elle a besoin de nous.

Sur ces mots, sa cadette l'entraîna en direction du temple. Elles pénétrèrent dans le lieu consacré, traversèrent la salle. Elles arrivèrent à hauteur de Rika en pleine discussion avec Gen, dans un concert de chuchotis complices. Une expression de bonheur illuminait son visage. Elle leur adressa un petit signe de main. Les deux sœurs échangèrent quelques mots avec les futurs époux, avant de poursuivre leur chemin. La prêtresse broyait du noir dans un angle du temple, recluse dans les ténèbres que léchait à peine la lumière du feu central, refusant de se joindre aux festivités. À ses côtés, Kaede se balançait lentement d'avant en arrière, assise dans la poussière, le regard vide. Hikari pressa la main d'Akane pour la mettre en garde. Sa cadette les fit s'asseoir près de la prêtresse. Morio se tourna pour lui jeter un coup d'œil morne.

— Tu ne t'amuses pas ? lui demanda Akane. Tu ne veux pas venir danser avec nous ? Il faut profiter de Rika avant qu'elle ne s'en aille.

Morio haussa les épaules avec indifférence, elle jouait avec ses osselets entre les bois d'un daim, posés devant elle. Ses yeux se fixèrent sur les mains entrelacées de ses sœurs, et son visage se déforma en une horrible grimace de colère. Elle foudroya Akane du regard et se leva d'un bond, envoyant valser les os qu'elle manipulait. Akane bondit sur ses pieds. Elle recula et son dos heurta le mur du temple. Acculée, elle affichait une mine interdite devant la violente réaction de sa sœur. Hikari s'esquiva d'une roulade. À demi accroupie au sol, les doigts écartés, prête à se défendre, elle retint son souffle. Des volutes délétères émanaient de la prêtresse qui feula de rage. Les trois femmes se retrouvèrent face à face. Akane s'avança lentement vers elle, la main tendue en geste d'apaisement.

— Morio ? Que se passe-t-il ?

— Laisse-moi ! glapit cette dernière.

Hikari pouvait lire douleur, incompréhension et rage sur le visage mangé par les ombres de la prêtresse. Elle abandonna sa posture défensive et tendit une main vers elle en signe de paix. D'un geste vif, Morio repoussa son offre. Sa paume claqua sur le poignet de Hikari.

— Ne m'approche pas, souffla-t-elle d'une voix cassée. Ino avait raison à propos de toi.

Elle fit volte-face et sortit du temple au pas de course. Les clochettes à ses chevilles tintèrent avec colère. Elle claqua sèchement de la langue et Kaede la suivit, comme un pantin sans volonté. Hikari n'essaya pas de la rattraper. Les deux sœurs restantes échangèrent un coup d'œil circonspect.

— De quoi parle-t-elle ? lui demanda Akane.

Hikari se contenta de hausser les épaules et se tourna légèrement pour cacher son trouble. Sa conversation avec la prêtresse dans la forêt lui revint en mémoire. Morio pouvait-elle vraiment croire que Hikari désirait destituer Ino ? Qu'elle jouait un double jeu ? Cette idée la révulsa autant qu'elle l'attrista. Elle pensait connaître ses sœurs comme une extension d'elle-même. Elle réalisa qu'elle se trompait et la chute était rude. Elle fit face à Akane, et ne put réprimer la question qui lui brûlait la langue.

— Toi aussi tu penses que je suis étrange ? Que je suis une mauvaise sœur pour le clan ? demanda Hikari.

— Je pense que la plupart de nos sœurs ne comprennent pas ton… indépendance d'esprit, lui dit-elle gentiment après un instant de réflexion. Cela fait partie de ce que tu es. Même si j'aurais plus tendance à qualifier ça de témérité déplacée. Quant à Ino, il est clair qu'elle souhaiterait te voir plus soumise. On ne peut pas dire que tu fasses montre d'un respect absolu pour sa position.

— Je n'ai jamais manqué à mes devoirs, se défendit Hikari.

— Tu ne la respectes pas comme tu respectais Chikanori, répondit Akane du tac au tac.

Hikari laissa échapper un soupir las. Chikanori avait dirigé le clan pendant des siècles, elle était sage et respectée. Hikari avait voté contre son remplacement, tout le clan le savait, elle ne s'en était pas cachée. La doyenne était comme une mère pour elle et ses sœurs, la chasseresse avait très mal vécu la passation de pouvoir et le soutien du reste du clan envers Ino. Mais les hommes se reproduisaient à une vitesse qu'elles ne pouvaient pas suivre, et empiétaient sur les terres sacrées. Les clans étaient toujours plus éloignés, toujours plus indépendants. Elles avaient besoin de forces, d'alliances solides et Ino incarnait cela pour ses sœurs. Elle avait toujours respecté les lois et les traditions, on ne pouvait pas lui reprocher cela.

— Je pense aussi que tes intérêts multiples ne sont pas innocents dans la méfiance que tu suscites, reprit Akane.

— Parle franchement, je n'aime pas les devinettes, s'agaça Hikari.

— Tu passes trop de temps à observer le village. Ta vie est ici, avec nous. Comme Morio a visiblement un faible pour toi, elle a peut-être du mal à gérer le fait que tu t'intéresses plus aux humains qu'à nous. Elle s'en remettra.

— Oui, peut-être, marmonna Hikari.

Akane dégagea les mèches de cheveux qui masquaient le visage de sa sœur. Ses doigts frais balayèrent les tempes de Hikari, apportant réconfort et amitié.

— Allez viens, allons courir avec les autres ! Il faut profiter de la nuit, demain est un grand jour.

Akane lui saisit le bras et l'entraîna avec elle. Elles traversèrent le temple dans l'autre sens et rejoignirent les chants et les rires résonnant dans les hauteurs de la montagne.

Jun fermait la marche comme à son habitude. Maintenant que les jours raccourcissaient notablement, les bûcherons revenaient en pleine nuit, soufflant entre leurs doigts transis pour les réchauffer. Lorsqu'ils atteignirent le village, ils eurent la surprise de trouver les habitants encore debout malgré l'obscurité, rassemblés de manière compacte autour de Yûichi, le prêtre shinto. Un vent glacial soufflait des hauteurs, sifflant à leurs oreilles rougies par le froid. Les visages inquiets échangeaient des paroles à voix basse, faisant voler des nuages blancs entre eux. Les regards se tournaient furtivement vers les flancs de la montagne. La petite troupe se mêla à la foule et Jun leva les yeux dans la direction qui semblait les inquiéter. Il lui fallut un moment pour apercevoir ce qui les intriguait tant. Tout en haut de la montagne, de petites taches lumineuses se déplaçaient entre les arbres, formant une procession dansante. Il en dénombra une vingtaine. Les villageois se pressaient autour du prêtre, la peur vibrant sur leurs visages à la lueur des lanternes.

— Père Yûichi, qu'est-ce que c'est ? demanda un homme dont le fils se cachait derrière ses jambes.

— C'est un maléfice, les dieux se jouent de nous, renchérit un autre. Ils veulent nous perdre dans les bois pour nous dévorer.

Jun vit Utsumori, le forgeron, lever un regard plein d'espérance vers les lueurs. Un pincement d'angoisse serra le cœur du bûcheron à l'idée que l'homme ait encore l'espoir de retrouver sa fille vivante. Dans la foule qui le pressait de questions, le prêtre leva les mains en signe d'apaisement et le calme revint.

— Malheureusement, je ne sais pas ce que sont ces lumières, avoua le religieux. Mais nous savons que la montagne est le territoire des dieux et des esprits.

— C'est peut-être un présage ? le coupa un homme.

— Un mauvais présage alors, renchérit Watanabe, l'aubergiste bedonnant. Les seigneurs de guerre sont à cran, les derniers voyageurs qui sont passés au village ont rapporté des rumeurs inquiétantes. Ce sont peut-être des ronins[1] ou des mercenaires !

— Ou un autre village venu pour piller notre forêt. Tout le monde sait que notre bois est le meilleur ! s'exclama le premier homme, entraînant un concert de murmures anxieux. Et maintenant que les hommes du daimyo sont repartis dans la vallée…

— Ne nous affolons pas, tempéra le prêtre. Vous vivez ici depuis toujours, vous connaissez la forêt.

Il se tourna vers les bûcherons.

— Soyez prudents à la nuit tombée, rentrez plus tôt s'il le faut, leur conseilla-t-il. Tant que nous ne savons pas de quoi il s'agit, si vous voyez une de ces lumières, ne vous en approchez pas.

— Moi, je dis qu'il faudrait aller voir, en avoir le cœur net, dit Utsumori, la main crispée sur sa masse.

— Il a raison, lui accorda Watanabe. On ne va pas rester là sans rien faire ! Kazuya, dis quelque chose !

Un murmure d'assentiment parcourut le village. Le grand bûcheron resta silencieux. L'espace d'une seconde, il accusa sa cinquantaine bien tassée et la vie âpre de son métier. Les rides qui rayonnaient de ses yeux se plissèrent et celles de son front se creusèrent un peu plus. Kazuya dirigeait les bûcherons du village depuis plus de vingt ans déjà. Chacune des fibres de son corps connaissait, sentait la forêt. Pourtant, ce soir-là, il semblait perplexe et inquiet. La coupe et la revente du bois étaient les activités principales du

1. Ronin : samouraï sans maître.

village. Sans ce revenu, ils seraient obligés d'abandonner leurs maisons et leurs vies pour tenter leur chance à la ville. Une boule d'angoisse se coinça dans la gorge de Jun à cette perspective. Malgré tout, il abondait dans le sens du père Yûichi. Ils devraient rester prudents le temps d'en savoir plus, et si kami[1] il y avait, mieux valait ne pas s'impliquer. Il se rapprocha de Kazuya et de Hisao, qui agitait la tête, sensible aux revendications des villageois.

— Il y a toujours un risque que des esprits soient réunis dans la forêt, tenta Jun. Nous en avons déjà aperçu, nous devrions être prudents.

— Nous sommes forts, répliqua Utsumori, je n'ai pas peur des fantômes.

— Tu devrais. Leur manquer de respect est dangereux, répondit Jun.

— Il a raison, dit Kazuya en posant une main sur l'épaule de son ami.

— Je ne te savais pas couard, Kazuya. Voilà ce que je propose, lança Utsumori en agitant sa masse. Si les lumières sont à nouveau là demain soir, nous irons voir de quoi il retourne. Et s'il s'agit d'hommes de chair et de sang, nous leur apprendrons à venir déboiser nos terres en cachette ! À moins que vous n'ayez trop peur de retourner en forêt la nuit.

Des vivats accueillirent sa menace. Pris au piège de la pression populaire et des sous-entendus insultants du forgeron, Kazuya acquiesça en silence. Il eut un geste d'excuse pour ses hommes qui grimaçaient dans son dos. Jun secoua la tête.

1. Kami : appellation japonaise pour « dieux ».

— Et s'il ne s'agit pas d'humains ? demanda le prêtre, les sourcils froncés.

Les villageois gardèrent le silence. Utsumori paraissait plus déterminé que jamais, ses lèvres tremblaient de rage contenue, il semblait prêt à basculer dans la folie. Kazuya se contenta de hausser les épaules.

— Organisons des tours de garde, proposa Kazuya, pour surveiller ce qu'il se passe. S'il s'agit d'étrangers venus piller nos forêts, cela devrait les dissuader de s'approcher. S'il s'agit d'esprits, quelques protections simples devraient suffire pour commencer. Qu'en pensez-vous, Yûichi-sama ?

Le prêtre afficha une mine défaite avant d'acquiescer. Jun lui adressa un sourire compatissant quand il se détourna pour rejoindre son sanctuaire, pour récupérer des amulettes et de l'encens. Les conversations continuèrent un moment. Utsumori prit le premier tour de garde et plusieurs villageois se proposèrent également pour surveiller la montagne. Yûichi revint et déposa des offrandes de riz et d'encens musqué devant l'entrée du village. On accrocha des plaques votives aux poteaux qui encadraient le chemin menant à la place centrale. Une bise souffla son froid mordant sur les villageois pendant les opérations.

Jun raccompagna Hisao jusqu'à sa chaumière. Arrivés devant sa porte, le jeune homme semblait hésiter à dire quelque chose. Les arbres bruissaient dans leur dos et la lune éclairait la scène d'une lueur spectrale. Hisao et Jun se connaissaient depuis l'enfance. Hisao avait toujours été différent, il sentait la présence des kami dans la nature et s'effrayait de leur pouvoir et de leur invisibilité. Il lui arrivait souvent de déposer des offrandes sur les chemins forestiers, malgré les moqueries de ses camarades. Depuis son enfance, il pouvait prédire les jours de pluie et l'arrivée de la neige. Les gens du village avaient eu du mal à accepter ce jeune homme si différent d'eux, et les enfants s'étaient souvent montrés cruels avec lui. Jun s'était toujours fait un devoir de le protéger. En dépit de sa force, acquise par de longues heures de travail en plein air, Hisao restait un enfant, un peu simplet, effrayé par sa propre ombre. Aujourd'hui, sur le visage de son ami, Jun lisait une peur sincère, comme si le bûcheron avait pressenti quelque chose que les autres n'avaient pas encore saisi. Jun se tourna vers la montagne, où le ballet des lueurs se poursuivait. Il y avait une grâce dans leur danse secrète, une intensité qui perçait à travers la peur qu'elles lui inspiraient.

— Toi aussi tu sais que ce sont les esprits de la dernière fois, n'est-ce pas ? demanda Hisao, hypnotisé par le spectacle comme son ami.

— Oui, murmura Jun dans un souffle glacé. J'en suis certain.

Hisao acquiesça en silence et les deux hommes se séparèrent.

7

2016, Tokyo, Japon.

Mina s'extirpa avec difficulté de la gare. Elle repoussa une mèche de cheveux collée à son cou par la sueur et déboucha enfin à l'extérieur. Le fond de l'air était encore chaud et ses manches longues et ses gants n'arrangeaient rien. Shibuya n'était pas la sortie la plus fréquentée du monde pour rien. Des centaines de personnes se pressaient sur la petite place pour emprunter les immenses passages piétons connus dans le monde entier. Elle consulta sa montre, elle était pile à l'heure. Mina s'avança sur la place, mal à l'aise, bousculée par les couples et les groupes d'amis qui se retrouvaient là. Elle finit par se retrancher près de la grande statue du chien Hachiko et se mit à scruter la foule à la recherche de Natsume. Une toux forcée attira son attention.

Natsume était déjà là. Elle se tenait très droite, une expression contrariée sur son beau visage, elle tapait du pied avec agacement. Elle portait une robe noire très moulante et très courte, et des chaussures à talons qui faisaient paraître ses jambes encore plus longues.

Ses cheveux étaient remontés en queue-de-cheval, lui dégageant le visage et le cou. Un fin blouson en toile couvrait ses épaules nues.

— Je n'avais pas l'impression d'être transparente pourtant, dit-elle avec une pointe d'amertume.

— Désolée, toute cette foule, ça m'angoisse, je ne faisais pas attention, s'excusa Mina.

— Bon, allons-y, dit Natsume en rajustant sa robe.

— Et où allons-nous exactement ? demanda Mina, déjà épuisée par cette soirée.

— Tu verras quand on y sera. C'est un endroit spécial.

Mina haussa un sourcil interrogateur auquel Natsume répondit par un clin d'œil avant de lui faire signe de la suivre. Mina frissonna malgré l'air doux de la nuit et suivit la déléguée dans les rues de Tokyo.

Lorsqu'elles arrivèrent devant la grande enseigne de néons rouges qui matérialisait l'entrée de Kabukicho, le quartier chaud de la ville, Mina commença à se faire du souci. C'était la première fois qu'elle venait dans cette partie de Tokyo, de nuit qui plus est. Dans les rues, encombrées de pancartes et de trépieds, les passants se bousculaient en une foule dense et avide. Des centaines de néons aux couleurs criardes clignotaient pour attirer le chaland. Elles remontèrent la rue principale, dépassèrent un cinéma d'où serpentait une longue queue de clients, perdus au milieu des bars, des clubs de strip-tease et des *love hotels*. Après plusieurs tours et détours dans le quartier, Natsume les amena près d'un bar devant lequel deux hommes en costume patientaient en souriant aimablement. Son regard dériva malgré tout vers les néons qui surplombaient l'entrée. Mina freina des quatre fers.

— Attends, nous n'allons pas entrer là-dedans, n'est-ce pas ? C'est un kyabakura[1], il y a des hôtes et des hôtesses à l'intérieur et…

— Merci, la coupa son amie, je sais ce qu'est un cabaret. Tu me dois une faveur et tu vas venir avec moi, c'est non négociable.

— Ils ne nous laisseront jamais entrer. On n'est même pas majeures !

— Ne t'inquiète pas pour ça, suis-moi.

Natsume lui prit le bras et se dirigea vers la double porte. L'homme en smoking s'avança vers elles d'une démarche assurée, leur coupa la route et leur demanda d'une voix grave s'il pouvait les aider. Natsume prit immédiatement les choses en main. Elle lui murmura quelque chose à l'oreille et Mina crut entendre une clochette tinter quelque part au-dessus d'eux. L'homme recula d'un pas. Un sourire apaisé sur son visage rasé de près, il leur libéra le passage en leur souhaitant une bonne soirée. L'espace d'un clignement de paupières, son visage s'affina en un museau canin et des oreilles se dressèrent sur le sommet de son crâne. Natsume le remercia. Mina avait du mal à détacher son regard du yokaï. Une douleur aiguë lui traversa le bras et doucha son émerveillement. Natsume venait de la pincer, la ramenant à la réalité. Les rabatteurs ne se préoccupaient déjà plus d'elles. Natsume la jaugeait avec un sourire en coin et Mina comprit qu'elle s'était fait avoir comme une débutante par les illusions du yokaï qui gardait la porte. Elle serra

1. Kyabakura : établissement dans lequel les clients peuvent passer du temps avec des hôtes et des hôtesses pour discuter et boire.

ses poings gantés, furieuse contre sa naïveté, et suivit la déléguée. Les deux jeunes filles s'avancèrent et se retrouvèrent face à deux portes. La première était tendue d'un rideau de brocard rouge et il s'en échappait une musique d'ambiance douce et suave. Natsume se dirigea vers la seconde porte, toute simple en fer brillant au bas d'une volée de marches. Une affiche aux couleurs passées y était accrochée. Elle représentait une forêt enneigée. Natsume appuya sur la poignée et elles pénétrèrent dans le cabaret.

À l'intérieur, il régnait une atmosphère enfumée et intimiste. Les murs étaient lambrissés de bois sombre qui donnait un air accueillant à la grande salle voûtée. L'espace se divisait en plusieurs zones aux décors variés. Les styles de différentes époques se côtoyaient, se chevauchaient dans un ensemble hétéroclite mais étrangement harmonieux. Les deux jeunes filles dépassèrent plusieurs tables basses posées sur des tatamis clairs autour desquelles se tenaient des clients, agenouillés. Quelques pas plus loin, de larges banquettes de cuir rembourrées entouraient des tables, créant de petits îlots entre lesquels les serveuses en tenue traditionnelle se déplaçaient. Leurs longs kimonos étroits masquaient leurs jambes et leur donnaient une démarche ondulante. Leurs cheveux étaient relevés en chignons compliqués et piqués de peignes et de breloques qui rappelèrent à Mina les bijoux des geishas. La pièce n'était éclairée que par les petites lampes disposées sur les tables et par la lumière provenant de l'imposant bar accolé contre l'un des murs. Il faisait chaud et l'air sentait le soufre des allumettes, utilisées pour allumer les bougies. La fumée des lumignons et des cigarettes embrumait l'atmosphère et rajoutait à l'irréalité de la scène.

Mina laissa Natsume la guider entre les tables et les conversations menées dans des murmures. Des têtes se tournaient sur leur passage, tantôt indifférentes, tantôt franchement antipathiques. Il lui fallut plusieurs secondes pour comprendre que les œillades malveillantes ne lui étaient pas adressées, c'était Natsume qui s'attirait cette méfiance. Les regards des clients du cabaret se contentaient de glisser sur elle, comme si sa présence en ce lieu singulier n'avait rien de saugrenu. L'euphorie l'envahit. Elle eut la sensation accrue d'être à sa place dans ce lieu étrange.

— On est où ici ? bafouilla Mina sans plus savoir où donner de la tête.

— Bienvenue au *Kogage*, l'ombre de l'arbre, dit Natsume en étendant les bras.

— Les gens ici, ce sont des esprits, réalisa Mina.

— Pas tous mais presque.

— Tu peux les voir ?

Une expression meurtrie traversa les prunelles sombres de Natsume. Elle la masqua rapidement derrière un sourire sans joie.

— Le *Kogage* bénéficie d'un kekkaï spécial. C'est une barrière de protection qui empêche les humains d'entrer ou même de simplement voir ce lieu. En contrepartie, la vraie nature des esprits ne peut y être dissimulée, ils doivent se montrer tels qu'ils sont.

La chair de poule hérissa les bras de Mina qui ouvrit de grands yeux émerveillés. Pour la première fois, elle fut heureuse d'être en mesure d'admirer ces yokaïs qu'elle passait son temps à éviter. Elle vit passer une femme avec une queue de chat et des moustaches, et resta figée la bouche ouverte. La femme lui adressa un clin d'œil mutin de ses pupilles fendues et disparut dans la fumée. N'en croyant pas ses yeux, Mina suivit Natsume jusqu'à une petite table libre. Une serveuse sans âge s'approcha en glissant sur le parquet huilé. Elle portait un yukata[1] orné de fleurs de cerisier et ses dents étaient recouvertes d'une pâte noire et odorante. Quand elle leur souhaita la bienvenue, sa bouche sembla s'ouvrir sur un puits de ténèbres. Natsume commanda deux sodas. La serveuse lui lança un regard vide sans bouger avant de se tourner vers Mina. Un silence gênant plana au-dessus de la table. En voyant Natsume serrer les dents de rage, Mina comprit que la serveuse attendait qu'elle parle. Elle confirma la commande, et la serveuse s'inclina poliment avant de s'en aller. Mina dut retenir un mouvement de surprise lorsque le second visage qui ornait l'arrière du crâne de la femme lui adressa un sourire complice. Elle n'osa pas se tourner vers Natsume qui fulminait à ses côtés. Pour la première fois, sa camarade n'était pas en position de supériorité. N'y tenant plus, elle brisa le silence boudeur de Natsume.

— Comment as-tu trouvé cet endroit ?

— C'est un lieu assez connu des chasseurs de démons, j'ai trouvé l'adresse dans les affaires de mon oncle il y a quelque temps maintenant, avoua la déléguée.

— Comment ton oncle connaît-il ce genre d'endroit ?

— Il est prêtre exorciste dans un sanctuaire shinto, à Kinutakoen, dans le parc, tu connais peut-être.

1. Yukata : kimono léger porté en été.

— Je suis déjà passée devant oui, confirma Mina. Natsume-chan, pourquoi sommes-nous ici ?

Face à elle, la déléguée hésita. Elle afficha une moue contrariée puis songeuse.

— Tu me dois une faveur pour n'avoir rien dit à propos de la forêt, lui lança Natsume.

— Je ne suis même pas sûre moi-même de ce qu'il s'est passé là-bas, se lamenta Mina.

— Écoute, je ne vais pas y aller par quatre chemins, j'ai besoin de toi. Aide-moi, dit-elle, et je t'aiderai aussi.

— T'aider à quoi ?

— Ta mésaventure dans la forêt avait tout d'une attaque de démon. Sans parler d'Emiko, je suis presque certaine qu'elle est possédée. Je sais que tu peux voir les esprits, je veux que tu m'apprennes à faire pareil.

— Et en échange ? demanda Mina, sceptique.

— En échange, je t'aiderai à découvrir la vérité sur les événements du temple.

— Je vois, commença Mina avec prudence. Et si je n'en suis pas capable ?

— Eh bien, je préférerais ne pas en arriver là. Mais si tu refuses mon offre, je ferai de ta vie un enfer, lui répondit Natsume avec un sourire enjôleur. Je n'agis pas par gaieté de cœur, tu sais. J'ai besoin de toi.

Mina vacilla. Les menaces dans sa voix paraissaient cependant bien réelles. Natsume avait abandonné son sourire pour une expression déterminée. Mina eut la sensation de voir le vrai visage de la jeune fille pour la première fois. Même lorsqu'elle était mesquine, Natsume restait magnifique. Elle dégageait une dureté et une volonté qui tendaient tout son être. Mina laissa échapper un soupir et s'affaissa à son tour dans le fauteuil moelleux. Elle aurait aimé s'y fondre et disparaître dans l'instant. De l'autre côté de la table, Natsume souriait à nouveau, une mine triomphante sur son visage de lolita.

— Alors, c'est d'accord ? demanda Natsume.

— J'accepte, mais il faudra aider Emiko si on le peut. À ce rythme, elle ne va pas tenir longtemps.

— Entendu. Amène-la au temple si tu arrives à la convaincre, là, on pourra agir.

Mina hocha la tête avec un soupir vaincu. Elle savait de quoi était capable la déléguée, elle l'avait vue à l'œuvre lorsque l'une de leurs camarades avait été victime de harcèlement. Elle ne souhaitait pas se retrouver dans son collimateur.

— Bien, maintenant que nous avons réglé ce point, passons aux choses sérieuses.

Natsume repoussa son verre pour appuyer ses coudes sur la table.

La proximité de la déléguée lui réchauffa le ventre mais, instinctivement, Mina s'éloigna. Natsume faisait toujours cet effet-là, suscitant un mélange de séduction et de menace. Ses cheveux tombèrent devant ses yeux et elle dissimula son trouble derrière ce voile naturel. La main de Natsume écarta ses mèches noires.

— Je préfère voir à qui je m'adresse, lui dit-elle.

— Désolée, c'est une vieille habitude. C'est pour ne pas les voir, murmura Mina, les yeux fixés sur ses mains, les joues brûlantes.

— Ne pas voir qui ?

— Les esprits et les fantômes. Ils sont partout et si nombreux. Si je fais semblant de ne pas les voir, peut-être qu'ils arrêteront de venir à moi, dit-elle dans un seul souffle.

Sa tirade laissa Natsume bouche bée.

— C'est si terrible que ça ? demanda-t-elle, les sourcils froncés.

— C'est pire. S'ils se rendent compte que tu les vois, alors ils s'accrochent à toi et ne te lâchent plus. Ils répandent tellement de tristesse et de colère, c'est insupportable. Alors je les ignore. Certains arrivent encore à sentir que je suis différente. Ici, dit-elle en balayant la salle du regard, c'est comme un endroit hors de la réalité. Crois-moi, quand tu dois annoncer à un revenant qu'il est mort, c'est triste et c'est violent, ça n'a rien à voir avec cet endroit. Tu as de la chance de ne pas les voir, de juste les sentir, parfois. C'est une malédiction.

Un silence s'installa entre les deux jeunes filles.

— Ce que tu considères comme une malédiction, j'y vois un don. Je t'envie tu sais, avoua Natsume avec amertume.

— Tu ne devrais pas.

— Je viens d'une famille d'exorcistes et de chasseurs de démons, expliqua la déléguée d'une voix radoucie. Chez nous, le don est puissant depuis toujours, je suis la première à ne pas l'avoir. Je suis une tare dans mon arbre généalogique. C'est pour ça que mes parents m'ont envoyée vivre avec mon oncle au sanctuaire. Ils espéraient que mon don se développerait de lui-même dans un environnement adapté. Ça n'a pas été le cas, alors après mon échec à la formation rituelle, ils m'ont laissée ici. Que feraient-ils d'une fille incapable de se servir du moindre arcane de pouvoir ?

— Ils sont partis sans toi ? bredouilla Mina, choquée. Mais tu avais quel âge ?

— Neuf ans. Une enfant inutile est un fardeau lors des voyages. Mes parents sont des chasseurs d'onis, de démons. Ils parcourent le pays pour traquer les esprits renégats et offrir leur savoir à des puissants. Une longue tradition familiale dans laquelle je n'ai pas ma place. Alors oui, je t'envie. Je voudrais vraiment progresser, m'améliorer, je suis sûre que c'est possible. Je n'ai pas d'autre choix !

Mina vit la tristesse et le ressentiment recouvrir le joli visage de Natsume. Pour la première fois, la déléguée abandonnait son air impassible pour se confier à elle. Elle décelait à présent la fêlure sous le masque de fer qu'elle offrait au monde. Au fond d'elle, elle savait que c'était mal de lui faire espérer des choses qui n'arriveraient jamais. Mais elle voulait effacer cette douleur sur les traits de la jeune fille. Elle choisit de lui laisser de l'espoir.

— Très bien, qu'est-ce que je peux faire ?

— J'ai besoin de toi ce soir, j'ai rendez-vous avec quelqu'un.

— Qui donc ?

— Tu as entendu parler de cette série d'agressions étranges ? J'ai accepté un contrat pour cette affaire.

— Un contrat ? l'interrompit Mina.

— Oui, je dois retrouver l'agresseur pour le compte de la personne qui employait la victime.

— Et qui est l'employeur ? demanda Mina en craignant la réponse.

— Cela ne te regarde pas, la coupa Natsume. L'important ici, c'est que si la police fait de la rétention d'informations, ce n'est pas sans raison. Ce sont des yokaïs qui se font agresser.

— D'accord. Et ? demanda Mina qui craignait de voir où Natsume voulait en venir.

— Je dois retrouver un esprit susceptible de me donner des informations, confirma Natsume. Seulement, même si cet endroit les oblige à se montrer tels qu'ils sont, ils peuvent dissimuler des choses. Je n'ai pas la Vision, j'ai besoin d'aide. Le peu de pouvoirs que je possède s'évanouit dès que je quitte le sanctuaire, et hors du *Kogage*, je suis presque totalement aveugle aux esprits. Tu seras mes yeux au cours de cette enquête.

8

2016, Tokyo, Japon.

Mina se renfonça dans son fauteuil. Son esprit encombré par les révélations de Natsume peinait à ordonner ses pensées. Aider Natsume revenait à s'impliquer de son plein gré dans le demi-monde des yokaïs. Elle balaya du regard le *Kogage*, sans prêter attention à Natsume qui attendait une réaction de sa part. La peur lui retournant habituellement l'estomac à cette idée ne se manifestait pas. Elle ne ressentit que la sérénité des lieux, ce sentiment poignant d'être au bon endroit, au bon moment. La fumée planant dans l'air semblait de plus en plus lourde et odorante. Elle prit une profonde inspiration et réalisa qu'un silence attentif était tombé sur le cabaret. Tous les regards étaient tournés vers la petite scène, tendue de rideaux de velours rouge.

Les draperies s'ouvrirent lentement et la salle retint son souffle. Un groupe de musiciens se répartit de part et d'autre d'un vieux micro des années cinquante. Le groupe commença à jouer une musique lente et hypnotique. Les trilles des flûtes de bambou se mêlèrent aux pincements des cordes de shamisen. La complainte du yamatogoto, la cithare traditionnelle shinto, s'éleva à son tour. Mina se surprit à battre la mesure d'un doigt sur la table. Petit à petit, la musique s'élevait, mélancolique. La fumée qui les enveloppait lui évoqua les premières neiges d'hiver et la fraîcheur des montagnes. Un courant d'air glacé balaya la salle et une jeune femme apparut sur la scène. Elle projeta un nuage blanc de ses lèvres bleuies par le froid, laissant les clients suspendus à ce souffle. Son long kimono blanc lui masquait les pieds et les mains mais, par l'encolure, on devinait sa peau transparente et le réseau de veines bleues palpitant en dessous. Ses longs cheveux noirs détachés tranchaient violemment avec sa pâleur extrême.

— Elle est magnifique, dit Mina tout bas. C'est…

— Yuki-onna[1], répondit une voix nasillarde sur sa droite. La femme des neiges.

Natsume et Mina tournèrent la tête en direction du nouveau venu. Un petit homme dégarni, au nez épaté, les observait en fronçant ses sourcils broussailleux. Il s'assit sur la dernière chaise libre. Natsume ouvrit la bouche pour parler mais il l'interrompit d'un doigt et leur fit signe de patienter. La femme des neiges se plaça derrière le micro et se mit à chanter. Sa voix craqua comme la poudreuse fraîche tout juste tombée des arbres. Elle évoqua la bise annonçant les tempêtes et les feux-follets tremblants qui égaraient les hommes.

1. Yuki-onna : figure du folklore japonais, la femme des neiges est la personnification de l'hiver et des tempêtes de neige dans lesquelles elle égare les voyageurs imprudents pour les faire mourir de froid et aspirer leur sang ou leur énergie vitale.

Sa chanson portait en elle une langueur, un engourdissement, qui ne tarda pas à atteindre Mina. Consciente de l'effet de la chanson sur son corps, elle se frictionna vigoureusement les mains. Natsume, quant à elle, semblait absorbée par les paroles de la Yuki-onna. Son regard se perdait rêveusement dans des paysages qu'elle était la seule à voir. Mina lui pinça le dos de la main. Natsume sursauta, jura tout bas.

— Au moins, tu n'as pas ramené une idiote, dit l'étrange petit homme à Natsume. Elle a vu le charme que tissait la chanson de Yuki-onna. Bon, maintenant que tout le monde est occupé ailleurs, on doit parler tous les deux.

— Mina, voici Ryu, il gère le *Kogage*. Tu as pu avoir les infos dont tu m'as parlé ? demanda Natsume après ces présentations sommaires.

— Peut-être. Qu'est-ce que j'y gagne ? demanda Ryu avec un rictus acerbe.

— Tu sais qui je suis, dit Natsume d'une voix hautaine, je ferai en sorte que personne ne s'intéresse de trop près à toi, Ryu.

— C'est pas assez, ça, rétorqua le petit homme en tapant du poing sur la table. Je prends des risques moi, ici. J'en prends même d'autant plus parce que je t'aide, toi !

— Il y a des accords, ne l'oublie pas, Ryu, grinça Natsume. Ma famille n'est pas n'importe quelle famille, nous avons du pouvoir.

— Oui, ta famille est puissante, Natsume, mais toi ? C'est déjà un miracle que tu aies réussi à entrer ici.

— À défaut de surestimer mon don, tu sous-estimes mon intelligence et c'est très vexant, répondit Natsume avec une moue agacée.

Ryu partit d'un grand éclat de rire. Mina l'observa avec attention alors qu'il parlait. Ses bras étaient recouverts de poils drus et noirs, et ses yeux enfoncés et larmoyants ne cessaient de remuer dans leurs orbites. Elle hésita, ressassant pour la millième fois son code de conduite personnel : ne pas s'impliquer, ne pas chercher à savoir. Mais la tentation l'emporta. Elle retira son gant et tendit un doigt pour effleurer la main de l'homme. La vision fut immédiate. Sous ses yeux défila une armée de petits rongeurs qui jouaient et se chamaillaient sous le soleil. L'allégresse et la simplicité de leur joie s'imprimèrent en elle alors qu'ils enchaînaient les cabrioles dans un concert de rires. L'image changea. Les rongeurs étaient plus vieux à présent. La mélancolie et la résignation se lisaient dans leurs regards bruns. Ils observaient de loin la forêt où ils avaient grandi se faire raser par des bulldozers. Mina sentit son cœur se tordre douloureusement, comme si on lui retirait quelque chose d'essentiel, comme si sa joie, ses rires ne seraient plus jamais vraiment les mêmes. Les uns après les autres, ils abandonnèrent leurs fourrures soyeuses pour la peau nue et fragile des hommes et s'éparpillèrent dans la ville grandissante.

— Eh, qu'est-ce que tu fous ? demanda le yokaï en se dégageant.

Son geste brusque délita la vision. Le tout s'était déroulé en une fraction de seconde à peine. Mina cligna des yeux pour chasser les dernières images qui s'accrochaient encore à son esprit. Les visages de la famille s'ancrèrent cependant dans son esprit, réveillant de vieux souvenirs.

— Vous êtes un tanuki[1], souffla-t-elle.

— Oui, et alors ? D'où tu la sors, celle-là ? demanda Ryu à Natsume avec une moue mécontente.

— C'est une amie, elle est puissante.

— Puissante ou pas, ça règle pas nos affaires. Qu'est-ce qui me dit que tu vas bien faire ce que tu dis ?

Mina suivait cet échange avec intérêt, tout en remettant son gant, un peu honteuse d'avoir profité de son pouvoir pour arracher des informations privées sans permission. La femme des neiges chantait toujours.

— Ryu, pas de ça entre nous. Tu sais que je suis réglo. Et tu m'en dois une, je t'ai prévenu de l'arrivée des chasseurs la dernière fois, dit la miko.

— Tu joues à un jeu dangereux, Natsume-chan, avec cette histoire. Tu t'es acoquinée avec plus fort que toi. Sois prudente, la prévint-il en fronçant ses épais sourcils.

— Comme toujours, lui répondit la jeune fille avec un clin d'œil. Alors, cet indic ?

Le tanuki laissa échapper un reniflement agacé. Il indiqua du menton un grand homme à l'allure de rapace, courbé sur une table tout au fond du cabaret. Mina plissa les yeux pour mieux l'observer mais tout ce qu'elle put saisir de lui fut son nez anormalement long.

— Qui est-ce ? demanda Natsume, tout aussi perplexe. Je ne l'ai jamais vu.

---

1. Tanuki : dans la mythologie japonaise, un des yokaïs de la forêt, inspiré du chien viverrin, une sous-espèce de canidés ressemblant au raton laveur, auquel les Japonais attribuent des pouvoirs magiques. Maître des déguisements, il est réputé pour pouvoir changer de forme à volonté.

— C'est un tengu, leur expliqua Ryu. Celui-là est un peu particulier. Il s'appelle Hebisu.

Mina fouilla dans sa mémoire ce qu'elle savait à propos de ces yokaïs. La lumière se fit brutalement dans son esprit.

— Un gobelin des montagnes. Ils sont dangereux, non ?

— Vraiment pas idiote cette petite, dit Ryu en l'observant avec un nouvel intérêt. En effet, c'est bien un gobelin mais comme je disais, celui-là est différent. Son éventail a été brisé, ses pouvoirs ont presque tous disparu. Et il est très orgueilleux, soyez prudentes quand vous vous adressez à lui.

— Ses pouvoirs ont disparu ? s'inquiéta Mina en lançant un coup d'œil dérobé au tengu.

— Oui. Sans éventail, plus question de chevaucher les vents. Mais il faut bien survivre, se désola le tanuki, alors chacun fait ce qu'il peut.

— Bon, j'y vais, dit soudainement Natsume en se levant.

Elle s'exécuta d'un bond. Ryu tapota le bras de Mina pour attirer son attention.

— Tu devrais l'accompagner. Elle n'appartient pas vraiment à ce monde, elle.

— Euh, d'accord, bredouilla Mina en se levant à son tour.

Elle rattrapa la miko juste avant que celle-ci n'atteigne la table du tengu. Le yokaï leva vers elles son nez pointu. Natsume s'assit sans autre forme de procès. Mina s'inclina brièvement devant l'esprit et s'assit à son tour. Le tengu resta silencieux, sa main se crispa sur un morceau de bois posé sur la table. Mina reconnut un éventail aux couleurs passées, son armature de bois fendillée sur toute la longueur. Elle adressa un regard compatissant à la créature.

— Ryu m'a dit que vous aviez des infos, murmura Natsume en se penchant pour que son visage soit éclairé par la petite bougie posée entre eux.

— En effet, dit l'esprit d'une voix sifflante.

Il se pencha à son tour, et la lumière chiche de la flamme éclaira son visage d'oiseau de proie. Ses yeux étaient d'un bleu si pur que, l'espace d'un instant, Mina eut l'impression de flotter en plein ciel. Le tengu se passa une main dans les cheveux, provoquant un froufroutement fluide. Une mèche retomba devant son visage, elle avait le lustre des plumes. Le yokaï tourna son visage atypique vers Mina et ne la lâcha pas des yeux tandis qu'il répondait à la question de Natsume.

— Il y a eu une autre agression tout à l'heure.

— Vous êtes sûr ? demanda Natsume. Un yokaï ?

— Je suis sûr. La police a fait boucler les lieux en prétextant un départ de feu accidentel.

Il ne se détourna pas un instant de Mina tandis qu'il parlait, comme si c'était à elle qu'il donnait ces informations et non pas à Natsume.

— Où ?

— Près d'ici, dans une boîte de nuit humaine.

Il leur donna l'adresse. Natsume la nota dans son téléphone, sans relever la mine dégoûtée du yokaï face à l'appareil.

— Vous pouvez nous aider à y accéder ? continua-t-elle.

— Non, je n'ai pas ce pouvoir-là. Vous allez devoir vous débrouiller seules.

— Vraiment ? On peut peut-être négocier ? insista Natsume en se penchant un peu plus en avant.

Le tengu lança une œillade acérée à la miko, sa bouche se plissa de mépris.

— J'en suis peut-être réduit à ce rôle déshonorant de messager maintenant que mon art a disparu, chuinta-t-il en agitant son éventail brisé, mais je préfère éviter les gens tels que vous et, si ce n'était pas pour Ryu, sachez que je ne vous aurais même pas adressé la parole !

Il se leva avec grâce et s'inclina poliment devant Mina qui resta coite et hocha la tête en retour. À ses côtés, Natsume bouillait d'une rage contenue. Son aura habituellement assez neutre avait viré au rouge et des filaments carmin s'agitaient en tous sens au-dessus de sa tête. Le yokaï s'éloigna sans un regard pour la miko et se fondit dans la foule des clients. Sa chaise vide ne le resta pas bien longtemps. Ryu vint prendre sa place, une expression goguenarde sur le visage.

— Natsume-chan, tu n'es pas très douée pour te faire des amis, se moqua-t-il.

— Lâche-moi, tu veux ?

Mina les observa s'invectiver pendant un moment. La miko et le tanuki avaient l'air de bien se connaître. En dépit de leurs chamailleries et de leur hostilité affichée, une certaine complicité transparaissait dans leurs échanges. Une pointe de jalousie lui vrilla le cœur.

— Alors tu vas faire quoi maintenant ? demanda Ryu.

— Tu vas m'aider. On doit accéder à une scène de crime.

Le tanuki partit d'un grand éclat de rire qui fit se tourner plusieurs têtes autour d'eux. Natsume ne se démonta pas.

— Ichigo Akito va finir par revenir à Tokyo, dit Natsume d'un air supérieur, et tu sais ce qu'il pense de ton établissement. Je pourrais peut-être lui glisser un mot en ta défaveur, si tu vois ce que je veux dire.

— Qui est Ichigo Akito ? demanda Mina.

— Mon père, répondit Natsume avec désinvolture.

L'hilarité de Ryu disparut aussi vite qu'elle était arrivée. Face à elles, le tanuki blêmit et pendant une seconde, les rares cheveux qu'il possédait encore redevinrent des poils noirs. Son nez s'allongea pour former un museau humide et luisant, pourvu de moustaches frétillantes. Il reprit aussitôt une apparence normale et se passa une main sur le crâne. Natsume arbora un sourire triomphant qui fit pétiller ses yeux dans la pénombre.

— Alors ? susurra Natsume, certaine de sa victoire.

— Merde. Comme si j'avais le choix. Quand ?

— Pas ce soir, c'est trop récent, la police doit être sur les dents. Je te préviendrai dans les jours qui viennent, lui dit Natsume, tiens-toi prêt.

Ryu haussa les épaules dans une attitude vaincue, se leva, le corps voûté, et rejoignit son bar sans un mot.

— Bon, voilà une bonne chose de faite, se félicita Natsume. Je rentre, tu viens ?

— Non, je vais rester encore un peu, décida Mina.

Natsume lui lança un regard surpris mais n'insista pas. Mina était la première étonnée par cette décision qui s'était imposée à elle. Elle se tourna vers la Yuki-onna qui fredonnait sur scène. Elle avait envie de prolonger le sentiment d'apaisement qu'elle ressentait ici, au milieu des esprits. Natsume, voyant que Mina ne se levait pas, lui souhaita une bonne soirée et quitta le cabaret sous une flopée d'œillades suspicieuses.

Mina hésita une seconde avant de rejoindre le tanuki au bar. Alors qu'elle traversait le cabaret, elle repéra, malgré la pénombre et l'épaisse fumée qui s'échappait de son cigare, un homme aux larges épaules qui observait lui aussi le cabaret. Ses yeux brillèrent d'un éclat sauvage lorsqu'ils croisèrent ceux de Mina et une démangeaison familière lui chatouilla la nuque. Mal à l'aise, elle se détourna pour faire face au barman et s'installa sur un tabouret. Ryu semblait perplexe.

— Tu devrais faire attention à toi, lui dit le tanuki au bout d'un moment. Je connais pas ton histoire mais Natsume est très forte pour se fourrer dans des situations bien trop dangereuses pour elle.

— Tu la connais bien ? osa Mina.

— Un peu. Elle a débarqué il y a quelques mois. Avec si peu de pouvoirs, c'est un miracle qu'elle ait réussi à trouver le *Kogage*. Honnêtement, je n'avais jamais vu un chasseur avec un don aussi faible.

— Tout à l'heure, tu as dit qu'elle n'était pas de ce monde, commença Mina. De quoi tu parlais exactement ?

— T'es vraiment bizarre toi, tu sais ? lui dit le tanuki en haussant un sourcil, surpris. Mina-kun[1], regarde autour de toi. Tu es dans un endroit où se regroupent des yokaïs, des démons, même des kami parfois. Natsume est une chasseuse de démons. Même sans pouvoir, elle est l'ennemie, ici.

— Pourtant, tu la laisses entrer, tu l'aides même, s'étonna Mina.

1. « Kun » est un suffixe affectueux généralement utilisé pour les garçons (comme le « chan » pour les filles) mais qui peut parfois être utilisé pour une fille également.

— Le *Kogage* est protégé par un puissant kekkaï, c'est une zone neutre. Les chasseurs ont toujours eu accès à ce genre d'endroits, tous les esprits n'ont pas un contrat sur leur tête. Les affaires sont les affaires, répondit Ryu en levant un doigt sagace.

— Et moi ?

Mina avait lâché sa question sans même y penser. Son cœur tambourinait contre ses côtes, entre espoir et incertitude. Était-elle vraiment prête à entendre la réponse qu'on lui donnerait ?

— Eh bien quoi, toi ? répéta Ryu, perplexe.

— Est-ce que je fais partie de ce monde ?

Sa voix tremblait. Elle avait chaud soudain. Le yokaï la regarda avec l'air de ne pas comprendre sa question. Malgré tout, il dut lire une certaine détresse dans ses yeux et son expression s'adoucit. Il huma l'air un instant.

— D'où viens-tu, Mina-kun ?

— Je ne sais pas, avoua-t-elle. Je n'ai jamais su de quel côté de la barrière je me situais. Dans le doute, je suis restée au milieu, sans jamais m'impliquer.

— Comment te sens-tu, ici, au *Kogage ?*

— Bien, avoua Mina dans un souffle.

— Tu portes l'odeur du petit peuple. Je ne pourrais pas dire ce que tu es, mais tu appartiens à des lieux comme celui-là. Tu portes le même sang que nous. Cela nous suffit, à nous autres, yokaïs. Si jamais tu as besoin d'aide, tu en trouveras toujours parmi les petits dieux. Natsume, elle, est seulement tolérée.

Il lui adressa un sourire compatissant auquel Mina répondit. Le soulagement l'inonda, ses mains cessèrent de trembler. Un calme qu'elle n'avait jamais ressenti auparavant l'envahit. Sa poitrine se gonfla, remplie de reconnaissance et d'apaisement. Elle réalisa alors la taille du vide qui creusait son âme, à quel point l'absence des autres pesait dans sa vie. Le temps des réponses semblait venu et si elle avait peur de ce qu'elle risquait d'apprendre, elle ne craignait plus de poser les questions. Elle n'était plus seule. Les premières réponses, elle les trouverait autour de son père et de son passé, elle en était sûre.

— Est-ce que tu connais un Kentaro Kobayashi ? demanda Mina avec angoisse.

— C'est un proche ? comprit Ryu. Ça ne me dit rien, si c'était un client régulier je l'aurais su. Désolé, ajouta-t-il en voyant sa mine défaite.

— Ce n'est rien, ça valait le coup de tenter.

Mina refusa de laisser la déception prendre le dessus. Elle avait d'autres questions, tellement d'autres questions. Dans le miroir face à elle, elle saisit son reflet aux traits cernés. Nuit après nuit depuis des semaines maintenant, le yokaï hantait ses rêves et gagnait en force, elle le sentait. Elle avait de plus en plus de mal à s'extraire des mailles du songe qu'il tissait autour d'elle. Elle devait agir, et elle avait à présent d'autres atouts dans sa manche.

— Ryu ?

— Quoi ? Tu en poses des questions.

— Est-ce que tu aurais entendu parler d'un yokaï ou d'un fantôme qui s'attaquerait aux rêves ?

— Il va falloir m'en dire plus, je sers des verres à des esprits vengeurs tous les soirs, répondit Ryu en nettoyant le comptoir.

Après une seconde d'hésitation, Mina, rassurée par l'air franc du tanuki, lui relata les rêves étranges qui perturbaient ses nuits. Ryu cessa progressivement son opération de nettoyage jusqu'à l'écouter avec attention. Il se mit à se gratter l'arrière du crâne, dubitatif.

— Alors ? demanda Mina, soulagée d'avoir pu partager ce fardeau avec quelqu'un.

— Ça ne me dit rien, mais je tendrai l'oreille. C'est rare qu'un esprit s'en prenne à quelqu'un qui a du pouvoir, généralement ils préfèrent les humains. Ce sont des proies plus accessibles. Tu es allée te purifier dans un temple ?

Un toussotement cristallin interrompit leur conversation. Mina tourna la tête sur sa gauche et écarquilla grands les yeux. Une jeune femme les dévisageait, assise à quelques places de là. Ryu haussa des sourcils surpris, lui non plus ne l'avait pas remarquée. D'un mouvement aérien, elle se leva. Le temps sembla se suspendre à chacun de ses gestes. Elle franchit l'espace qui les séparait d'une démarche sensuelle et hypnotique. Sa robe jaune illuminait son teint de porcelaine comme l'aurait fait le soleil d'été. Ses longs cheveux noirs étaient noués en une queue-de-cheval basse retombant délicatement sur son épaule. Sa peau lisse irradiait et les traits fins de son visage dessinaient un sourire étincelant. Elle s'assit sur le tabouret voisin. Mina ne parvenait pas à se détacher de cette vision.

— Je suis navrée de vous déranger mais j'ai entendu votre conversation, et ce que vous racontiez était très intéressant.

Sa voix coulait comme de l'eau fraîche. Mina resta muette.

— Je suis étudiante en littérature traditionnelle, je travaille sur la place des femmes dans le folklore japonais. Je suis aussi un peu médium, avoua-t-elle avec un sourire complice. Je peux peut-être vous aider ?

— Comment ? demanda Mina, dont la voix lui parut sèche et rauque comparée à celle de la belle inconnue.

— J'ai déjà aidé des gens avec des problèmes similaires, lui dit la jeune femme. À première vue, je dirais qu'un obake[1] en a après vous. Peut-être un bakeneko[2] ?

— Un chat-démon ? demanda Mina pensive en repensant au félin qui avait élu domicile en bas de chez elle.

— Je pense que si vous me donnez plus de renseignements, je devrais pouvoir donner un nom à votre agresseur. En dernier recours, nous pouvons mener une séance de spiritisme et l'invoquer.

Mina lança un regard perdu en direction de Ryu. Le tanuki se contenta de hausser les épaules. Elle accrocha du coin de l'œil la vieille horloge. Ses aiguilles indiquaient 22 heures. Mina se leva d'un bond. Il était tard, elle devait rentrer s'occuper du repas pour sa mère et se préparer pour son retour en cours le lendemain.

— Je suis désolée, je dois partir… Je ne connais pas votre nom, s'excusa-t-elle en s'inclinant. Je m'appelle Kobayashi Mina.

— C'est un très joli prénom, Mina-chan. Tu peux m'appeler Eri.

— D'accord, Eri-san, dit poliment Mina, surprise de n'obtenir qu'un prénom et pas de nom de famille.

L'étudiante lui glissa une carte de visite. Mina la prit en s'inclinant à nouveau, chercha en vain un nom sur le petit carton.

1. Obake (ou bakemono) : terme générique pour les yokaïs du folklore japonais pouvant changer de forme (métamorphes).

2. Bakeneko (ou monstre-chat) : chat ayant acquis des pouvoirs surnaturels et pouvant prendre forme humaine.

— Je viens régulièrement au *Kogage* mais si vous avez besoin d'aide, n'hésitez pas à me contacter, lui dit Eri avec chaleur. J'espère que votre souci de possession va se régler.

Mina la remercia une fois de plus, glissa quelques pièces sur le comptoir pour le soda. Alors qu'elle s'apprêtait à sortir, une présence dans son dos la fit se retourner brièvement. Toujours protégé par les ombres et la fumée, l'homme au cigare la salua poliment depuis le fond du cabaret. Interloquée, Mina répondit par un hochement de tête hésitant et fila vers la sortie.

9

1467, province d'Izumi, Japon.

Akane serra la ceinture de l'obi autour de la taille de Hikari. La chasseresse sentit ses poumons se vider d'un coup. Elle grinça des dents tandis que sa cadette finissait de nouer la ceinture. Puis cette dernière passa les mains sur le long kimono pour en chasser les plis invisibles.

— Tu es prête, dit finalement Akane, satisfaite.

Hikari prit une grande inspiration et fit volte-face pour remercier son amie.

— Attention ! s'exclama Akane. Tu vas ruiner ta coiffure.

Hikari leva les yeux au ciel. Ses cheveux, relevés en un lourd chignon aux entrelacs complexes lui pesaient sur la nuque. Elle soupira et tourna lentement sur elle-même pour apprécier les reflets de la soie bleue de son habit de cérémonie. Des grives délicates ornaient le bas et les manches du kimono, assorties à la soie argentée de son large obi. Face à elle, Akane portait une tenue similaire d'un beau vert tendre sur laquelle semblaient flotter des centaines de fleurs de cerisier rose pâle. L'ensemble faisait ressortir sa carnation délicate et le rose de ses joues. Sur son visage, des lignes d'un rouge vivace lui soulignaient le front, les yeux et la bouche. Le même maquillage parait le visage de Hikari. Sanaka déboula, elle aussi en grande tenue, avec dans chaque main une lanterne de papier suspendue au bout d'une longue tige de bois. Elle en tendit une à Akane. La jeune femme la saisit avec précaution pour éviter que la flamme ne soit soufflée.

— Je suis tellement excitée, piailla Sanaka qui ne tenait pas en place.

— La première fois qu'on assiste à une noce est toujours un moment particulier, répondit Hikari avec tact. Fais attention à ta lanterne, elle va prendre feu !

Sanaka releva son bâton pour stabiliser la flamme. Sa mine contrite s'accentua lorsque Chikanori les rejoignit et lui adressa un regard sévère.

— Sanaka, Akane, allez rejoindre la procession, leur dit-elle d'une voix calme et apaisante. Il est bientôt l'heure.

Les quatre femmes levèrent la tête en direction du ciel. Une pleine lune gigantesque tentait d'éclipser les étoiles. Les deux porteuses de flambeaux s'en allèrent sans un mot. Chikanori se tourna vers Hikari et sortit une petite boîte d'acajou des replis de son kimono. Elle la tendit à la chasseresse avec des gestes presque tendres. Hikari s'en saisit en fronçant les sourcils, sans comprendre.

— Il te faut les outils adéquats pour mener la noce, lui dit la doyenne.

— Ino m'a déjà…

— Je sais que tu as déjà un jeu de clochettes, mais je voudrais t'offrir les miennes.

Chikanori ouvrit le coffret pour révéler deux carillons en forme de demi-lune, au bout desquels pendaient des rubans violets. Hikari se pencha et perçut aussitôt la puissance des objets sacrés. Ils semblaient vibrer dans leur écrin de bois.

— Voici Genso et Moe, ils sont spéciaux, lui confia Chikanori. Ils ouvriront la voie pour toi cette nuit, pour que cette noce se passe sous les meilleurs auspices.

— Merci, répondit Hikari d'une voix hachée, incapable d'en dire plus sous l'émotion.

— Prends-les et va, maintenant. La noce t'attend pour partir.

Hikari prit délicatement les deux carillons et s'inclina profondément devant la vieille femme, encore sous le choc du présent qu'elle venait de recevoir. Chikanori lui tapota l'épaule et la poussa gentiment vers le cortège qui attendait à l'intérieur du temple. Hikari embrassa la noce du regard. À l'avant de la file, Morio officiait, toute vêtue de blanc, sa peau encore plus pâle sous la lune et ses scarifications lui faisant comme des traînées sanglantes sur le front. Akane et une femme du clan du nord encadraient la prêtresse et l'éclairaient de leurs lanternes. Le couple venait ensuite, abrité sous une immense ombrelle de bois laqué d'un rouge éclatant. Gen portait un kimono d'un violet profond et une ceinture bleu nuit. Il tenait dans sa large main les doigts délicats de Rika, toute vêtue de blanc. Sur son obi, aussi rouge que l'ombrelle, des pivoines mauves fleurissaient à sa taille. Derrière le couple, Ino et Akimi se tenaient droites comme des bambous, le menton dressé par la fierté. Chitose et les joueuses de flûte les talonnaient de près, suivies par le reste des femmes des deux clans.

Hikari prit sa place devant Morio. Cette dernière détourna la tête pour ne pas croiser son regard. Avec un pincement au cœur, Hikari se tourna vers la forêt et d'un mouvement ample, fit tinter ses clochettes. La noce se mit en marche.

Un itinéraire précis avait été défini dans la montagne. Le cortège traverserait plusieurs sites sacrés qui relevaient de la responsabilité du clan afin que tous les esprits et kami des bois puissent assister à l'événement. Hikari agita les oreilles, projeta son pouvoir en nappe autour d'elle pour devancer l'arrivée des spectateurs. Elle ouvrait le chemin, balisait la voie, alerte, tous les sens en éveil. Morio propulsait elle aussi son pouvoir alentour pour prévenir du caractère sacré et inédit de la procession.

Doucement sur le sentier que suivait la noce et dans le sillage de la prêtresse, l'hiver recula pour laisser place à un printemps radieux. L'air était doux et la forêt déployait sa canopée émeraude. Hikari perçut l'arrivée des tengus aux murmures de leurs rémiges dans le vent. Une demi-douzaine de figures aux nez busqués et aux cheveux de plumes soyeuses s'inclinèrent devant les futurs époux. Elle reconnut parmi eux les hommes-rapaces venus présenter leurs hommages la veille lors du banquet. Elle capta le musc des tanukis, le chahut de leurs rires et de leurs jeux. Au fur et à mesure que la noce traçait sa route dans les profondeurs de la forêt, les petits dieux sortaient de leurs abris pour danser en rythme avec la mélodie portée par Chitose. Des ogres cyclopéens à la peau rouge ou bleue, pourvus de cornes, saluèrent la meneuse et les participantes. Des démons, des sylvains, des esprits errants et toute une faune d'êtres étranges, animaux ou vaguement humains s'égaillèrent dans la nuit, dans la lumière de la lune et des lampions de papier. Hikari faisait tinter ses clochettes, un large sourire s'étirant sur ses canines.

Tous les animaux des sous-bois vinrent se prosterner sur leur passage. Daims, renards, écureuils, blaireaux et lapins, Hikari repéra même la fourrure grise d'un loup à travers les troncs. L'instinct de la chasse résonna une seconde en elle, mais le tintement hypnotique des carillons effaça ce désir primal. Hikari reprit son chemin et guida le cortège jusqu'à un vieux sanctuaire de pierre, tout juste assez haut pour accueillir deux personnes agenouillées. Les futurs époux se purifièrent à l'eau d'une petite source coulant non loin puis ils prirent place sous l'auvent de grès, et Morio procéda à la cérémonie. La prêtresse salua et présenta des offrandes de nourriture et de saké aux dieux. Puis elle tendit une coupe à Gen qui la but sans un mot. Il tendit la coupelle à Rika. La jeune mariée la remplit et la vida à son tour avant de la redonner à son promis qui répéta l'opération une troisième fois. Chitose s'avança alors pour donner un récital et toutes les femmes s'assirent pour l'écouter jouer. La forêt semblait suspendue aux doigts agiles de la musicienne qui tissait des sons envoûtants et mélancoliques. Les spectateurs écoutèrent dans un silence religieux la performance de la jeune femme et Hikari se sentit envahie de fierté pour sa sœur. Une pointe d'appréhension transperça furtivement sa joie lorsqu'elle réalisa que Rika allait les quitter. Il leur faudrait apprendre à vivre sans elle, ses rires, sa générosité. Hikari chassa une larme qui menaçait de déborder au coin de son œil.

Lorsque le shamisen vibra de ses dernières notes, Morio procéda à de nouvelles offrandes avant que les deux clans, par l'intermédiaire de Rika et Gen, n'échangent leur serment d'allégeance et d'entraide. La cérémonie se conclut sur d'ultimes dons de nourriture et de saké. Hikari se releva la première et fit tinter ses clochettes. Rika laissait échapper des larmes de joie. Mais le cortège devait encore revenir à bon port. Et déjà, la lune commençait à pâlir, il fallait rentrer. Les mariés furent installés sur un palanquin porté par deux ogres en pagnes de peaux. Hikari se dressa sur le chemin, encourageant la noce à reprendre la route du temple à petits pas dansants. Les flûtes de bambou se joignirent à son tintement cristallin et les femmes se mirent à danser, illuminées par les lampions.

∽

Lorsque les bûcherons revinrent au village, le père Yûichi tentait tant bien que mal de calmer les ardeurs des hommes qui l'entouraient. L'attroupement de la veille avait encore grossi alors que les femmes avaient rejoint les rangs de leurs époux en colère. Tous fixaient le cortège lumineux qui apparaissait sporadiquement au milieu des bois, comme pour narguer les villageois, dans l'attente d'explications de la part du religieux. Utsumori brandit sa masse et s'approcha de Kazuya qui déposait son fardeau au sol.

— Les lumières sont toujours là, viens avec moi voir de quoi il s'agit. Tu ne peux pas laisser des étrangers se moquer de nous de la sorte ! insista le forgeron, le visage rouge de colère et les yeux brillants dans la nuit. Accompagne-nous pour une battue.

Kazuya se tourna vers ses hommes pour sonder leurs intentions. Si Hisao resta silencieux, Jun fut le seul à s'opposer à ce qu'il jugeait comme une folie.

— Jun-kun, nous sommes un groupe, lui dit Kazuya. Nous travaillons ensemble, nous suons ensemble, et si l'un de nous est blessé ou meurt, nous sommes tous affectés. Nous sommes comme une famille, soit nous y allons tous, soit aucun de nous n'ira. Or, j'ai donné ma parole. Mon honneur est en jeu, j'ai besoin de toi.

— Allons-y, mais c'est une mauvaise idée.

Kazuya se tourna vers Utsumori et hocha simplement la tête. Le départ fut convenu dans la minute. Les hommes revenus du labeur confièrent leurs sacs au sanctuaire et se virent distribuer des bâtons par les autres villageois déjà prêts à partir. Utsumori avait rassemblé quatre hommes, dont son apprenti, en plus des six abatteurs. Ils prirent le chemin de la forêt. Rapidement, Kazuya vint se placer à côté de Jun, laissant les autres prendre un peu d'avance. La pleine lune, lorsqu'elle perçait entre les arbres, éclairait leur chemin comme en plein jour.

— Tu as peur ? lui dit l'homme d'une voix bourrue.

— Non, lui rétorqua Jun en scrutant le chemin sous ses pieds. Hisao dit que ces lumières ne sont pas d'origine humaine, j'ai confiance en lui.

— Tu crois que ce sont de mauvais dieux ?

— Les dieux ne sont pas bons ou mauvais, mais la nuit, la montagne est leur royaume. S'ils sont de sortie, nous n'avons rien à faire ici. Hisao est méfiant, donc moi aussi.

Kazuya arrêta Jun d'un bras. Son regard scruta le sien, ses sourcils broussailleux froncés.

— Tu as vraiment confiance en lui ? gronda-t-il en lançant un coup d'œil en biais à Hisao qui cheminait la tête basse. C'est un bon gars, il travaille dur mais il est… Je ne sais pas, je l'ai toujours trouvé bizarre. Tout gosse déjà, il était pas comme les autres.

— Nous sommes une famille, non ? lui rappela Jun avec agacement. Je connais Hisao depuis toujours, je connais ses talents et toi aussi, tu nous as vus grandir. Tu sais qu'il peut pister un animal dans la forêt et qu'il trouve toujours le chemin le plus sûr. S'il me dit que ces lumières ne sont pas naturelles, je le crois. Au-delà de ça, je crois aussi le père Yûichi quand il nous dit de nous méfier, et c'est ce que je ressens aussi. Tu as vu ces mêmes lumières dans le brouillard la dernière fois. Tu sais comme moi que cette brume n'avait rien de normal. Nous étions peut-être simplement au mauvais endroit au mauvais moment, mais cette fois-ci nous allons au-devant de quelque chose qui ne nous concerne pas. Nous devrons en payer le prix.

Sa tirade achevée, Jun repoussa doucement le bras de son chef et reprit sa marche. Le grand bûcheron le rattrapa en quelques pas. Il avait l'air songeur.

— J'ai bien compris que tu ne pouvais pas laisser Utsumori te défier de la sorte, lui dit Jun.

— Tu es bien sage pour ton jeune âge.

— Je ne suis plus si jeune, je vais avoir trente-deux ans au printemps.

— C'est jeune, se moqua Kazuya en passant une main sur ses tempes grisonnantes.

Ils marchèrent en silence, chacun ruminant les paroles de l'autre. Devant eux, Utsumori menait la colonne à une allure de forcené. Jun aperçut les premières lueurs des étranges boules de feu flottantes.

— Il est en train de perdre la raison, se désola Jun.

— On ne peut pas lui en vouloir. Petits dieux ou hommes, quelqu'un lui a volé sa seule fille. Il n'a plus rien, c'est un homme brisé.

— Il ne la retrouvera pas.

— Espérons qu'après ce soir, il abandonnera ses espoirs insensés, soupira Kazuya, résigné. Viens, hâtons-nous, nous y sommes presque.

Kazuya abandonna Jun pour remonter la file d'hommes et se placer près du forgeron. Ils n'étaient plus qu'à quelques centaines de mètres des boules lumineuses. Autour des apparitions, l'air miroitait faiblement, formant une auréole trouble qui dégageait une lumière chaude et rassurante. Jun plissa les yeux. À l'intérieur de ce halo, les arbres aux branches dénudées retrouvèrent leur canopée d'un vert éclatant, la neige disparut et une odeur prégnante d'humus embauma l'atmosphère. L'air se réchauffa et les trilles joyeux des mésanges emplirent la forêt. Une mélodie arriva jusqu'aux hommes rassemblés, portée par le vent d'hiver. Jun reconnut un chant traditionnel et le son des cordes de shamisen, auxquels se mêlaient les notes des flûtes de bambou. Les hommes se figèrent quand les voix accompagnèrent la musique, tissant une mélopée envoûtante. La lumière de la lune répandit une coulée d'argent sur le monde, révélant l'éclat et la beauté de chaque arbre, chaque feuille et chaque rocher.

Dans le lointain, les lumières étaient devenues danseuses. Enveloppées dans des kimonos aux couleurs éclatantes, des femmes aux longs cheveux lâchés et aux courbes affolantes dansaient en rythme avec la musique. Elles entouraient un palanquin sur lequel était assis un couple. Les deux amoureux resplendissaient, illuminés d'une aura qui jaillissait par chacun de leurs pores. La procession se poursuivit, les clochettes tintant dans l'air glacé. Tout autour, la forêt bruissait de sons étranges et inquiétants, et Jun crut apercevoir des silhouettes pas tout à fait humaines entre les troncs. Immobile, il luttait pour se détacher de ce spectacle merveilleux. *Une noce des esprits.* À peine ces mots se furent-ils formés dans sa tête que la terreur mit un terme à l'enchantement le clouant sur place. Ils n'avaient rien à faire ici. Il s'arracha du sol et bouscula ses camarades pour rejoindre Kazuya et le forgeron, eux aussi figés comme des statues. Il s'excusa rapidement avant de gifler le colosse pour le ramener à lui. Kazuya s'ébroua comme un animal et lui renvoya un regard perdu.

— Il faut partir, tout de suite, murmura Jun.

— Mais…, bredouilla Kazuya en peinant à se détourner de la procession.

— C'est une noce des esprits, nous ne sommes pas les bienvenus, il faut partir ! insista Jun, toujours à voix basse.

Son angoisse contamina son chef. À eux deux, ils sortirent le reste des hommes présents de leur transe et les forcèrent à faire demi-tour. Seul Utsumori traîna en arrière. Ils rebroussaient chemin lorsque le forgeron laissa échapper une exclamation de surprise.

— Oh ! Regardez.

Tout le monde se retourna et Jun saisit au vol l'œillade de l'une des danseuses fixée sur eux. Malgré la distance, il vit dans ses yeux des volutes danser autour de ses pupilles noires comme la nuit. Un sourire presque enfantin retroussait ses lèvres parfaitement ourlées. Utsumori s'avança vers elle, hypnotisé par sa simple présence. Kazuya assomma le forgeron d'un coup bien placé derrière le crâne et le chargea sur son épaule. Il se retourna vers les hommes restants.

— Partez, vite, leur intima-t-il d'une voix pressante.

L'inquiétude qui perçait dans ses paroles atteignit les cerveaux englués par les splendides visions et les villageois fuirent à toutes jambes.

La retraite s'effectua dans la panique la plus totale. Rapidement, Jun se retrouva séparé des autres, perturbé par le chant envoûtant de la cérémonie et la lumière trompeuse de la lune. Il chercha Hisao entre les troncs d'arbres, en vain. Après plusieurs minutes à tourner en rond, le souffle court, glacé par le froid mordant de la nuit, il s'arrêta de courir. La mélodie spectrale semblait encore plus proche et la peur lui noua les entrailles. Il prit la direction qu'il estima s'éloigner de la noce.

Au détour d'un bosquet touffu, il tomba nez à nez avec une autre femme. Celle-ci agitait des clochettes, menant la procession qui se trouvait quelques dizaines de mètres derrière elle, à travers la forêt. Ils se figèrent. Jun, les yeux écarquillés, en oublia un instant d'avoir peur. La jeune femme portait un maquillage rituel, rouge et ocre, qui soulignait ses grands yeux couleur d'ambre. Ses cheveux brillaient d'un éclat métallique sous les reflets de la lune. Un grain de beauté se soulevait sur sa gorge au rythme de sa respiration. Sa posture avait quelque chose de familier. Elle fut la première à reprendre contenance et agita ses clochettes, comme si de rien n'était. Dans ses yeux, Jun lut une curiosité dévorante. Sans rien dire, il se laissa tomber au sol et s'inclina jusqu'à ce que son front touche la terre gelée. Il attendit un moment, la poitrine tressautant avec le tintement des clochettes, puis, sans oser la regarder, défit maladroitement les liens de son sac et poussa devant lui les boulettes de riz qu'il avait emportées par précaution, sur conseil du prêtre. Il se redressa et désigna son offrande avant d'adresser une prière aux dieux protecteurs de la montagne.

— Je vous prie de recevoir ce présent, ô kami des forêts.

La femme fronça les sourcils, penchant la tête de côté pour mieux le détailler.

— Je ne suis pas une déesse, dit-elle simplement. Partez, vite !

Sa voix avait la saveur du vent printanier et le laissa encore plus essoufflé que s'il avait couru tout le jour. Par précaution, Jun s'inclina de nouveau et recula, la tête toujours baissée. Lorsqu'il estima être assez loin, il osa jeter un dernier coup d'œil vers l'étrange demoiselle. Elle le fixait toujours, l'air plus intriguée qu'autre chose. Elle inclina légèrement la tête en direction des maigres offrandes et continua à agiter ses clochettes pour guider la noce. Jun prit le temps de graver ses traits dans sa mémoire et s'enfuit aussi vite que ses jambes le lui permettaient.

10

2016, Tokyo, Japon.

Mina se réveilla en sursaut à la sonnerie de son réveil. Elle se passa une main sur le visage pour chasser la sensation désagréable d'être observée qui subsistait de son cauchemar. L'esprit, toujours réticent à se dévoiler, s'acharnait avec un intérêt malsain à lui faire perdre le sommeil. Elle rejeta violemment sa couverture pour laisser entrer la fraîcheur du matin et dissiper les dernières réminiscences de son mauvais rêve.

Dans le salon, elle remarqua le livre de cuir ouvert sur la table. Elle s'agenouilla pour y lire la dernière entrée de sa mère. Saiko l'encourageait à faire de son mieux pour son retour à l'école. L'appréhension lui serra la gorge et elle se mit à trembler, la poitrine écrasée par un poids invisible. Elle referma d'un coup sec le journal et dédaigna le riz qui attendait dans l'autocuiseur pour retourner directement dans sa chambre. Comme un automate, elle enfila son uniforme, secoua sa jupe trop longue, ajusta sa cravate, se peigna les cheveux. Devant le miroir, elle s'examina avec attention, scrutant son corps. Se sentait-elle différente depuis sa rencontre avec l'esprit-renard ? Le choc avec l'étrange boule de lumière avait-il laissé une marque visible ? Elle posa une main sur sa gorge nue, aucune trace de cette rencontre ne subsistait. Rien que la douleur cuisante qu'elle avait ressentie avant de sombrer dans l'inconscience, la sensation qu'un animal furieux déchirait sa chair pour s'extirper de son corps. Elle réprima un spasme d'angoisse et quitta le petit appartement.

En sortant à l'air libre, son sentiment d'oppression ne fit que s'accentuer. Sur le trottoir d'en face, le gros chat tigré la regardait, assis sur ses pattes arrière, très droit, la toisant presque. Il miaula dans sa direction avec défi, sa gueule s'ouvrant sur un semblant de rictus moqueur. Elle repensa aux yeux mordorés qui lui donnaient la chasse chaque nuit et aux mots de la médium, rencontrée la veille. Un bakeneko. Le chat miaula à nouveau à son encontre et la jeune fille sentit les poils de sa nuque se hérisser. Elle plissa les yeux, fixant son attention sur l'animal, dont la tête poilue la scrutait à présent par en dessous. Ses babines se relevèrent, comme s'il pouvait lire la frustration de la lycéenne. Les cheveux de Mina se dressèrent sur sa tête, la colère l'envahit, faisant voler ses doutes en éclats. Chat ou renard, esprit ou fantôme, peu importait la forme que ce yokaï choisissait, elle ne le laisserait pas prendre le contrôle et parvenir à ses fins. Elle traversa la rue à grandes enjambées et se planta devant le félin immobile, sa longue queue ondulant toujours.

— Arrête de me regarder comme ça, siffla-t-elle au chat.

— À qui tu parles ? demanda une petite voix dans son dos.

Mina se retourna brusquement. Un petit garçon, en uniforme lui aussi, la dévisageait, la tête penchée sur le côté. Sa veste trop longue lui recouvrait les mains.

— Tu parles au chat ? demanda-t-il encore.

— Tu peux le voir ? s'étonna Mina.

— Bien sûr. C'est un gros chat, dit-il en se baissant pour caresser le félin qui se plia volontiers à la caresse.

Mina les regarda faire, ébahie. Elle commençait réellement à perdre pied. Un sourire nerveux monta jusqu'à ses lèvres et, à son tour, elle s'agenouilla pour toucher le chat. Avant qu'elle ne puisse poser la main sur son pelage luisant, l'animal s'écarta d'un bond en miaulant. Il lui assena un coup de griffes. Une violente onde d'énergie accompagna le geste du félin. Surprise, Mina cria et tomba à la renverse. Elle leva les yeux vers l'animal qui s'était perché sur les épaules de l'enfant. Ses babines étaient retroussées en un sourire féroce qui trouvait un écho sur le visage du petit garçon. Mina se releva précipitamment. Un homme en costume la dépassa et lui décocha un haussement de sourcils surpris. En l'évitant, il se retrouva sur la trajectoire du petit garçon. D'un geste nonchalant, il jeta au sol son mégot de cigarette. Son bras traversa enfant et chat sans les voir. Les apparitions reculèrent de quelques pas, leurs regards toujours fixés sur Mina. La jeune fille resta interdite. L'enfant lui adressa un signe de la main, le chat enroulé autour de son cou. Terrorisée, elle prit la fuite en courant. Une main crispée sur le point de côté qui lui vrillait le flanc, elle mit le plus de distance possible entre elle et les yokaïs.

Le trajet en métro lui parut ensuite interminable. La sensation d'être observée ne la quittait pas et son esprit bouillonnait. En arrivant au lycée, elle se précipita vers les vestiaires pour s'isoler et se calmer loin de la foule. La porte des toilettes s'ouvrit brusquement et manqua de la percuter. Emiko lui lança un regard tourmenté tout en replaçant ses cheveux. Elle était livide. Des marques rouges lui couvraient les mains, comme si elle s'était griffée jusqu'au sang. L'esprit vengeur siffla au-dessus de sa tête avant de partir d'un rire grinçant. Mina l'observa une seconde, mais avant qu'elle n'ait pu prononcer un mot, Emiko avait pris la fuite une main sur sa perruque. Une telle détresse émanait d'elle que Mina ne put rester indifférente.

— Emiko, attends !

Oubliant ses propres mésaventures face au désarroi évident de sa camarade, Mina la rattrapa en quelques enjambées et lui bloqua la route. Emiko gardait la tête baissée.

— Laisse-moi s'il te plaît, murmura sa camarade.

— Emiko, ça va empirer, tu as besoin d'aide, la supplia presque Mina, déboussolée par le refus de la jeune fille.

— Je t'en prie, laisse-moi tranquille.

Emiko s'esquiva maladroitement et trébucha en entrant dans la salle de classe. L'ectoplasme décati se frottait goulûment les mains en lui murmurant des choses à l'oreille.

ഗ

Les deux jours suivants furent marqués par la dégradation physique accélérée d'Emiko. Sa peau devint crayeuse et, au-dessus de ses yeux éteints, ses sourcils se clairsemèrent. Ses joues se creusèrent. Emiko semblait complètement ailleurs, indifférente aux moqueries et aux rumeurs qui la suivaient, comme déconnectée de son propre corps. Mina tenta plusieurs fois de l'approcher mais ne récolta que des regards furieux. La détresse et la souffrance d'Emiko, Mina les connaissait, elles faisaient écho aux siennes. Ce sentiment vertigineux de solitude quand personne d'autre ne sait ni ne peut comprendre ce qu'il vous arrive. Quand vous-même avez trop honte pour en parler. Mina avait passé sa vie à se sentir anormale et à être traitée comme telle. Mais aujourd'hui, quelque chose avait changé. Natsume était arrivée et lui avait montré qu'elle n'était pas seule, qu'elle appartenait à un groupe. Cela avait remis beaucoup de choses en perspective. Ce don, elle n'en voulait toujours pas, mais pour la première fois, elle voyait un moyen de l'utiliser de la bonne façon, pour aider quelqu'un. Maintenant qu'elle avait pris conscience de cette facette de son pouvoir, elle ne pouvait plus se voiler la face et s'accrocher à son ancienne ligne de conduite, refusant tout contact avec le demi-monde. Si elle le pouvait, elle devait aider Emiko. C'est ce que son père aurait fait.

La cloche sonna la fin des cours. Mina regarda la jeune fille s'enfuir une fois de plus de la salle. Elle était exténuée. Ses nuits, écourtées par les cauchemars, ne lui apportaient aucun repos. Elle n'avait plus aperçu ni le chat ni l'enfant, mais ne pouvait s'empêcher de sursauter au moindre miaulement dans la rue. Mina laissa son attention dériver par la fenêtre. En contrebas, elle pouvait apercevoir le terrain de sport, flanqué du gymnase, où s'entraînaient les équipes de football en vue d'un match prochain. Elle scruta la pelouse dans l'espoir d'apercevoir Nastume qui faisait partie de l'équipe mais ne la trouva pas parmi les joueuses. Elles n'avaient pas eu l'occasion de reparler de l'enquête de la miko, cette dernière faisait bande à part pour le moment. Elle accrocha la silhouette vaporeuse de Mayuri qui se détachait dans l'ombre du gymnase. Mina se laissa aller sur son bureau, profitant du soleil qui la réchauffait pour voler quelques minutes de repos.

Son esprit revint de lui-même au chat et à ses cauchemars. Elle ne s'était jamais intéressée aux bakenekos, n'ayant jamais été confrontée à ce type d'obake. Elle ignorait donc si ce genre d'esprit était connu pour hanter les rêves ou posséder les humains. Elle se redressa sur sa chaise, se rappela sa résolution d'éplucher une fois de plus la maigre bibliothèque du lycée avant de se tourner vers celles plus fournies des universités tokyoïtes. Elle se leva avec lenteur, rangea ses affaires et quitta la salle de classe.

Elle se baladait sans conviction dans les allées. Son gant effleurait les dos des ouvrages à la recherche de ceux traitant du folklore japonais. Il régnait dans la bibliothèque une atmosphère feutrée et studieuse. Beaucoup d'élèves de sa classe étaient en train d'étudier, même si la plupart se rendaient à des cours du soir privés. Mina eut honte de négliger ses études alors que sa mère trimait pour qu'elle puisse étudier dans ce lycée de bonne réputation. Saiko avait bien assez de soucis comme ça, Mina ne voulait pas devenir un fardeau dans son existence. Elle repensa aux photos d'enfance de son père, à son regard obstinément tourné vers l'ombre que lui seul avait remarquée. Son père avait-il les mêmes dons qu'elle ? Sa mère était-elle au courant ? Elle brûlait d'en savoir plus, de démêler les fils de son histoire.

Un élève la dépassa, un lourd livre de trigonométrie sous le bras. Elle hésita un instant à s'asseoir elle aussi à une table pour réviser ses cours mais le désir nouveau d'en apprendre plus sur son don, sur elle-même, lui fit revoir ses priorités. Elle prit la direction de la sortie, changea d'allée et croisa son reflet dans l'une des vitres. Sous ses cheveux lisses, sa peau était d'une pâleur crayeuse et ses yeux lourdement cernés de noir. Elle ressemblait plus à un fantôme que ceux qu'elle voyait tous les jours. Elle tira la langue à son image et reprit son exploration des rayons. Une ombre vint masquer la lumière du soleil. Mina pivota sur ses pieds et se retrouva face à face avec Emiko. Cette dernière, les yeux rougis et le visage gonflé par les pleurs, se tenait immobile dans l'allée, la tête basse. Mina réprima un haut-le-cœur lorsqu'elle vit les plaques suintantes qui lui marbraient la peau. L'esprit blanc ne l'accompagnait pas et elle paraissait un peu plus détendue. Son uniforme pendait tristement sur ses épaules osseuses. Emiko leva vers elle un visage défait et implorant.

— Je peux te parler ? demanda-t-elle dans un hoquet.

— D'accord, sortons.

Mina reposa le livre qu'elle avait à moitié sorti de son étagère et quitta la bibliothèque, Emiko sur les talons. Les deux jeunes filles s'assirent sur un banc dans la cour de récréation, à l'abri d'un arbre. Mina ne cessait de guetter le retour de l'esprit qui hantait Emiko. Elle lissa sa jupe sur ses jambes blanches et repoussa une mèche de cheveux derrière son oreille. Emiko se triturait les mains, rouvrant ses plaies.

— Tu… tu as dit que ça allait empirer, finit par chuchoter Emiko, les yeux toujours rivés sur ses doigts.

— Oui, ça va être de pire en pire.

— Qu'est-ce qui m'arrive ?

— Tu es possédée.

— Comment tu peux savoir ça ? l'interrogea Emiko avec méfiance.

— Ça t'intéresse vraiment ? C'est bien ce que je pensais, lâcha Mina devant le silence de sa camarade. Ça a commencé quand ?

— Il y a trois semaines. Au début, je me suis dit que c'était la fatigue, le stress des cours, c'est une année importante pour notre avenir mais…

— Tu t'es mise à entendre une voix, compléta Mina.

— Oui ! C'est exactement ça. Une voix horrible qui me répétait que j'étais inutile, que j'étais une menteuse, que j'étais mauvaise.

Une larme roula sur la joue d'Emiko. Mina la laissa pleurer et sortit un paquet de mouchoirs de son sac. La jeune fille en accepta un sans lui dire merci.

— Et ensuite ? demanda Mina.

— Ensuite, il y a eu les cauchemars, les douleurs, mes cheveux ont commencé à tomber et…

— Qui est-ce ?

— De quoi tu parles ?

— Qui est-elle, cette fille qui te hante ? Tu la connais forcément. Les esprits s'attachent rarement à des inconnus et elle vient clairement en quête de vengeance. Alors, qui est-elle et que s'est-il passé ?

Les pleurs tout juste taris d'Emiko reprirent de plus belle. Cette fois, Mina sentit l'agacement la saisir.

— Que s'est-il passé il y a trois semaines ? insista-t-elle d'un ton sec.

— C'était l'anniversaire de sa mort, murmura Emiko d'une voix coupable. Ça faisait un an.

— Qui est mort ?

Enfin, elles arrivaient au cœur du sujet. Mina se pencha pour dévisager sa camarade et l'obliger à lui répondre. Ses traits étaient brouillés par la terreur et la culpabilité. Mina soupira intérieurement. Elle aurait dû s'en douter. Les esprits se nourrissaient de la culpabilité et de la honte comme d'un nectar. Restait à savoir pourquoi Emiko se sentait ainsi coupable et surtout si elle était prête à le révéler. Elle lui tendit un autre mouchoir.

— Natsuki, finit par dire Emiko en prenant le mouchoir d'une main tremblante. C'est Natsuki.

— Elle est morte il y a un an pourtant, tu viens de le dire.

— Oui, un accident de voiture. C'était atroce. Je m'en suis sortie avec quelques bleus mais elle, elle est restée très longtemps à l'hôpital. Avant de tomber dans le coma, sur le chemin des urgences, elle... m'a fait promettre quelque chose.

— Qu'as-tu promis ?

Emiko se referma comme une huître. Elle se remit à triturer ses mains abîmées. Mina lui attrapa le poignet de sa main gantée et le serra entre ses doigts malgré la gêne qu'elle ressentait. Emiko ne réalisait pas la gravité de la situation.

— Emiko, tu vas mourir, tu t'en rends compte ? Si ton corps continue de se dégrader de la sorte, le fantôme va en prendre le contrôle, tu n'arriveras plus à le repousser, tu n'en auras plus la force. Alors, il te jettera sous une voiture ou sous un bus, ou bien il te forcera à boire de la javel.

— Mais c'est Natsuki, ma meilleure amie ! implora Emiko d'une voix brisée en triturant la croix qui pendait autour de son cou amaigri. Elle ne ferait jamais ça.

— Ce n'est plus Natsuki, c'est une créature habitée par la vengeance et la colère. Elle n'aura de repos que lorsque tu auras réalisé ta promesse ou que tu seras morte.

— Qu'est-ce que je dois faire ? pleurnicha l'adolescente.

— Il faut aller dans un temple, pratiquer un exorcisme. Je connais peut-être un endroit.

Le regard tourmenté d'Emiko se remit à briller de larmes. La jeune fille ne tarderait pas à s'effondrer, déjà plus morte que vive. Elle devait agir, maintenant. Mina se leva d'un bond, la main toujours serrée sur le poignet d'Emiko, et l'entraîna à sa suite. Elles prirent le chemin du métro et entrèrent dans une rame en direction du temple shinto mentionné par Natsume, près du parc Kinutakoen.

Elles traversèrent le parc en passant par les allées bien entretenues. De l'autre côté, sur une petite colline boisée, se dressait le sanctuaire. Lorsqu'elles passèrent sous le grand torii[1] peint en rouge, un feulement rageur résonna, accompagné par un croassement rauque et un battement d'ailes dans la ramure des arbres. Le

1. Torii : portique placé devant les temples shintoïstes au Japon.

fantôme apparut brièvement devant elles, son visage inhumain tordu par la fureur, avant de se déliter en lambeaux de fumée. Mina s'inclina alors qu'Emiko se tordait les mains, visiblement terrifiée.

— Ça va ? demanda Mina en avisant le teint gris de son amie.

— Je me sens bizarre.

— Allons-y. Ne perdons pas de temps.

Elles gravirent les marches polies par le passage des fidèles et remontèrent l'allée bordée de tōrōs, les lanternes de pierre qui éclairaient la voie. Mina jeta un petit coup d'œil à Emiko. Celle-ci paraissait de plus en plus malade. Elle transpirait à présent à grosses gouttes. Sa peau était devenue transparente au point qu'on voyait les sillons bleus de ses veines ressortir sur ses joues. Mina comprit que l'esprit tentait de lutter contre la puissance du lieu. Emiko trébucha. Le temps pressait. Mina l'emmena vers un petit bâtiment d'ablutions un peu à l'écart de l'allée. Le chozuya contenait un petit bassin nécessaire à la purification des fidèles. Elle assit sa camarade sur un banc face au bassin. Des louches étaient disposées devant elle. Emiko lui jeta un regard d'incompréhension, la croix à son cou accrocha un rayon de lumière.

— Fais comme moi, lui dit simplement Mina en saisissant l'ustensile de bois.

Elle remplit la louche d'eau claire et se lava la main gauche, puis la droite. Emiko l'imita, inondant ses mains ravagées en grimaçant de douleur. Mina remplit à nouveau la louche et se rinça la bouche avant de nettoyer le manche de l'objet avec précaution et de le reposer sur le bord du bassin. Emiko fit de même. Elle poussa un gémissement d'agonie lorsque l'eau lui mouilla le visage, et se recroquevilla sur elle-même. Mina l'encouragea à terminer l'ablution.

— Ça fait mal, gémit Emiko en se couvrant le visage d'une main.

— Courage, tu vas y arriver. Fais-le pour Natsuki, tenta Mina. Pour qu'elle ne reste pas ce fantôme horrible qui te veut du mal.

Son argument eut l'air de toucher un point sensible. Emiko se redressa, dévoilant sa bouche et son menton rougis comme s'ils avaient été plongés dans de l'eau bouillante. Sa main trembla, s'immobilisa. Mina la voyait lutter contre elle-même, contre l'emprise de Natsuki qui lui commandait de ne pas mener le rituel de purification à son terme. Emiko serra les dents. Elle rinça le manche de la louche d'une main tremblante et Mina l'aida à se relever. Elle pouvait sentir l'adolescente qui grelottait contre elle, aussi laissa-t-elle son bras autour de ses épaules tandis qu'elles retournaient dans l'allée principale en direction du bureau du temple. Les deux lycéennes dépassèrent un grand arbre dont les branches étaient recouvertes de plaques votives qui tintaient doucement dans la brise. Elles paraient l'arbre de multiples couleurs chatoyantes, certaines plaques étaient tout juste déposées alors que d'autres tombaient en lambeaux, entraînant avec elles les prières qu'elles contenaient. Elles croisèrent un unique visiteur qui leur adressa un froncement de sourcils inquiet avant de quitter le temple.

Elles arrivèrent devant le petit bâtiment de bois au toit incliné et Emiko dut se retenir au comptoir pour ne pas tomber. Dans l'enceinte du temple, la puissance du fantôme était réduite à son minimum et il ne pouvait prendre de forme physique, mais son emprise sur le mental de la jeune fille restait puissante. La boutique était fermée, et de l'autre côté de la vitre pendaient des amulettes, des cartes de vœux ou de divination. Une petite cloche était fixée sur le comptoir de bois. Mina appuya dessus avec frénésie. Au bout d'une éternité, une silhouette fit coulisser un panneau de bois dans le fond du bâtiment et une miko, une jeune gardienne vêtue d'un kimono blanc et d'un hakama rouge sang, apparut.

Mina laissa échapper un soupir de soulagement en reconnaissant Natsume. Cette dernière cessa de sourire en contemplant Emiko qui peinait à tenir debout, les mains crispées sur le comptoir du bureau à s'en faire blanchir les jointures. Natsume ouvrit la vitre qui la séparait de ses camarades de classe.

— Je l'ai emmenée se purifier au chozuya, mais ça n'a pas suffi. Je crois que l'esprit n'a pas pu passer le torii, dit Mina dans la précipitation.

Natsume se pencha en avant pour examiner Emiko. Cette dernière se mit à gémir, s'accrochant à Mina avec toute la force qui lui restait. Ses yeux roulaient dans ses orbites, elle brûlait de fièvre et prononçait des paroles sans queue ni tête.

— C'est bon signe, la possession n'a pas encore commencé. Reste avec elle, ordonna Natsume de sa voix de déléguée, je vais chercher mon oncle.

Elle disparut à nouveau à l'intérieur du bureau. Mina resta immobile, soutenant une Emiko de plus en plus pâle. Mina se tournait vers elle, lorsque la jeune fille poussa un cri strident et se laissa tomber au sol. Des bruits de pas précipités résonnèrent dans le bureau et la porte qui flanquait le comptoir s'ouvrit à la volée.

Un prêtre, vêtu d'un hakama bleu ciel et d'une toque noire, sortit en courant, faisant claquer ses getas[1] sur le plancher, Natsume sur les talons. Il s'accroupit près d'Emiko qui convulsait au sol. Il leva un visage doux mais barré par le pli soucieux de ses lèvres vers Mina.

— J'avais senti une attaque au niveau des protections principales, dit le prêtre, mais ceci dépasse de loin ce que j'avais suspecté. Je dois l'emmener au temple, tout de suite. Quoi que vous entendiez, ne venez sous aucun prétexte !

Paniquée, Mina se contenta d'acquiescer. Le prêtre souleva Emiko et partit, en courant à moitié, vers le bâtiment principal, laissant les deux jeunes filles plantées là.

1. Getas : sandales de bois traditionnelles, aujourd'hui rarement en usage à l'extérieur des temples.

11

2016, Tokyo, Japon.

Mina saisit avec gratitude la tasse de thé matcha[1] que lui tendait Natsume. Elle entoura la porcelaine de ses mains pour les réchauffer. Le regard scrutateur de la miko la mettait mal à l'aise.

— Tu as dit que l'esprit n'avait pas passé le torii, donc tu étais au courant. Tu as déjà vu des cas de possession, poursuivit Natsume sans la lâcher des yeux.

Ce n'était pas une question. Mina plongea dans sa propre tasse pour masquer sa gêne. Le ton accusateur de Natsume la fit avaler de travers.

— Oui, une fois. Quand j'étais petite.

Avec ses mots, Mina replongea dans son passé. L'image de cette vieille voisine, hantée par le fantôme de sa défunte petite-fille, coïncidait avec l'un des derniers souvenirs qu'elle avait de son père. Encore une fois, tout la ramenait vers lui.

Elle était jeune, elle ne devait pas avoir plus de cinq ou six ans. Elle accompagnait son père au marché

1. Matcha : thé vert traditionnel japonais, mousseux et amer.

ce matin-là, lorsqu'ils avaient aperçu la vieille femme. Elle pleurait en se tenant la tête, au milieu de la chaussée. Une voiture avait manqué de la renverser. Son père lui avait pris la main et avait couru vers la grand-mère. À force de mots apaisants, ils l'avaient ramenée jusqu'au trottoir, puis chez elle. Dans leur sillage, une ombre enfantine les suivait. L'apparition avait laissé Mina pétrifiée. Kentaro n'avait rien dit, n'avait même pas semblé la voir. Il avait simplement serré la main de sa fille dans la sienne et l'avait entraînée à sa suite. Devant le thé fumant, la grand-mère leur avait conté la mort de sa plus jeune petite-fille alors qu'elle la surveillait. Et les tourments qu'elle subissait depuis. Le fantôme de la fillette la suivait partout à chaque instant du jour et de la nuit. La vieille femme ne trouvait plus le repos. L'enfant, silencieuse, se contentait de la regarder, le visage lourd d'une question avortée. *Pourquoi ?* Avec une expression mélancolique qu'elle n'oublierait jamais, le père de Mina lui avait conseillé de se rendre dans un temple shinto. Il lui avait expliqué avec douceur qu'elle devait avoir recours à un exorcisme. Seul moyen pour apaiser l'âme en peine de la défunte, incapable de quitter seule les lieux de sa mort. Elle y était allée, le lendemain, accompagnée par Kentaro. À leur retour, un sourire apaisé éclairait son visage ridé. Quelque temps après, la grand-mère était morte dans son lit. Mina n'oublierait jamais cet après-midi dans la maison silencieuse de la vieille femme. Ni la petite fille translucide, dont les yeux vides étaient fixés sur son père.

Natsume la dévisagea un long moment.

— Mon oncle est un exorciste très compétent. Ça devrait aller pour Emiko-chan, la rassura Natsume en se resservant une tasse.

— Merci, dit simplement Mina.

— J'ai rempli ma part du marché, lui fit simplement remarquer Natsume.

Mina acquiesça sans un mot, se tourna légèrement vers le panneau coulissant ouvert qui donnait sur le jardin du sanctuaire. Elle s'abîma dans la contemplation de la pluie fine qui commençait à tomber. Le ciel avait libéré ses premières gouttes peu de temps après le départ de l'oncle de Natsume, Emiko inconsciente dans ses bras. À présent, une ondée tenace rafraîchissait l'air. L'odeur de la terre mouillée pénétrait sur la terrasse de bois. Des centaines de questions lui brûlaient les lèvres mais l'attitude de la miko retint sa langue. Mina se tint coite.

L'oncle de Natsume pénétra brusquement dans le bureau. Il fit claquer ses getas pour en chasser l'eau, retira sa toque cérémonielle et s'agenouilla à côté de Natsume. La miko lui servit une tasse de thé. Elle lui tendit une serviette pour qu'il essuie ses cheveux dégoulinants. Il retira ses petites lunettes rondes pendant l'opération et Mina put l'observer à la dérobée. L'oncle de Natsume n'était pas aussi jeune qu'elle l'avait cru au premier abord. Elle estima qu'il devait aller sur ses quarante ans, mais son visage rond et aimable lui donnait l'air plus jeune. Il rajusta son hakama cyan et but une gorge de thé en regardant lui aussi au-dehors. Mina n'osa pas le questionner directement et respecta son silence. Il avait les traits tirés et la mine soucieuse. Un corbeau perché face à la fenêtre lâcha un croassement rauque. Mina sursauta.

— Pardon, j'ai eu peur.

— De quoi ? demanda Natsume, intriguée, en regardant elle aussi par la porte ouverte.

— L'oiseau, dit-elle en désignant le volatile qui lissait ses plumes sombres sur une branche non loin de là.

— Tu peux le voir ? demanda le prête surpris.

Mina ne sut pas quoi répondre, le corbeau la regardait à présent avec intérêt. Le prêtre émit un petit rire discret qui arracha une grimace mécontente à Natsume. Son regard inquisiteur passait de l'un à l'autre. Mina elle-même n'était pas certaine de tout saisir à cette étrange situation. Elle prit une nouvelle gorgée de thé avant de demander :

— Excusez-moi mais comment va Emiko-chan ?

— Ça devrait aller, elle se repose. Tu l'as amenée juste à temps. J'ai appelé ses parents, ils vont venir la chercher.

— Vous allez leur dire, pour…

— Pour l'exorcisme ? Ce n'était pas son souhait. Je leur ai dit qu'elle avait fait un malaise en venant acheter un talisman, et je leur ai conseillé de l'emmener à l'hôpital le plus vite possible. Son état reste inquiétant, elle est très faible, très anémiée.

— Et pour la promesse ?

— Je vois que tu es au courant de toute l'histoire, dit le prêtre avec un hochement de tête appréciateur. Elle a été accomplie pendant la séance.

Mina sentit qu'il ne lui révélerait pas la teneur de ce fameux serment qu'Emiko avait trahi. Elle pouvait le lire sur son visage serein. Ce n'était pas là son rôle, cette décision appartenait à Emiko. Mina jugula sa curiosité et termina son thé. Puis elle se recula un peu et s'inclina devant le prêtre.

— Je vous remercie de votre aide, dit-elle en posant le front sur le tatami.

— Merci à toi, si tu n'étais pas intervenue la situation aurait pu mal finir, dit le prêtre en hochant la tête dans sa direction. Je vais te raccompagner aux portes du sanctuaire. Natsume-chan, pourrais-tu aller voir comment va Emiko-san ? Ses parents ne devraient plus tarder.

Natsume se leva de mauvaise grâce, visiblement déçue d'être écartée de la conversation. Elle chaussa ses getas de bois clair, attrapa un parapluie et disparut dans le sanctuaire. Le prêtre se leva et fit signe à Mina de le suivre. Le corbeau croassa à nouveau et prit son envol. Ils partagèrent un parapluie en papier huilé d'un rouge éclatant.

— Il ne faut pas en vouloir à Natsume, dit le prêtre. Elle n'a jamais pu voir Arashi, qui est pourtant le gardien du sanctuaire. C'est un esprit puissant attaché à notre famille, il veille sur nous et sur les protections qui entourent le temple. Son don est faible et elle a du mal à l'accepter.

Le prêtre lui sourit gentiment et la guida jusqu'à l'entrée du bâtiment. La pluie s'arrêta lorsqu'ils sortirent dans l'allée détrempée du sanctuaire. La nuit commençait à tomber et les lanternes jetaient des ombres grandissantes sur le sol. Le corbeau se posa sur l'arbre aux amulettes, les billes noires de ses yeux les suivaient avec attention.

— Comment vous appelez-vous ? demanda le prêtre en se tournant vers elle.

— Kobayashi Mina.

— Eh bien, Mina-san, je suis ravi de faire votre connaissance. Je suis Ichigo Akihiro, l'oncle de Natsume. J'officie dans ce temple depuis près de vingt ans et tu es la première personne que je croise qui soit capable de voir Arashi. Ton don est puissant.

— C'est une malédiction, murmura Mina.

— Une malédiction ? Au contraire, c'est une chance incroyable ! s'exclama Akihiro.

— Je ne pense pas. Où que j'aille, ils sont partout. Les fantômes et les esprits, ils sont si nombreux. Je dois être maudite.

En prononçant ces mots, Mina ressentit un puissant soulagement. C'était la première fois qu'elle exprimait tout haut sa pensée de façon aussi claire et sans honte. Elle réalisa qu'elle conversait tout à fait normalement avec un inconnu à propos d'un volatile qu'eux seuls pouvaient voir. Cette prise de conscience la laissa sans voix, l'esprit vide pendant une seconde. Akihiro l'observait sans rien dire, comme s'il avait conscience qu'elle vivait un moment particulier. Il reprit la parole d'une voix douce :

— Un don si puissant ne peut être que divin, sois-en assurée, Mina-san. Tu n'as jamais pensé à venir plus tôt dans un temple ? Tu aurais pu devenir miko, suivre un enseignement adapté à la mesure de ton don.

Mina hésita. Dire qu'elle n'avait jamais envisagé d'aller demander de l'aide à un sanctuaire aurait été un mensonge. Mais elle entrevoyait déjà la réaction des gens, les moqueries, les sarcasmes. Voir les morts et les esprits ? Les affabulations d'une enfant qui désire de l'attention. Ses maigres tentatives de jeunesse pour exprimer sa détresse n'avaient été récompensées que par des insultes et des moqueries. Alors elle s'était tue, et elle avait fait comme si elle ne voyait rien. Elle repensa à la photo de son père, aux soupçons le concernant qui la tenaillaient. S'il savait, pourquoi ne pas l'avoir prévenue ? Avait-elle scellé son propre destin en refusant de s'ouvrir à ses parents ? La gorge de la jeune fille se noua. Une main réconfortante vint se poser sur son épaule.

— Reviens nous voir un de ces jours, lui dit Akihiro, je suis sûr que nous avons plein de choses à nous dire et je suis curieux d'en savoir plus sur toi. Excuse-moi à présent, je dois aller m'occuper de ton amie.

Le prêtre la salua et fit demi-tour en direction du temple. Mina reporta son attention sur l'arbre et le volatile qui la considérait toujours, le bec penché sur le côté.

— Un don, hein ?

Un courant d'air balaya les branches de l'arbre, agitant les prières qui y étaient suspendues. Les clochettes accrochées aux talismans tintèrent. Mina repensa à l'o-fuda collé au plafond de sa chambre. Elle s'approcha de l'arbre et joignit les mains, pria pour trouver des réponses. Au-dessus de sa tête, Arashi croassa de plus belle.

12

2016, Tokyo, Japon.

Mina se faufila dans l'appartement à pas de loup. Elle contourna le corps endormi de sa mère sur le futon déplié et retrouva la sécurité de sa chambre. En s'asseyant sur le lit, toute la tension qui la faisait tenir debout depuis quelques jours retomba d'un coup. Elle s'affala sur le dos, l'esprit fourmillant de sensations. Un mélange d'excitation, de peur et d'apaisement saturait son esprit, la laissant pantelante, incapable de démêler le nœud de ses émotions. Pour la première fois, depuis sa découverte du *Kogage*, son don ne lui apparaissait plus totalement comme un fardeau. Les paroles de Ryu résonnèrent dans son crâne. *Natsume n'appartient pas vraiment à ce monde, elle*. Mais Mina en faisait partie, elle y avait sa place. Elle ferma les yeux, le corps mou, prête à s'endormir, mais elle sentit aussitôt le cauchemar arriver. Cette fois pourtant, forte d'une nouvelle assurance, elle était prête à lutter.

Le décor autour d'elle sombra dans une noirceur impénétrable et, le temps d'un clignement de paupières, elle se retrouva à nouveau dans la rue faiblement éclairée.

Il s'agissait d'un quartier résidentiel, tout ce qu'il y avait de plus banal. À force, il lui semblait même familier. Soudain, l'évidence lui sauta aux yeux. Elle connaissait cette rue, elle y avait vécu. Après la mort de son père, elle et sa mère avaient déménagé dans leur appartement actuel, le loyer de la petite maison qu'ils occupaient étant devenu trop élevé pour une mère célibataire. Le souvenir lui tordit les entrailles avant que la colère ne prenne le dessus. Comment cet esprit pouvait-il connaître cette rue ? Par défi, elle lâcha le sac plastique qu'elle tenait à la main. Voyant que son geste ne suscitait aucune réaction, elle fit volte-face et faillit rentrer dans le mur qui se dressait là où il n'y avait rien quelques secondes plus tôt. Un sourire désabusé lui échappa. Visiblement, elle n'était pas la seule à apprendre. Elle haussa les épaules pour montrer qu'elle n'avait pas peur.

— Tu veux que j'avance, n'est-ce pas ? dit-elle dans la rue vide. Très bien.

Elle avança. La rue semblait se distordre, s'étirant comme un tunnel de plus en plus noir et inquiétant. Le nombre de lampadaires éclairant la rue diminuait progressivement. Sur sa gauche, les haies des jardins bien entretenus se fondirent pour ne former qu'un seul et même mur végétal. Une silhouette apparut au milieu de la chaussée. Le petit garçon qu'elle avait aperçu quelques jours auparavant se dressait immobile, un doigt tendu vers elle. Sur ses épaules, le gros chat tigré enroulait sa queue paresseuse autour de son cou, formant comme un collier de fourrure vivante. Mina sentit son cœur s'accélérer. Le mur derrière elle progressait au même rythme qu'elle, elle ne pouvait pas faire demi-tour. Elle fit mine d'avancer encore. Puis elle tourna brusquement les talons et sauta dans la haie. Un feulement rageur accompagna sa fuite. Les épines lui lacérèrent le visage et les mains tandis qu'elle se frayait un chemin dans le massif.

Elle atterrit dans une autre rue, semblable à celle qu'elle venait de quitter, à ceci près que tout y était en ruine. Les maisons s'effondraient, leurs toits éventrés. Les arbres dépérissaient dans les jardins à l'herbe sèche et jaune, et les rares lampadaires à fournir une lumière clignotante étaient tordus et rouillés. Une brume grise et dense montait du sol, s'enroulant entre ses chevilles comme des serpents avides. Un croassement rauque brisa le silence épais. Mina leva la tête et aperçut un corbeau qui fixait un recoin de débris. Un bruit de verre brisé la fit reculer. Sa respiration s'accéléra. L'enfant et le chat se trouvaient là, l'observant depuis les ombres. Leurs silhouettes se brouillèrent, comme l'image d'une télévision mal réglée. Le chat se mit à grossir. Sa fourrure se répandit comme une mer ondulante sur le corps translucide du petit fantôme. Des éclats roux surnageaient dans son pelage rayé. Le sourire de l'enfant se para de canines acérées qui n'étaient pas sans rappeler le rictus de la lune au-dessus d'eux, éclatée, béante au milieu des étoiles.

La créature se recroquevilla sur elle-même tandis que ses jambes et ses bras se pliaient à des angles impossibles. Mina sentit une bile acide lui remonter dans la bouche. Face à elle, le monstre convulsait atrocement. Dans un silence de mort, à peine ponctué par les craquements de sa colonne vertébrale se déformant, le démon sortit des ombres. Mina porta une main à sa bouche pour retenir un gémissement de dégoût. Les lèvres de l'homme-chat s'étirèrent en un sourire plein de crocs pointus qui lui donna froid dans le dos.

Il la dépassait d'une tête à présent, planté sur ses cuisses puissantes et arquées, prêt à bondir. Mina recula et le corbeau croassa de plus belle, ses yeux, deux billes noires luisantes, à présent fixés sur elle. L'esprit fit un pas vers Mina, ses griffes raclèrent le sol.

— Qu'est-ce que tu veux ? demanda la jeune fille, d'une voix tremblotante.

— Ksss ksss.

— Que me veux-tu ? hurla-t-elle.

— Toi, je te cherche… depuis longtemps, articula l'esprit tant bien que mal. Tu es comme lui… ksss… Kentaro, mais différente. Ce don que tu… ksss… possèdes, donne-le-moi. Je peux t'en débarrasser.

Mina se figea. Avait-elle bien entendu ? Parlait-il de son père ? Le monstre profita de son hésitation pour se rapprocher. Une aura vibrante faisait onduler sa fourrure, une vague de puissance qui s'échappait de lui pour mieux l'entourer. L'air se brouilla. Devant elle, une Mina plus jeune de dix ans apparut. Elle jouait dans la rue, entourée d'autres enfants, souriante et heureuse. Mina avait du mal à réfléchir, elle avait envie de rejoindre cette fillette innocente et heureuse. Elle savait qu'une telle scène n'avait jamais eu lieu. Elle était la fillette étrange que les autres enfants évitaient. Celle qui les regardait rire, assise sur un banc. Son esprit était soudainement lent et gourd. *Je pourrais être normale*, se dit-elle intérieurement.

— Tu le pourrais ? demanda-t-elle en fixant la fillette qu'elle avait été.

— Oui… ksss… c'est très simple. Laisse-moi… t'aider. Lui il a refusé, mais toi…

Quelque chose de doux et de froid lui heurta le visage, l'arrachant à la vision. Mina cligna plusieurs fois des yeux, s'ébroua. Le corbeau la frôla à nouveau de ses ailes, la faisant sursauter. L'esprit s'était encore rapproché, ses pattes griffues pendant le long de son corps difforme, ravivant sa terreur.

Mina se précipita vers la haie pour repasser au travers mais les épines des ronces avaient à présent la taille de son bras et s'entremêlaient dans un enchevêtrement si complexe qu'elle ne put y passer un pied. Son cœur se mit à cogner avec fureur contre sa poitrine. *Réfléchis, idiote, réfléchis. On est dans ton rêve, tu dois pouvoir faire quelque chose.* Elle tourna sur elle-même à la recherche d'une arme pour se défendre. Ses yeux ne tombèrent que sur des gravats. À quelques mètres de là, l'esprit semblait avoir du mal à maîtriser son nouveau corps et avançait vers elle d'une démarche hésitante. Il n'était plus qu'à quelques mètres d'elle. Mina crispa les mains sur ses armes de fortune à s'en faire blanchir les jointures. Le corbeau se posa sur la haie, juste au-dessus d'elle. L'esprit feula à l'encontre du volatile.

— Si tu veux vraiment m'aider, c'est le moment, dit-elle à l'oiseau.

Soudain, le chat fut sur elle. Mina leva les bras dans un geste de défense inutile. Les ongles griffus de la bête foncèrent vers sa poitrine. Une chaleur incroyable envahit la jeune fille tandis qu'elle regardait, incrédule, l'esprit belliqueux voler en arrière dans un râle d'agonie. Une boule de lumière flotta un instant devant elle. Une brume scintillante l'enveloppait mais elle crut discerner la silhouette d'une femme en kimono rouge. Le globe flotta un instant entre elle et le monstre puis se dissipa dans le néant, entraînant le cauchemar avec elle.

Mina se redressa d'un bond, les bras levés devant elle pour se protéger. La sonnerie du réveil hurlait.

Elle l'éteignit d'un geste tremblant et chassa la sueur qui lui inondait le visage. Ce geste lui arracha une grimace de douleur. Elle se leva et tituba vers la salle de bains, le corps perclus de douleurs. Le petit miroir lui renvoya une image désastreuse. Ses poignets étaient recouverts d'estafilades et de perles de sang séchées. Sur sa joue, une longue griffure peu profonde lui barrait la mâchoire. Les mêmes marques étaient visibles sur son cou. Perplexe, Mina passa un doigt sur la plus grosse marque et retint un gémissement de douleur. Le souvenir de la haie de ronces effleura son esprit et une pierre tomba au creux de son estomac. Comme prise de frénésie, elle se lava les mains et le visage, désinfecta les plaies et mit des pansements sur les plus imposantes. Le souffle haché, elle se retint au lavabo, prise de vertiges. La situation ne pouvait plus durer, elle devait trouver le moyen de se débarrasser de cet esprit. Celui-ci avait clairement avoué être lié à son père, il était temps d'aller chercher des réponses de ce côté-là.

Elle récupéra dans sa chambre la photo d'écolier de son père. Elle tripota le bas de sa cravate d'uniforme, indécise, examina son visage. Il fixait la présence indéfinissable perchée dans l'arbre. Ses traits n'exprimaient pas de peur ou de curiosité. Il se contentait de regarder la branche. Ses doigts se crispèrent sur le cliché, le retournèrent. Elle relut pour la vingtième fois l'inscription manuscrite au dos de la photographie. La date et le nom de l'orphelinat où elle avait été prise. Par curiosité, Mina entra cette information dans son téléphone. Internet lui fournit une réponse presque immédiate. L'orphelinat existait encore et d'après l'adresse, celui-ci ne se trouvait pas très loin, dans la banlieue de Tokyo. Elle pouvait s'y rendre sans faire un trop long détour pour rentrer chez elle. Mina expira lentement. Elle devait en avoir le cœur net. Elle replaça la photo entre les pages de son cahier et rangea ses affaires. Elle allait quitter l'appartement quand son téléphone vibra dans sa poche. Elle l'ouvrit avec circonspection et reconnut immédiatement le nom de Natsume. Dans un style lapidaire, la miko lui donnait rendez-vous le soir même au *Kogage*. Mina eut une moue mi-agacée, mi-amusée à la lecture du message. Elle avait pris sa décision. Natsume devrait attendre, la recherche de son passé avait la priorité.

Mina tourna plusieurs fois dans la rue avant d'oser entrer dans le bâtiment principal de l'orphelinat. Il ne ressemblait plus du tout à ce qu'elle en avait vu sur les vieilles photos de son père. La façade avait été entièrement repeinte et les vieux bâtiments remplacés par des constructions plus modernes. L'entrée était immaculée, dans des tons de blanc et de beige. Un grand bureau abritait une petite femme replète qui appelait des numéros. Mina prit un ticket et s'assit sur l'un des bancs mis à disposition. Plusieurs couples lui jetèrent des coups d'œil surpris avant de se détourner. Une nourrice en chemise pastel entra par une petite porte vitrée donnant sur la cour extérieure. Elle tenait un petit garçon par la main. Il portait un uniforme d'été, short à carreaux verts et bleus, chaussettes blanches montantes ainsi qu'un blazer marine sur une chemise débraillée. Ses chaussures étaient pleines de terre et il affichait une mine boudeuse, visiblement mécontent d'être arraché à ses jeux. La nourrice, une jeune femme d'une trentaine d'années au chignon strict, sourit gentiment en entrant et poussa le petit garçon vers le grand bureau. La secrétaire baissa ses lunettes sur son nez pour le regarder et renifla avec une moue réprobatrice. Elle tapa quelque chose sur son ordinateur et appela le numéro treize. Un couple se leva précipitamment pour rejoindre la secrétaire. Ils s'éloignèrent dans un coin de la salle où étaient disposés des jouets, avec le petit garçon, les sourcils froncés d'inquiétude à présent, et la nourrice. Mina saisit au vol l'expression paniquée de l'enfant et lui adressa un sourire d'encouragement.

— Numéro 14 ! appela la secrétaire de sa voix cassée et peu aimable.

Mina bondit de son siège, manquant de faire tomber son sac posé sur ses genoux et courut presque jusqu'au comptoir. La femme la détailla de la tête aux pieds avec un air marqué de réprobation.

— Que puis-je faire pour vous aider ? demanda-t-elle avec un agacement palpable. Il n'y a pas de visites en semaine, seulement le samedi.

— Je ne viens pas voir quelqu'un, répondit Mina. Je voudrais un renseignement.

La femme lui adressa un nouveau regard désapprobateur qui s'attarda sur son ventre. Mal à l'aise, Mina serra un peu plus les lanières de son sac avant d'y plonger la main pour en sortir la photographie et prit une grande inspiration.

— Je cherche des informations sur mon père, dit-elle en le désignant sur le cliché. Il a passé son enfance ici et je voulais savoir si vous pouviez m'en dire plus.

— Ces informations sont classées et non accessibles au public, je suis navrée, répondit la secrétaire qui n'avait pas l'air le moins du monde désolée. Seul votre père peut faire une demande.

— Il est mort, lâcha Mina d'une voix ferme. Je voudrais juste voir son dossier, si c'est possible.

— Eh bien… je n'ai pas vraiment le droit.

— Je vous en prie, dit Mina en s'inclinant.

— Je peux vérifier s'il est dans la base de données. Nous avons perdu la majorité de nos archives papier dans un incendie, mais je peux toujours regarder. Quel est le nom ?

— Kobayashi Kentaro.

Les doigts de la secrétaire se mirent à voler au-dessus de son clavier. L'éclat de son écran se reflétait dans ses lunettes et Mina la vit faire défiler des listes de noms.

— Quand a-t-il quitté l'orphelinat ? redemanda la secrétaire pour affiner sa recherche.

— En octobre 1989.

La femme fronça les sourcils en scrutant la nouvelle liste de noms.

— Je suis désolée, il n'y a rien. Le dossier n'a pas dû être numérisé donc il a disparu avec les archives.

— Vous êtes sûre ? insista Mina, la gorge serrée.

— Absolument. Je ne peux rien faire pour vous.

— Merci de votre aide.

Mina s'éloigna du comptoir. La pièce sembla se refermer sur elle. Elle avait la poitrine et le cœur plombés. Elle tituba jusqu'à la porte. Dehors, elle prit une grande goulée d'air frais, peina à retrouver son souffle. Elle regarda une dernière fois la photo qu'elle tenait toujours à la main. L'abattement la cueillit comme un coup de poing dans l'estomac. Elle se sentit vaciller, les larmes au bord des yeux.

— Mademoiselle ?

Mina se retourna et vit la nourrice à la chemise rose pâle l'appeler depuis une petite porte qui donnait visiblement sur la cour de récréation de l'établissement. La jeune femme lui fit signe d'approcher. Mina regarda autour d'elle comme pour s'assurer que l'on s'adressait bien à elle et la jeune femme agita à nouveau la main dans sa direction.

— Bonjour, dit timidement Mina.

— Bonjour, je suis désolée mais vous cherchez votre père ? C'est un ancien pensionnaire, c'est ça ?

— Oui, mais son dossier a disparu pendant un incendie apparemment.

— Oui, je suis au courant, c'était il y a plus de vingt ans maintenant. Une tragédie. Plusieurs membres du personnel sont morts lors de cet accident. Je peux peut-être vous aider cependant.

— Vous y étiez ? demanda avidement Mina.

— Non, rigola l'employée. Je suis beaucoup trop jeune, je ne suis arrivée qu'il y a quatre ans. Mais la personne que je remplace, elle, pourra certainement vous aider. Elle a consacré sa vie à cet orphelinat. Voulez-vous la rencontrer ?

Mina hocha la tête avec ferveur, la gorge nouée.

— Tenez, je vous ai noté son adresse. Dites-lui que vous venez de la part de Yukiko, je lui passerai un coup de téléphone pour la prévenir de votre passage.

— Merci beaucoup, s'exclama Mina en prenant la petite carte et en s'inclinant en signe de gratitude. Merci, vraiment merci.

— De rien. Par contre, je dois vous prévenir, Kuroma-san… elle n'a plus toute sa tête. Parfois, elle oublie des choses mais on ne sait jamais. Les enfants de cet orphelinat comptaient beaucoup pour elle, elle se souviendra peut-être de votre père. J'espère que vous trouverez ce que vous cherchez. Au revoir.

La nourrice lui adressa un adieu de la main et referma la porte derrière elle. Mina ne pouvait se détacher de la carte sur laquelle était inscrite une adresse à la main. Elle la rangea précieusement avec la photographie dans son sac. Le sentiment de défaite ressenti quelques minutes plus tôt s'étiolait, remplacé par une détermination qu'elle ignorait posséder. Elle leva le menton et huma l'air printanier pour se donner du courage. Une brise légère souffla dans sa jupe, à mille lieues des lourds nuages qui lui plombaient le moral. Les tourbillons aériens firent voleter ses cheveux et frissonner sa peau. Mina offrit son visage à cette caresse apaisante. Un autre effluve perça, charrié par le vent. Mina se figea, interloquée. Il sentait la neige et la nuit. Elle ferma les yeux pour le capter et se mit à suivre cette trace olfactive incongrue. Mina s'enfonça dans le quartier, où débordaient les cafés à l'occidentale et les magasins branchés. Elle tourna à l'angle d'une rue et déboucha dans une arrière-cour qui se terminait en impasse. Elle dépassa des conteneurs malodorants et s'avança jusqu'au mur. La mince fragrance s'arrêtait là. Un choc sourd résonna dans son dos. Mina se retourna brusquement. Une silhouette élancée bondit d'entre les poubelles. Le renard s'ébroua et glapit à son encontre. Mina fut certaine de le voir sourire. Son souffle gela dans sa poitrine. D'un autre bond, il fila dans la rue. L'urgence dévala ses veines. Son cœur se mit à marteler ses côtes. Elle avait besoin de savoir. Ses jambes se mirent en mouvement. Elle ne pouvait pas croire à une coïncidence. Mina se mit à courir. À peine sortie de la rue pourtant, elle avait déjà perdu l'animal.

Elle tourna sur elle-même, scrutant les déchets et le trottoir. Une boule de fourrure couleur de flamme jaillit sur sa droite et se carapata ventre à terre dans une rue perpendiculaire. Elle se lança à sa poursuite, déboucha dans une rue un peu plus fréquentée. Le goupil réapparut brièvement à quelques mètres d'elle et l'entraîna jusqu'à une grande artère. Dans la foule, elle le perdit pour de bon. Trop de monde circulait sur les immenses passages piétons, un flux ininterrompu d'hommes et de femmes occupés par leurs vies et leurs soucis. *Concentre-toi, réfléchis. C'est un esprit, tu peux le sentir. Tu le peux.* Elle ferma les yeux, plantée au milieu du trottoir, indifférente aux regards et aux expressions réprobatrices des piétons et se concentra sur ses sensations. Elle laissa ses perceptions s'étendre autour d'elle comme un filet qui ne serait retenu que par le centre de son corps. Elle glissa, dans un frôlement de son esprit, sur les souvenirs des promeneurs, les réminiscences de leur passé restaient attachées à eux sans qu'ils s'en rendent compte. Elle contourna le fantôme de cette jeune fille, percutée par une voiture à ce même carrefour et incapable de quitter le lampadaire contre lequel s'était achevée sa vie. Elle frôla l'oni[1] qui accompagnait le P-DG d'un grand groupe

1. Onis : créatures du folklore japonais populaires dans les arts, la littérature et le théâtre nippons. Ils ont habituellement une forme humanoïde, une taille gigantesque, des griffes acérées, deux cornes protubérantes leur poussant sur le front, des poils ébouriffés et un aspect hideux. La couleur de leur peau est généralement rouge ou bleue. Ils entretiennent des similitudes avec les trolls et les ogres ; en français, on traduit leur nom par « démons » ou « diables ».

audiovisuel. Celui-ci tourna son regard vide dans sa direction avant de se pencher à l'oreille de son maître. Elle passa sur tous ces gens comme le vent frais sur les cimes montagneuses. Et elle le vit. Ou plutôt, elle le perçut. Il l'attendait patiemment, assis sur ses pattes arrière, sa queue touffue battant ses flancs, invisible aux yeux des humains. Le renard baissa le museau depuis l'autre côté de l'immense carrefour et se remit en marche. Il voulait qu'elle le suive.

Mina rouvrit les yeux et traversa la rue sous les sifflements des Klaxons. Elle retrouva l'animal quelques rues plus tard mais choisit délibérément de ne pas le suivre. Il n'était pas le seul à pouvoir jouer. Elle retira discrètement ses gants, ralentit le rythme et se mit à flâner entre les cafés, faisant mine de regarder les desserts proposés. Elle réalisa qu'elle se trouvait dans le quartier du *Kogage*. L'esprit surgit au bout d'une allée et Mina fit quelques pas vers lui avant de se détourner au dernier moment. Le renard lui coupa quasiment la route et la jeune fille plongea en avant. Sa main effleura les poils roux. Le monde s'inversa.

La rue s'évapora en filaments brumeux qui gouttèrent vers le ciel devenu sol. Mina sentit son buste basculer en avant. Le bitume sous ses pieds devint moelleux puis disparut simplement. Face à elle, le renard la fixait avec une intensité dérangeante. Sa queue touffue ondula paresseusement, se dédoubla. Mina crocheta ses yeux aux pupilles fendues de l'animal, se raccrocha à lui comme à un phare dans la nuit. Tout se brouilla et une toute nouvelle scène se forma, trouble comme une image qui se reflète dans l'eau. Une forêt se dessina, sa faune s'éveillant dans un matin plein de brume et de gouttelettes de rosée.

L'odeur de la sève et de la terre mouillée après l'averse lui emplit les narines. Mina leva le visage vers le ciel, encore rose et orangé, le soleil commençait seulement à briller. Le temps se mit à couler à toute vitesse. L'automne fit tomber les feuilles tout autour d'elle, le vent les balaya, les animaux coururent dans les sous-bois et, enfin, la nuit tomba. Les heures nocturnes défilèrent en accéléré. Mina, ébahie, restait immobile au milieu de ce décor fantastique. Une par une, comme des lucioles qui s'éveillent devant la chaleur d'un feu de camp, des boules lumineuses s'allumèrent entre les troncs. Elles flottaient et dansaient, suivant un chemin invisible. Mina se redressa pour mieux les apercevoir. Une mélodie se fit entendre. Un murmure qu'elle prit d'abord pour celui du vent dans les ramures. Le son se précisa et elle reconnut le pincement caractéristique des cordes de shamisen. Des voix accompagnaient l'instrument en une mélopée hypnotique. Mina se laissa porter par l'atmosphère féerique jusqu'à ce que quelque chose de lourd se pose sur son épaule.

Elle tourna la tête en direction de ce contact, et la forêt s'effondra. Les arbres devinrent translucides, perdirent leur réalité. L'odeur fraîche du sous-bois se chargea des effluves des pots d'échappement. Mina tenta de sauver la vision, tendit la main devant elle. Le goupil pencha la tête sur le côté mais déjà, les pinceaux noirs de ses oreilles s'effaçaient en fumerolles opalescentes.

La pression sur son épaule se fit plus insistante. Des voitures filtrèrent entre les arbres. Les bruits de Klaxons et les claquements des talons sur le macadam remplacèrent définitivement les murmures de la forêt.

Mina émergea brusquement de la vision. Une jeune femme se tenait penchée sur elle.

— Bonjour Mina-chan, dit Eri, les sourcils froncés. Tout va bien ?

Mina cligna plusieurs fois des yeux avant de reconnaître la médium. Eri lui sourit, irradiant littéralement de beauté. Les jambes déjà faibles de Mina lâchèrent sous l'effet de la surprise. La main de la jeune femme trouva naturellement son coude et avec une force insoupçonnée, la maintint debout.

— Eh bien, tu es toute pâle, ça n'a pas l'air d'aller, lui dit l'étudiante en fronçant ses fins sourcils.

— Je… je, bégaya Mina.

Elle reprit contenance, toujours légèrement vacillante. Face à elle, Eri rayonnait comme un soleil. Elle avait particulièrement conscience de sa main toujours posée sur son bras et des fourmillements que ce simple contact lui projetait dans tout le corps. Mina cligna des yeux.

— Désolée, Eri-san.

— Ne t'excuse pas enfin. Mais tu es vraiment très pâle, viens, allons au *Kogage*, je t'offre un thé pour te remettre de tes émotions, quelles qu'elles soient.

Mina se laissa entraîner par la poigne douce mais ferme de l'étudiante, et sans qu'elle se rappelle comment, elle se retrouva assise à une table dans l'atmosphère enfumée du cabaret. Une partie de la tension qui l'habitait se relâcha. Mina laissa échapper un soupir. Elle suivit des yeux Eri qui se rendait au comptoir prendre leur commande. Elle avançait avec une démarche aérienne qui fit se tourner tous les regards sur son passage. Regards qu'elle ne semblait même pas remarquer. Ses cheveux détachés dévalaient son épaule comme une couverture soyeuse. De l'autre côté du bar, Ryu lui adressa un petit signe de la main que Mina lui rendit. L'étudiante revint s'asseoir et déposa deux tasses brûlantes entre elles. Mina la regarda faire et admira une fois de plus l'élégance et la finesse du moindre de ses gestes.

— C'est assez malpoli de fixer les gens de la sorte, la taquina Eri.

Mina sentit ses joues s'enflammer. Elle baissa la tête pour cacher sa gêne, ce qui déclencha à nouveau le rire cristallin d'Eri.

— Tu as l'air tracassée, encore ce problème d'obake ? reprit l'étudiante en soufflant sur sa tasse de thé.

— Oui, je crois que vous aviez raison à propos du bakeneko, commença Mina. Eri-san, comment un chat se transforme-t-il en esprit ?

— Tu as de la chance, tu as devant toi une experte. D'après mes recherches, les conditions sont à la fois très précises et très simples. Le chat en question doit dépasser l'âge canonique de treize ans, peser plus de trois kilos et cinq cents grammes et avoir une très longue queue. Quel âge a ton chat ?

Mina ouvrit la bouche pour répondre mais l'étudiante la devança :

— Remarque, tu risques de t'en rendre compte quand il s'attaquera à toi, laissa échapper Eri avec un haussement de sourcils fataliste.

— Tous les bakenekos deviennent-ils de mauvais esprits ? demanda Mina par curiosité.

— Absolument pas ! s'exclama Eri. Certains deviennent des protecteurs pour leur famille, comme des onis mais en moins puissants.

— Comment un esprit prend-il possession d'une personne ? demanda Mina, le cœur battant. Quels genres de yokaïs peuvent prendre possession des humains et surtout comment s'en apercevoir ?

— Une question très pointue, répondit Eri en posant le menton dans le creux de sa main. Un prêtre ou un exorciste serait plus qualifié pour répondre.

— Et moi qui pensais avoir affaire à une spécialiste…

— Touchée, dit Eri dans un éclat de rire. Bon alors, qu'est-ce que je peux te dire sur le sujet ? Un indice flagrant est le changement de caractère. Souvent, les personnes possédées ont des comportements inhabituels, une personne timide deviendra extravertie ou inutilement aventureuse. Est-ce que cela t'aide ?

— Je sais que les mauvais esprits peuvent être repoussés par les toriis dans les sanctuaires. Est-ce qu'il y a d'autres objets pouvant mettre en évidence une possession ?

— Aucune idée. J'imagine qu'un talisman consacré par un prêtre pourrait faire effet.

Pendant qu'Eri parlait, une pensée jaillit dans l'esprit de Mina. Elle se demanda comment les chasseurs de démons se défendaient face aux esprits qu'ils combattaient. Possédaient-ils des armes spécifiques ? Il lui faudrait poser la question à Natsume. Si celle-ci ne possédait pas de pouvoirs, peut-être compensait-elle cette défaillance grâce à des artefacts religieux qui pourraient l'aider aussi.

Il fallut plusieurs secondes à Mina pour se rendre compte du silence qui l'entourait. Elle releva brusquement la tête. Eri la fixait avec intensité. Un sourire relevait le coin droit de sa bouche, révélant une canine blanche. L'étudiante semblait osciller entre agacement et attendrissement. Mina eut du mal à se détacher de ses yeux d'un vert intense et sombre qui lui rappelait les sous-bois et la forêt.

— Encore perdue dans tes pensées ? lui demanda-t-elle avec une pointe de reproche dans la voix.

— Je suis désolée, s'excusa Mina. Je dors mal avec tous ces cauchemars.

Les pupilles de l'étudiante se dilatèrent et son expression se radoucit. Elle fit signe à une serveuse de leur apporter l'addition.

— Tu devrais aller voir un exorciste. À moins que tu ne préfères essayer d'entrer en contact avec cet esprit ? Je peux t'aider, comme je te l'ai dit, je suis médium, dit Eri en réglant la note. Tu as mon numéro sur la carte, appelle-moi si tu te décides.

— Vous partez ? s'étonna Mina en prenant peur. Je ne voulais pas vous vexer, je suis vraiment désolée.

— Tu t'excuses beaucoup, fit remarquer la jeune femme. J'ai du travail qui m'attend. À bientôt, Mina-chan, j'ai hâte de te revoir.

Mina rougit en entendant Eri l'appeler ainsi. L'étudiante se leva et quitta le cabaret en suivant un chemin étrange au milieu des tables, jetant des coups d'œil autour d'elle. Mina suivit le reflet de la jeune femme dans le miroir qui flanquait le comptoir. Pendant une fraction de seconde, il lui sembla apercevoir une queue de renard battre dans son dos mais l'illusion se dissipa aussi vite qu'elle était apparue, la laissant troublée.

13

1467, province d'Izumi, Japon.

Le lendemain matin, les hommes se retrouvèrent au sanctuaire. Le père Yûichi les écouta raconter ce qu'ils avaient vu, la nuit passée dans la montagne, les visions fantastiques. Jun demeura en retrait. Une angoisse diffuse le saisit lorsque tous les hommes présents relatèrent les mêmes visions. Des femmes magnifiques dansaient dans la forêt, vêtues de kimonos de soie richement décorés. Les danseuses s'égaillaient entre les arbres devant un temple où se dressait un fastueux banquet. Jun retint son souffle lorsqu'on l'interrogea à son tour. Conscient que sa rencontre avec la déesse ne ferait qu'attiser la colère et le désespoir du forgeron, il glissa sur cette entrevue mystérieuse. Seul Kazuya ne sembla pas satisfait par son récit et lui lança une œillade inquisitrice. Utsumori quant à lui était toujours d'humeur belliqueuse.

— Ce n'étaient pas des hommes et ils ne nous ont rien fait. Nous devrions y retourner.

— Pourquoi vouloir déranger les dieux ? demanda le prêtre. Ta fille n'était pas parmi eux. Vous avez déjà assisté à une cérémonie qui ne tolère pas les intrus. Sais-tu comment les esprits punissent les hommes qui ne respectent pas ce qui est sacré ?

— Je n'ai plus rien à perdre, gronda le forgeron. Peut-être que ces femmes savent où se trouve Kaede. Le prêtre échangea un regard désolé avec Kazuya. Le bûcheron haussa les épaules et rassembla ses troupes pour une nouvelle journée de travail.

— Où allez-vous ? demanda Utsumori.

— Il reste peu de jours avant les premières grosses chutes de neige. Après, nous ne pourrons plus monter déboiser, nous avons du travail.

— Il va bientôt neiger, confirma Hisao en renversant la tête vers le ciel azur.

— Et ma fille ? s'exclama le forgeron d'une voix brisée.

— Ta fille a disparu depuis presque une lune maintenant. Il faut te faire une raison. Je suis désolé.

Le bûcheron posa une main compatissante sur l'épaule du forgeron et siffla le signal du départ. Jun ne manqua pas le regard haineux qu'Utsumori coulait à son chef.

Hikari avait regardé les villageois disparaître vers la vallée, une pointe de déception sur le visage. L'homme qui avait osé lui adresser la parole s'était enfui avec eux. En dépit de sa peur, il avait eu l'air curieux, il lui avait adressé la parole et elle lui avait répondu. Elle venait de briser l'une des règles majeures du clan. Elle avait réprimé son envie de le suivre, de toutes ses forces, elle ne pouvait quitter la procession, son rôle était trop important. Pourtant, Hikari réfléchissait déjà à la façon de revoir cet homme que le destin avait placé sur son chemin. Elle jeta un coup d'œil pardessus son épaule pour vérifier que tout le monde suivait bien le chemin qu'elle traçait pour eux. À l'est, le soleil tentait timidement de se lever. Elle obliqua vers lui et continua de guider la noce.

Le soleil fit étinceler ses premiers rayons. Un matin à l'air pur et glacial chassa la nuit. La noce reprenait le chemin du temple et les esprits venus participer à la fête s'en allaient les uns après les autres. Les tanukis qui vivaient plus bas dans la montagne saluèrent la chasseresse en la dépassant. Une hebi, mi-femme mi-serpent, disparut dans la ramée au-dessus de Hikari. Dans un dernier coup de poignet, les clochettes d'argent signalèrent le retour au sanctuaire et la fin de la noce. Hikari sentit ses épaules se détendre d'un coup, évacuant la tension et la concentration maintenues toute la nuit. Debout près de la porte, elle agita ses cloches pour chaque invité qui pénétrait dans le bâtiment. Avant d'y entrer à son tour, ses yeux cherchèrent les premières volutes de fumées montant du village. Elle les repéra dans le lointain et l'excitation la gagna. Une main se posa sur son épaule, la fit sursauter.

— Comment te sens-tu ? lui demanda Akane.

— Épuisée. Et toi ?

— Épuisée et heureuse. Viens, Rika voudrait te remercier officiellement. Le clan du nord partira ce soir, elle va les accompagner un peu avec son époux.

— Nous avons tous besoin de repos, mais je devrais aller chasser maintenant, comme ça nous pourrons festoyer une dernière fois avant leur départ, dit Hikari.

— Ça peut attendre un peu, viens.

Hikari se laissa entraîner par sa sœur. Rika et son époux tenaient la place d'honneur au milieu des femmes rassemblées. Ino et la cheffe du clan du nord saluèrent les mariés puis Morio vint les bénir. Elle leur offrit une coupe de saké qu'ils partagèrent dans un sourire. Ensuite, Rika s'avança pour embrasser chacune de ses sœurs. Quand elle la prit dans ses bras, la tristesse la submergea un court instant. Hikari serra sa sœur contre son cœur et huma son odeur comme pour s'en imprégner.

— Tout va bien se passer, Hikari-chan, lui chuchota Rika. Prends soin de toi et d'Akane.

— Je te le promets. Sois heureuse et reviens nous voir de temps en temps.

Rika embrassa les joues de Hikari, baignées de larmes qu'elle-même n'avait pas senti couler. Par-dessus les épaules de la mariée, elle accrocha le regard ombrageux de Morio. Rika se dégagea avec douceur et s'éloigna pour tomber dans les bras d'Akane. Petit à petit, invitées comme résidentes sentirent la fatigue réclamer son dû. Tout le monde s'installa confortablement pour rattraper le sommeil en retard. Hikari abandonna à regret ses sœurs sur les coussins moelleux, elle retira les peignes qui maintenaient son chignon et se dirigea vers la porte. Chikanori la rattrapa à mi-chemin.

— Où vas-tu, petite lumière ? Tu devrais te reposer, tu as travaillé dur cette nuit.

— Je dois aller chasser, nous ne pouvons pas laisser Rika et nos invités partir le ventre vide.

— Prends au moins un peu de repos, l'intima la doyenne.

— Si je n'y vais pas maintenant, je n'aurai plus le courage de me lever. Je n'en ai pas pour longtemps, rassure-toi.

Chikanori passa une main douce dans les cheveux de sa protégée et la laissa partir. Hikari referma la porte derrière elle, inspira une grande goulée d'air froid et rassembla toute l'énergie qu'il lui restait. Grisée par les événements de la nuit et le frisson de l'interdit, Hikari se dirigea vers le chant ténu des bûcherons.

Elle dévala la montagne d'un pas joyeux. Elle débordait d'excitation. L'air vif lui emplissait la poitrine, lui donnait du courage. Elle ralentit sa course lorsque la mélodie des hommes se fit plus nette. D'un bond, elle grimpa dans les branches hautes du chêne le plus proche et avança ainsi d'un arbre à l'autre pour ne pas être vue. Elle les sentit avant de les voir. Leur odeur de fumée et de sueur embaumait l'atmosphère tandis qu'ils se mettaient à la tâche avec ardeur. Elle scruta les visages, dissimulée dans les ramures des épineux et des bambous, et repéra sans difficulté le bûcheron aperçu la nuit précédente. Elle frictionna dans sa main quelques feuilles auxquelles elle rajouta l'un de ses cheveux et souffla dessus en direction des hommes les plus proches. Leurs regards devinrent blancs et laiteux. Leurs gestes, lourds et pataudes. Ils s'immobilisèrent, comme figés en pleine action par le sortilège de la chasseresse, qui sortit de sa cachette et se déplaça sans être repérée. Elle souffla vers le bûcheron figé et les yeux du mortel se plantèrent dans les siens. Il hésita un instant, jeta un coup d'œil à ses camarades, toujours piégés dans les illusions de Hikari. L'homme lui lança un regard interloqué. Sentant sa réticence, la chasseresse claqua des doigts. Aussitôt, les bûcherons retrouvèrent la vue et se remirent au travail comme si de rien n'était. Hikari se renfonça dans les taillis, craignant d'être repérée. L'homme murmura quelque chose à son voisin, posa sa hache et s'enfonça à sa suite entre les arbres.

Hikari marcha sans se retourner pendant plusieurs minutes, afin d'être sûre qu'ils ne seraient pas surpris. Lorsque le bruit des haches s'atténua suffisamment, elle s'assit sur un tronc d'arbre allongé au sol. Le bûcheron émergea d'entre les branches du maquis, les joues éraflées et le souffle court. Il s'immobilisa en la voyant et Hikari ne put retenir un sourire. Elle se cacha les mains entre les replis de son kimono pour masquer leur tremblement. Les battements de son cœur résonnaient dans sa gorge. L'homme s'approcha et tomba à genoux devant elle. Prise au dépourvu, Hikari se leva et s'accroupit près de lui.

— Relevez-vous, lui dit-elle.

L'homme redressa la tête. Il avait une mâchoire carrée et de grands yeux marron qui la dévoraient. La marque d'une ancienne cicatrice barrait son menton d'une ligne plus claire.

— Comment vous appelez-vous ? demanda Hikari.

Il se releva. Elle s'écarta d'un pas. Il la dépassait d'une tête ou plus, et son corps massif lui masquait le soleil.

— Jun, souffla-t-il dans un nuage blanc.

Hikari le regarda se rapprocher d'elle, ses yeux bruns brillants de curiosité. Là où elle s'attendait à trouver de la crainte, elle ne décela qu'un intérêt profond et respectueux. Et un éclat qu'elle ne parvint pas à identifier.

— Je suis Hikari.

— Comme « lumière divine » ? demanda Jun.

Hikari sentit ses jambes trembler d'émotion. Elle hocha la tête en signe d'assentiment. Toute sa vie, elle avait attendu de parler avec un mortel. La sensation d'enfreindre les règles la grisait. Elle se rassit sur l'arbre mort. Le bûcheron prit place à côté d'elle, gardant une distance respectueuse entre eux. Il détacha de son cou le talisman qui y pendait et le lui offrit.

— Je ne peux pas accepter, dit Hikari en observant l'objet avec curiosité.

— Vous avez dit que vous n'étiez pas une déesse, mais je sais que ce n'est pas la vérité.

— C'est dangereux de me traiter de menteuse dans ce cas, répondit la chasseresse d'une voix faussement outrée. Un sourire ravi s'étira sur le visage du bûcheron. Hikari vit l'ombre du doute glisser sur ses prunelles lorsqu'il se demanda si elle plaisantait vraiment. Toutes ses pensées s'affichaient sur son visage buriné avec une naïveté désarmante, bien loin des masques mystérieux que dessinaient les traits des femmes du clan.

— Acceptez-le comme une offrande, je vous en prie.

Hikari saisit délicatement la tablette gravée et l'observa avec attention. Elle noua la ficelle rouge autour de son cou et cacha le pendentif dans les replis de son kimono.

— À propos d'hier soir, dit Jun, je suis désolé, nous n'avions rien à faire ici. J'ai essayé de les dissuader.

— Personne ne doit savoir que vous étiez là, lui dit la jeune femme. Il en va de votre vie. Ne revenez pas dans la forêt cet hiver, c'est plus prudent.

— C’est impossible, nous devons finir l’élagage des troncs avant que la saison froide ne s’installe définitivement.

— Cet endroit n’est pas pour vous. Si jamais quelqu’un avait vent de votre présence…

— Qui êtes-vous ?

— Je vous l’ai dit, je suis Hikari.

Ils se regardèrent avec intensité. Un cri résonna dans les bois, lointain, inquiet. Hikari se redressa d’un bond.

— On vous cherche. Vous devriez partir, dit-elle en s’éloignant déjà.

— Vous reverrai-je ? demanda Jun en se levant à son tour.

— Oui, répondit la déesse après une courte hésitation.

Le bûcheron tourna la tête en direction des cris qui se multipliaient. Il reconnut son nom et la voix grave de Hisao.

— Quand ?

Mais lorsqu’il tourna la tête, il était seul au milieu de la forêt immobile.

ᔕ

Hikari se présenta au temple avec des lapins et des grives grasses pour le dernier repas de Rika. Aidée par Akane et Sanaka, elle prépara les bêtes. Les femmes endormies autour du foyer commencèrent à se réveiller doucement, leurs narines captant l’odeur de la viande et du sang. Tout en travaillant, Hikari regardait Ino s’amuser avec la miko humaine, un sourire malsain sur son visage sans défaut. Elle agitait les doigts devant le visage de la pauvre fille, lui envoyant tour à tour des visions idylliques et des horreurs innommables. L'adolescente alternait entre extase et terreur. Hikari craignait que son cœur ne lâche face à ce traitement. La cheffe du clan du nord se gaussait devant les expressions terrorisées de la pauvre fille. Hikari se détourna de la scène, le cœur au bord des lèvres.

On dîna rapidement puis, après les salutations d'usage, Rika et son nouvel époux quittèrent le temple vers une nouvelle vie. Ils repasseraient voir leurs clans respectifs après une année complète. On leur souhaita bonheur et fertilité. Dans la foulée, le clan du versant nord, après avoir remercié leurs hôtes pour leur accueil, reprit la route.

Hikari laissa s'échapper un soupir nostalgique. Rika lui manquait déjà. Bien sûr, elle était heureuse que celle-ci ait trouvé le bonheur qu'elle cherchait depuis si longtemps tout en accomplissant son devoir vis-à-vis de ses sœurs. En ce lendemain de fête, la tristesse partagée par le clan était presque palpable, comme une brume mélancolique qui flottait au-dessus du temple. Pour tromper son ennui, Ino poursuivait ses jeux cruels. Les cris de la jeune fille dans son dos la firent grincer des dents. Hikari allait se retourner pour demander à Ino de cesser cette distraction morbide lorsqu'une main se glissa sous son bras.

— Bientôt, tu vas rattraper Ino, dit Akane tout bas. Combien de queues possèdes-tu à présent ?

— Cinq, répondit Hikari.

— Je sens le pouvoir sur ta peau, tu as pris beaucoup d'assurance dernièrement. La sixième se profile, n'est-ce pas ?

Hikari hocha la tête. Elle aussi avait senti son pouvoir augmenter ces derniers temps. Elle était plus rapide, plus puissante, plus réactive. Pour le clan, la puissance d'une sœur augmentait avec les années, établissant sa hiérarchie au sein de la famille. Le passage des années égrenait sagesse et don à mesure égale. Mais il était possible d'accélérer le processus. En volant l'énergie vitale des humains qui profanaient les lieux sacrés, en se gavant d'offrandes, une sœur pouvait gagner une queue et évoluer au sein du clan. Parfois aussi, de manière plus mystérieuse, connue des dieux seuls, une sœur se voyait offrir plus de puissance. Hikari suspectait la noce, et son rôle privilégié de meneuse, d'avoir précipité les choses.

— Elle va avoir de vraies raisons de s'inquiéter, murmura Akane avec de faux airs de comploteuse.

— Ne dis pas de bêtises, je n'ai rien à voir avec elle, ne put s'empêcher de rétorquer Hikari. Je ne veux pas de sa place, je n'en ai jamais voulu.

Akane lui tira comiquement la langue et laissa échapper un rire cristallin communicatif.

— Qu'est-ce qui est si drôle ? demanda une voix haut perchée dans leur dos.

Hikari se retourna, peinant à contrôler son fou rire, pour découvrir une autre jeune femme qui souriait, les yeux pétillant de malice.

— Pourquoi riez-vous ? insista Sanaka.

— Pour rien, on parlait de la noce, mentit Akane avec aplomb.

— Oh, vous voulez parler de ce tengu ivre qui s'est cogné dans un arbre ? Ou de ces hommes qui nous épiaient pendant la cérémonie ? C'est vrai qu'ils étaient amusants, lourds et ridicules à fuir en tous sens.

Hikari se figea sur place. Elle sentit Akane faire de même à ses côtés. Son cœur se mit à battre si fort contre ses côtes qu'elle craignit que le bruit ne se répercute dans tout le temple vide. Sanaka avait beau être très jeune, elle devait être au courant du tabou qui entourait les noces, même si c'étaient les premières auxquelles elle assistait. Elles n'eurent pas le temps de réagir, la voix grave d'Ino retentit depuis le foyer central où elle se trouvait :

— Qu'est-ce qu'elle a dit ?

Le cœur de Hikari manqua un battement. La terreur l'immobilisa une seconde. Un silence de mort s'abattit dans le temple. Toutes les femmes réunies autour du feu regardaient le petit groupe, les oreilles aux aguets. Ino claqua des doigts et Kaede tomba inanimée sur le sol. Puis elle se leva de son large coussin et s'approcha. Sa démarche fluide donnait l'impression qu'elle flottait plus qu'elle ne marchait. Elle posa une main sur la nuque de Sanaka et se pencha vers elle.

— Répète ce que tu viens de dire.

Sanaka se mit à trembler, emprisonnée par la poigne de la femme. Elle bredouilla plusieurs mots sans succès, cherchant de l'aide du regard. Hikari baissa les yeux. Sanaka prit une inspiration sifflante, gémit.

— Il y avait des hommes, hier soir, lors de la noce. J'en ai vu plusieurs dans la forêt, finit-elle par dire dans un souffle haché.

— Que faisaient-ils là ?

— Ils… Ils nous regardaient, je crois. Ils m'ont vue et ils se sont enfuis.

Hikari vit la prise d'Ino se resserrer autour du cou de Sanaka, qui hoqueta de douleur.

— Pourquoi ne l'as-tu pas dit plus tôt ? gronda Ino. Tu as beau être jeune, tu sais que les noces sont sacrées, aucun humain ne doit les voir.

— Je sais, mais ils s'enfuyaient quand je les ai aperçus, je ne sais pas ce qu'ils ont vraiment vu, implora Sanaka, au bord des larmes. Je ne savais pas.

— Idiote ! cracha Ino.

— Tu les as vus toi aussi, non ? demanda Sanaka à Hikari sans plus sourire. Tu étais devant après tout.

Ino la relâcha brutalement et la jeune femme chuta au sol dans un bruit mat, son kimono s'ouvrant autour d'elle. Hikari se précipita pour l'aider et la consoler. Ino se mit à faire les cent pas. Elle gronda de plus belle et ses dents s'allongèrent entre ses lèvres parfaites. Hikari y devina une joie sauvage là où elle s'attendait à trouver de la colère. Un mauvais pressentiment la secoua de la tête aux pieds. Elle confia Sanaka, dont les sanglots ne tarissaient pas, à Akane et se redressa pour rejoindre Ino qui rameutait déjà le clan autour du feu en criant au sacrilège et invoquant une justice immédiate et sans pitié. Akane la retint par le bas de son kimono.

— Qu'est-ce que tu vas faire ?

— Ino réagit de façon excessive, il faut la calmer.

— Tu veux défendre les humains ? Ils ont enfreint une règle sacrée.

— Ils ne pouvaient pas savoir !

— Hikari, n'oublie pas qui tu es. Ino est notre cheffe depuis plus de cent ans, elle assure la survie du clan. Nous devons avoir foi en son jugement.

— Et si son jugement est faux ? s'énerva Hikari. Regarde-la, elle exulte de joie. Elle va les massacrer, il n'y a rien de joyeux dans la mort, Akane.

— C'est la loi.

Hikari vacilla sous le regard dur que lui renvoyait son amie. Le visage d'Akane se radoucit et une inquiétude sincère passa sur ses traits. La détermination de Hikari flancha, la culpabilité la rongeant de plus belle. Elle hésita un instant à révéler ce qu'elle avait vu et pire, ce qu'elle avait fait. Un regard vers Ino lui suffit pour qu'elle réalise que c'était inutile. Leur sort était déjà scellé.

14

1467, province d'Izumi, Japon.

La montagne resta plongée dans les ténèbres pendant plusieurs nuits. Utsumori trépignait en rongeant son frein, impatient de retourner dans les bois, persuadé d'y retrouver Kaede. Plusieurs fois, il implora l'aide de Kazuya et de ses hommes afin d'organiser une nouvelle battue à la recherche des mystérieuses femmes, mais le chef des bûcherons demeura intraitable. Ni lui ni ses hommes ne courraient au-devant des maléfices de la forêt pour sauver une gamine probablement morte depuis longtemps. Sa décision, appuyée par le père Yûichi, acheva de faire entrer le forgeron dans une rage folle.

Jun était secrètement soulagé que Kazuya n'impose pas à ses hommes une telle expédition. Maintenant que la neige s'installait, ils ne pourraient plus aller déboiser aussi souvent qu'avant. La longue saison froide était synonyme d'inactivité pour les bûcherons et la plupart gagnaient les villes pour des travaux saisonniers. Quitter la montagne, même quelques mois par an, était toujours un déchirement pour Jun. Il n'y avait qu'au milieu des arbres et de leurs conversations silencieuses qu'il se sentait vraiment bien. Il repensa à la jeune femme de la forêt. Hikari. Il faisait rouler son nom sur sa langue la nuit, savourant la douceur et la force qui s'en dégageaient. Elle était revenue plusieurs fois s'aventurer jusqu'au village lui voler quelques minutes, toujours à l'aube ou au crépuscule, posant des questions sur le village, Jun et sa vie. À chacune de ses courtes visites, elle ne cessait de le presser de quitter la montagne et de fuir. Et toujours, il refusait, dans l'espoir de la revoir. Sa curiosité était à la hauteur de celle qu'il avait à son égard. Il avait pris l'habitude de guetter sa silhouette entre les troncs. L'esprit plein de la silhouette gracile de Hikari, il quitta la petite auberge du village où il avait fini la soirée avec Hisao et quelques autres hommes devant une coupe de saké chaud.

Il fit quelques pas en avant. Les flocons tombaient sans discontinuer. Jun resta un instant immobile à contempler ce spectacle si simple. Il tendit la main vers le ciel et les étoiles de givre se déposèrent dessus délicatement. Tout à son émerveillement, il ne réalisa que trop tard le silence ouaté qui pesait sur le village. Il cligna plusieurs fois des yeux, comme pour s'éveiller d'un mauvais rêve. Il recula d'un pas. Une douleur cinglante lui traversa la poitrine, le pliant en deux. À l'intérieur de l'auberge, un choc sourd résonna. Le souffle court, la main crispée sur sa veste de coton, il chancela, luttant pour ne pas tomber dans la neige. La douleur disparut aussi vite qu'elle avait frappé. Il se redressa, le corps secoué de spasmes, et tenta de rentrer dans l'auberge. Malgré lui, ses pieds le menèrent vers l'entrée du village. La douleur pulsa à nouveau, avec une violence accrue. Il manqua de tomber à genoux. Hisao le dépassa en titubant, suivi de près par les autres bûcherons qu'il avait laissés dans l'auberge. Une force s'opposant à sa volonté le traîna à la suite de ses compagnons. Hisao lui lança un regard désespéré. Ils se retrouvèrent devant l'orée de la forêt, au milieu des autres abatteurs et de Kazuya qui haletait, son large poing contracté contre son torse.

— Que nous arrive-t-il ? demanda Jun à son chef.

— Les lumières, dit Utsumori d'une voix béate en les dépassant à son tour.

Toutes les têtes se tournèrent vers la forêt. Dans les hauteurs de la montagne, une procession de lumières tremblotantes éclairait le versant. Une rafale de vent porta jusqu'à eux le son de clochettes. Jun tourna un visage inquiet vers Kazuya qui se mettait déjà en marche. Son visage se contractait sous l'effort. Chacune des fibres de son corps tentait de résister. Mais toute la volonté du colosse ne suffit pas à résister à l'appel des flambeaux. Les uns après les autres, les spectateurs malchanceux de la noce empruntèrent le petit sentier menant au cœur des bois. Ils avancèrent à travers les arbres pendant plus d'une heure, leur route émaillée par les cris de douleur de ceux qui tentaient de rebrousser chemin. Les infortunés s'accrochaient aux troncs, certains raclaient la terre des pieds et des mains, mais les poings se desserraient toujours, les corps se tournaient vers le sentier et les jambes reprenaient leur avancée, inexorable.

Ils dépassèrent les clairières déboisées quelques jours auparavant et débouchèrent dans une trouée entourée de pins serrés les uns contre les autres. La lueur de la lune qui filtrait à travers les arbres s'intensifia. La nature autour d'eux s'illumina de l'intérieur. Les couleurs devinrent plus vives, presque palpables. Les feuilles irradiaient d'un vert profond, l'écorce des arbres se veina comme la peau usée, translucide des vieillards. Le ciel prit une teinte bleu pâle. Les pépiements des oiseaux fusaient de partout à la fois, et les hommes tournaient la tête en tous sens, incapables de les apercevoir. Les clochettes et le son des shinobues[1] se firent plus oppressants. Une démangeaison désagréable balaya la nuque de Jun. À travers les troncs, des silhouettes mouvantes se déplaçaient, inquiétantes. Les danseuses se dévoilèrent au fur et à mesure, agitant leurs cannes de bambou en chantant d'une voix envoûtante. Jun s'immobilisa. La douleur dans sa poitrine se réveilla, lancinante et sourde comme si elle attendait qu'il fasse un pas de travers pour se déchaîner. Devant lui, le forgeron tendait les mains en direction des apparitions, son visage buriné baigné de larmes, murmurant le nom de sa fille disparue. Les rires des danseuses cascadèrent entre les hommes, froids et moqueurs, porteurs de menaces. Jun plissa les yeux. Il capta un grain de beauté sur une gorge blanche et essaya de suivre ses mouvements graciles. Autour de lui, Kazuya et ses hommes restaient subjugués et plus personne ne pensait à fuir.

Les danseuses abandonnèrent leurs instruments et leurs bâtons, et s'éparpillèrent en riant entre les bambous. Mus par une volonté qui leur échappait, les hommes se lancèrent à leur poursuite. Instinctivement, Jun chercha le talisman qu'il portait au cou. Il lui fallut plusieurs secondes pour se rappeler qu'il l'avait offert

1. Shinobue : petite flûte traversière en bambou.

à Hikari. La pensée de la jeune femme agit comme un électrochoc sur lui. Il puisa dans sa détermination pour arrêter sa course et rester immobile. Une procession de femmes entourait à présent les hommes perdus dans les bois. Jun scruta ce cortège qui ressemblait à s'y méprendre à celui épié quelques nuits plus tôt. La peur lui vrilla l'estomac. Le couple de la noce n'était pas là. Le doute qui le taraudait se transforma en certitude. Les légendes évoquant les colères et les vengeances des kami étaient nombreuses. Les enfants grandissaient baignés de ces contes anciens. Un sort avait été tissé autour d'eux. Les dieux, rancuniers, ne laissaient aucun affront impuni. Il aurait dû savoir qu'il y aurait des représailles. Les noces d'esprits ne concernaient pas les humains.

Jun fit un pas en arrière et se courba de douleur. Il tomba à genoux. Les souvenirs du vieux prêtre qui l'avait élevé, loin d'ici dans son petit village de pêcheurs natal, lui revinrent en mémoire. En puisant dans ses dernières forces, il frotta ses paumes l'une contre l'autre, murmurant une litanie shinto contre les mauvais esprits. La douleur reflua lentement et le brouillard qui obscurcissait sa vision se dissipa, entraînant avec lui les illusions envoyées par les danseuses.

Il était seul dans une clairière dont le sol se couvrait d'une fine pellicule de neige. Une buée blanche s'échappa de ses lèvres, il tremblait de froid. Une brume inquiétante sinuait entre les troncs, s'enroulant autour des bambous comme des serpents venimeux et masquant les traces de ses camarades. Au loin, il perçut un rire sauvage et la voix de Kazuya. Une terreur sourde le ramena à la réalité. Il redressa son corps perclus de douleur et se dirigea vers le chef des bûcherons, la main toujours crispée sur sa poitrine endolorie.

Elle l'attendait au milieu du chemin. Jun s'arrêta brutalement, comme frappé par la foudre. Hikari pencha la tête sur le côté. Elle était belle dans son kimono fauve, où s'envolaient des hérons cendrés. Jun ne pouvait se détacher de sa silhouette fragile et puissante à la fois. Son front haut portait deux points rouges au-dessus de ce qui aurait dû être ses sourcils. Le grain de beauté à sa gorge se soulevait au rythme de sa respiration. Jun s'inclina profondément.

— Je suis désolé, pria-t-il, sans relever la tête de peur de croiser son regard.

— Partez.

Elle lui tendit l'amulette en bois, la fourrant de force entre ses mains.

— Reprenez-la, je l'ai enchantée, elle vous protégera. Partez, répéta-t-elle et son souffle ne produisit aucune brume blanche. Fuyez, vite.

Ses yeux ambrés ne cessaient de se déplacer comme si elle surveillait les alentours.

— Je ne peux pas les retenir loin d'ici très longtemps. L'o-mamori[1] vous rendra invisible. Dépêchez-vous. Fuyez !

L'urgence dans sa voix trouva un écho dans le cœur du bûcheron. Jun s'inclina une nouvelle fois, saisit le pendentif et obliqua sur la gauche, sa poitrine pulsant douloureusement. Il le replaça autour de son cou et la peine reflua. Il jeta un dernier regard à la femme qui l'observait faire sans rien dire et s'enfuit en direction de la vallée.

---

1. O-mamori : amulette japonaise.

Jun se réveilla avec la langue pâteuse et un violent mal de crâne. Les murs de bois tournaient autour de lui en une valse qui lui soulevait le cœur. Pendant un instant, il crut qu'il avait abusé du saké avec Hisao à l'auberge la veille au soir. La pensée de son ami le ramena à la réalité avec la violence d'un coup de poing. Il tenta de se lever mais ses pieds gourds ne répondirent pas. Il roula sur le côté, tremblant de froid : il avait perdu connaissance dans l'entrée de sa chaumière. Derrière lui, le battant mal fermé avait laissé passer un petit monticule de neige. Jun exhala un souffle blanc avant de se mettre à frictionner ses pieds et ses jambes pour y faire revenir le sang. En prenant appui contre la table, il se releva tant bien que mal, vacilla et se retint à un mur. Il rabattit le battant de la porte d'un geste et tituba jusqu'au seau d'eau abandonné près de l'âtre froid. Il s'aspergea le visage de liquide glacé.

Dehors, le monde était blanc. Le ciel était chargé de nuages menaçants d'où s'échappait une pluie continue de flocons duveteux. Une tempête se profilait. Il attrapa une veste supplémentaire pour se protéger du froid et se hâta vers la maison de Hisao. Il frappa. Le bûcheron sentit son cœur rater un battement. Il frappa une fois de plus et, devant le silence inhabituel qui se prolongeait, entra. Il trouva le foyer froid et la maison vide. Le lit était fait et les bols bien rangés au-dessus de la cheminée. Son estomac se tordit d'angoisse et Jun ressortit précipitamment. Il se dirigea immédiatement vers le sanctuaire. L'air sentait la peur. Il arriva en vue du temple où un petit rassemblement de femmes se tenait déjà. Elles entouraient le père Yûichi et le pressaient de questions. Jun se fraya un chemin parmi la cohue, bousculant au passage les quelques hommes présents qui lui jetèrent un regard surpris.

— Les kami, ils…, bégaya Jun transi de froid, le souffle haché, les yeux fous.

— Jun ? s'écria Watanabe, son gros ventre tremblotant devant lui. Où est Kazuya-sama ? Et Utsumori-san ?

— Hisao n'est pas chez lui, dit simplement Jun, en plein désarroi.

— Que s'est-il passé ? demanda à nouveau l'aubergiste. Où sont-ils tous ?

Jun, entouré d'une foule grondante et inquiète, ne put se défiler. Il leur rapporta ce dont il se souvenait, mais sa mémoire était floue et les images qui lui revenaient, partielles. Alors qu'il parlait, il pouvait sentir les regards suspicieux qu'on commençait déjà à lui adresser. Leurs pensées n'étaient pas difficiles à deviner. Pourquoi ne faisait-il pas partie des disparus ? Jun sentit son ventre se tordre. Il évitait de se poser cette question depuis son réveil. L'angoisse fit tambouriner son cœur dans sa poitrine. Finalement, il lança :

— Nous devons partir à leur recherche.

— Cela pourrait être dangereux, dit le prêtre en levant un regard dur vers la montagne. Les kami et les esprits rôdent les nuits de tempête.

— Jun a raison, dit l'aubergiste, nous ne pouvons pas les laisser seuls dehors par ce froid.

Un silence de mort s'abattit sur la foule. Les villageois présents échangèrent des regards lourds de sens mais personne ne prononça les mots tant redoutés. Une femme fit un signe de protection avec ses doigts.

— D'accord, je vais vous préparer des offrandes, céda Yûichi devant la ferveur des villageois.

Le village s'organisa. Les volontaires se munirent de haches et de couteaux, certains provenant directement de la forge d'Utsumori, et se réunirent devant le temple. Watanabe rassembla un petit groupe de six volontaires armés. Yûichi se joignit à eux et leur distribua des boulettes de riz consacrées avant de prendre la direction de la forêt. Jun ouvrit la marche. En dépit de ses souvenirs flous, il réussit à s'orienter dans le dédale blanc des bois. Ils s'enfoncèrent entre les bambous jusqu'à ce qu'une atroce odeur de mort ne se mette à flotter dans l'air. Une rumeur inquiète balaya les rangs.

Jun avança avec prudence, une main devant le nez pour masquer l'horrible odeur de pourriture qui lui agressait les narines. Les premières traces du charnier étaient visibles sur les arbres qui bordaient le chemin. Les troncs étaient striés de lacérations, l'écorce pendait en lambeaux bruns. Des traînées de sang sombre souillaient la neige. Jun déglutit et se força à avancer. Ils débouchèrent dans la petite clairière entourée de pins. Il retint un haut-le-cœur. Des humeurs écarlates avaient giclé dans tous les sens et les cadavres des bûcherons s'entassaient pêle-mêle, désarticulés, entassés les uns sur les autres. Des entrailles éclatées gisaient en tas sur la neige. Les corbeaux perchés sur les branches proches observaient ce cimetière à ciel ouvert sans s'en approcher.

Des exclamations d'horreur brisèrent le silence lourd de la forêt. Les hommes se précipitèrent vers les corps mutilés et Jun dut se faire violence pour ne pas rebrousser chemin, le cœur au bord des lèvres.

Il fit le tour de la clairière avant de s'approcher du premier corps. La peau parcheminée était tendue sur les os de son visage déformé par l'horreur. Jun eut un mouvement de recul. Exsangue, comme si toute chair avait été aspirée hors de lui, Kazuya fixait le ciel, les yeux écarquillés et la bouche encore ouverte sur un cri de terreur figé. Jun s'éloigna, tremblant de tous ses membres. Au milieu des cadavres, il reconnut le visage rond de Hisao, à moitié enseveli sous la neige. Ses genoux lâchèrent et les larmes roulèrent sur ses joues agressées par le froid. Autour de lui, des exclamations de peur et de chagrin fusèrent vers le ciel. Le gros Watanabe dut s'agripper à un tronc d'arbre pour vomir, son double menton souillé des restes de son dernier repas. Le père Yûichi s'agenouilla près de Jun et posa une main réconfortante sur son bras avant de fermer les yeux gelés du malheureux bûcheron.

— Ce n'est pas votre faute, Jun-san, dit le prêtre dans un murmure.

— J'étais avec eux. J'aurais dû mourir aussi, répondit Jun d'une voix atone, sa main crispée autour de l'amulette.

— Le karma est une chose complexe. Ne pensez pas que vous pouvez juger de votre destinée. Si votre destin était de mourir, alors vous seriez ici, avec eux.

— Il faut procéder aux rites, nous ne pouvons pas les laisser ici, se désola Jun en séchant ses pleurs.

— La colère des kami était grande, nous élèverons un autel à cet endroit et je veillerai à ce que des offrandes régulières y soient déposées.

— Si seulement Utsumori avait écouté…

Le prêtre joignit les mains pour se recueillir un instant mais sa prière fut interrompue par un nouveau cri surpris. Les deux hommes échangèrent un regard apeuré et se levèrent d'un même mouvement. Watanabe, son visage portant un masque d'effroi, leur montra du doigt deux corps enlacés, dont la peau momifiée, recouverte de givre, semblait prête à craquer tant elle paraissait fine. Malgré leur état terrifiant, les deux visages étaient parfaitement reconnaissables. Au milieu du charnier, Utsumori enlaçait une jeune fille aux cheveux prématurément vieillis.

— Utsumori Kaede, murmura Jun, épouvanté. Alors il avait raison, les dieux l'avaient bien enlevée.

— Kaede était une miko avec de grands pouvoirs qui ne demandaient qu'à se développer, ajouta le prêtre avec circonspection. Quand elle dansait, le divin habitait chacun de ses gestes. Je ne serais pas surpris qu'elle ait été choisie par les kami pour faire des prédictions. C'est une grande perte.

— La forêt est maudite, dit Watanabe en serrant une amulette de protection entre ses doigts. Et maintenant, tous nos bûcherons et notre forgeron sont morts. Le village est condamné.

— Nous ferons des offrandes et un rituel de purification ici et au village, dit le prêtre.

Une rumeur se propagea entre les hommes qui entouraient le prêtre, le bûcheron et l'aubergiste. Des regards inquisiteurs tombèrent sur Jun. Le survivant hésita à prendre la parole, conscient de la tension qui vibrait dans l'air.

— Je sais ce que vous vous dites, lâcha Jun d'une voix lasse. Vous vous demandez pourquoi je ne suis pas mort moi aussi, pourquoi j'ai survécu ? Je n'ai pas de réponse mais je peux continuer à abattre des arbres. Je peux même travailler tout l'hiver s'il le faut. Je répandrai dans les villes la nouvelle que nous avons besoin d'hommes vigoureux. Le village a bonne réputation, au printemps nous pourrons embaucher de nouveaux bûcherons.

— Et si tu étais maudit ? reprit un homme.

Des murmures accusateurs volèrent dans les airs. Jun serra les dents et les poings pour se retenir de sauter au cou du gros aubergiste.

— Ces accusations sont ridicules, trancha le prêtre, vous connaissez Jun depuis des années, vous savez qu'il est innocent. Occupons-nous des corps, rendons-leur les derniers hommages et dressons un tertre en l'honneur des kami de la forêt. Nous avons entendu leur colère et nous la respecterons.

Ces sages paroles ramenèrent les hommes présents à l'horreur de la scène au-dessus de laquelle ils se disputaient. Jun ravala la repartie cinglante qui lui brûlait les lèvres et se mit à l'ouvrage. Avec un respect mêlé de crainte et de dégoût, les hommes dégagèrent les corps. On envoya le plus jeune des volontaires, l'un des apprentis d'Utsumori, chercher de quoi envelopper les cadavres au village. Les linceuls s'alignèrent sur la neige. Armé de sa hache, Jun découpa les bambous pour confectionner des traîneaux afin de rapatrier les défunts jusqu'au sanctuaire, où aurait lieu la veillée funéraire. Un petit autel fut ensuite dressé au centre du charnier sur lequel on déposa des offrandes de nourriture et d'encens qui répandirent une faible odeur musquée mais ne parvinrent pas à couvrir celle de la mort.

Jun fut le dernier à quitter la clairière. Il rajouta un bâtonnet d'encens à ceux qui brûlaient déjà et adressa une dernière prière pour Hisao. Un nœud de sentiments brouillés lui oppressait le ventre. La honte, la peur et la solitude dansaient un ballet saccadé dans ses entrailles. Il leva les yeux vers la petite portion de ciel visible entre les ramures des arbres. Les nuages s'étaient éclaircis dans la journée, et une nuit claire suspendait à présent ses premières étoiles au-dessus de lui. Un bruit feutré lui fit baisser la tête. Il aurait reconnu partout le craquement singulier des pas dans la neige. Jun attrapa sa lanterne et la brandit devant lui pour éclairer l'obscurité du bois. Le craquement se refit entendre, plus lointain. *Sûrement des animaux attirés par l'odeur de la viande morte*, se dit-il pour se rassurer. Il se redressa, épousseta la neige sur ses genoux et prit la route du village. En tournant le dos au petit autel, il ne vit pas les deux yeux jaunes qui l'épiaient dans les ténèbres.

15

2016, Tokyo, Japon.

Mina consulta sa montre. Natsume était en retard. Elle se retourna vers le bar, derrière lequel Ryu continuait son nettoyage compulsif.

— Natsume est déterminée à résoudre cette affaire sordide ?

— Cette gamine est plus bornée qu'un mort, confirma Ryu en faisant claquer sa langue, agacé.

— Ces meurtres, de quoi s'agit-il exactement ?

Ryu lui adressa un regard d'avertissement. *Tu ne vas pas t'y mettre toi non plus*, semblaient dire ses yeux noirs et luisants. Mina lui décocha son sourire le plus innocent.

— Une sale histoire. On a retrouvé plusieurs cadavres de yokaïs, morts, totalement vidés de leur substance. Je n'avais jamais vu ça, avant, lui dit Ryu. Le pire, c'est qu'on n'a pas pu intervenir à temps, les humains les ont trouvés avant nous, ça a fait tout un foin. Les Grands ont pris les choses en main, mais trop tard. Et les cadavres continuent d'apparaître. Tout le monde commence à avoir peur de sortir la nuit.

— Les Grands ? répéta Mina, curieuse.

— Un groupe de neuf yokaïs, très anciens, très puissants, expliqua le tanuki à voix basse. Ils chapeautent la communauté des esprits à Tokyo. Rien ne se passe ici, pas une transaction n'est réalisée sans qu'ils soient au courant.

— Mais ils ne savent pas qui est le responsable, devina Mina, et vous avez peur.

Ryu hocha la tête. Les lueurs des bougies masquaient une partie de son visage, mais même dans la pénombre, Mina put voir qu'il avait blêmi.

— Et Natsume, que vient-elle faire là-dedans ? reprit Mina.

Les sourcils du tanuki se froncèrent sur son front dégarni. Il gratta d'une main son avant-bras poilu, l'air soucieux.

— Elle veut jouer les héroïnes. Elle veut se prouver des choses. Elle ne fera pas long feu, acheva-t-il de dire dans un murmure alors que Natsume franchissait la porte du *Kogage*.

— Tu as l'air fatiguée, Natsume-chan, dit Mina alors que la jeune fille s'asseyait à côté d'elle.

— Je ne vois pas de quoi tu parles, répondit Natsume avec un sourire en coin.

Mina ne mentionna pas ses yeux cernés et ses cheveux sales qui lui pendaient tristement autour du visage. Ses joues avaient l'air plus creuses et son teint plus pâle. Elle croisa les bras sur sa poitrine, pour se donner une contenance.

— Tu voulais me voir ? demanda Mina.

— Je te l'ai dit la dernière fois, j'ai besoin que tu sois mes yeux, dit Natsume. C'est pour ce soir.

Mina sentit son estomac se tordre. Le regard déterminé de la miko pesait sur ses épaules.

— J'ai pu recouper les informations de mes différents contacts. Le site du dernier meurtre est toujours bouclé mais moins surveillé. On y va cette nuit.

— Qu'est-ce que tu espères trouver là-bas exactement ? souffla Mina.

— Question stupide, la tança son amie avec désapprobation. Des indices, j'enquête sur un tueur en série. J'ai besoin de toi, tu es la seule à pouvoir sentir et voir ce qui m'échappe.

Ryu s'approcha, interrompant leur discussion. Il déposa deux verres d'eau devant les jeunes filles et lâcha un cachet effervescent dans celui de Natsume.

— Tu vas en avoir besoin.

L'intéressée haussa un sourcil interrogateur.

— Haku arrive. Il vient pour toi.

Mina vit Natsume se décomposer et pâlir. Ryu l'encouragea à boire et lui lança un regard désolé.

— Qui est Haku ? demanda Mina en sentant l'anxiété la gagner.

— C'est l'un des Grands, dit Ryu.

— Le patron du tengu de la dernière fois, répondit Natsume.

— Haku est un oni très puissant, compléta Ryu, avec qui ton amie ici présente a accepté de travailler pour débusquer le démon qu'elle recherche. Il a mis son réseau à sa disposition et maintenant, il vient voir comment elle s'en sort.

Mina capta le regard qu'échangèrent le tanuki et la miko. La tension autour de la table était montée d'un cran. Natsume attrapa le verre dans lequel le comprimé achevait de se dissoudre et l'avala avec une grimace de dégoût.

— Pas le temps de faire mieux, grogna-t-elle, les mains tremblantes.

— C'est trop tard de toute façon, dit Ryu en se tournant vers la porte du *Kogage*.

Mina suivit des yeux le tanuki et hoqueta de surprise. Une présence surpuissante venait de pénétrer dans le club. La force de son aura irradiait jusqu'à elle, l'écrasant d'une manière presque physique. Elle se tassa sur son tabouret, luttant comme un plongeur pour trouver de l'air. Natsume saisit sa main gantée, sans paraître gênée par la puissance dévastatrice qui se dirigeait vers elles. Mina reconnut aussitôt l'homme qui faisait irruption dans la pièce, c'était celui qui l'avait saluée à travers la fumée de son cigare la première fois qu'elle était venue ici. Il leur lança un regard dédaigneux, accompagné par deux tengus aux becs pointus. Un silence pesant s'abattit dans le *Kogage*. Tous les consommateurs se tournèrent vers le nouveau venu et le saluèrent poliment. Il fit un signe de la main à Ryu qui se précipita pour lui préparer une table dans un coin calme. D'un geste saccadé, il encouragea les deux jeunes filles à rejoindre l'oni.

Haku s'installa en faisant attention à ne pas froisser le costume visiblement hors de prix qu'il portait. Sa peau avait des reflets cuivrés, et ses yeux entièrement noirs se fixèrent sur Natsume, qui les soutint difficilement. Le démon exsudait une aura dense, couleur de sang séché, qui laissa un goût métallique sur la langue de Mina. Il passa une main dans ses cheveux parfaitement peignés entre les deux cornes qui pointaient de son front avant de se mettre à taper des doigts sur la table. Ses ongles noirs et pointus claquaient avec un bruit désagréable. Les deux tengus restèrent à distance respectueuse, prêts à intervenir. L'oni hocha la tête dans sa direction, une veine battait à sa tempe. Mina déglutit et lorsqu'il ouvrit la bouche, sur des dents aussi noires que ses yeux, le poids psychique qui lui plombait les épaules s'allégea légèrement.

— Eh bien, je vois que tu t'es équipée en conséquence, Natsume-chan, déclara le démon de but en blanc.

Natsume pâlit en silence.

— Une demi-humaine et..., hésita-t-il, je ne sais pas de quelle arme il s'agit mais sa puissance est colossale. Je peux sentir son pouvoir sur tes doigts. Tu es certaine de pouvoir t'en servir ?

— Ce ne sont pas vos affaires, répliqua Natsume à voix basse.

L'oni eut un haussement de sourcils surpris. Mina se dit qu'il ne devait pas être habitué à se faire rabrouer de la sorte et en conçut une vive satisfaction. Elle n'était pas sûre d'apprécier son ton supérieur. Intriguée par cette histoire d'arme, Mina n'osa cependant pas se tourner vers Natsume pour en savoir plus. La puissance du yokaï restait écrasante, et elle luttait pour ne pas se laisser submerger.

— Qui est-ce ? demanda Haku en désignant Mina du menton.

— Une amie, répondit seulement Natsume.

— J'avais espéré vous rencontrer, dit-il en se tournant vers Mina. Nous nous sommes déjà croisés, ici même, vous vous en souvenez peut-être. J'ignorais que nous avions une connaissance commune.

Il huma l'air avec délice et un sourire carnassier fleurit sur son visage rouge brique. Il se pencha légèrement en avant et ferma les yeux en prenant une grande inspiration. Ses narines frémirent de plaisir.

— Quel délicieux fumet, dit-il en ouvrant de grands yeux ravis. Ma chère, votre don est puissant pour une bâtarde de yokaï au sang si dilué. Quelle est votre ascendance ?

Mina se figea. Elle écarquilla les yeux, le souffle bloqué, scruta l'oni pour savoir s'il se moquait d'elle ou pas. Mais Haku, en dépit de son sourire avide, semblait mortellement sérieux. Elle perçut un changement dans l'aura du démon et prit la mesure du danger qu'il représentait.

— Du sang de yokaï ? répéta Mina d'une voix faussement détachée qui ne trompa personne.

— Oh, vous n'étiez pas au courant ? De mieux en mieux, répondit l'oni en souriant de plus belle. Revenons-en à nos affaires. As-tu trouvé le démon qui tue mes gens ? Je commence à m'impatienter et tu n'as pas l'air très efficace en dépit de ton illustre lignée, Natsume Ichigo.

— Savez-vous à qui vous vous adressez ? s'emporta Natsume, les joues rouges.

L'oni partit d'un grand éclat de rire. Mina sentit son pouvoir se remettre à peser sur elle. Elle serra les poings pour empêcher ses mains de trembler de peur.

— Oh, petite humaine, ce serait plutôt à moi de te poser cette question. J'ai accepté ton offre ridicule parce que tu m'amusais et que tes vaines tentatives coïncidaient avec mes intérêts, mais maintenant mes hommes se font tuer et je n'ai plus envie de jouer. Alors as-tu une piste ou un nom à me donner ?

Natsume contracta si fort la mâchoire que ses joues se creusèrent. Mina eut l'impression d'entendre ses dents grincer. Même à bout de forces et mise devant le fait accompli, Natsume semblait incapable d'accepter sa défaite, de plier. Face à elles, Haku demeurait imperturbable mais la commissure de ses lèvres tremblait légèrement, comme s'il retenait un sourire de triomphe.

— Si tu ne peux pas respecter ta part du contrat, tu devras accepter le prix qui a été fixé.

Natsume ne décrocha pas un mot mais les jointures de ses doigts étaient devenues livides. Mina ignorait la nature exacte du pacte que Natsume avait passé avec le démon, mais quel qu'il fût, il ne serait certainement pas à l'avantage de son amie. Voyant que Natsume restait muette, l'oni lui décocha un sourire tout en dents et plongea la main à l'intérieur de sa veste de créateur.

— Attendez ! l'interrompit Mina, le cœur battant la chamade. Nous avons une piste. Nous pouvons trouver ce démon.

Deux paires d'yeux étonnés se tournèrent vers elle. L'oni suspendit son geste et plissa les paupières comme pour lire à travers elle.

— Vraiment ? Et quelle est cette piste ?

— Ça ne vous regarde pas. Je n'ai pas passé de pacte avec vous, je ne vous dois rien, répondit Mina d'une voix cassante.

— Je vois. Voilà un retournement de situation pour le moins intéressant.

— Nous voudrions aussi voir un des cadavres, dit Mina avec un aplomb qu'elle ignorait posséder.

— Pourquoi ? demanda Haku, en haussant un sourcil aussi surpris qu'appréciateur par la détermination dans la voix de Mina.

— Nous ne pouvons négliger aucune piste, rebondit Natsume du tac au tac. Tous les corps n'ont pas été récupérés par la police quand même ?

Sa pique vola droit au but. L'humeur de l'oni s'assombrit, ses yeux s'étrécirent dangereusement. Le démon croisa les bras sur sa poitrine. Il les considéra un long moment en silence et, lorsqu'il reprit la parole, son attention était à nouveau entièrement focalisée sur Natsume. L'aura carmin qui l'entourait se para de nuances plus sombres qui évoquèrent à Mina une certaine gourmandise. Il avait hâte de prélever sa part sur l'échec de Natsume mais semblait réellement s'amuser de la situation.

— Je vous fournirai une victime à examiner.

— Merci, dit Natsume avec un faux sourire joyeux.

— Eh bien, conformément à notre pacte, il te reste cinq nuits pour régler cette histoire, reprit-il sur un ton presque badin. Tu peux remercier ton amie, ici présente.

Il se leva sans leur laisser le temps de répliquer.

— J'espère vous revoir très vite, mademoiselle, dit-il à Mina en lui décochant un clin d'œil complice.

Mina ne répondit rien et regarda l'oni quitter l'alcôve, Ryu sur ses talons. Le poids de son pouvoir pesa sur ses épaules plusieurs minutes après le départ du démon. Un soupir soulagé lui échappa et elle réalisa que la main de Natsume serrait la sienne. Elle tremblait.

16

2016, Tokyo, Japon.

— Merci, dit la miko.

— J'espère que tu sais ce que tu fais, répondit Mina d'une voix tremblante.

Natsume grogna quelque chose d'inintelligible. Le club avait repris sa respiration après le départ de Haku et se remplissait. Le groupe sur scène avait commencé à jouer. Le *Kogage*, en dépit des récents événements et des deuils qui touchaient sa communauté, retrouvait son ambiance feutrée. Natsume se leva, fit signe à Mina de la suivre.

— Viens, dit-elle. Il faut convaincre Ryu de nous aider.

— Il ne te devait pas une faveur de toute façon ? interrogea Mina.

— Si, mais il se défilera s'il peut. Le courage n'est pas la première qualité des tanukis.

À peine eut-elle prononcé ces mots, que la miko bondit en avant. Elle renversa une chaise dans sa course et intercepta la silhouette trapue de Ryu avant qu'il n'atteigne le bar. Elle l'attrapa par le col et le plaqua contre le comptoir. Un verre se brisa. Il gémit. Quelques regards furtifs se tournèrent vers eux mais personne ne dit rien. Mina les rejoignit en vitesse, les masquant à la vue des clients.

— Ryu, où tu vas comme ça ? susurra Natsume d'une voix menaçante.

— Je sais très bien à quoi tu penses. C'est du délire ton plan, j'ai une famille moi ! s'exclama Ryu en se débattant.

— Ne dis pas n'importe quoi, tu es plus seul que la solitude. Tu as trop mauvais caractère pour garder une femme, je te l'ai toujours dit, se moqua la miko en le relâchant. En attendant, tu m'en dois une, alors allons-y tu veux bien ?

— Comme si j'avais le choix.

Natsume se contenta de lui adresser son sourire le plus éblouissant. Le tanuki marmonna dans sa barbe et leur fit signe de passer avec lui derrière le comptoir, l'air désespéré. Elles lui emboîtèrent le pas et il ouvrit pour elles une porte dissimulée dans une cloison. L'ouverture donnait sur un trou noir.

Mina la franchit en retenant son souffle et ouvrit les yeux dans une ruelle tout aussi sombre, au bout de laquelle brillait un unique lampadaire. Le tanuki leur fit signe de les suivre, un doigt contre les lèvres. Natsume roula des yeux, agacée par ces précautions, mais s'exécuta sans rien dire, Mina sur ses talons. Ils tournèrent à l'angle d'une rue et, en un battement de cils, le petit homme râblé et presque chauve s'était transformé en officier de police. Il portait un uniforme complet, une casquette, et était rasé de près. Lorsque Mina et Natsume le rattrapèrent, il les dépassait d'une bonne tête et demie. Il les conduisit jusqu'au cordon de sécurité qui bloquait la porte arrière d'un club miteux et le souleva pour elles. De l'autre côté du trottoir un reflet attira son œil. La lumière d'un lampadaire fit briller les pupilles fendues d'un chat dans l'obscurité. Mina plissa les yeux mais le félin s'éloignait déjà d'une démarche nonchalante qui ne lui était pas inconnue. Son ventre se noua, entre peur et excitation. Natsume crocheta la serrure du pub. Un claquement satisfaisant retentit dans la ruelle vide et Ryu s'écarta pour les laisser passer.

— Je vais surveiller les abords. Vous avez quinze minutes, pas plus, après je me tire, les avertit le tanuki en prenant une pose sérieuse près de la porte. Je sifflerai trois fois s'il y a un danger.

Natsume s'engouffra sans attendre par l'ouverture et disparut à l'intérieur. Mina se retourna pour vérifier que personne ne les observait mais la rue demeurait vide et silencieuse. À quelques pas de là, la rumeur des passants paraissait lointaine et les lumières des néons lançaient des éclairs colorés sur le bitume.

— Merci, dit Mina à Ryu.

Le tanuki demeura stoïque mais la commissure de ses lèvres trembla légèrement. Mina se faufila dans le club vide. La porte se referma avec un grincement sinistre.

À l'intérieur, il faisait une chaleur étouffante. Les verres étaient restés sur les tables et les cigarettes avaient achevé de se consumer dans les cendriers. Mina avait l'impression de débarquer au beau milieu d'une fête dont tout le monde serait parti précipitamment. L'ensemble était plongé dans une pénombre oppressante, à peine repoussée par la lumière verte des issues de secours. Natsume l'attendait près de la porte des toilettes qu'elle tenait entrouverte du bout du pied.

— Ne touche à rien, dit-elle à Mina lorsqu'elle l'eut rejointe.

— On cherche quoi ?

— La victime était un inugami[1], le protecteur du lieu. Il n'en restait pas grand-chose d'après ce que j'ai compris. On cherche n'importe quoi qui peut nous mettre sur la piste du tueur.

Natsume ouvrit la porte pour Mina. Elles pénétrèrent dans les petites toilettes pour hommes. Des lavabos ébréchés, d'un blanc douteux, des miroirs piquetés d'humidité et des urinoirs ornaient le mur sur leur droite. Mina pivota pour faire face aux deux cabines qui flanquaient le mur d'en face. L'une d'elles était entourée de bandes jaunes qui en barraient l'accès. Elle s'approcha en évitant de son mieux les flaques d'eau qui inondaient le carrelage sombre. Elle poussa le battant fermé de la porte de son index ganté, se pencha en avant pour regarder à l'intérieur de la cabine. Une grimace d'horreur s'étala sur son visage.

— Par tous les kami, murmura-t-elle en inspirant lentement.

— Quoi ? Qu'est-ce qu'il y a ? demanda Natsume depuis la porte.

— Il y a des… je crois que ce sont des traces d'ongles sur le mur de la cabine, vraiment très profondes. Je ne

1. Inugami : ou dieu-chien, créature du folklore japonais qui exécute une vengeance ou agit comme gardien sur l'ordre de son propriétaire. Les inugamis sont extrêmement puissants, capables d'exister indépendamment de leur propriétaire et même de se retourner contre lui. Ils peuvent aussi posséder un être humain.

sais pas ce qu'on a fait à ce pauvre homme mais ça a dû être terrible.

Mina recula pour trouver un peu d'air. Natsume s'avança à son tour pour constater les dégâts. La porte se referma derrière elle. Son teint verdit légèrement mais elle resta stoïque face à la scène. Natsume fit le tour de la petite pièce, promenant son regard sur tout ce qui était à sa portée.

— Tu perçois quelque chose ?

— Non, rien qui sorte de l'ordinaire. Quel genre de monstre aurait pu faire ça à quelqu'un ? demanda Mina en observant son amie dans la glace.

— Je ne sais pas.

Le reflet de Natsume était pâle et soucieux. Ses sourcils se rejoignaient presque au milieu de son front, elle semblait perdue dans ses réflexions.

— Qu'est-ce qu'on sait de cette attaque ? demanda Mina pour sortir Natsume de son silence.

— On sait que c'est un client qui l'a trouvé mais qu'il était déjà mort.

— Alors la chose qui lui a fait ça a été particulièrement discrète, réfléchit Mina à voix haute. Ce yokaï s'est débattu comme un diable, si j'en crois les marques qu'il a laissées dans cette cabine répugnante. Comment cela a-t-il pu passer inaperçu ?

— La musique a dû couvrir le bruit, s'énerva Natsume en haussant la voix. Ou bien notre tueur peut dresser des barrières de protection très localisées, ce qui confirmerait ma thèse d'un esprit en maraude.

Un fracas de verre interrompit leur conversation. Elles se tournèrent vers la porte dans un même mouvement.

— Qu'est-ce que c'était ? chuchota Mina en serrant son sac contre sa poitrine. La police ?

— Non, Ryu nous aurait averties, répondit Natsume sur le même ton. Tu peux sentir d'ici si c'est un yokaï ou un humain ?

— Je peux essayer.

Mina ferma les yeux pour se concentrer. Elle fit le vide en elle, chassa la peur qui serpentait dans ses entrailles, menaçant de la paralyser. Sa nuque la démangea. Elle se concentra sur cette sensation, la repoussa jusqu'au bout de ses doigts puis hors de son corps, comme elle l'avait fait avec le renard. Du bout de la pensée, elle étendit sa perception. Elle balaya des chaises et des tables, rampa au sol. Dans les ombres qui peuplaient le bar condamné, une silhouette fantomatique tourna les yeux vers elle, s'agrippa à son pouvoir. Mina laissa échapper un cri de stupeur et relâcha sa concentration.

— Quoi ? Qu'est-ce qu'il y a ? la pressa Natsume.

— Il y a quelqu'un. Ce n'est pas un humain. Il m'a vue.

— On y va !

Natsume lui saisit le poignet et l'entraîna vers la porte. Elles sortirent des toilettes et scrutèrent la salle plongée dans la pénombre. Tout était calme et immobile dans le bar. Un verre chuta sur leur gauche. Mina pivota en direction du bruit. Une silhouette, presque invisible dans le noir, se déplaça furtivement. Natsume se plaça devant elle.

— Hé vous ! cria la miko.

La silhouette se figea, toujours masquée par les ombres. Les deux jeunes filles hésitèrent. Mina pouvait sentir la main de Natsume qui la repoussait en arrière. Elle savait qu'elle aurait dû avoir peur. Pourtant, une excitation mêlée de curiosité courait dans ses veines. Elle fit un effort de concentration et laissa à nouveau son don explorer la scène immobile. De l'autre côté d'une série de tables, elle capta l'aura de l'inconnu. Une aura étrangement familière qui dégageait, en cet instant, plus d'agacement et de surprise que de menace. Elle fit un pas vers la silhouette. L'inconnu grogna et fit voler une table dans les airs. Celle-ci atterrit dans un maelström de verres et de chaises, emportant le reste du mobilier avec elle. Les deux jeunes filles s'écartèrent d'un bond pour éviter l'attaque. Il profita du vacarme pour s'enfuir. Natsume fonça à sa poursuite. Mina voulut la suivre. Son sac se prit dans le dossier d'une chaise qui s'écrasa elle aussi au sol alors qu'elle s'élançait à la suite du fuyard dans une seconde salle. Elle perçut les sifflements d'alerte lointains du tanuki et Natsume qui criait quelque part devant elle. Elle repoussa violemment la porte qui claquait sur ses gonds, déboula dans une arrière-salle visiblement destinée à des jeux de paris clandestins. Des veilleuses orangées éclairaient la petite salle souterraine d'une lumière maladive. La silhouette slaloma entre les tables et disparut dans le noir, Natsume à sa suite.

Mina accéléra pour rattraper la miko. Une nouvelle porte claqua avec un son métallique strident et la lumière des néons de Kabukicho s'infiltra un instant par cette ouverture. Les deux jeunes filles se ruèrent vers la sortie et déboulèrent dans une rue vide. La silhouette semblait hésiter à se jeter dans l'avenue bondée qu'on apercevait à quelques mètres de là. Natsume laissa échapper un juron. La silhouette se mit à trembler, son apparence se modifia : une queue touffue lui battait les flancs et son museau allongé s'imprima en ombre chinoise. Elles virent luire ses yeux dans la nuit juste avant qu'elle ne se jette dans la foule des passants.

— Merde, lâcha Natsume, on le tenait presque.

— J'ai l'impression de l'avoir déjà croisé quelque part, dit simplement Mina, le cœur battant la chamade.

Près d'elle, Natsume tournait en rond et exsudait une aura d'un gris foncé de mauvais augure. Elle essaya de l'observer le plus discrètement possible mais la jeune miko semblait absorbée par sa colère.

— Natsume, on devrait laisser tomber, commença-t-elle. Tu as vu la taille de ce monstre ?

— Impossible, l'interrompit Natsume. Mon père va bientôt revenir en ville, je dois l'attraper avant son retour. D'ailleurs, il n'était pas si grand que ça, tu as mal vu.

— J'ai très bien vu, Natsume. Imagine si au lieu de fuir, il nous avait attaquées ! Nous n'aurions rien pu faire, insista Mina. Je peux voir les esprits mais je ne peux pas les combattre.

— Moi je le peux, déclara Natsume en la toisant du sommet de ses talons hauts. J'ai Genso avec moi.

— Genso ? demanda Mina sans comprendre.

Natsume sortit de son sac une étrange cloche en forme de demi-lune. Un ruban orange en ornait la poignée.

— C'est un puissant artefact shinto que nous protégeons au temple. Il a le pouvoir de révéler les yokaïs et les esprits, entre autres choses. Je pense que notre assassin l'a senti, c'est ce qui l'aura fait fuir. Bon, on ne fera pas mieux cette nuit, je rentre.

Natsume tourna brutalement les talons et la planta dans cette rue sordide. Sonnée, Mina la laissa partir.

La silhouette élancée de Natsume s'imprima en contre-jour. Les lumières artificielles de Kabukicho absorbèrent la silhouette droite et sévère de la miko. Cette vision fugace réveilla en elle celle de l'esprit aux contours sauvages. Mina fut frappée par sa bêtise. Bien sûr, cette aura, elle la connaissait parce qu'elle l'avait déjà suivie en sortant de l'orphelinat !

Cette prise de conscience fit retomber toute l'adrénaline qui la maintenait en alerte. Une vague d'épuisement la fit vaciller. Pourquoi cet esprit renard se retrouvait-il systématiquement sur son chemin ? Était-il le même que celui du temple à Kyoto ? Sa présence sur les lieux du meurtre ce soir laissait supposer qu'il était mêlé, de près ou de loin, à toute cette histoire. Comment en apprendre davantage sur ces esprits qui la traquaient ? Et comment savoir s'il s'agissait d'une seule entité ou de plusieurs ?

Le visage rougeâtre de Haku se matérialisa dans son esprit. Du sang de démon coulait en elle, avait-il dit. Mina ferma les yeux. Pouvait-elle le croire ? Une question obsédante se remit à tourner en boucle dans son esprit : qui était-elle ? Puis le visage d'Eri remplaça celui du démon dans son esprit. Mina ouvrit son sac et se mit à le fouiller avec frénésie. Elle finit par en extirper la carte de visite de l'étudiante et celle donnée par la nourrice de l'orphelinat. Mina regarda l'heure à son poignet. Elle sortit son téléphone et tapa rapidement un message pour la médium, lui proposant de se voir pour un café. La jeune femme pourrait peut-être l'aider à démêler ces questions qui la taraudaient. Elle résolut de se rendre chez la nourrice dès le lendemain. Avec un soupir, elle remit les cartes dans son sac et s'engouffra dans la première station de métro.

17

2016, Tokyo, Japon.

En sortant de l'appartement, Mina scruta avec attention la rue, à la recherche de l'étrange félin qui semblait la surveiller, en vain. Cela faisait deux nuits maintenant qu'elle dormait d'un sommeil serein. Malgré le soulagement, elle ne pouvait s'empêcher de rester méfiante. Rassérénée, elle allait se mettre en route lorsqu'une démangeaison bien connue lui balaya la nuque. Elle se retourna, les mains serrées sur son sac. Sur le trottoir d'en face, une petite silhouette se tenait très droite. Les rayons de lumière semblaient passer au travers de son corps sans vraiment en marquer les contours. Mais Mina sentait son regard hanté sur elle, il ne la lâchait pas. Le petit fantôme était seul, pas de trace du chat. Il essuya quelque chose sur son visage d'un revers de la manche rageur. L'adolescente comprit à ses yeux congestionnés qu'il pleurait. Pendant une seconde, elle fut tentée d'aller vers lui mais déjà le petit spectre se détournait. Elle le regarda s'enfuir en courant, perplexe.

En arrivant au lycée, Mina se dirigea droit vers le gymnase, laissant son don la guider vers Mayuri. La fantôme était assise derrière le bâtiment et contemplait le ciel, le visage serein.

— Mayuri-chan ? demanda Mina.

— Oh Mina ! je suis contente de te voir, s'exclama Mayuri en souriant. Tu as toujours l'air fatiguée, tu ne dors pas mieux ?

— Non, avoua Mina. C'est d'ailleurs à ce sujet que je voulais te voir.

Mina se laissa tomber à côté d'elle et lui conta ses deux rencontres avec le fantôme du petit garçon. Elle s'en voulait d'avance pour ce qu'elle s'apprêtait à demander à Mayuri mais la revenante était probablement la seule à pouvoir l'aider.

— Tu voudrais que j'aille parler à ce fantôme ? demanda Mayuri, la tête penchée sur le côté.

— Tu n'es pas obligée, lui dit Mina, sentant la honte la gagner, si tu n'as pas envie je comprendrais.

— Je t'ai dit que tu pouvais compter sur moi. Il sait peut-être quelque chose et je serais heureuse de t'aider.

— Je ne sais pas s'il acceptera de te parler, il a été plutôt agressif avec moi.

— Entre gens morts… on devrait se comprendre, lâcha Mayuri avec un rictus sinistre.

Dans le bâtiment voisin, la cloche sonna. Mina laissa échapper un soupir las. Elle se leva lourdement, imitée par Mayuri et les deux jeunes filles se dirigèrent vers la petite porte du gymnase. Mina avait à peine mis la main sur la poignée que Mayuri s'immobilisa près d'elle. Elle la dépassa et, hésitante, passa un doigt à travers le battant. La fantôme eut une moue à la fois étonnée et satisfaite qui arracha un sourire à Mina, observatrice silencieuse de ce curieux spectacle. Ignorante de sa condition de spectre, Mayuri s'était inconsciemment toujours débrouillée pour paraître vivante. Plusieurs fois, Mina l'avait vue attendre que quelqu'un ouvre une porte pour entrer dans une pièce. Maintenant, tout était différent. Finalement, la jeune fille traversa la porte et disparut sans un bruit. Mina ouvrit le battant sans rien dire et fila vers sa classe.

Natsume l'attrapa dès que la cloche de fin des cours retentit. Des cernes noirs lui dévoraient la moitié du visage.

— Viens avec moi, lui dit-elle d'un ton péremptoire.

— Que se passe-t-il ? demanda Mina.

— J'ai reçu un message de Haku, dit la déléguée en agitant son téléphone, il y a eu une nouvelle agression, ses hommes ont réussi à passer avant la police. Nous avons une victime à examiner.

— Ça ne peut pas attendre demain ? J'ai.... J'ai déjà quelque chose de prévu, là.

Natsume haussa un sourcil étonné. Elle se pencha et planta ses yeux sombres dans ceux de Mina, qui soutint son regard sans rien dire.

— Je t'écoute, dit-elle simplement.

Mina sentit son cœur accélérer dans sa poitrine. Elle prit une grande inspiration, attendit que les derniers élèves quittent la salle de classe.

— C'est au sujet de mon père, murmura Mina, mal à l'aise. Je crois qu'il était comme moi.

— Était comme toi ? C'est-à-dire ? demanda Natsume, visiblement perplexe.

— Il est mort. Je pense que lui aussi pouvait voir les esprits et les fantômes, avoua la jeune fille.

Natsume resta bouche bée une seconde.

— Haku avait vu juste, tu ignores ton ascendance. D'où pensais-tu que te venaient ces pouvoirs ?

— Je ne sais pas, murmura Mina, embarrassée. Je ne me suis jamais vraiment posé la question. Ils sont là, c'est tout.

— Ça, c'est la meilleure, s'exclama la déléguée, visiblement sous le choc. C'est incroyable. Je pensais que tu savais. Enfin, je veux dire, ce genre de capacités ne tombent pas du ciel. Soit tu as un démon ou un esprit parmi tes ancêtres, soit tu as passé un pacte avec l'un d'eux, comme ma famille.

— Mon père est mort quand j'étais petite, je n'ai jamais eu l'occasion de lui poser la question. Et ma mère a bien d'autres soucis. Mais depuis notre rencontre avec Haku, j'ai envie de savoir. J'ai besoin de savoir d'où je viens.

— Je comprends, dit la déléguée. Quel est le plan ?

— Je suis déjà passée à l'orphelinat où a grandi mon père, je voudrais rendre visite à la nourrice qui s'est occupée de lui à cette époque. Elle pourra sûrement m'apprendre quelque chose.

— Pourquoi tu ne demandes pas à ta mère ?

Mina resta silencieuse une seconde. La question était légitime. Elle prit le temps de bien choisir ses mots.

— Je ne veux pas l'inquiéter. La mort de mon père a été très dure à vivre pour elle, je ne veux pas lui imposer de replonger dans tout ça. Je ne peux pas être un fardeau pour elle. Et de toute façon, je ne la vois jamais.

Natsume la considéra avec toute l'intensité qui la caractérisait. Son expression neutre se fendilla pour laisser émerger un mince sourire de compassion. Elle se leva et remit la chaise à sa place.

— Bien, dans ce cas, allons-y.

— On ? demanda Mina, perdue.

— Je ne vais pas te laisser y aller seule. En plus, il est tôt, avec un peu de chance, on aura le temps de passer voir Haku après ça.

Une vague de chaleur se répandit dans le ventre de Mina. Elle sourit malgré elle et rangea précipitamment ses affaires. Natsume l'attendait déjà près de la porte. Elle dégageait une aura d'une douceur inhabituelle, d'un vert tendre, la couleur de l'espoir. Mina eut envie d'y voir un bon présage.

Pour la cinquième fois, Mina relut la petite carte de visite et vérifia le numéro de l'immeuble. À ses côtés, Natsume commençait à s'impatienter.

— Ça va bien se passer, lui dit la déléguée pour l'encourager.

— Tu crois ? Et si elle ne se souvient pas de lui ? Ce n'était peut-être pas une bonne idée en fin de compte.

Natsume laissa échapper un discret soupir. Elles poireautaient devant l'entrée depuis plusieurs minutes. Le soleil brillait au-dessus des deux jeunes filles et des rires d'enfants s'échappaient d'un parc non loin de là. Mina hésitait. Le doigt de Natsume s'écrasa contre la sonnette.

— Natsume ! s'écria Mina, paniquée.

— On ne va pas rester là jusqu'à demain ! Tu veux savoir, oui ou non ?

Mina s'apprêtait à répondre lorsqu'un homme à la bedaine imposante sortit de la loge du gardien. Il s'avança vers elles en faisant claquer ses sandales sur le carrelage de l'entrée et les considéra d'un air suspicieux.

— Vous n'êtes pas d'ici, leur dit-il d'une voix rendue rauque par la cigarette. Qu'est-ce que je peux faire pour vous, mesdemoiselles ?

— Bonjour, je cherche cette personne.

Mina lui tendit la carte de visite et s'inclina respectueusement. Après un coup d'œil qui s'attarda un peu trop longtemps, il lui prit la carte des mains et l'examina attentivement.

— Ah, vous venez pour la vieille Kuroma. Elle doit être dans le parc, suivez-moi.

Il lui rendit la carte à travers les barreaux et ouvrit la grille. À l'arrière du bâtiment, le parc en question était en fait un petit jardin où s'épanouissaient des fleurs en pot autour d'un vieux pin majestueux. Assise sur un banc à l'ombre du feuillage, une petite femme replète jetait des graines aux pigeons.

— Baba-chan[1], tu as de la visite, cria le gardien avant de retourner à sa loge en plantant les deux jeunes filles sur place.

La grand-mère releva ses yeux laiteux et aveugles vers Mina, qui s'approcha en trébuchant. Elle jeta un regard inquiet à Natsume qui l'encouragea du menton, tout en restant un peu en retrait. La jeune fille prit une grande inspiration pour reprendre le contrôle d'elle-même.

1. Baba-chan signifie « grand-mère ».

— Kuroma Reika-san ? demanda Mina.

— Oui ? Bonjour, à qui ai-je l'honneur ?

— Kobayashi Mina. Je viens de la part d'une nourrice de l'orphelinat Seibi Gakuen, Yukiko. Et voici Ichigo Natsume, une amie à moi.

Natsume s'inclina poliment. La nourrice avait déjà levé le visage vers elle, comme si elle sentait sa présence en dépit de son silence. Ses yeux laiteux les dévisagèrent sans les voir.

— Bonjour. Oui, Yukiko, elle m'a prévenue de votre visite. Vous êtes la fille du petit Kentaro.

— Oui, souffla Mina tandis que son ventre se nouait d'appréhension.

— Assieds-toi, lui proposa Reika en tapotant le banc d'une main blanche.

Mina lança un nouveau regard paniqué à Natsume. Cette dernière lui fit signe de la main et articula silencieusement un « tout va bien se passer » du bout des lèvres. Mina s'exécuta, posa son sac à ses pieds et se tourna vers la vieille femme.

— Je suis désolée de vous déranger.

— Vous ne me dérangez pas, au contraire, jeune fille. Je suis heureuse de rencontrer la fille de Kentaro. C'était un petit garçon tellement doux et gentil.

Mina sentit son cœur se briser. C'était la première fois qu'elle entendait parler de son père par une personne autre que sa mère. La nostalgie et l'affection dans la voix de la nourrice lui coupèrent le souffle. Lorsqu'elle ouvrit la bouche, sa voix sortit, enrouée par l'émotion.

— Je voulais voir son dossier mais à l'orphelinat, on m'a dit qu'il avait brûlé dans un incendie.

Yukiko-san m'a fait savoir que vous pourriez m'aider.

— Il est mort, n'est-ce pas ? demanda la femme d'une voix éraillée à son tour.

— Oui, quand j'étais petite. Un accident de la route, il a tenté de sauver un petit garçon. Ils sont morts tous les deux.

La nourrice ferma les yeux. Une larme brillante dévala sa joue marquée par les années. Elle renifla plusieurs fois et s'essuya les yeux d'un geste tremblant.

— Ça ne m'étonne pas de lui. Toutes mes condoléances, dit Reika. Je me souviens de l'incendie, c'était en 1989. Une tragédie. Heureusement, aucun enfant n'a été blessé, le gardien et un comptable n'ont pas eu cette chance. Votre père nous a quittés juste après ça.

— Je pensais qu'il était déjà parti avant l'accident ?

— Non, non, il a fait preuve d'une grande bravoure, mon petit Kentaro, et sauvé deux enfants prisonniers des flammes. Ensuite, il est parti, je ne l'ai jamais revu, mais de temps en temps, il écrivait une lettre.

Une tristesse empreinte de nostalgie marquait les traits de la vieille femme aveugle. Ses mains se contractaient sur le petit sac de toile qui contenait les graines, faisant saillir le bleu de ses veines à travers sa peau fine. Mina digéra les paroles de l'ancienne nourrice et posa la question qui lui brûlait les lèvres.

— Mon père, est-ce qu'il était…

— Différent ? finit Reika en se tournant vers elle avec un sourire entendu. Oui, il l'était, il était attentif.

— Attentif ?

— Il sentait des choses, il avait ce supplément d'âme qui lui permettait de voir ce qui n'était pas visible pour nous autres.

Mina se figea. Ces quelques mots hérissèrent le fin duvet de sa nuque.

— Un supplément d'âme ? répéta-t-elle.

— Oui, c'était un être pur, très généreux, il avait un don. C'est ce que vous vouliez savoir, n'est-ce pas ?

— Oui, avoua la jeune fille.

— En quoi puis-je vous aider ? Que voulez-vous savoir ?

— J'ai trouvé une photo où mon père regarde l'un des arbres dans le parc de l'orphelinat. Le grand chêne dans le jardin. Cet arbre était-il particulier ?

— Oh oui. Pas besoin d'avoir de don pour savoir que quelque chose de malfaisant se cachait dans cet arbre-là, répondit Reika. Kentaro passait son temps à prévenir les autres enfants de ne pas s'en approcher, mais bien sûr, personne ne l'écoutait, ils se moquaient de lui. Vous connaissez les enfants.

— Il y a eu des accidents ?

— Des jambes et des poignets cassés surtout. Les petits disaient que l'arbre était hanté par l'esprit d'un chat. Mais je ne l'ai jamais vu, ils jouaient à se faire peur. Au bout d'un moment, la direction de l'orphelinat a pris la décision de le faire couper. Peu de temps après…

— Il y a eu l'incendie, devina Natsume qui écoutait avec attention. Et l'arbre ?

— Il a brûlé aussi. Nous n'avons plus eu de problèmes après ça. J'ai toujours pensé que Kentaro y était pour quelque chose. Après tout, le feu avait pris dans une chambre de l'étage, pas à l'extérieur.

Mina et Natsume échangèrent un regard entendu. Les scénarios se mirent à fuser sous le crâne de l'adolescente. Et si quelque chose avait effectivement élu domicile dans l'arbre, s'amusant aux dépens des enfants, et que Kentaro y avait mis un terme ? Ce yokaï aurait-il pu partir à la poursuite de son père ? Jusqu'à elle ? Mina réprima son inquiétude et s'apprêta à remercier la grand-mère lorsqu'une goutte s'écrasa près de sa chaussure. Le chant des oiseaux dans les arbres redoubla d'intensité et une pluie fine et miroitante se mit à tomber d'un ciel sans nuages.

— Je n'ai pas pris de parapluie, se lamenta Mina en regardant le ciel d'un bleu limpide qui pleurait pourtant des larmes fraîches.

— Ça ne va pas durer. C'est le *kitsune no yomeiri*, les noces de la renarde, dit Reika avec un sourire.

— Les noces de la renarde ? Qu'est-ce que c'est ? demanda Mina, intriguée.

— Une vieille légende qui dit que lorsqu'il pleut par beau temps, un kitsune[1] se marie quelque part dans la montagne, répondit Natsume en fronçant les sourcils.

— C'est un présage, il faut prêter attention à ce qui nous entoure, renchérit la nourrice.

Reika tourna ses yeux aveugles vers le ciel et tendit la main pour sentir la pluie fine. Son geste fit s'envoler

---

1. Kitsune : esprit renard, polymorphe comme les tanukis, et associé à la déesse Inari dont ils sont les messagers. Ils posséderaient une longue vie, des pouvoirs magiques et peuvent acquérir jusqu'à neuf queues. Un grand nombre de queues indique un renard plus vieux et plus puissant. Ils prennent souvent la forme de belles jeunes femmes pour séduire les humains et voler leur vie ou leur énergie vitale.

les derniers pigeons à ses pieds alors que déjà, l'ondée s'arrêtait. Le soleil fit étinceler les gouttelettes un peu partout.

— Vous êtes troublée, dit Reika en rompant le silence. Vous aussi, vous pouvez voir ce que les autres ne verront jamais, n'est-ce pas ?

— Oui, bredouilla Mina. J'ai toujours cru que j'étais la seule. Je ne savais pas que mon père… Il ne m'a jamais rien dit.

— Il devait avoir une bonne raison. Aviez-vous essayé d'en parler avec lui ? demanda Reika avec sollicitude.

— Non, je ne voulais pas l'inquiéter. Je suis un peu perdue, avoua Mina. Je pensais que savoir d'où venait mon don serait un soulagement. Au final, j'ai l'impression d'avoir plus de questions que de réponses.

— Vous trouverez les réponses, j'en suis sûre. Votre père était une belle personne, je suis certaine qu'il a toujours mis sa sensibilité au service des autres, comme il le faisait enfant.

La nourrice partagea avec les deux lycéennes plusieurs anecdotes de l'orphelinat, leur narrant comment Kentaro avait bravé tous les interdits pour ressortir la nuit chercher la peluche oubliée d'une petite fille en larmes. Ces souvenirs arrachèrent un sourire à Mina. Sa poitrine se comprima de joie et de nostalgie face à cette vision de son père qu'elle ne connaissait pas. Cela lui fit du bien. Finalement, une aide-soignante vint chercher Reika pour la ramener à l'intérieur. La vieille aveugle prit les mains de Mina entre les siennes. Ses doigts effleurèrent la peau nue de ses poignets. Le visage serein de son père envahit son champ de vision. Il souriait en agitant la main. Mina grava cette image dans son cœur avant de prendre congé de la nourrice, qui semblait les laisser partir à regret.

Natsume en tête, elles retrouvèrent la rue, bruyante comparée au calme du jardin clos. Elles marchèrent un moment en silence sous le soleil radieux. Mina laissait ses pensées se bousculer dans le chaos le plus total. Malgré la révélation tant attendue, elle ne pouvait s'empêcher de ressasser les dernières paroles de la vieille femme. *Les noces de la renarde*. Elle sentait qu'il y avait quelque chose dans ces quelques mots, un sens caché qui lui échappait. Quelque chose d'important dont elle ne faisait qu'effleurer la surface.

— Il s'est passé quoi quand elle t'a touchée ? demanda finalement Natsume. Ton expression a complètement changé.

Le ton inquisiteur de la déléguée tira Mina de ses pensées. Le trouble qu'elle perçut dans les yeux gris de son amie lui plomba la poitrine.

— Quand je touche des gens, je peux… voir des choses. Des souvenirs, des sensations.

Natsume s'arrêta pour la contempler. L'arc formé par ses sourcils froncés s'accentua.

— C'est pour ça que tu portes des gants ?

— Oui. Tu n'as quand même pas cru la rumeur disant que j'avais les mains recouvertes d'eczéma ou je ne sais pas quoi ? tenta de blaguer Mina.

— Il y a d'autres choses que tu ne m'as pas dites ? l'interrogea Natsume, très sérieuse. Ce genre de pouvoir est extrêmement utile et puissant.

Mina grimaça face à l'accusation. Dans les yeux sombres de la miko, un éclair d'envie scintilla, rapidement jugulé. Mina haussa les épaules.

— Pas que je sache, non, dit Mina d'une voix neutre. Je sais maintenant que mon don ne vient pas de nulle part.

— C'est étrange que tes parents ne t'en aient jamais parlé.

— J'ai assez peu de souvenirs de mon père, et presque aucun en relation avec des esprits. Je n'en ai jamais parlé et il est mort quand j'étais petite, dit Mina d'une voix tremblante. Je sentais que ce n'était pas normal, toutes ces choses que je voyais. Comme si c'était mal.

— N'importe quoi, s'emporta Natsume. C'est un don très puissant que tu possèdes, tu devrais en être fière.

Mina demeura silencieuse. Il n'y avait rien à dire, leurs opinions étaient inconciliables sur ce sujet, elle le savait. Que devait-elle faire ? Devait-elle mettre sa mère devant le fait accompli et tenter de lui arracher… quoi exactement ? Elle n'en savait rien. Son esprit ne cessait de revenir sur cette histoire de pluie d'été. *Kitsune no yomeiri*.

— Cette légende dont tu as parlé, avec la pluie, c'est quoi exactement ? demanda Mina.

— Les noces de la renarde ?

— Oui, insista Mina.

— Il s'agit d'une procession nocturne qui accompagne le mariage d'un renard dans le folklore japonais. Cela correspond aussi aux rares pluies d'été par temps dégagé. Ce n'est qu'une vieille légende de campagne, fit remarquer la miko.

— Peut-être, mais j'ai l'impression que c'est important.

— Tu pourrais venir au temple, mon oncle serait ravi de te voir. Il pourra certainement t'en dire plus que moi, suggéra Natsume.

— Tu crois ?

— Qui ne tente rien n'a rien, répondit Natsume avec fatalisme. Si tu penses que c'est important, même si je t'avoue que je ne vois pas du tout en quoi. Allez, viens, nous avons un autre rendez-vous.

18

1467, province d'Izumi, Japon.

Jun s'aventura dans la forêt. Sa besace sur le dos, il jeta un coup d'œil par-dessus son épaule, vérifia que personne ne le suivait. Il pressa le pas dans le sous-bois recouvert de son manteau blanc. Il fuyait l'ambiance délétère du village. Depuis la veille, Jun vivait dans une sorte de solitude. Les gens lui parlaient quand ils le devaient, mais avec une froideur évidente. On faisait appel à lui de mauvaise grâce, par nécessité. Les regards en coin le suivaient où qu'il aille, les murmures flottaient dans son sillage. Il secoua la tête pour chasser ses sombres pensées et se dirigea, le cœur lourd, vers le lieu du massacre. On avait érigé un petit tertre sur ce qui restait du charnier et c'était précisément là qu'il se rendait.

En pénétrant dans la clairière, il avisa la petite maisonnette de pierre et de bois destinée aux offrandes. Un silence surnaturel plombait l'atmosphère, comme si les oiseaux eux-mêmes ne s'approchaient plus de l'endroit maudit. Un frisson superstitieux lui dévala l'échine. Jun se morigéna intérieurement et s'avança jusqu'au kamidana[1]. Il déposa son sac au sol et en retira de l'encens et des boulettes de riz parfumées qu'il déposa sur la tablette à offrandes. Avec son briquet à amadou, il enflamma le bout d'un bâton d'encens et le planta dans le bol de riz, puis souffla la flamme. Il s'agenouilla respectueusement, pria pour chacune des âmes qui avaient péri alors qu'il était encore vivant. Il resta un long moment dans cette position inconfortable, à observer les volutes de fumée s'élever vers le ciel. Le froid de la terre lui avait engourdi les genoux et descendait le long de ses jambes pour lui glacer les pieds. Lorsque l'encens fut entièrement consumé, il secoua son corps raide et alluma un second bâton avant de se relever. Elle le regardait, assise sur la branche d'un arbre, sa jolie tête penchée sur le côté, visiblement mécontente. Son cœur rata un battement avant de se mettre à cogner avec ardeur. Il recula d'un pas et s'inclina respectueusement. D'un bond, elle se retrouva au sol, les plis de son kimono toujours parfaitement en place.

— Je savais que vous reviendriez, je vous avais dit de ne pas revenir, souffla Hikari.

Jun déglutit, se confondit en excuses.

— C'est moi qui devrais vous présenter des excuses, dit Hikari d'une voix tremblante. Je suis désolée, j'aurais dû vous forcer à partir.

Elle s'inclina soudainement et Jun resta figé, incapable d'intégrer ce qui était en train de se passer. Un

1. Kamidana : littéralement « étagère des kami », est une sorte de sanctuaire shinto miniature, posé ou accroché au mur dans certaines maisons japonaises et autrefois disposé le long des chemins ou des lieux sacrés.

kami se courbait devant lui. La panique le gagna. Une pointe d'amusement aussi.

— Redressez-vous, je vous en prie, répondit-il. Vous avez fait de votre mieux, n'est-ce pas ?

— De mon mieux ? répéta Hikari comme si elle ne saisissait pas le concept.

— Vous avez essayé et vous m'avez sauvé.

— Ce n'était pas suffisant, se désola la jeune femme. Je vous ai… observé. Je sais que vous avez perdu des amis. Vous êtes triste.

Embarrassé par la situation, Jun se passa une main dans les cheveux, haussa les épaules. Il tenta de donner le change mais la peine le rattrapa rapidement. Oui, il était triste. Oui, il avait perdu des amis, un frère.

— Est-ce qu'ils ont souffert ? finit-il par demander.

— Non, affirma Hikari.

Il sut qu'elle mentait à l'instant où ses lèvres s'ouvrirent. Étrangement, il lui en fut reconnaissant, d'essayer de le protéger de la vérité, d'apaiser sa peine comme elle le pouvait. Il décrocha le collier qui pendait à son cou, le tendit vers la kitsune.

— Je vous l'avais rendu, dit la jeune femme, les sourcils froncés. Il y a beaucoup de puissance dans cet objet. Il vous protège et vous rend indétectable, vous devez le garder.

— C'était un cadeau, rétorqua doucement le bûcheron. Ce n'est pas poli de rendre un cadeau. Acceptez-le, s'il vous plaît.

La déesse grogna, hésita puis s'avança vers lui, pieds nus. Sa démarche souple ne laissait aucune trace dans la neige. La clairière ne bruissait que du chuintement de son kimono contre ses jambes. Elle tendit une main délicate et saisit le pendentif. Le bout de ses doigts effleura la paume de Jun. Il frémit. Elle retira sa main d'un geste vif, les yeux écarquillés de surprise et les doigts crispés sur le talisman.

— Vous devriez quitter la montagne, lui dit-elle sombrement. Quittez le village, partez, c'est mieux pour vous. C'est dangereux pour les humains.

— Pourquoi ?

— Je suis désolée, j'ai essayé, murmura-t-elle. Elles n'ont rien voulu entendre.

— Elles ?

— Les lois sont claires et surtout, elles sont sans appel. Vous étiez là par hasard mais vous étiez là, tenta-t-elle d'expliquer. C'était déjà trop, vous n'auriez jamais dû voir tout cela. Votre présence était contre nature.

— Vous parlez de la noce des esprits ?

Elle hocha la tête, les épaules basses. Une onde de colère flamba dans l'esprit de Jun. Pas contre elle, mais contre le destin qui lui avait ravi les êtres qu'il aimait.

— Les lois sont claires, répéta-t-elle. Vous deviez mourir.

— Pourtant, je suis en vie, lui fit remarquer Jun.

Hikari demeura silencieuse. Lorsqu'elle planta ses yeux dans les siens, il y lut du défi.

— Ce n'était pas juste, j'ai fait ce que j'ai pu, dit-elle d'une voix raffermie. Je vous ai observés au village. Je sais que l'un de vous était en deuil, je sais qu'il cherchait sa fille. J'aurais fait la même chose.

— Vous étiez au courant pour Kaede Utsumori ? s'étonna Jun.

— Pour elle aussi, je vous demande pardon, au nom du clan, dit la kami en s'inclinant une fois de plus. Je n'avais pas le pouvoir de la soustraire à mes sœurs, elle avait attiré leur attention, ses dons étaient trop grands.

L'image du corps exsangue de Kaede dansa devant les yeux du bûcheron. Jun commença à comprendre que les sœurs mentionnées par Hikari n'étaient pas toutes à son image. La silhouette d'une autre jeune femme refit surface dans son esprit. Son front marqué se plissait pour lui offrir un clin d'œil, le soir de la noce. Son estomac se noua. Un craquement retentit dans la forêt. Jun vit son visage se plisser sous la concentration. Hikari tourna la tête, en alerte. Jun sentit qu'elle allait mettre fin à cette entrevue.

— Il y avait une danseuse, ce soir-là, lança-t-il. La première fois que nous avons vu les lumières. Elle était à la noce aussi. Elle m'a vu, elle m'a souri, dit-il précipitamment.

Les fins sourcils de Hikari se froncèrent. Elle semblait perplexe.

— Vous êtes sûr ? À quoi ressemblait-elle ?

— Elle avait des marques sur le visage, son kimono était orange je crois.

— Des marques ? répéta Hikari. Quel genre de marque ? Comme des blessures ?

— Je ne sais pas. C'étaient d'anciennes cicatrices, peintes en rouge.

La jeune femme blêmit. Un bruit qu'il ne perçut pas parvint aux oreilles de la kami, de plus en plus livide.

— Vous devez partir, tout de suite !

— Mais, que…

— J'ai pris des risques pour vous sauver la vie, dit-elle d'une voix claire, j'aimerais que vous en preniez soin.

Quittez cette montagne et ne revenez pas, s'il vous plaît. C'est trop dangereux pour vous ici.

— Et pour vous ? demanda-t-il subitement.

Elle se figea. Il était conscient qu'elle avait brisé des lois dont il ignorait tout. Pour le sauver, lui. La jeune femme sembla en prendre subitement conscience. Ses yeux tombèrent sur le collier toujours serré dans sa main. Elle hésita.

— Gardez-le, dit Jun avec un sourire en ramassant ses affaires. Il vous protégera à présent.

Elle se retourna et disparut. L'endroit où elle se tenait l'instant d'avant sembla scintiller doucement. Jun resta interdit une seconde puis, se rappelant l'urgence dans la voix de la jeune femme, quitta les lieux, l'esprit fourmillant de questions.

ᔓ

Hikari se dissimula dans la ramure d'un arbre et observa le bûcheron quitter la clairière à temps. Ses doigts jouèrent un moment avec le pendentif de bois qu'il lui avait offert. Il était grossièrement taillé et peu raffiné, mais il constituait un lien. Entre elle et cet homme. Et l'existence de ce lien lui plaisait. Après tant d'années à observer sans se dévoiler, à s'émerveiller en secret, sans personne avec qui partager sa fascination des humains, enfin elle avait fait quelque chose de fou. Un pas vers ces êtres étranges et fragiles qui la troublaient tant. Elle sourit malgré elle et dissimula le bijou dans son kimono. Elle se laissa tomber au sol et se dirigea d'un pas leste en direction du kamidana. Le deuxième bâton d'encens s'était entièrement consumé. Elle s'empara des bols de riz et en tendit un à Akane. Sa cadette fit la moue.

— Je voulais te surprendre, dit-elle d'une voix boudeuse.

— Ça fait plusieurs minutes que je sais que tu arrives. Je t'ai sentie, petite sœur, dit Hikari en tapotant l'aile de son nez d'un doigt.

Akane sourit et s'empara d'un des bols de riz qu'elle s'empressa d'engloutir. L'image arracha un rire à Hikari. Malgré son apparente sérénité, elle sentait son cœur lui marteler la poitrine.

— On pourrait croire que tu n'aurais pas faim après le festin d'il y a deux nuits.

— Je sais, mais j'ai faim, va savoir pourquoi. Et ces offrandes sentent particulièrement bon. Ce sont celles du prêtre ?

— Non, dit Hikari en se tendant. Quelqu'un d'autre les a amenées.

— Oui, mais c'est le prêtre qui les a faites, ça sent comme lui, confirma Akane en observant le riz gluant et froid. Il fait bien les choses, c'est un homme respectueux des traditions.

Hikari la laissa finir son repas. Une fois repue, Akane remit le bol en place et saisit ceux qui restaient sur la tablette de bois clair.

— Je vais les ramener au temple, pour les réserves, dit la jeune fille. Tu viens ?

Hikari observa Akane. Son sourire, la grâce de ses gestes, sa simplicité et sa générosité. Akane, toute empreinte des lois du clan, qui ne remettrait jamais en cause la parole d'une de ses sœurs. Il y avait une femme dans les bois ce soir-là. La parole d'un humain avait-elle plus de poids que celle de l'une de ses sœurs ?

Pouvait-elle croire un mortel ? Et pourquoi le croyait-elle déjà ? Le remords mordit sauvagement dans son esprit, moins fort que le doute qui s'était insinué dans son cœur. Elle serra les poings et lança sa question comme un défi.

— Dis, Akane, comment va Morio depuis la noce ? Comment tu la trouves ?

— Je ne sais pas. Elle est souvent absente, je n'ai pas eu l'occasion de lui parler, je dois dire.

— Je vois, murmura Hikari. Elle part toujours seule ?

— La plupart du temps, oui. Pourquoi ? l'interrogea sa cadette sans comprendre.

— Pour rien.

Hikari regarda Akane lever un sourcil perplexe. Pendant une seconde, elle avait envisagé de confier ses soupçons sur Morio à Akane, mais l'innocence que lui renvoyait le visage de sa sœur l'en dissuada. Elle pouvait déjà entendre la défense du clan. Pas de preuve, juste la parole d'un humain. Et c'était vrai, elle n'avait que la parole d'un homme, un homme qui ne devrait même pas être en vie, par-dessus le marché. *Tu perds la tête*, pensa Hikari. *Te voilà prête à accuser une de tes sœurs parce qu'un humain te dit qu'il pense l'avoir vue dans les bois*. C'était ridicule.

Et pourtant, la rancœur qui brillait dans les pupilles de Morio depuis leur dispute était bien réelle, vivace. Et Hikari savait qu'elle lui était destinée. Une main douce vint se poser sur sa joue et balayer ses doutes. Elle leva les yeux pour rencontrer le petit visage grave d'Akane face à elle.

— Tu sais que je suis là, n'est-ce pas ? lui demanda la jeune fille. Quand tu auras envie de me parler, tu viendras, promis ?

Hikari posa son front contre celui de sa sœur. Son cœur vibra d'amour.

— Promis, dit-elle.

— Bien, parce que je suis peut-être jeune mais pas idiote. Je vois bien que quelque chose te tracasse. Il ne faut pas tout garder pour toi, ce n'est pas bon.

Hikari ne dit rien. Akane avait raison, mais il lui en coûtait de l'admettre.

— Est-ce à cause des humains ? demanda Akane d'une petite voix.

La chasseresse ouvrit de grands yeux inquiets. Pendant une seconde, elle crut qu'Akane était au courant de tout, la peur lui noua l'estomac. Mais sur le visage de la jeune fille, elle ne lut que de l'affection et l'effort qu'elle faisait pour essayer de la comprendre, de la soulager de ce poids inconnu qui lui courbait les épaules.

— Un peu, avoua-t-elle, et elle se sentit apaisée.

— Tu penses qu'on n'aurait pas dû les tuer, compléta Akane. Tu es trop douce, Hikari. La loi, c'est la loi.

— Je sais oui. Mais… – elle hésita – et s'ils n'étaient pas là par hasard ? Si on les avait piégés ?

— Qu'est-ce que tu veux dire ? Qui aurait fait ça ? Ça n'a aucun sens ! s'exclama Akane, bouleversée par les accusations implicites de sa sœur.

— Je ne sais pas. Excuse-moi, répondit Hikari en baissant la tête. Je crois que j'ai besoin d'aller courir un peu, de me défouler.

Akane regarda les offrandes dans ses mains, son visage exprima un vif regret.

— Tu vas encore te trouver un endroit spectaculaire pour voir le coucher du soleil et moi je dois ramener ça, bougonna-t-elle dans sa barbe.

— Tu n'as qu'à venir, lui suggéra Hikari avec un sourire complice.

— Hikari-chan, tu es décidément une bien mauvaise chasseresse. Tu priverais tes sœurs des offrandes qui leur reviennent de droit ? Qu'allons-nous faire de toi ?

Les deux femmes rirent de concert. Alors qu'elle s'éloignait en courant, Hikari capta encore longtemps l'éclat cristallin du rire d'Akane. Ce simple son lui réchauffa le cœur. Elle allongea sa foulée et obliqua à la vue d'un bosquet de bouleau. Courir l'aidait à réfléchir. Au plus profond d'elle-même, elle était certaine de la culpabilité de Morio, encore fallait-il pouvoir le prouver. Elle s'enfonça dans la montagne, l'esprit en ébullition. Elle avait le temps, elle trouverait les preuves.

19

1467, province d'Izumi, Japon.

Hikari pénétra dans le temple où se réunissait le clan et secoua ses cheveux pour en faire tomber les derniers flocons qui s'y attardaient. Ino tenait sa cour près du feu, son visage animé d'une lueur sauvage encore accrue par les reflets rougeoyants des flammes. Elle fit signe à Hikari de les rejoindre et déposa négligemment l'un des bols d'offrande à présent vide au sol. La chasseresse s'assit près d'Akane, qui lui prit la main en se pelotonnant contre elle.

— Mes sœurs, le festin offert par les humains était savoureux. Ces hommes étaient forts et vigoureux. Ils ont honorablement payé leur affront de leur vie, et leurs offrandes sont exquises, dit Ino d'une voix profonde.

— Ils étaient délectables, dit Fumi, en passant une langue rouge sur ses lèvres entrouvertes.

Sa remarque déclencha une vague de rires parmi les kitsunes présentes. Hikari sentit son estomac se soulever de dégoût alors qu'elle repensait aux âmes qu'elle avait bues en compagnie de ses sœurs.

Elle détourna le regard et passa en revue ses sœurs rassemblées. Une inquiétude passagère la troubla. Elle plissa les yeux, se concentrant pour voir au-delà des apparences. Hikari projeta sa volonté autour d'elle et les auras des renardes qui l'entouraient se dévoilèrent peu à peu. Sanaka, toujours bouleversée par sa dernière altercation avec Ino, brillait d'un jaune angoissant. La honte d'avoir vu les humains lors de la noce sans avertir ses sœurs la rongeait. Sa disgrâce la mettait à l'écart. Les choses s'arrangeraient en temps voulu mais la jeune fille ne se remettait pas de son erreur et de son humiliation. Fumi et Chitose se chamaillaient en rigolant, Chikanori restait en retrait, les yeux perdus dans le vague. Morio, quant à elle, n'était nulle part en vue. Près d'elle, Akane et la majorité de leurs sœurs semblaient apaisées et repues, leur vigilance comme endormie par le festin que leur avait offert Ino.

Alors qu'elle se tournait vers cette dernière, Hikari eut le temps d'apercevoir le carmin de la haine qui flamboyait en vagues hors de sa cheffe, et en dessous, bien dissimulée sous des couches d'animosité, une pointe de peur. Ino planta ses yeux vairons dans les siens, aussi sûrement que des crocs dans la chair d'une proie et les auras que Hikari percevait l'instant d'avant se délitèrent en fumées colorées. Elle retrouva dans le regard d'Ino toute la colère qu'elle avait lue dans l'émanation de son pouvoir, ainsi qu'un brin d'excitation qui ne fit que l'inquiéter plus encore. Elle envisagea de se lever et de quitter l'assemblée, lorsque les portes du temple s'ouvrirent en grand.

Morio entra, le menton haut, une expression de triomphe vicieux lui déformant les traits. Elle prit la parole d'une voix douce qui résonna pourtant dans tout le temple.

— La couardise des hommes est sans limites, cracha-t-elle aux femmes réunies. Je suis descendue au village ainsi que tu l'as souhaité, Ino-san, et ce que j'y ai appris me met hors de moi.

— Parle, Morio, dit simplement Ino en se redressant sur sa natte de bambou.

— Un bûcheron a échappé à notre courroux. Au village, les autres l'évitent car ils le pensent maudit.

Un murmure choqué parcourut les rangs. Akane se tourna vers Hikari qui baissa les yeux pour cacher son trouble. Dans sa poitrine, son cœur se mit à se débattre comme un oiseau affolé dans une cage trop petite. Plusieurs femmes se levèrent et un brouhaha envahit le vieux temple.

— A-t-il parlé ? demanda Sanaka d'une voix tremblante.

— Je ne crois pas. Les autres humains l'ont interrogé mais il dit ne se souvenir de rien, expliqua Morio. Pourtant, moi, je me souviens très bien de lui, et mon sort l'a attiré dans la forêt comme les autres.

— En voilà un qui est drôlement chanceux, dit Ino dans un sourire carnassier.

La poitrine de Hikari se creusa douloureusement. Morio s'était rendue au village elle aussi. S'étaient-elles croisées sans qu'elle s'en soit aperçue ? Une onde de terreur pure dévala les veines de Hikari. Akane posa une main sur son poignet, les sourcils froncés, et Hikari réalisa que ses ongles profondément plantés dans ses paumes traçaient des sillons qui gouttaient le long de ses doigts. Elle laissa ses cheveux retomber devant son visage pour masquer son désarroi grandissant.

Une part de honte se mêlait à son angoisse. Le nœud de sentiments qui lui nouait le ventre était tel qu'elle ne vit pas Morio s'approcher.

— Hikari, douce lumière, quelque chose ne va pas ? Je te sens troublée.

Hikari se mordit les joues pour combattre la peur qui la submergeait. Elle refoula toutes ses pensées et ses sentiments derrière le mur de son pouvoir et se redressa pour faire face à Morio, affichant un visage aussi neutre que possible. Mais le sourire vicieux de la jeune femme craquela aussitôt le mince vernis de contenance qu'elle affichait. La prêtresse se rapprocha et l'enlaça dans une étreinte intime, plongeant son visage dans ses cheveux détachés. Hikari se laissa faire, maîtrisant de son mieux les tremblements qui agitaient son corps. Morio inspira profondément, se colla un peu plus à elle. Hikari sentit le corps de la prêtresse se refermer sur elle, la sonder, se frayant un chemin dans son esprit et dans sa chair. Un simple contact suffisait.

— Je sens de la peur et de la honte. Aurais-tu fait quelque chose de mal, douce Hikari ?

Sa voix suave, collante comme du miel, semblait réduire le monde à ce seul son. Hikari se recroquevilla sur elle-même pour lutter contre le pouvoir de la jeune femme. Mais le mal était fait. Déjà Ino s'approchait, contenant difficilement le triomphe qui lui relevait le bord des lèvres. Elle repoussa Morio qui se détacha à contrecœur du corps chaud de sa victime. La prêtresse chuchota quelques mots à l'oreille tendue de sa cheffe. Ino s'avança jusqu'à Hikari.

La gifle fut si puissante qu'elle l'envoya au sol. Une douleur cuisante irradia dans tout le visage de Hikari.

Elle porta la main à sa joue et, lorsqu'elle la retira, ses doigts étaient couverts de gouttelettes rouges. Ino l'observa avec mépris. Elle porta sa main jusqu'à sa bouche et lécha goulûment le sang qui gouttait de ses ongles effilés. Hikari les regarda se rétracter, comme les griffes d'un animal. La peur et l'humiliation se muèrent en colère dans le creux de ses reins. Elle ignora la voix d'Akane qui l'appelait et se focalisa sur le brouillard rouge qui voilait sa vision. Peu à peu, la seule chose qui resta nette fut la silhouette d'Ino en face d'elle. Cette dernière plia les genoux en une position d'attaque. Hikari ne prit pas la peine de se relever et prenant appui sur ses mains, elle se jeta en avant dans un cri guttural, prête à laver l'affront qu'elle venait de subir. Ino bondit, elle aussi.

Les deux femmes se percutèrent avec violence. Hikari frappa de côté mais Ino la saisit à la gorge et dévia le coup qui lui était porté d'une torsion du bassin. Entraînées par leur élan, elles roulèrent au sol. Hikari, la mâchoire déformée par ses dents qui s'allongeaient, plongea ses crocs vers le bras tendu de son adversaire. Ino hurla. La douleur sembla décupler sa rage. Ses ongles grandirent à nouveau et percèrent la peau tendre du cou de Hikari. La chasseresse la relâcha pour s'écarter en gémissant. Ino bascula tout son poids sur les hanches de la jeune femme et l'épingla au sol. Hikari se débattit, lacérant des pieds et des mains tout ce qui se trouvait à sa portée. Au-dessus d'elle, Ino tint bon, écrasa sa trachée de toute sa poigne. Hikari inspira en sifflant tandis qu'Ino saisissait une pleine poignée de ses cheveux et lui tordait le cou à l'extrême.

— Ça fait longtemps que j'attends que tu commettes un faux pas, petite lumière.

— Lâche-moi ! tenta de hurler Hikari qui commençait à manquer d'air. Je n'ai rien fait, c'est toi qui m'as attaquée.

— Tu n'as rien fait, en effet. Tu as laissé la vie à un homme qui ne la méritait pas !

— Cette sentence était injuste ! suffoqua Hikari en tentant de faire lâcher prise à son ennemie. Ils n'étaient pas là par hasard, Morio les a piégés.

— Tu as trahi les tiens, répliqua Ino d'une voix forte pour que tout le monde entende. Pour un humain ? Tu es tombée bien bas, Hikari.

La tête tordue vers l'arrière, Hikari vit les autres femmes du clan lui jeter un regard d'incompréhension. Parmi cette marée de visages, elle capta le sourire triste de Morio, le regard perdu d'Akane. Une larme roula sur sa tempe et se perdit dans ses cheveux.

— Notre sœur nous a trahies, pour sauver un humain du juste châtiment qu'il méritait. Raconte-leur ce que tu as fait, ma sœur, cracha Ino au-dessus d'elle en relâchant légèrement son étreinte.

— Je… je n'ai pas tué l'homme que j'ai croisé dans la forêt, avoua Hikari en hoquetant à la recherche de sa respiration. Je ne l'ai pas tué.

— Pourquoi ? demanda Chitose.

Et sa question fut reprise par toutes les autres. Les pourquoi s'enchevêtraient les uns aux autres, mélodie insistante et douloureuse. Hikari ferma les yeux, submergée par le concert d'accusations qui lui emplissait les oreilles. La honte faisait vibrer son corps tendu à l'extrême. Elle aurait voulu disparaître, ne plus entendre l'incompréhension et la déception dans les voix de ses sœurs. Hikari retint les autres larmes qui menaçaient de déborder, griffa le bras d'Ino qui la retenait au sol, abandonna la lutte.

— Parce que ce n'était pas juste ! Ces hommes sont des victimes, Morio a fait en sorte qu'ils voient la procession, j'en suis certaine !

— Cette accusation est très grave, rugit Morio. As-tu des preuves ?

— Rien que la parole d'un humain.

— Cela ne vaut rien, répondit la prêtresse avec morgue.

— La sanction pour ce genre de trahison est le bannissement, dit Ino avec délectation. Nous pourrions rayer ton nom et te laisser errer avec le déshonneur qui est le tien… Mais j'ai tellement honte pour toi que je pense que la mort est la meilleure solution qu'il te reste.

Les larmes qu'elle jugulait finirent par lui échapper. Hikari les laissa couler, résignée. La honte la submergea. Elle avait trahi les siens pour un seul homme. Et pourtant, elle avait pris part au festin avec les autres, elle s'était gorgée de la vie de ces innocents. Alors pourquoi l'avoir épargné, lui ? Elle ferma les yeux pour ne pas voir le visage d'Ino révulsé par la joie et la violence à venir. Un choc contre son corps lui fit rouvrir les yeux. Son nez s'emplit de l'odeur de fleurs et de vent d'Akane. La jeune fille était allongée en travers de son ventre, faisant barrage de son corps entre elle et Ino. Un silence de mort figea la scène.

— Akane, pousse-toi, gronda Ino, la main levée pour frapper.

— Non, rétorqua la jeune femme.

La volonté de Hikari se brisa. Contre son ventre, elle pouvait sentir le cœur affolé de son amie et les tremblements discrets qui agitaient tout son corps. Akane allait à l'encontre de tout ce en quoi elle croyait. Pour elle.

— Pousse-toi, Akane, murmura-t-elle à son amie. Laisse-la faire.

— Hors de question, cria Akane. Oui, elle a commis une erreur mais elle mérite un jugement équitable. Ino, Hikari fait partie du clan depuis presque aussi longtemps que toi, elle est notre chasseresse, celle qui subvient à nos besoins. Tu lui dois mieux qu'une sentence expéditive.

Hikari laissa retomber sa tête au sol, le cou toujours comprimé par la main d'Ino. *Akane, tu ne comprends rien*, pensa-t-elle. C'était parce qu'elle était forte et qu'Ino voyait une rivale potentielle qu'elle se retrouvait dans cette position aujourd'hui. Elle n'avait aucune envie de souveraineté sur le clan. D'ailleurs, contrairement à ses sœurs, Hikari aimait la solitude. Mais Ino ne voyait que son pouvoir grandissant et la menace qu'elle représentait pour son autorité.

— J'invoque un serment, dit Akane.

— Un serment ? répéta Ino, abasourdie.

Un murmure se propagea dans les rangs des femmes. Hikari vit Akane tourner la tête vers leurs sœurs pour chercher un soutien.

— Son châtiment a déjà été décidé, objecta Morio.

— Sous le coup de la colère, dit finalement Chikanori en venant au secours d'Akane. Tenons conseil, écoutons ce qu'elle a à dire. Selon la gravité de sa faute, elle jurera ou mourra.

Les sœurs du clan acquiescèrent. Akane se redressa lentement, sans quitter Ino des yeux, comme pour la défier de remettre en cause la décision unanime de ses sœurs. La bouche d'Ino se déforma en un rictus dégoûté. Elle relâcha violemment sa prise sur Hikari qui aspira une grande goulée d'air en sifflant et en toussant. Akane la prit dans ses bras et l'aida à se relever tandis qu'Ino battait en retraite pour se diriger d'un pas déterminé vers Morio. Hikari les regarda comploter dans leur coin, une main massant sa gorge douloureuse.

— Hikari, tu dois jurer, c'est le seul moyen. Je ne sais pas pourquoi tu as fait… ce que tu as fait mais tu dois prêter serment ! Je ne supporterai pas de te perdre pour un vulgaire humain.

La voix d'Akane se brisa et ce fut le long de ses joues roses que les larmes coulèrent cette fois. Hikari, qui avait enfin retrouvé une respiration normale, prit la tête de son amie entre ses mains. La peau de sa joue la démangeait, là où les marques laissées par les ongles affûtés comme des lames d'Ino se résorbaient lentement. Elle força son amie à la regarder dans les yeux. Elle lui sourit et déposa un baiser sur ses lèvres humides de larmes. Akane était si jeune, une enfant presque. Un jour, elle comprendrait.

— Merci, petite sœur, dit-elle simplement.

Hikari se releva. Elle capta au passage le visage blême de Morio, qui ne la quittait pas des yeux. Sans un mot, elle alla se placer dans le cercle formé par ses sœurs près du feu. Akane vint compléter la scène et Ino frappa dans ses mains. Les unes après les autres, les silhouettes graciles des femmes du clan se brouillèrent.

Hikari laissa son corps reprendre sa forme primale, celle d'une renarde. Sanaka s'ébroua et ses longues oreilles frangées de blanc et de noir s'agitèrent.

Sur sa droite, Akane agitait nerveusement ses trois queues alors qu'Ino s'avançait, ses six appendices jetant des flammèches autour d'elle. Elle se planta devant Hikari qui baissa un peu plus la tête et le conseil commença dans un silence terrible.

La voix d'Ino résonna dans leur esprit à toutes, car sous leur forme animale, les kitsunes partageaient le don de télépathie.

— Cette sœur s'est rendue coupable d'un fait de la plus extrême gravité, rappela-t-elle. Alors que des humains s'étaient permis d'assister à l'une de nos cérémonies les plus sacrées et que nous avions lancé notre juste courroux sur eux, elle s'est permis d'épargner l'un d'eux. Trahison !

— Pourquoi l'a-t-elle épargné ? demanda Chikanori en sa qualité de doyenne. Qu'elle réponde.

— Par compassion, dit Hikari.

— Les kami seuls savent ce qu'elle a fait d'autre avec cet homme, dit Morio d'une voix vibrante de colère.

L'accusation provoqua une série de jappements indignés dans l'assemblée.

— Hikari, t'es-tu compromise avec l'humain ? demanda Fumi. Qu'elle réponde.

— Non.

— Pourquoi l'avoir sauvé ? Qu'elle réponde, enchaîna Chitose.

— Ils étaient là par hasard mais n'avaient pas l'air surpris de nous voir. J'ai pensé qu'ils avaient été piégés.

— C'est une accusation très grave. As-tu des preuves ?

— Non, répondit Hikari avec dépit.

— Bien sûr que non, elle n'a aucune preuve, assena Ino. Hikari a toujours fait bande à part, depuis plus de deux cent cinquante ans qu'elle appartient à ce clan, elle est toujours restée à l'écart et sa curiosité envers les humains n'a fait que croître.

— C'est faux ! s'insurgea Hikari.

— Menteuse ! persifla Morio, ses yeux flamboyants de colère.

— Morio t'a vue plusieurs fois descendre dans la vallée, dit Ino. Et qu'y a-t-il en bas de la montagne, si ce n'est les villages des hommes ? Nous sommes les esprits des bois, des forêts et des montagnes, nos vies sont ici, les lieux sacrés que nous protégeons sont ici ! Ta vie est avec le clan, je crois que tu l'as oublié.

Chikanori glapit pour ramener le calme. Toutes se tournèrent vers elle pour écouter sa sagesse. Il était rare que la vieille kitsune prenne la parole depuis sa destitution par Ino. Mais le respect et l'amour que le clan ressentait à son égard étaient encore puissants.

— Une guerre approche, dit-elle d'une voix calme. Bientôt, nous devrons quitter ce versant pour moissonner ceux qui ne manqueront pas d'essayer de massacrer nos terres. Nous ne pouvons pas nous permettre de la perdre en cette période troublée. Qu'elle promette de tuer l'homme qu'elle a épargné pour des raisons connues d'elle seule. Alors elle sera pardonnée et pourra reprendre sa place dans le clan. Qu'elle promette.

Hikari sentit son pelage se hérisser. Ses longues queues battaient l'air avec indignation. Prêter serment était un acte sans retour. Les kitsunes ne pouvaient se défaire d'une telle promesse. Elle devrait l'accomplir, quoi qu'il en coûte. Un jappement apeuré lui échappa.

Autour d'elle, ses sœurs semblaient soutenir la proposition de Chikanori. Ino affichait une mine colérique, ses babines retroussées avec méchanceté, dévoilant ses dents blanches. Près d'elle, Morio ne la lâchait pas de ses yeux dorés. Dans son esprit, les renardes scandaient les dernières paroles de la doyenne. Hikari prit une grande inspiration.

— Je promets de tuer l'homme que j'ai épargné, alors que le clan avait décidé d'appliquer sa sentence. Je le promets.

Les voix s'apaisèrent et un silence bienvenu emplit son crâne. Akane la rejoignit et enfouit son museau dans sa fourrure, en signe de compassion. Une par une, les kitsunes vinrent lui faire leurs adieux. Ino resta stoïque et prit la tête de la file des renardes qui escortèrent Hikari jusqu'au bas de la montagne.

20

2016, Tokyo, Japon.

Natsume les ramena dans Kabukicho. Les ruelles commençaient à s'animer et les odeurs de nourriture se déversaient dans la rue. L'estomac de Mina gronda.

— On ne va pas au *Kogage ?* demanda-t-elle quand elles passèrent devant la rue menant au cabaret.

— Non, Haku nous attend sur les lieux de l'agression. Dépêche-toi, on est déjà en retard, lui intima Natsume sans se retourner.

Mina grimaça à la perspective de voir du sang, ou pire un cadavre. Natsume leur fit remonter la rue. Elles bifurquèrent derrière un karaoké et s'enfoncèrent dans un dédale de venelles et d'allées toutes plus malodorantes les unes que les autres. La musique pulsait faiblement à travers les murs. Mina porta une main à son nez pour se protéger des effluves nauséabonds qui s'échappaient des conteneurs débordants d'ordures. L'aura écrasante de Haku plomba soudainement l'atmosphère, coupa le souffle de la jeune fille. Elle s'immobilisa, peinant à retrouver une respiration normale. Natsume lui jeta un coup d'œil circonspect mais déjà, une silhouette s'extirpait des ombres. L'homme, dissimulé sous une large capuche en dépit de la chaleur, s'avança directement vers elles. D'un geste de la tête, il leur fit signe de le suivre, laissant une certaine distance entre lui et les deux lycéennes, et les dirigea plus avant dans le dédale. Elles croisèrent plusieurs autres silhouettes encapuchonnées et, si elles ne voyaient pas leurs visages, elles sentaient le poids de leurs regards sur elles. Natsume serra la main gantée de Mina, qui lui en fut reconnaissante, toute happée qu'elle était par la puissance de Haku. Elle aurait pu marcher droit jusqu'à l'oni même dans le noir, tant il brillait dans son esprit. Sa puissance l'attirait, autant qu'elle l'écrasait. Elle garda les lèvres closes, pressées l'une contre l'autre, subissant en silence les ondes de fureur du yokaï impatient.

Haku apparut au détour d'une rue. L'odeur d'urine rance et de viande avariée ne semblait avoir aucune prise sur lui. Il portait un costume gris clair qui relevait étrangement la couleur cuivrée de sa peau. Le démon leur tournait le dos, le visage penché vers une masse informe à ses pieds. Lorsqu'il se tourna vers elles, les vagues de colère qui émanaient de lui manquèrent de faire reculer Mina. Elle encaissa le choc. Toutes les personnes présentes restaient en retrait, n'osant l'approcher et il se trouvait au milieu d'un cercle vide. Haku sembla se rendre compte de l'effet qu'il produisait sur son entourage. Il grogna, resserra sa cravate noire à fines rayures grises, et sa puissance psychique diminua assez pour rendre l'air respirable. Mina s'ébroua, chassa les réminiscences de l'aura du démon autour d'elle.

— Enfin, maugréa Haku en leur faisant signe d'approcher. Vous vous êtes fait attendre.

— Une femme ménage toujours son entrée, lui dit Natsume.

Le regard moqueur qu'il lui lança par-dessous ses cornes fit rougir la miko jusqu'à la racine de ses cheveux. Agacée, Natsume détourna la tête.

— C'est lui ? demanda-t-elle.

Mina s'approcha pour observer ce qui gisait au sol. Un drap souillé de sang recouvrait le corps. Haku claqua des doigts et deux colosses vinrent s'occuper du cadavre. Lorsqu'ils retirèrent le drap, une odeur âcre s'éleva dans les airs. Il faisait sombre et, même en plissant les yeux, Mina n'y voyait rien. Près d'elle, Haku agita ses longs doigts fins et des flammes se mirent à danser au creux de sa paume, éclairant la scène. Elle reconnut aussitôt Hebisu, le tengu qui avait discuté avec Natsume au *Kogage*. Mina sentit son cœur tomber dans son estomac. Une sensation de vertige la saisit. Son ventre se noua de dégoût et de peur. Livide, elle dut s'éloigner précipitamment pour vomir. L'oni ne dit rien, se contentant d'observer Natsume dont le teint était devenu cireux. La miko ferma les yeux et s'accroupit près du cadavre.

— Mina, appela-t-elle d'une voix douce.

Le ton presque suppliant de Natsume agit comme un électrochoc sur Mina. Elle s'essuya les lèvres d'un revers de la main. Natsume concentrait toute son attention sur le cadavre mais Mina n'était pas dupe. La miko avait besoin d'elle, de ses pouvoirs. Forte de cette certitude, elle se releva et revint près du défunt. Natsume arborait une expression fermée, ses lèvres closes formaient une fine ligne au milieu de son visage crispé par la concentration. Mina se tourna vers le sol. Un sang irisé aux reflets étrangement verts avait giclé tout autour de la victime et séchait sur la peau livide du cadavre.

— Il y a beaucoup de sang, fit-elle remarquer en fermant les yeux pour réprimer une vague de nausée.

Natsume écarta délicatement les pans déchiquetés du long kimono bleu sombre de la victime.

— De multiples blessures sur tout le corps, dit la miko en désignant les profondes estafilades qui marbraient la peau du tengu.

— On dirait qu'on l'a déchiré de l'intérieur, murmura Mina. Qui aurait pu faire ça ?

— Il n'a plus son éventail, remarqua Natsume.

Au-dessus d'elle, Haku fronça les sourcils avec humeur et hocha la tête. Mina pouvait sentir le doute et la gêne qui enveloppaient l'oni. Son aura se parait de volutes grisâtres trahissant son incertitude et une pointe de répugnance à admettre son ignorance. Mina se crispa. Elle focalisa son attention sur le corps et réalisa qu'elle ne sentait rien. Aucune aura n'émanait de la carcasse sans vie. Et si ce n'était pour son faciès étrange et les écailles qui lui recouvraient le cou, elle l'aurait pris pour un humain normal. Natsume sentit son trouble et se tourna vers elle.

— Qu'est-ce que tu as vu ? chuchota-t-elle tout bas.

— Il est vide.

— Vide ?

Mina hocha la tête et entreprit d'enlever un de ses gants. Surmontant le dégoût que lui inspirait la dépouille, elle posa les doigts sur le front maculé de sang aux reflets irisés. Elle projeta son pouvoir vers

Hebisu mais ne rencontra que du vide et du silence. Du yokaï ne subsistait qu'une enveloppe sans âme.

— C'est une enveloppe vide, confirma Mina, il pourrait tout aussi bien être humain.

Son affirmation fut reçue par un silence glacial. Pendant une seconde, elle crut même ne pas avoir parlé assez fort. Mais en se relevant, elle croisa les sourcils froncés de Natsume et le regard flamboyant de Haku. Ce dernier lança un coup d'œil intéressé à la main dénudée de la jeune fille.

— Tu es certaine de ce que tu avances ? la pressa l'oni en faisant un pas vers elle.

— Oui, répéta Mina, sûre d'elle pour une fois. Ses pouvoirs ont totalement disparu.

— On aurait aspiré son essence ? Pour quoi faire ? demanda à son tour Natsume.

— Pour renforcer son propre pouvoir, lâcha Haku.

Ses doigts se replièrent brusquement. D'un geste, il fit signe aux deux jeunes filles de le suivre à l'écart. Ses hommes s'occupaient déjà du cadavre. Ils l'enveloppèrent dans son linceul souillé et entreprirent de le déplacer.

— C'est une pratique barbare, désespérée. Un esprit blessé ou qui chercherait à augmenter son propre pouvoir pourrait faire ce genre de chose. Mais les… contreparties sont considérables, leur expliqua Haku.

Ses doigts ne cessaient de se crisper en poing et Mina pouvait déceler les volutes rouge carmin de sa colère qui s'enroulaient autour de ses cornes.

— Quelles sont les contreparties ? demanda-t-elle malgré tout.

— Excès de violence, perte de contrôle, désir accru d'accumuler encore plus de pouvoir, récita Natsume à la place de l'oni. Nous cherchons donc un yokaï mortellement blessé ou engagé dans une quête vengeresse.

— Et j'imagine que vous avez une idée de qui il pourrait s'agir ? grinça Haku. Dois-je vous rappeler qu'il ne vous reste que quatre jours ?

— Ce ne sera pas nécessaire, répondit Natsume sèchement. Je vous ai dit que je trouverais le responsable et c'est bien ce que j'ai l'intention de faire.

Mina observa ce duel avec un étrange détachement, tout en remettant son gant. L'air crépitait entre le démon et la miko. Elle posa une main sur l'épaule de Natsume et la tira doucement en arrière.

— Merci Haku-san, dit Mina en inclinant respectueusement la tête. Nous en savons désormais plus sur celui que nous cherchons. Nous devons repartir en chasse à présent.

— Tu as de la chance d'être si bien accompagnée, petite chasseuse, siffla Haku en relevant le menton de manière hautaine.

— Je ne peux pas en dire autant de vous, répondit Natsume avec morgue.

Mina lui pressa l'épaule pour la faire taire. Les yeux de Haku lancèrent des éclairs mais c'est à Mina qu'il s'adressa, dédaignant ostensiblement la miko.

— Vos pouvoirs m'intriguent, jeune fille, ils sont particulièrement puissants. Je serais ravi de m'entretenir avec vous à ce sujet une fois que toute cette histoire sera terminée. Je suis certain que nous pourrons trouver un terrain d'entente mutuellement satisfaisant.

Il s'inclina à son tour face à Mina et tourna brutalement les talons. Ses chaussures de créateur claquèrent contre le bitume. Une bulle sembla éclater autour des deux jeunes filles. Elles se retrouvèrent seules dans la ruelle obscure. Plus aucune trace du passage de l'oni et de ses hommes ne subsistait, comme s'ils n'avaient jamais été présents.

— L'enfoiré, il avait dressé un kekkaï, on n'a rien vu ! s'emporta Natsume en serrant les poings.

Mina pivota vers la scène de crime. Il ne restait plus de trace du cadavre ou des hommes qui se tenaient là quelques minutes auparavant, en dehors du sol encore maculé de sang. Elle regarda Natsume fouiller les lieux en vain.

— Viens, dit Mina, il n'y a plus rien ici.

— Je déteste les démons, vociféra la déléguée en lui emboîtant le pas.

— On ne faisait pas le poids, raisonna Mina avec sagesse. Mais nous avons appris des choses importantes, c'est ça qui compte.

Elles quittèrent la ruelle sordide, s'enfoncèrent dans le lacis de venelles du quartier. Une fois de plus, Haku avait insisté sur l'étendue de ses pouvoirs, et Mina était tentée. Tentée d'aller le voir et d'en apprendre plus. À ses côtés, Natsume était d'humeur sombre, elle marchait en fixant le sol sans vraiment le voir, l'esprit ailleurs. Elle ne prit pas garde au sifflement rageur du chat qu'elle délogea en shootant de colère dans un carton qui traînait au milieu de la chaussée. Le félin s'extirpa d'un bond pour mieux se jucher sur une poubelle éventrée. La lumière chiche d'un lampadaire éclairait la pointe sombre de sa queue ondulante. Mina déglutit. Le chat miaula de plus belle, fixa son regard alternativement sur elle puis sur Natsume qui avait continué d'avancer. Un mauvais pressentiment noua la gorge de la jeune fille tandis qu'elle rattrapait sa compagne. Les prunelles du chat lui brûlèrent les omoplates jusqu'à ce qu'elles tournent à l'angle de la rue.

☙

Mina pénétra dans le petit appartement vide et déposa sur la table les aliments achetés pour le repas du soir. Il était tard mais trop tôt encore pour que Saiko soit rentrée du travail. Elle avait le temps de cuisiner quelque chose pour sa mère. La pluie l'avait surprise sur le chemin du retour. Elle se dirigea vers sa chambre pour enfiler des vêtements secs. En ouvrant la porte, elle fit un bond en arrière. Mayuri l'attendait, assise sur la chaise de son bureau et regardait par la fenêtre. Les gouttes de pluie sur la vitre, illuminées par les réverbères, gondolaient l'obscurité de la nuit. La fantôme se retourna doucement et la lumière extérieure jeta une ombre glauque sur sa silhouette. Mayuri souriait avec conviction. Sous sa pâleur habituelle, on devinait une présence qui n'existait pas auparavant. Elle donnait la sensation d'être plus tangible.

— Tu as l'air d'aller mieux, lui dit Mina en ôtant ses vêtements détrempés.

— Oui. Je crois qu'avoir pris conscience de certaines choses m'a aidée à y voir plus clair, répondit Mayuri avec pudeur. Je voulais te remercier.

— Il n'y a pas de quoi, se défendit Mina. Je n'ai rien fait, je suis désolée que tu l'aies appris de cette manière.

— Non, au contraire, c'est une bonne chose. Il fallait bien que ça arrive de toute façon, soupira-t-elle avant de lancer : J'ai pu parler à ton petit fantôme.

— Il t'a dit quelque chose ?

Débarrassée de ses habits humides, Mina enfila un tee-shirt et un bas de jogging propres avant de se jeter sur son lit, les jambes croisées, impatiente d'en savoir plus. Mayuri se redressa sur sa chaise et se tourna complètement vers son amie. Une petite lueur de fierté faisait briller ses yeux gris.

— Ça n'a pas été simple mais oui. Il s'appelle Shin. Il m'a dit qu'il avait rencontré le chat, il y a environ un mois. Il ne quitte pas le terrain de jeu où il est…

Elle s'interrompit, incapable de prononcer le dernier mot. Une désillusion amère se peignit sur son visage. Mayuri déglutit et reprit :

— Bref, apparemment ton bakeneko n'est pas d'ici et il fait beaucoup d'allers-retours. Shin m'a dit qu'il ne venait généralement que le soir et tôt le matin.

— Oui, c'est toujours à ces heures-là que je le croise. Mais où est-il le reste du temps ? Je l'ai aperçu dans Kabukicho tout à l'heure, je suis certaine que c'était lui.

— D'après Shin, son terrain de chasse se trouve dans le centre de Tokyo. À mon avis, il ne venait jusqu'ici que pour toi.

— Avec cette apparence de chat, j'ai très bien pu le croiser et le prendre pour un simple matou errant, et il aura découvert où j'habite de cette manière, se désola Mina. Je fais tellement attention à ne pas les voir, il en aura profité… Quelque chose d'autre ?

— Pas grand-chose. D'après ce qu'il m'a raconté, cela fait vraiment longtemps qu'il est coincé dans le parc, je ne suis pas certaine qu'il lui reste quelqu'un à hanter. Je pense surtout qu'il se sent très seul. Le chat l'a approché pour mieux arriver jusqu'à toi mais il ne vient plus maintenant. Il dit qu'il est mort dans ton rêve.

— Mort ?

— Oui, Shin dit que quelque chose est sorti de toi et l'a absorbé.

— Pourtant je viens de le voir à Kabukicho…

Mina s'abîma dans ses réflexions. Le souvenir de la boule lumineuse qui avait terrassé le bakeneko en rêve remonta à la surface et fit écho à sa rencontre avec le renard à Kyoto. Tout était intriqué, inextricablement lié, elle le sentait. Elle passa une main lasse sur ses yeux fatigués, regarda la jeune fille, son visage pâle et ses vêtements aux couleurs passées. Elle dégageait cette impression de distance qui lui était devenue familière. Mayuri était là sans l'être vraiment, entre deux, floue et consistante à la fois. Pourquoi ne l'avait-elle pas ignorée ?

Parce qu'elle se sentait proche d'elle et de sa solitude. Parce qu'elle comprenait cette lueur mélancolique dans ses yeux. Ce sentiment d'être seule au monde, différente et pourtant totalement transparente, incolore.

— Merci de ton aide, la remercia Mina. Il faut que je comprenne pourquoi cet esprit en a après moi pour mieux me défendre. Je ne fais plus de cauchemars dernièrement, cela s'expliquerait s'il a effectivement été tué, mais dans ce cas pourquoi est-ce que je continue à le voir partout ? Ça n'a aucun sens.

Elle appuya les doigts contre ses paupières pour réfléchir. Une boule d'angoisse se fraya un chemin dans son ventre et le plomba. Que faire ? Quel que soit cet esprit, chat ou renard, il semblait avoir une rancune contre sa famille qui persistait du père à la fille, c'était mauvais signe. Cela signifiait qu'il n'allait pas lâcher l'affaire aussi facilement. Elle consulta son téléphone qui clignotait avec insistance. Le numéro d'Eri s'afficha lorsqu'elle alluma l'écran, lui proposant de se voir dès le lendemain. Mina sentit une bouffée de joie lui soulever le cœur.

— Que vas-tu faire ? Comment se débarrasse-t-on de ce genre de yokaï ? demanda Mayuri.

— Nous allons consulter une médium ! se réjouit Mina. Et si cela ne suffit pas, l'oncle de Natsume est exorciste dans un sanctuaire shinto, il pourra sûrement m'aider. Il est temps d'accepter son invitation à discuter, je crois. Tu veux venir ?

— Ce n'est pas dangereux ? demanda Mayuri à voix basse. Je veux dire… je suis…

— Hum, je n'avais pas pensé à ça. À mon avis, si tu arrives à passer le seuil du temple, tu ne risques rien.

— Tu es sûre de toi ?

— Presque, oui, dit Mina en haussant les épaules en signe d'impuissance.

— Très bien, ça ne coûte rien d'aller voir.

Mina ne put s'empêcher de sourire. Elle s'était souvent demandé pourquoi Mayuri était attirée par elle. Contrairement aux fantômes qu'elle croisait dans la rue, la jeune fille n'essayait pas de s'accrocher à Mina pour profiter des miettes de sa vie perdue, ou pour trouver une raison à sa mort. Mayuri avait acquis très tôt la distance des vieilles âmes errantes, résignées à leur sort après des décennies à chercher des réponses à de vaines questions. Quelque chose en elle attirait Mina également, indéniablement. Une sensation inattendue de liberté souffla sur son cœur. Elle se précipita dans la cuisine pour entamer les préparatifs du dîner, le cœur léger.

21

2016, Tokyo, Japon.

Mina et Mayuri attendaient, assises sur l'un des bancs qui flanquaient la statue de Hachiko à Shibuya. Autour d'elles, des couples se retrouvaient et repartaient dans un ballet incessant. Mina tira sur ses manches pour couvrir ses mains serrées en poings et éviter tout contact fortuit avec les passants qui la frôlaient avec indifférence.

En redressant la tête dans l'espoir d'apercevoir Eri, elle se retrouva nez à nez avec une silhouette connue. Emiko lui adressa un sourire éclatant. Ses cheveux coupés à la garçonne commençaient à repousser et sa peau avait retrouvé son teint de porcelaine. Elle avait repris du poids et semblait aller mieux.

— Bonjour Mina-chan, lui dit-elle d'une voix douce.

— Emiko ! Comment vas-tu ? Que fais-tu là ? Quand reviens-tu en cours ?

Emiko ne put s'empêcher d'éclater de rire face à ce déluge de questions légitimes.

— Je me promenais dans le coin. Je suis contente de tomber sur toi. Je vais reprendre les cours oui, mais pas tout de suite, l'informa Emiko. Le médecin dit que je dois encore me reposer et retrouver un poids normal. Mais je me sens beaucoup mieux. Au temple, on m'a raconté ce que tu as fait. Je voulais te remercier, tu m'as sauvé la vie. J'ai fait une offrande pour toi.

Sans attendre, elle s'inclina profondément devant Mina qui rougit, gênée.

— Tu n'as pas à me remercier, répondit Mina en la forçant à se redresser. Si je n'étais pas intervenue, Natsume l'aurait fait.

— C'est aussi pour ça que je voulais te voir, dit Emiko. Le prêtre m'a chargé d'un message pour toi. Il voudrait que tu ailles le voir au sanctuaire, c'est à propos de Natsume. Il avait l'air très inquiet. Je n'avais pas ton numéro, j'ai laissé un mot dans ta boîte aux lettres.

Mina sentit son estomac se contracter. Mayuri posa une main sur son épaule. Le froid traversa le fin tissu de sa chemise et l'apaisa légèrement.

— D'accord, merci, dit-elle d'une voix blanche où transparaissait l'inquiétude.

— Tout va bien, Mina-chan ? demanda Emiko en s'approchant, tu es pâle comme un linge.

— Oui, ça va, ne t'inquiète pas. Quand penses-tu revenir en cours ?

Emiko parut embarrassée. Elle passa une main tremblante dans ses cheveux courts et adressa un regard d'excuse à sa sauveuse.

— Je ne reviendrai pas au lycée, avoua-t-elle. Je vais être transférée dans un autre établissement, prendre un nouveau départ.

— Je comprends, je pense que tu as pris la bonne décision. J'espère que tout se passera bien dans ton nouveau lycée, lui dit Mina avec un sourire encourageant.

— C'est gentil de ta part. Dis bonjour et remercie Natsume de ma part si tu la vois.

Mina acquiesça. Emiko s'inclina une fois de plus et s'en alla, d'un pas léger. Mina la regarda disparaître, soulagée de la savoir en forme et en route pour une nouvelle vie. Puis ses pensées revinrent à Natsume et l'inquiétude se remit à la tourmenter. La main de Mayuri se contracta sur son épaule et Mina aperçut Eri qui fendait la foule dans leur direction.

Elle rayonnait dans une robe fleurie et légère, sautillant dans ses sandales, jambes nues et cheveux au vent. Tous les regards se tournaient vers elle. Elle semblait n'en percevoir aucun, toute son attention centrée sur Mina qui sentit ses jambes flageoler sous elle. L'aura que dégageait la jeune femme la troublait, comme si elle l'avait toujours connue sans le savoir. Elle tira sur son short noir, encore plus mal à l'aise, et sur sa chemise à manches longues. Eri s'arrêta devant elle, un sourire taquin sur ses lèvres laquées de rouge. Ses yeux semblèrent se poser une fraction de seconde sur Mayuri.

— Quelle idée de mettre une chemise par cette chaleur, franchement ? Et des gants ?

— Je n'aime pas avoir les bras nus, murmura Mina, perturbée par ce sentiment inconnu d'intimité que lui procurait la simple présence d'Eri.

— Tu es vraiment intrigante, Mina-chan. Viens, suis-moi.

— Où allons-nous ?

— Il y a un endroit que je voudrais te montrer, je pense que ça va beaucoup te plaire. Et nous y serons plus tranquilles pour discuter.

Mina jeta un coup d'œil surpris à Mayuri, mais déjà Eri lui saisissait la main et l'entraînait dans son sillage brillant. Elles passèrent sous la grande porte de néons rouges à présent éteints. L'étudiante s'enfonça de plus en plus profondément dans les entrailles de Kabukicho. Un courant d'air chaud faisait miroiter l'air devant elles. Eri la poussa gentiment dans une ruelle vide, encombrée de sacs-poubelle. Mayuri à ses côtés, Mina avança. Elle eut l'impression de traverser une toile d'araignée. Le kekkaï dessilla ses yeux d'humaine. Le temps d'un battement de cœur, la rue sombre et inquiétante se transforma en une allée pavée, illuminée par d'immenses lanternes de papier, projetant des lueurs jaunes et orange sur les deux jeunes filles. Une foule hétéroclite s'agglutinait entre les stands de nourriture. Une atmosphère festive planait sur les lieux. Mina s'arrêta, la bouche ouverte. Des dizaines de yokaïs, la plupart en kimonos richement décorés, se promenaient nonchalamment, riant et discutant.

— Bonjour, dit Eri en se tournant vers Mayuri, que la barrière magique avait révélée. Nous n'avons pas été présentées. Je suis Eri.

Mayuri rougit et s'inclina, mal à l'aise. Le cœur de Mina se mit à tambouriner, elle n'avait pas prévu ce retournement de situation.

— Eri-san, voici Mayuri-chan, c'est une amie du lycée. Où sommes-nous ? bredouilla Mina.

— C'est incroyable, laissa échapper Mayuri. Il existe un tel endroit, ici à Tokyo ?

— Bienvenue au Festival, répondit joyeusement Eri en désignant la rue pavée d'un bras, c'est un endroit très connu du demi-monde tokyoïte, la plaque tournante des esprits.

Mina promena un regard émerveillé sur la scène qui se déroulait devant elle. En une seconde à peine, elle avait changé de monde. Il y avait tant de choses qu'elle ignorait. Les trois jeunes filles se mêlèrent à la foule, les yeux écarquillés. Des odeurs délicieuses venaient leur chatouiller les narines et Mina sentit son ventre gronder. Elle s'approcha d'un stand. La loutre en kimono qui se tenait derrière la roulotte la salua sous son large chapeau de paille. Affamée, elle s'apprêtait à commander des brochettes lorsqu'elle remarqua qu'elle ne reconnaissait aucun des aliments proposés sur l'étal. Avec son rire cristallin, Eri glissa un bras sous le sien et l'entraîna vers un établissement à la devanture traditionnelle que Mina n'avait même pas remarqué. L'étudiante s'engouffra à l'intérieur sans lui laisser le temps de protester. Un mauvais pressentiment contracta le ventre de la jeune fille et lui démangea l'arrière de la nuque. Mina se figea dans la petite entrée où étaient déjà rangées les chaussures d'Eri. Elle se retourna pour faire face à Mayuri. La revenante ne cessait de jeter des coups d'œil intrigués au-dehors.

— Tu veux aller te promener un peu ? lui demanda Mina.

— J'ignorais qu'il existait des endroits comme ça, dit Mayuri. Je n'ai jamais quitté le lycée, j'ignorais qu'il y avait autant de gens… comme moi.

— Vas-y, l'encouragea Mina. Je peux me débrouiller toute seule.

— Tu es sûre ?

— Je serai avec Eri.

Mayuri lui adressa un sourire rayonnant. Mina hocha la tête, retira ses chaussures et souleva les bandes de tissu qui séparaient le hall de la pièce principale. À l'intérieur flottait une atmosphère d'une autre époque. Mina se crut revenue au temps des geishas et des samouraïs. Eri l'attendait à quelques pas de là, dévisageant les clients installés en silence. Une serveuse vêtue d'un magnifique kimono de soie blanche les accompagna jusqu'à une table libre, un peu à l'écart des autres clients. Ces derniers les observèrent une fraction de seconde avant de se plonger à nouveau dans les vapeurs exhalées par leurs longues pipes aux extrémités rougeoyantes. Mina eut le temps de repérer deux fantômes et une grande femme aux yeux entièrement noirs, qui la fixa avec insistance derrière sa coupe de saké chaud. Eri murmura quelques mots à la serveuse qui disparut en s'inclinant poliment. Mina s'agenouilla sur les tatamis, le ventre noué d'appréhension cette fois, retira prudemment ses gants. Eri s'installa à ses côtés avec un soupir satisfait.

— Eri, où sommes-nous ? commença Mina, mal à l'aise.

— Voici l'un de mes endroits préférés. Bienvenue à *L'Auberge*. Chaque table est protégée par un charme, ce qui fait que nous ne serons pas dérangés tant que nous ne le voudrons pas.

Eri lui adressa un clin d'œil alors que la serveuse réapparaissait avec un plateau. Elle déposa des petits gâteaux ainsi que deux grandes tasses de café sur la table de bois laqué avant de s'éloigner à petits pas. Eri enroula ses longs doigts autour du mug et poussa un soupir satisfait.

— Alors, tu as besoin de mes services ? Tu as toujours cette expression soucieuse, tu vas te faire des rides prématurées, tu sais ? Ce serait dommage, tu es si jolie.

Mina observa la jeune femme sans savoir quoi répondre. Eri lui souriait et Mina ne pensait qu'à lui rendre son sourire. Son cerveau lui semblait lourd et engourdi. Elle saisit sa tasse et prit une gorgée de café. Le breuvage, fort et amer, lui remit un peu les idées en place et lui rappela pourquoi elle était là. Les images du renard, aperçu dans la rue et en rêve, s'imposèrent à elle. Les paroles de la vieille nourrice aussi. Il y avait quelque chose qui lui échappait à propos de cet esprit qui s'acharnait à la poursuivre. Elle devait savoir si le renard et le chat étaient liés d'une façon ou d'une autre, et pourquoi ils s'intéressaient à elle.

— Comme je t'en ai parlé dans mon message, je cherche des informations sur…

— Le *kitsune no yomeiri.* Pourquoi ça t'intéresse ? demanda Eri en prenant une gorgée de café. C'est une vieille légende de campagne.

— J'en ai entendu parler il n'y a pas longtemps et… je suis tombée plusieurs fois sur un renard, j'ai rêvé de lui aussi.

Mina saisit au vol l'étonnement qui glissa sur le visage de l'étudiante et qu'elle réprima aussitôt en croisant les bras sur sa poitrine. Elle la scruta avec attention.

— Décidément, tu es une jeune fille bien mystérieuse pour t'attacher ainsi l'attention d'autant de yokaïs, lui dit Eri.

— Ces noces, ce sont de vraies unions ? demanda Mina. Les kitsunes se marient ? Je ne savais pas que les kami faisaient ce genre de choses.

— Le *kitsune no yomeiri* concerne les renards et les kitsunes. Lorsque des noces ont lieu, on dit qu'il se met à pleuvoir malgré le beau temps, dit Eri comme si elle récitait une leçon apprise par cœur.

Mina plongea dans son café pour se donner le temps de réfléchir. Elle sursauta lorsque Eri se rapprocha d'elle. La chaleur de la jeune femme se transmettait à travers le fin tissu de sa chemise. Cette proximité soudaine déclencha des émotions contradictoires chez Mina. Une bouffée de chaleur lui monta aux joues. Son cœur se mit à tambouriner contre ses côtes. La présence de l'étudiante lui paraissait terriblement naturelle, comme si elles s'étaient déjà côtoyées dans le passé, ou dans une autre vie. Le sentiment était perturbant. Elle tourna légèrement la tête et un vertige la prit. Eri était beaucoup trop près. Quelque chose de sombre émanait de la belle étudiante. Elle s'écarta doucement, reprit une gorgée de breuvage brûlant pour se donner une contenance. La bouche délicatement ourlée d'Eri s'étira en un sourire carnassier. Mina sentit son cœur battre sourdement à ses tempes et elle dut lutter contre son envie de se laisser aller contre la chaleur qui émanait de la jeune femme. C'était si tentant. Sa peau avait l'air si douce. Un vertige la prit, elle manqua de renverser sa tasse. La main d'Eri fusa, saisit son poignet pour éviter une catastrophe.

Sur le bras de Mina, de la chair de poule apparut. L'odeur de la terre après la pluie flotta autour d'elle. Il lui semblait que si elle était suffisamment attentive, elle pourrait entendre le bruit de l'eau dégouttant des feuilles. Elle adorait ce bruit. Mina sursauta. Cette pensée ne lui appartenait pas ! Elle se tourna vers Eri, toujours souriante et parfaite. Eri prit une grande inspiration qui envoya des ondes électriques dans tout le corps de Mina. La jeune fille ferma les yeux et serra les lèvres de toutes ses forces. À nouveau une odeur de terre mouillée l'enveloppa et quand elle rouvrit les yeux, une forêt dense et ancienne se déployait devant elle. Quelques rayons transperçaient timidement la canopée et les oiseaux chantaient avec ardeur. La voix d'Eri se posa dans ce décor, vibrante et en parfaite harmonie avec le calme qui régnait dans le sous-bois.

— On dit que lorsqu'une noce a lieu et que la pluie tombe sans raison d'un ciel bleu, il faut prêter attention aux premiers mots que l'on entend. Ils sont prémonitoires.

La vision éclata comme une bulle, laissant Mina les yeux dans le vague. Eri avait retiré sa main et buvait son café, l'air de rien. Mina s'ébroua pour chasser les réminiscences qui s'accrochaient à ses cils et demanda d'une voix incertaine :

— Prémonitoires ?

— Absolument, répondit Eri. Ce sont des prédictions à court terme si on veut. Il faut être attentif dans ces moments particuliers, c'est là que le voile avec le monde des petits dieux est le plus ténu.

Mina plongea dans ses propres souvenirs cette fois, pour tenter d'y retrouver les premiers mots entendus lors de sa visite à la vieille nourrice. En vain.

— Pourquoi un kami chercherait à entrer en contact avec moi ? demanda-t-elle à Eri.

— Aucune idée, les kitsunes s'intéressent rarement aux humains.

— Une kitsune pourrait-elle prendre une autre forme ?

— Comme un chat ? la devança Eri. En théorie, oui. Je ne vois pas pourquoi elle ferait ça. Les femmes-renardes sont très orgueilleuses, très fières de leur ascendance et de leurs attributs. Mais c'est possible.

Mina lui relata les informations obtenues auprès de Shin, concernant la prétendue mort du bakeneko. Eri la laissa parler avec intérêt, en prenant soin de ne pas l'interrompre.

— Il y a une façon très simple de savoir qui en a après toi, lui dit Eri en agitant un doigt docte devant son nez. Nous pouvons l'invoquer ou essayer d'entrer en contact avec lui et lui poser directement la question.

— Ça m'a l'air dangereux, dit Mina en fronçant les sourcils.

— Pas plus que les rêves que tu sembles faire. Tentons d'invoquer ce bakeneko qui te tourmente sans raison. Même si de mon point de vue, ce n'est probablement qu'un obake comme un autre. Une kitsune a mieux à faire que de donner la chasse aux humains. À moins que tu n'aies profané un lieu sacré.

Mina se figea. Elle fouilla dans le peu de souvenirs qu'il lui restait de Kyoto.

— Je suis allée au temple d'Inari, à Kyoto, dit-elle d'une voix blanche.

Avait-elle pénétré sans le savoir dans un endroit interdit alors qu'elle pourchassait le renard ? Ou l'avait-il attirée dans les bois pour la forcer à commettre un impair de ce genre ? La peur lui noua les entrailles et le goût amer du café lui remonta dans la gorge.

— D'accord, faisons-le. Invoquons cet esprit, décida Mina.

— Tu es sûre de toi ?

— Oui, affirma Mina d'un ton plus déterminé qu'elle ne l'était vraiment.

ఌ

L'appartement de la médium se trouvait dans une rue calme du quartier de Shibuya. Eri lui ouvrit la porte et s'écarta pour la laisser entrer. Mina dépassa la minuscule kitchenette pour passer dans la grande pièce à vivre qui faisait office de salon et de chambre. La rumeur des boulevards arrivait assourdie par les fenêtres mal isolées. Un petit autel était dressé dans un coin de la pièce, sur lequel elle avisa des photos en noir et blanc. L'une d'elles montrait Eri en costume traditionnel, souriant aux côtés d'une femme qui lui ressemblait énormément. Intriguée, Mina s'approcha pour mieux l'examiner. Elle réalisa vite qu'il ne s'agissait pas d'un cliché récent mais bel et bien d'une photo ancienne, dont les couleurs jaunissaient sur les angles. Eri se saisit du cadre et le retourna sur l'autel, masquant la photographie.

— Ma grand-mère, dit-elle, avec sa sœur. La photo a été prise à Kyoto, juste avant la guerre.

— C'est incroyable comme tu lui ressembles ! s'exclama Mina en se redressant. La sœur de ta grand-mère est magnifique.

— Oui, Chitose est très belle, répondit Eri avec une pointe de nostalgie. Bien, installe-toi.

Eri se dirigea vers la cuisine et en rapporta une bouteille de saké ainsi que deux coupelles de porcelaine.

Sur le petit kotatsu, des offrandes de riz et d'encens avaient été déposées. Mina sentit la peur se mêler à l'excitation. Elle n'avait jamais pratiqué ce genre de magie.

— Que dois-je faire ? demanda-t-elle.

— Assieds-toi face à moi. Est-ce que tu as quelque chose en rapport avec cet esprit ?

— Non, mais j'ai un talisman, je le mets aussi sous mon oreiller depuis que l'esprit tente d'entrer dans mes rêves.

Elle s'assit et sortit de sa poche l'o-mamori, le posa sur la table devant elle. Il était si vieux que le bois était presque lisse et les inscriptions qui l'ornaient presque totalement effacées. Eri l'observa pendant une longue minute.

— Il est très ancien, remarqua-t-elle.

— Il appartenait à mon père, dit Mina.

— Les objets physiques sont essentiels pour former le lien et forcer l'esprit à nous répondre. Ce n'est pas grand-chose mais ça fonctionnera peut-être, tenta de la rassurer Eri. Il faudra rester concentrée, quoi qu'il arrive, quoi que tu voies, d'accord ?

Mina acquiesça avec ferveur.

— Voilà comment cela va se passer, reprit la médium. Je vais allumer les offrandes et faire une prière. Ensuite, tu me donneras la main et je te demanderai ce que tu cherches. Lorsqu'il sera là, si cela fonctionne, tu ne pourras poser qu'une seule question. Il refusera probablement de répondre, répète ta question encore et encore, ne te laisse pas perturber par ce qu'il pourrait te montrer ou te proposer.

— Entendu, souffla Mina, la gorge nouée d'appréhension.

— Tout va bien se passer. Allons-y.

Eri s'installa face à elle et remplit les coupes avec du saké. Elle but le contenu de l'une des coupes et la remplit à nouveau avant de s'incliner devant la bouteille. Puis, elle saisit le petit briquet qui gisait près des bols de riz, alluma les bâtonnets d'encens et souffla dessus pour faire s'élever la fumée. Elle joignit alors les mains, paumes contre paumes et se mit à murmurer des incantations shinto inconnues de Mina. Un courant d'air froid balaya la petite pièce et fit s'enrouler les volutes de fumée en tourbillons hypnotisants. La lumière du plafonnier sembla se voiler et les ombres dissimulées dans les recoins s'agrandir, ramper au sol jusqu'à enfermer les deux jeunes femmes dans un cocon de lumière blafarde. Mina sentit son cœur accélérer dans sa poitrine. Elle tritura ses gants.

La prière de la médium s'acheva mais elle continua de murmurer tout bas. Eri redressa la tête en direction de Mina. Ses yeux étaient à présent cerclés d'or et ses pupilles luisaient d'une teinte jaunâtre, sauvage. La médium saisit l'o-mamori et le plaça dans sa paume ouverte, qu'elle tendit ensuite à Mina. La jeune fille posa une main peu rassurée sur celle d'Eri. Immédiatement, leurs doigts se collèrent les uns aux autres. Une force incroyable maintenait leurs deux mains soudées entre elles, le talisman au cœur de cette étreinte imposée. Mina jeta un regard apeuré vers Eri.

— Qui cherches-tu ? demanda Eri d'une voix rauque, tendue.

Mina déglutit, capta le regard d'encouragement de la jeune femme face à elle.

— Je cherche le yokaï qui tente de pénétrer dans mes rêves, dit-elle, avec une fermeté qu'elle s'ignorait posséder en cet instant.

Les yeux d'Eri luirent de plus belle. Au-dessus de leurs mains scellées, l'air se troubla. Des scintillements firent miroiter l'atmosphère. L'espace entre elles se mit à crépiter. La fumée des bâtons d'encens s'épaissit et se para d'étincelles. Au milieu des fumerolles, une forme se dessina, incertaine et mouvante. Récalcitrante.

— Encore, l'intima Eri, qui cherches-tu ?

— Je cherche l'esprit qui marche dans mes rêves. Qui es-tu ?

Mina répéta sa demande encore et encore. Les émanations se cabraient, faisaient le dos rond face à l'injonction qui leur était faite de se dévoiler. La boule de fumée grossit, frémit entre les deux jeunes femmes. Soudain, deux yeux s'ouvrirent au milieu de la nuée odorante. Les pupilles fendues s'étrécirent, fixèrent Mina. Sous le regard suspendu dans le vide, un sourire s'étira dans la fumée. Eri ne put masquer le choc que lui causa l'apparition. Mina sentit la peur lui retourner l'estomac.

— Tu viens à moi de ton plein gré après m'avoir repoussé ? Voilà qui est fort inattendu, susurra l'esprit.

L'odeur de l'encens et les émanations de l'esprit saturaient la pièce, empêchant presque Mina de respirer, lui piquant les yeux et lui arrachant des larmes.

— Qui es-tu et pourquoi t'en prends-tu à moi ? réussit-elle à articuler. Pourquoi un bakeneko s'intéresse-t-il à ma famille ?

L'esprit éclata d'un rire tonitruant. Entre ses lèvres immatérielles, ses dents pointues lancèrent des éclairs.

— Oh, ma pauvre petite, tu es si ignorante. Qui je suis ? Cela n'a aucune importance. Que veux-tu vraiment savoir ? Pose la vraie question qui te taraude.

La voix du yokaï s'était faite caressante, enjôleuse. Mina sentit une secousse lui ébranler le bras. À travers la fumée qui envahissait la pièce, elle perçut Eri qui tentait de rompre le lien les unissant.

— Vous poursuiviez mon père, pourquoi ?

— Mina, non ! s'exclama Eri.

— Le poursuivre ? Le bakeneko le poursuivait, Kentaro Kobayashi l'empêchait de tourmenter les enfants de cet orphelinat miteux. Par vengeance, le chat a tué ton père, révéla l'esprit avec un sourire malsain. Il allait s'en prendre à toi aussi, il avait la rancune tenace, mais j'ai dévoré ce chaton ridicule dans ton rêve, souviens-toi. Tu devrais m'être reconnaissante. Mina se mit à trembler de tout son corps. Les larmes qui lui piquaient à présent les yeux n'étaient plus seulement dues à l'encens.

— Pourquoi ? demanda-t-elle, et sa voix se brisa.

Le rictus du yokaï s'étira un peu plus.

— Le don de ton père n'était pas très grand. Si le bakeneko ne l'avait pas fait, je l'aurais tué moi-même. Il devait mourir. Et toi aussi. La loi est la loi.

Mina serra les dents à s'en faire grincer la mâchoire. Elle ne comprenait pas exactement de quoi parlait l'obake mais la fureur prenait le dessus sur sa peur. Elle repensa à Shin qui leur avait dit que quelque chose avait absorbé le bakeneko dans son rêve.

— Pourquoi vous ne venez plus dans mes rêves ?

— Mina, arrête ! supplia Eri.

— Mais parce que j'ai trouvé une proie beaucoup plus docile, ricana l'esprit. Mais ne t'inquiète pas, je ne t'oublie pas. La loi est la loi.

La texture de la fumée qui le constituait s'affirma encore. L'esprit semblait prêt à basculer dans le monde physique. Mina pouvait voir la blancheur de ses canines, les touffes duveteuses de ses oreilles. La silhouette se fit plus tangible. Mais l'esprit qui s'extirpait du néant n'était pas un chat. Pas vraiment. Sa fourrure ondulait comme sous une brise légère et semblait hésiter quant à la forme à adopter. Oscillant entre chat et d'autres choses à moitié humaines et animales. L'air fut comme aspiré hors de la pièce. Le yokaï tendit une main griffue. Mina leva son bras libre pour se protéger. L'esprit feula. Voyant que le choc n'arrivait pas, Mina ouvrit les yeux. La pointe d'une griffe s'était arrêtée à quelques centimètres de son visage. Le monstre grogna de rage. Dans son dos, Eri étouffait les tiges d'encens rougeoyantes du bout des doigts, grimaçant sous les brûlures. Détermination et panique se disputaient sur son visage, Mina y perçut également un soupçon de colère. Déjà, l'esprit perdait en consistance. Par la fenêtre, le soleil déclinait rapidement. Combien de temps avait passé ? Mina comprit que le yokaï allait disparaître sans lui donner les réponses dont elle avait désespérément besoin. Sans réfléchir, elle attrapa son gant et l'arracha d'un coup de dents. Sa main libre s'enfonça dans la forme immatérielle. Une cascade d'images défila devant ses yeux.

Au milieu des visages et des lieux, elle reconnut Shin qui pleurait dans un parc. Elle se vit plusieurs fois, marchant dans les rues de Tokyo. Natsume apparut également, hagarde et terrifiée, face au cadavre ensanglanté du yokaï mort. Plusieurs autres images de Natsume se succédèrent. Elle l'aperçut au sanctuaire, les cheveux en bataille, du sang sous les ongles, rôdant autour du temple. Cette vision s'évanouit pour lui montrer la miko dans l'arrière-cour du

Kogage, se disputant visiblement avec un Ryu furieux et apeuré. Natsume disparut et de nouvelles images se frayèrent de force un chemin dans son esprit. Elle suivit contre son gré les errances du yokaï, attrapa son reflet dans les vitrines des magasins. Chat, chien, femme, homme, il prenait de multiples formes, changeait de visage comme on change de masque. Elle croisa son regard aux yeux vairons et malsains dans un miroir où il se dévisageait avec complaisance. Et le sourire plein de dents qu'il lui offrit, comme s'il savait qu'elle le voyait, lui tordit les entrailles. Dans son dos, des queues touffues battirent l'air avec langueur.

Mina se sentit perdre pied, incapable de stopper le flux d'images et de sons qu'elle recevait. Sa tête douloureuse pulsait tandis que l'esprit tentait vainement de s'accrocher à elle, à la réalité. La paume fraîche d'Eri percuta la sienne à travers les volutes. Leurs doigts s'entrelacèrent. Le cœur de Mina se mit à lui marteler la poitrine alors que sa vision se brouillait au milieu des larmes de douleur. Le yokaï laissa échapper un grondement rageur, se cabra et enfonça ses griffes spirites dans l'esprit de Mina. Mais l'odeur de terre satura à nouveau l'air autour d'elle et, entre deux clignements de paupières, il lui sembla à nouveau voir les arbres se parer de blanc sous les premières neiges. L'emprise de l'esprit diminua. Il cracha de dépit. Mina sentit Eri se contracter, la tirer vers elle pour l'arracher à la domination du yokaï. L'invocation prit fin d'un seul coup. Mina bascula sur la table qui se renversa sous son poids, envoyant valser les bols de riz et les coupes de saké pleines.

Elle s'écrasa sur la médium. Le bras d'Eri se logea autour du cou de Mina. Sur le visage de l'étudiante, elle lut une détermination effrayante. Les yeux d'Eri avaient gardé leur étrange teinte ambrée et un éclat de violence illuminait ses iris sombres. Mina frémit, consciente d'un danger immédiat mais trop faible pour fuir. L'étudiante l'embrassa avec une telle légèreté que Mina crut qu'elle rêvait. Mais Eri pressa un peu plus fort et serra sa lèvre inférieure entre les siennes. Mina hoqueta, la tête soudain pleine de vide, et s'agrippa à Eri. Des images de forêts enneigées se mélangèrent à sa vision et ses étourdissements s'accrurent. Une torpeur engourdissait ses membres et un voile noir tomba devant ses yeux. Elle sentit quelque chose de chaud et d'humide couler le long de son menton et, en portant une main tremblante au visage de son amie, elle réalisa qu'Eri pleurait.

Brusquement, l'étudiante rompit leur étreinte. Elle repoussa Mina qui roula au sol sur le dos. Il lui fallut un long moment pour retrouver ses esprits, chasser la sensation de froidure de l'hiver et se rappeler où elle se trouvait. Ses yeux s'ouvrirent brusquement et le visage horrifié d'Eri apparut devant elle. Une expression de honte déformait ses traits délicats et une tristesse infinie lui assombrissait les yeux. Mina essaya de parler mais une chape de fatigue lui plomba les paupières. Elle trébucha en essayant de se relever. Elle se sentait faible, comme si toutes ses forces l'avaient quittée. Elle passa une main lasse dans ses cheveux et une mèche blanche retomba sur son front. Épuisée, elle observa cette anomalie sans la comprendre. À côté d'elle, Eri se rongeait les ongles, l'air paniquée. Elle s'accroupit devant Mina qui observait toujours cette mèche d'une blancheur éclatante et prit son visage entre ses mains, plongeant les yeux dans les siens. Mina dut faire un effort pour se concentrer.

— Tes yeux sont remplis de paillettes dorées, balbutia-t-elle. C'est joli.

— Mina, je suis tellement désolée, je ne voulais pas… Enfin si, je voulais mais…

— Pourquoi tu pleures ? demanda Mina.

— Je suis désolée. Viens, je vais te ramener chez toi.

Mina se sentit partir. La médium lui murmura des excuses à peine audibles et sa litanie berça Mina jusque dans un sommeil profond.

22

2016, Tokyo, Japon.

Mina s'extirpa d'un sommeil lourd et épais. Elle ouvrit les yeux et repoussa ses couvertures d'une main lasse. Au-dessus de son lit, une lune rouge éclairait la rue, nimbant l'asphalte de ses rayons rouge carmin. Mina s'immobilisa, la main encore crispée sur son drap. Elle balaya la scène du regard. Son lit se trouvait en plein milieu d'une rue maintenant familière. Comprenant qu'elle se trouvait dans un nouveau cauchemar, elle bondit du matelas et s'agrippa à son coussin, les jambes fléchies, prête à fuir. Mais pour la première fois depuis qu'elle s'était mise à faire ce rêve, elle ne ressentit aucune menace.

Elle se força à prendre une grande inspiration pour calmer l'agitation qui secouait son corps. Elle reposa son oreiller et scruta la scène qui s'offrait à elle. Une ombre passa entre deux immeubles effondrés, la faisant pivoter sur elle-même, le cœur affolé.

— Je sais que tu es là ! cria-t-elle. Montre-toi !

L'ombre continua de se faufiler de-ci de-là entre les décombres mais, insensiblement, Mina sentit qu'elle se rapprochait d'elle. Elle déglutit, les muscles tendus à l'extrême. Deux silhouettes émergèrent finalement à quelques mètres et Mina ne put retenir un cri surpris. Shin lui adressa un petit signe de la main. Il serrait la paume d'un homme qui répandait une douce aura dorée et apaisante. Mina resta bouche bée, sentit ses yeux se remplir de larmes. Kentaro Kobayashi lui sourit avec amour. Ses jambes se dérobèrent sous elle et Mina fondit en larmes. Les deux fantômes s'approchèrent d'elle et son père s'agenouilla à ses côtés. Mina releva la tête et ils s'observèrent quelques instants qui semblèrent durer une éternité. Puis Kentaro prit sa fille dans ses bras.

— Papa, croassa Mina en se détendant un peu. Qu'est-ce que tu fais là ? Et avec lui ?

— Il m'a aidé à venir jusqu'à toi, expliqua Kentaro. Tes défenses sont très puissantes.

Mina sentit l'émotion la submerger à nouveau. Elle renifla plusieurs fois, s'essuya les joues. Elle ne pouvait se repaître de l'image de son père.

— C'est la première fois que je te vois, hoqueta-t-elle, je t'ai tellement cherché. Pourquoi maintenant ?

— Je ne sais pas ce que tu as fait hier soir, mais toutes tes protections sont tombées d'un coup, je me suis engouffré dans la brèche et je suis tombé sur Shin.

Il ébouriffa les cheveux du petit fantôme avec tendresse, et Mina sentit son cœur se contracter.

— Ils ont quoi tes cheveux ? demanda Shin en la dévisageant.

— Mes cheveux ?

— Tu as des mèches blanches, expliqua son père. Mina, raconte-moi tout.

Mina passa une main dans ses cheveux pour constater l'étendue des dégâts. Elle soupira et relégua ce souci dans un coin de sa tête. Elle prit une grande inspiration et commença son récit. Kentaro l'écouta avec attention tandis que Shin se penchait pour mieux entendre. Une fois qu'elle eut terminé, Mina sentit une vague d'épuisement la balayer.

— Que dois-je faire ? demanda-t-elle à son père. D'où viennent ces pouvoirs ?

— Je ne sais pas, avoua-t-il. Je sais juste qu'ils ont toujours été là, mais les miens étaient beaucoup moins puissants. J'ai cherché mes parents ou des proches pendant longtemps, mais toutes mes pistes n'ont mené qu'à des impasses et des morts.

— Et le bakeneko ?

— J'avais irrité un esprit et il s'est vengé, dit Kentaro en haussant les épaules avec fatalisme. Mais vu ta rencontre d'hier soir, c'est un autre yokaï qui en a après toi, ou après notre lignée. Je suis désolé, Mina, je n'en sais pas plus.

— Il a dit qu'il avait trouvé une autre cible mais qu'il ne m'oubliait pas, se rappela Mina. Papa, j'ai peur.

Kentaro prit le visage de sa fille entre ses mains.

— Je sais, Mina. Je suis tellement désolé. Quand tu étais petite, j'ai tellement espéré que tu n'aies pas le don, que je crois que j'ai tout fait pour ne pas affronter la vérité à ton sujet. J'aurais dû te parler, t'aider, je n'ai pas su.

— Je n'ai rien dit non plus, le réconforta Mina. Ce n'est pas vraiment ta faute.

— Mais tu es entourée maintenant. Ce prêtre shinto dont tu m'as parlé, va le consulter, il pourra peut-être t'en dire plus sur tes pouvoirs.

— J'irais au temple, en dernier recours, avoua Mina après réflexion. Je suis contente que tu sois là, on va se revoir ?

Un silence s'étira entre eux et logea une boule d'angoisse dans la poitrine de Mina. Son père lui caressa la joue avant de l'aider à se relever.

— Je crois que j'errais ici parce que j'avais besoin de te parler, au moins une dernière fois, dit Kentaro d'une voix très douce. Tu étais la seule chose qui me retenait dans ce monde. Et ta mère aussi, mais je veille sur elle depuis des années et je sais qu'elle s'en sort bien. Maintenant, je vois aussi que tu es forte. J'ai peur mais j'ai confiance en toi, tu vas trouver le fin mot de cette histoire.

— Tu vas… partir ? murmura Mina en sentant sa gorge se serrer.

— Je voudrais rester mais Shin a besoin de quelqu'un pour passer de l'autre côté, s'excusa son père.

Mina se tourna vers le petit fantôme. Une expression contrite déformait son visage enfantin, entre espoir et culpabilité. Alors elle comprit ce que son père allait faire.

— Tu vas te sacrifier, dit-elle d'une voix blanche.

Il acquiesça en silence et attira sa fille dans une dernière étreinte. Mina enfouit son visage dans le cou de son père et laissa ses larmes couler, serrant les paupières aussi fort que possible, gravant ces instants en elle.

En rouvrant les yeux, elle découvrit le paysage familier de sa chambre. Elle laissa sa peine s'évacuer avant que le doute ne l'assaille à nouveau. Comment était-elle rentrée chez elle ? Son réveil indiquait cinq heures du matin. Il lui semblait se souvenir qu'Eri avait parlé de la ramener chez elle. Mais la médium ignorait où elle vivait. Comment avait-elle atterri là ? Elle s'extirpa du lit pour se découvrir encore tout habillée. Un léger vertige la saisit. Elle avança jusqu'à la glace, la vision piquetée de taches noires. Lorsque le voile s'éclaircit, un soupir de soulagement lui échappa. Ses cheveux se paraient désormais de deux mèches d'un blanc presque irréel, le long de sa tempe droite. Les mèches décolorées tranchaient violemment dans sa chevelure foncée. Elle s'examina la tête avec attention et découvrit trois autres bandes blanches cachées sur sa nuque. Elle décida que le changement lui plaisait, de toute façon elle n'avait pas le temps d'arranger la situation.

— Mina, tes cheveux !

Mina se retourna, deux doigts toujours pincés sur ses cheveux décolorés. Mayuri l'observait, les yeux écarquillés et la bouche ouverte. Un pli inquiet barrait son front translucide.

— Que s'est-il passé ? demanda la fantôme en s'approchant. J'étais inquiète, tu es partie du Festival sans me prévenir.

— Aucune idée.

Elle lui raconta sa séance de spiritisme avec Eri ainsi que son rêve. Mayuri tendit un doigt spectral vers les mèches blanches de son amie.

— C'est étrange, tes cheveux me paraissent très réels tout d'un coup. Comme si je pouvais les toucher…

La pulpe de son index effleura les cheveux blanchis et s'y posa un instant. La fantôme retira son doigt comme si ce simple contact l'avait brûlé.

— On dirait qu'ils sont morts, comme si on en avait aspiré la vie.

— Comme si on en avait aspiré la vie… répéta Mina. Comme le cadavre que nous a montré Haku ! J'ai touché l'esprit lors de la cérémonie, c'est probablement comme ça qu'il a enfin pu m'atteindre.

Elle toucha ses mèches mortes et reprit :

— Je le savais ! Il est lié à ces meurtres.

Mina avait bondi en l'air en tapant dans ses mains, fière d'avoir rassemblé ces pièces du puzzle.

— Je ne vois pas de raison de se réjouir. Tu vas aller au sanctuaire comme l'a conseillé ton père ? demanda Mayuri.

— Oui, tu veux bien m'accompagner ? Je crois que j'ai un peu peur d'y aller seule.

— Bien sûr, accepta Mayuri avec gentillesse.

Un bruit sourd dans la pièce voisine mit fin à leur discussion. Mina se précipita dans le salon et découvrit sa mère qui fixait le vide devant elle, un origami à moitié achevé entre ses mains tremblantes. La boîte pleine de papiers colorés gisait au sol, son précieux contenu éparpillé. Saiko leva un regard rempli de détresse vers sa fille. Mina s'approcha et entreprit de ramasser les coupons de papier.

— Que se passe-t-il, maman ? Tu es toute pâle.

— Il est parti, dit simplement Saiko en regardant le poisson de papier inachevé entre ses doigts. Il est parti.

Et Mina sut qu'elle parlait de son père. Son cœur se serra. Elle posa une main sur l'épaule de sa mère, avec précaution, comme si elle avait peur de la briser par ce simple geste.

— Je sais, dit-elle avec toute la douceur possible. Je l'ai vu, cette nuit, en rêve.

— J’ai toujours eu la sensation qu’il était un peu là, près de nous, tu sais. Tu as le même don que lui, n’est-ce pas ? demanda Saiko à voix basse.

— Oui.

— Je m’en doutais. Il m’a demandé de ne pas intervenir quand tu étais petite, il pensait que tu serais épargnée. Est-ce que… Il est parti en paix ?

— Oui, répéta Mina. Il a dit que tu t’en sortais très bien. Il est parti pour aider quelqu’un, le fantôme d’un enfant.

— Kentaro tout craché, bredouilla Saiko avec un sourire entre ses larmes. C’est bien alors.

Saiko essuya ses yeux gonflés, termina son origami et se leva en lâchant un gros soupir. Une lueur semblait s’être éteinte en elle, mais elle paraissait décidée à poursuivre comme si de rien n’était. Au moment de franchir la porte, elle se tourna vers Mina.

— Mina, sois prudente quoi que tu fasses, d’accord ? Mina hocha la tête et laissa sa mère partir. Mayuri la rejoignit dans le salon, s’assit près d’elle pendant que Mina rangeait les origamis répandus au sol. Une détermination nouvelle l’investissait.

Lorsqu’elles descendirent du métro, le soleil perçait entre les nuages. La pelouse du parc d’Umegaoka brillait de gouttelettes qui faisaient naître des milliers de petits arcs-en-ciel. Mina guida Mayuri à travers les allées jusqu’au grand torii peint en rouge. La fantôme s’arrêta devant l’immense portique, les yeux écarquillés.

— Je n’étais jamais venue ici, avoua-t-elle. Je n’allais même pas prier au Nouvel An. J’aurais peut-être dû.

— Ça va aller ? demanda Mina.

— On sera bientôt fixées.

Mina, percevant le tremblement dans sa voix, lui renvoya une expression confiante. Elle retint son souffle en passant sous la porte de bois. Une fois de l'autre côté, elle fit signe au spectre de la rejoindre. Mayuri fit un premier pas sous l'arche, puis un second avant de s'immobiliser. Son expression se figea. Elle tourna lentement la tête vers Mina, au ralenti, comme si son corps était englué dans de la mélasse. Une lueur de panique passa sur ses prunelles délavées. Mina tendit la main pour saisir celle de son amie, mais ses doigts rencontrèrent une résistance dans l'air qui arrêta son mouvement.

— Mina, que se passe-t-il ? demanda Mayuri, paniquée.

— Je ne sais pas, répondit Mina sans comprendre. Le kekkaï du temple doit être vraiment puissant.

Un croassement rauque fit sursauter la jeune fille. Mina fit volte-face pour saluer de la tête le corbeau au plumage luisant qui l'observait depuis le torii. Un homme en costume de prêtre descendait les marches de pierre qui menaient au temple.

— Mayuri, c'est Akihiro-sama, l'oncle de Natsume, dit Mina en désignant le prêtre. Je vais lui expliquer la situation. Ne bouge pas !

Mina se précipita vers le prêtre qui s'était arrêté et l'observait en silence.

— Arashi m'a prévenu qu'une présence non humaine tentait de s'introduire dans le temple, dit Akihiro d'une voix égale en s'approchant.

— Bonjour Akihiro-sama, le salua Mina en s'inclinant.

— Bonjour Mina-chan. Je vois que tu es venue avec une amie.

— Vous pouvez la voir ? s'exclama Mina, ravie.

— Je la devine.

— Akihiro-sama, voici Mayuri-chan, dit Mina en guise de présentations. C'est une ancienne élève de mon lycée. Pourriez-vous la laisser entrer ?

— Je dois vérifier ses intentions, dit le prêtre. La sécurité du sanctuaire est sous ma responsabilité, je ne peux pas ouvrir nos barrières de manière inconsidérée.

Akihiro traversa le torii et s'avança de quelques pas. Mayuri, toujours figée par la barrière de protection, le regarda faire avec appréhension. Le prêtre plissa les paupières, et scruta l'air autour de lui. Il pivota pour se retrouver à peu près face au fantôme, et sortit des larges manches de son kimono un objet doré en forme de croissant de lune, semblable à la cloche que possédait Natsume. La surface brillante était gravée de symboles et deux longs rubans violets étaient accrochés à l'anse. La cloche tinta quand le prêtre l'agita. Le son émis fut si pur que Mina en frissonna. Akihiro agita trois fois la cloche et l'apposa contre l'épaule intangible de Mayuri. Cette dernière laissa échapper un hoquet surpris, comme si l'objet l'avait brûlée, et écarquilla les yeux. Pendant une seconde, sa peau retrouva des couleurs et elle parut aussi vivante que Mina. Puis le prêtre rompit le contact entre l'objet sacré et la revenante, et cette dernière retrouva son aspect terne. Une profonde tristesse marquait son visage, comme si on lui avait fait un cadeau incroyable pour mieux le lui retirer ensuite.

— Il n'y a aucune trace de souillure en elle, elle peut entrer, dit le prêtre à Mina avec un sourire confiant.

Voyant le regard qu'elle lançait à la cloche, il la lui tendit pour qu'elle puisse l'observer.

— Voici Moe, elle me permet de sonder les intentions et le cœur de toute chose. Tu as déjà vu un tel artefact ?

— En rêve, mentit Mina, mais le ruban était légèrement différent.

— Oh, tu aurais vu Genso. Ce sont des artefacts jumeaux très anciens. Ils font partie de ce sanctuaire depuis plus de cent cinquante ans.

Akihiro fit tinter la clochette une fois de plus sous le torii et invita la jeune fantôme à traverser. Soulagée, Mina se précipita au-devant de son amie.

— Tout va bien ? demanda-t-elle. Tu avais l'air d'avoir mal.

— Ce n'est rien, j'ai juste… J'ai revu ma mort, s'étonna Mayuri encore tremblante de l'expérience.

Akihiro acquiesça en silence. La fantôme tourna un visage presque translucide vers Mina. Cette dernière aurait aimé trouver un mot de réconfort alors que son amie pâlissait à vue d'œil, rendue quasiment invisible par le choc qu'elle venait de subir.

— Je suis navré pour ça. C'est un objet puissant, parfois cruel, je suis désolé que vous ayez dû revivre ce moment douloureux. Je devais vérifier si votre décès avait engendré de la rancœur ou des sentiments négatifs. Suivez-moi, allons discuter dans un endroit plus approprié, vous êtes venues pour Natsume, n'est-ce pas ?

Mina interrogea Mayuri du regard. Celle-ci demeurait immobile, choquée. Du bout des doigts, elle tâtait son propre corps spectral. Peu à peu, les couleurs lui revinrent, comme si elle reprenait conscience de la réalité.

— Tu vas bien ? lui demanda Mina à voix basse.

— Je ne sais pas trop, avoua Mayuri. Je me sens bizarre. Apaisée et en colère à la fois, c'est très étrange.

— C'était douloureux ?

— Je peux encore sentir ma joue qui s'écrase contre le bitume, répondit Mayuri. C'est une sensation de douleur et de vide, de fin. J'ai sauté de ce toit, maintenant je m'en souviens.

Le visage du fantôme se ternit. Mina ouvrit la bouche mais la referma sans un mot, respectant le silence de son amie. Le prêtre les mena jusqu'au petit bâtiment où Mina s'était rendue la première fois. Ils s'installèrent à nouveau face au jardin et Akihiro leur servit une infusion d'herbes de la montagne au goût âcre.

— Les esprits et les fantômes, murmura le prêtre, ton don est vraiment fascinant. Ton amie n'est pas un fantôme très puissant. Tu peux la voir clairement ?

— Elle me paraît aussi réelle que vous, confirma Mina.

— Incroyable. Ton supplément d'âme doit être extrêmement pur.

Mina fronça les sourcils et échangea un regard interdit avec Mayuri. Un supplément d'âme ? Elle avait déjà entendu cette expression.

— Et c'est très étrange qu'il perçoive ma présence sans me voir, surtout dans son propre sanctuaire.

Son pouvoir à lui n'est pas très fort. Demande-lui pour ton don ? lui souffla Mayuri qui ne lâchait pas le prêtre des yeux.

Mina hésita. Elle craignait d'en dire trop mais redoutait également que dissimuler des éléments ne lui porte préjudice. Les paroles de Natsume lui revinrent en mémoire. Ses pouvoirs ne venaient pas de nulle part, et d'après Haku, elle avait du sang de yokaï dans les veines. Pouvait-elle venir d'une vieille famille de chasseurs de démons ayant commis l'irréparable avec un oni ?

Autour d'eux, le soleil brillait de tous ses rayons à présent, jetant une lumière chaude sur les arbres du parc et faisant miroiter le bois peint des bâtiments du sanctuaire. Elle décida de choisir un angle d'attaque détourné.

— Akihiro-sama, un yokaï peut-il s'acharner sur une même famille pendant très longtemps ? demanda-t-elle innocemment.

— C'est possible oui. J'ai déjà vu des fantômes et des esprits reporter leur haine sur les descendants de leurs victimes initiales. C'est assez rare, les esprits sont par nature assez versatiles, mais ça arrive.

— Vous avez vu cela lors d'une de vos chasses aux démons ? lança Mina d'une voix sèche.

Le prêtre s'arrêta brusquement. Il ne souriait pas du tout. Au contraire, il affichait une mine contrariée.

— C'est Natsume-chan qui t'a raconté ça ?

— Oui, avoua Mina. Dites-moi, Akihiro-sama, comment acquiert-on le don ?

— Un pacte doit être conclu avec un yokaï, expliqua Akihiro. À moins que tu ne possèdes un esprit dans ton ascendance, comme cela semble être ton cas. Si tu avais fait partie d'une lignée de chasseurs, nous aurions entendu parler de toi avant, c'est un petit monde.

— Comment estime-t-on la puissance du don ?

— Eh bien par exemple, ton don semble plus puissant que le mien puisque tu es à même de percevoir les fantômes les plus faibles, alors que je ne fais que deviner ton amie. Plus le don est faible, plus le yokaï en face doit être puissant et dégager une importante aura pour être perçu.

— Faible toi-même, s'offusqua Mayuri en tirant la langue au prêtre.

Mina ne put retenir un éclat de rire mais le visage sérieux d'Akihiro tua son hilarité dans l'œuf. Elle se recomposa une expression concentrée afin de poser la question qui l'intéressait.

— Tout à l'heure, vous avez parlé de supplément d'âme. Qu'est-ce que c'est ?

— Une grande question. Pour être honnête, je ne suis pas un sage, plutôt un combattant, comme les parents de Natsume. Tout ce que je peux te dire, c'est que ceux qui ont le don de percevoir les esprits et les kami sont dotés de ce que nous appelons le supplément d'âme. Comme un septième sens, en quelque sorte. Nous pensons que cela est lié au karma. Plus une âme est pure, plus son pouvoir est grand.

— Et une âme très sombre ? Pourrait-elle développer un don identique ?

— C'est possible, répondit le prêtre d'une voix mal assurée. Je sais que tu considères ce pouvoir comme une malédiction mais tu te trompes, Mina-san. C'est un don, unique et précieux, qui peut te servir à faire le bien autour de toi.

— En massacrant des démons ? répondit Mina que l'idée répugnait.

— Oui, en massacrant des monstres, par exemple.

Mina échangea un regard lourd de sens avec Mayuri. Cette dernière semblait avoir pris en grippe le prêtre et dardait sur lui un regard assassin.

— Comment est-il possible que Natsume-chan ait si peu de pouvoirs et moi autant ? demanda Mina. Votre famille a l'air ancienne et puissante.

— Je ne sais pas, ce sont des choses qui arrivent, répondit l'oncle de son amie. Je pense pour ma part que voyager à travers le Japon sans jamais se poser n'est pas une vie pour une jeune fille. Elle est bien mieux ici. Un jour, elle s'en rendra compte.

— Je crois que vous devriez la prendre au sérieux, dit Mina. Elle fait de son mieux pour vous aider, vous savez ? Cette histoire d'agressions dans le centre-ville…

— Je sais, la coupa le prêtre. Je lui ai déjà dit de rester à l'écart de cette histoire. C'est trop dangereux. De toute façon, son père est en route pour Tokyo. Mais si tu en as le pouvoir, j'aimerais que tu la dissuades de continuer, elle se met inutilement en danger !

Mina reçut la nouvelle comme une gifle. La dureté avec laquelle Akihiro avait parlé de Natsume la laissa pantoise, le souffle court de colère. Le visage du prêtre s'était brusquement fermé et il semblait vouloir couper court à leur entretien.

— Il n'a pas l'air d'en savoir plus sur tes origines ou tes pouvoirs, grinça Mayuri. Ça valait le coup d'essayer.

Mina acquiesça, déçue. Elle s'apprêtait à se lever pour prendre congé lorsque la porte s'ouvrit brutalement.

Une Natsume échevelée apparut dans l'encadrement et fronça les sourcils en apercevant l'étrange duo.

— Mina ? dit-elle, surprise. Et… qui est-ce ?

Ses yeux se plantèrent dans ceux de Mayuri, assise près de Mina. Ses sourcils se froncèrent un peu plus. Mina passait de l'une à l'autre, sous le choc.

— Mais, tu la vois ?

— Oui, répondit Natsume en se redressant.

Elle avait le regard fuyant et semblait soucieuse de quitter les lieux au plus vite.

— Pour de vrai ? s'étonna Akihiro avec un coup d'œil soupçonneux à sa nièce.

— Je vois une lycéenne dans un vieil uniforme totalement dépassé, assise entre vous. Une bonne coupe de cheveux ne lui ferait pas de mal.

— Natsume, voici Mayuri, bredouilla Mina sans plus rien comprendre à la situation. C'est un fantôme. Comment ça se fait que tu arrives à la voir maintenant ?

Natsume détourna la tête, sans répondre à la question. Son visage était livide et elle paraissait épuisée.

— Viens avec moi, s'il te plaît. J'ai besoin de toi, tu te rappelles ? dit-elle en lui faisant les gros yeux de manière assez peu subtile. Pour réviser mon anglais.

Mina hésita une seconde avant d'attraper son sac. Elle s'inclina poliment devant l'oncle de Natsume, le remercia pour le thé et son temps et suivit la miko hors du temple. Natsume marchait à grandes enjambées, sans se soucier de Mina ou de Mayuri qui devaient courir pour se maintenir à sa hauteur.

— Tu vas me dire ce qu'il se passe ? haleta Mina en jetant un regard désemparé à Mayuri qui courait à ses côtés.

— J'ai un plan pour attraper l'esprit que nous cherchons, et j'ai besoin de toi, souffla Natsume, l'air plus déterminée que jamais.

23

1467, province d'Izumi, Japon.

Akane pressa le museau contre la fourrure rousse de Hikari, l'encourageant avec douceur mais persistance. Sa voix résonna dans l'esprit de la renarde.

— Vas-y. Tout va bien se passer. Tu sais comment faire, attire-le à l'écart, ou mêle-toi un peu aux humains pour mieux l'éloigner du village. Tue-le vite et reviens-moi.

— Oui.

Sa réponse lui parut bancale, fausse. Hikari couina lorsqu'Ino lui mordit le cou pour la forcer à plier les pattes. La cheffe voulait la voir se soumettre et implorer son pardon. Elle irradiait un sentiment de victoire. Hikari se refusa à lui donner cette satisfaction. Au prix d'une morsure qui laissa une traînée sombre sur le pelage blanc de sa gorge, elle réussit à se libérer et fit un bond vers la lisière de la forêt.

Pour la première fois, la ligne d'arbres gris lui semblait une barrière infranchissable. Elle hésita à nouveau. Le vent soufflait en bourrasques dans les branches nues, portant l'odeur de la fumée. Une peur indéfinissable l'étreignit, qui lui parut de mauvais augure. Une tempête se levait. Elle se retourna brièvement et aperçut ses sœurs qui guettaient son départ depuis les profondeurs des bois. Leurs silhouettes se découpaient entre les troncs, entre mirages et brumes. Sur le chemin derrière elle, Akane lui envoya un sourire réconfortant, et Ino gronda de plus belle. Hikari se détourna avec l'impression de voir les beaux yeux ambrés d'Akane pour la dernière fois.

Elle se recroquevilla contre l'écorce froide et rugueuse d'un frêne et redevint femme. Le sang chaud coula le long de sa gorge blessée, se cristallisa presque immédiatement avec le froid ambiant, tirant sur sa peau d'humaine, fine et fragile. La blessure était impressionnante mais bénigne. Ino avait frappé plus dans l'intention de menacer que de blesser réellement. La lésion guérirait rapidement toute seule. Hikari essuya le sang, étendant la tache qui ressortait sur son épiderme blanc. Elle perçut le rire moqueur d'Ino dans les bois. Hikari serra les poings et adressa une expression pleine de défi en direction des arbres. Plus aucune silhouette ne se devinait entre les troncs. Elle était seule. L'angoisse mordit ses entrailles comme un poinçon. Elle n'avait jamais été seule, pas comme ça. Une boule se forma dans sa gorge, qu'elle se força à ravaler. Elle resserra les pans de son kimono sur son ventre et sortit des bois. Hors de la protection de la forêt, le vent soufflait avec hargne, charriant de lourds flocons. Elle tituba dans les rafales, se dirigeant grâce à la faible lumière des lanternes qui dansaient dans les bourrasques. Elle se faufila entre les maisons, les cheveux couverts de givre. Hikari regarda autour d'elle mais dans la tempête qui se déchaînait, elle ne vit pas âme qui vive. La renarde leva le visage vers le ciel tourmenté, inspira profondément. Son odorat surdéveloppé capta la fragrance ténue de la sueur et du bois. La kitsune s'accrocha à ce fumet et se dirigea vers les habitations.

La petite chaumière ressemblait à ses voisines. Hikari poussa le battant et pénétra à l'intérieur. Jun se figea, son manteau en main. Il ouvrit la bouche, sembla hésiter entre la panique et la surprise. Ses yeux se posèrent sur les traces de sang qui maculaient la gorge de la jeune femme. Hikari sentit son cœur tambouriner dans sa poitrine. Elle tenait une chance unique, elle ne devait pas la laisser passer. Elle papillota des yeux pour appuyer sa prétendue faiblesse. Elle se concentra pour faire apparaître de la chair de poule tout le long de ses bras et se mit à trembler de la tête aux pieds.

— Vous êtes blessée, dit Jun en reposant sa veste de coton.

Hikari fit un pas vers lui, tituba, et se laissa tomber au sol. Le bûcheron la rattrapa juste avant que sa tête ne heurte le plancher. La terreur brouillait ses yeux bruns lorsqu'il se pencha au-dessus d'elle.

— Hikari-sama, que se passe-t-il ?

— Aidez-moi, je vous en prie, murmura faiblement la kitsune.

Elle passa ses bras tremblants autour de son cou, le rapprocha d'elle. Hikari laissa son aura se déployer entre eux. La lumière du feu dans l'âtre se tamisa. Ses lèvres parurent plus rouges et ses prunelles plus vives, brillant d'un éclat sensuel. Elle attira l'homme contre sa poitrine, leva vers lui son visage de poupée. Le corps de Jun répondit à son appel, il se pressa contre elle. Leurs visages se touchaient presque. Hikari inspira lentement l'air qui les séparait encore. Elle pouvait sentir sur sa langue le goût de son sang, chaud et métallique, la fraîcheur de sa vie qui pulsait contre la peau rugueuse de ses doigts et de ses joues. La chasseresse en Hikari se tendit vers cette vie offerte, prête à être fauchée. Affamée, poussée par ses instincts ancestraux, elle enfonça un peu plus les ongles dans le cou de sa victime, l'épinglant contre elle. La bouche de la renarde effleura celle du bûcheron, leurs regards se croisèrent. L'inquiétude sincère qui plissait le front du Jun percuta Hikari comme un coup au sternum. La honte la submergea. L'influence de son aura s'évanouit d'un seul coup, les laissant hébétés. Jun cligna plusieurs fois des yeux, sembla retrouver ses esprits.

— Vous avez besoin de soins. Je vous emmène au sanctuaire.

Il la souleva comme si elle ne pesait rien et sortit dans la tempête sans prendre le temps de se couvrir. Hikari le laissa faire, encore sous le choc de sa propre inaction. Pour la première fois de sa vie, une proie venait de lui échapper. Une proie facile, déjà acquise. Sonnée, elle se laissa emmener vers le temple. La neige les enveloppa de tourbillons acérés. Hikari, incapable de ressentir le froid, vit la peau du bûcheron se marbrer de rouge. Ses bras puissants tremblaient alors qu'il tentait de la protéger des flocons en faisant barrage de son corps. La culpabilité mordit de plus belle le ventre de la kitsune. Elle pouvait encore agir, elle avait encore le temps. Dans ce chaos d'éléments, personne ne pouvait les voir. Elle tendit à nouveau son pouvoir vers Jun, forma les premières images d'un mirage destiné à l'immobiliser quand elle avisa les dents serrées du bûcheron, sa mâchoire contractée sous l'effort qu'il fournissait. Pour elle. Parce qu'il la croyait en danger. La stupéfaction délita la vision à peine ébauchée. Le temple apparut au milieu de nulle part, comme une montagne qui sort de la brume. À l'intérieur du bâtiment, la musique des prières se faisait timidement entendre. Jun poussa la porte dans un tourbillon blanc, interrompant les litanies sacrées. Harassé, il se laissa tomber sur le seuil et le couple s'étala devant les idoles et les personnes présentes. Hikari battit des cils pour la mesure et fit semblant de s'évanouir.

— Vite, vite, s'exclama Jun en essuyant le givre qui recouvrait ses sourcils. Aidez-la, elle est blessée.

Des pas se précipitèrent vers elle. On la souleva du sol et on la porta près d'un foyer où brûlait un feu vif. L'odeur du bois et du charbon chaud lui emplit les narines. La porte du temple claqua pour chasser le froid qui tentait de s'insinuer avec elle. Discrètement, elle huma les humains. Les yeux fermés, son nez en compta cinq, l'un d'eux sentait particulièrement l'encens et le riz. Celui qui était probablement un prêtre posa une main sur sa joue en déposant une couverture sur elle. Elle reconnut l'odeur de Jun lorsque celui-ci l'enveloppa dans le tissu rêche. Une onde de déception parcourut l'assemblée des hommes lorsque son corps disparut de leur vue.

— Que s'est-il passé ? demanda l'homme à l'odeur d'offrandes.

— Je ne sais pas, je l'ai trouvée à l'orée de la forêt, répondit Jun, évanouie dans la neige. Elle devait chercher un abri.

Hikari sentit son ventre se tordre. Elle s'efforça de rester calme et aussi inerte que possible.

— La malheureuse, traverser la montagne par un temps pareil, c'est du suicide ! s'exclama un homme près de Hikari.

— Comment est-elle arrivée jusqu'ici ? demanda une autre voix.

Une main rugueuse se posa sur son épaule et la secoua, d'abord légèrement puis avec plus de force.

— Mademoiselle, dit l'homme qui tentait de la réveiller. Mademoiselle !

— Assez !

Jun s'était exprimé avec force. La main qui serrait son bras la relâcha. Le prêtre s'agenouilla à ses côtés, posa une main chaude sur son front.

— Elle a besoin de repos et de soins, je vais m'occuper d'elle. Les questions viendront demain, dit-il de sa voix calme et assurée.

Les hommes présents grommelèrent. Elle pouvait sentir leur regard sur elle. Elle réprima l'envie de leur arracher les yeux pour mieux les déguster. Elle resta parfaitement immobile. C'était la première fois qu'elle se retrouvait en présence d'autant d'humains. Les informations, olfactives surtout, et les sensations se bousculaient en elle en un maelström d'excitation, et de peur aussi. Une pointe de soulagement l'envahit lorsque les hommes quittèrent le temple à la demande du prêtre. Seul Jun resta.

Le religieux écarta les couvertures qui l'enveloppaient pour examiner sa blessure à la gorge. Avec de l'eau claire, puisée dans un petit bol en étain et un linge propre, il essuya le sang qui lui marbrait la peau. Puis, à l'aide de plantes, il confectionna un cataplasme qui recouvrit la blessure dans une gangue odorante. Hikari huma avec plaisir ces senteurs boisées qui lui rappelaient la forêt, quand bien même les efforts du prêtre étaient inutiles. Elle apprécia la présence silencieuse de Jun à ses côtés, comme un gardien zélé. Lorsqu'il eut fini, le prêtre envoya Jun chercher des couvertures supplémentaires dans le temple. Les deux hommes la veillèrent une partie de la nuit, ravivant les flammes pour la garder au chaud, discutant à voix basse à quelques pas d'elle. Une curiosité dévorante la consumait et la retenait d'agir. À travers le voile de ses paupières, tous ses sens étaient en éveil et enregistraient le moindre son, la plus petite odeur. Elle dressa une carte mentale du lieu et ajouta de nouvelles impressions à ce qu'elle savait des humains, fascinée. Elle laissa la nuit avancer, au son des chuchotements apaisants de ses deux soigneurs, dont elle sentait les regards la scruter. Dehors la tempête rugissait avec violence et la jeune femme somnolait, bercée par les rugissements du vent. Son esprit vagabondait, revenant sans cesse sur cette occasion ratée. Elle avait eu la possibilité de tuer Jun rapidement et presque sans effort. Elle le sentait, il était attiré par elle, mais pas comme les autres hommes. Son désir ne prenait pas le dessus, il la craignait et la respectait autant qu'elle le fascinait. Il la laissait perplexe, curieuse, intéressée aussi, elle devait l'admettre. Sa présence à ses côtés ici dans le temple la rassurait. Il ne profitait pas de sa prétendue faiblesse pour se rapprocher d'elle, gardant une distance respectueuse entre eux. Pourtant, il était là. Un léger malaise lui étreignit le cœur, renforça le sentiment de vide qui hantait sa poitrine depuis sa mise au ban par ses sœurs. Elle réalisa qu'elle allait dormir seule ce soir, loin de la chaleur d'Akane, de la présence rassurante du clan. Ce constat lui causa une douleur vive et lancinante. Elle aurait dû tuer cet humain. Elle n'hésiterait plus. Cette ultime résolution l'emporta finalement vers le sommeil.

La colère du ciel ne se calma qu'avec l'apparition du soleil. Le prêtre quitta le chevet de Hikari pour ouvrir les grandes portes coulissantes, la tirant de son sommeil agité. Une lumière pure illumina un monde clair et propre, comme rincé de ses impuretés. La neige fraîche scintillait. Hikari, fatiguée de rester allongée, engourdie par sa position inconfortable, remua et se redressa lentement. La première chose qu'elle perçut fut l'absence de Jun. Elle balaya la pièce du regard. Le temple était simple, le bois peint de ses murs bloquant la froidure de l'hiver. Près du foyer, une marmite laissait échapper une agréable odeur de potage. Voyant qu'elle était réveillée, le prêtre s'approcha d'elle avec un bol en bois rustique, rempli à ras bord de soupe.

— Tenez, lui dit-il d'une voix douce. Cela vous aidera à vous réchauffer.

— Merci, murmura Hikari en affectant la faiblesse. Où est… l'homme qui m'a sauvée ?

— Je lui ai conseillé de rentrer se reposer quand la tempête est retombée. Il n'était pas très enthousiaste à l'idée de vous laisser mais ne vous inquiétez pas, il va revenir, seulement il a du travail qui l'attend. Sa situation dans ce village est aussi précaire que la vôtre, lui dit le prêtre.

Hikari prit le bol qu'il lui tendait et retint une grimace en n'y trouvant pas de cuillère. Malgré elle, son estomac gargouilla et elle râpa ses lèvres fines contre le matériau grossier. À nouveau, elle dut retenir un haut-le-cœur. Un potage de légumes. Elle déglutit avec difficulté la portion qui se trouvait déjà dans sa bouche et huma le reste du bol. Pas la moindre trace de viande. *C'est infect*, pensa-t-elle tout en souriant avec reconnaissance au religieux qui s'était installé face à elle pour manger. Elle reposa le bol et se concentra sur celui qui lui faisait face. Maintenant qu'elle l'observait de plus près, elle vit qu'il était plus vieux qu'elle ne l'avait cru au premier abord. Son crâne lisse et son visage imberbe le faisaient paraître quelques années plus jeunes. Elle estima qu'il allait sur sa cinquantaine. Un âge respectable pour les hommes, un enfant pour elle. Il lui souriait gentiment.

— Je suis désolé, mais je n'ai que des légumes à vous offrir, s'excusa-t-il. J'espère que vous ne m'en tiendrez pas rigueur.

Elle haussa un sourcil parfaitement dessiné mais resta silencieuse, ne sachant pas quelle attitude adopter.

— Je me demandais quand vous alliez cesser de jouer la comédie, reprit le prêtre.

— Je vous demande pardon ?

— Vous n'étiez pas perdue dans le blizzard et votre corps était chaud quand vous êtes arrivée ici, alors qu'il aurait dû être gelé. Je l'ai senti en touchant votre joue. Votre peau était douce et lisse, sans aucune trace d'un périlleux voyage dans la neige. Si vous étiez humaine, vous n'auriez pas survécu à cette tempête.

Hikari se redressa légèrement mais ses lèvres demeurèrent scellées. Le religieux posa à son tour son bol à ses pieds et enfonça les mains dans les longues manches de sa tunique.

— Si Jun vous a amenée ici, c'est qu'il avait confiance en vous. Je garderai votre secret car ce n'est pas mon rôle de parler pour les kami, mais vous ne croyez pas qu'il y a déjà eu assez de morts ?

Hikari se raidit à ces mots. Ses yeux scrutèrent le visage du prêtre qui resta serein et calme malgré l'examen. Les questions fusaient sous le crâne de la renarde. Elle prit son temps pour choisir la réponse qu'elle allait lui faire.

— Tu es bien impudent de me parler ainsi, petit homme.

Le prêtre s'inclina, posant le front contre le sol. Hikari, dont la colère était feinte, le laissa faire, impressionnée par le courage de l'homme, prêt à défier les dieux pour sauver les siens.

— Je vous prie d'épargner notre village. Tant d'hommes sont déjà morts, implora le prêtre, le front toujours collé à terre. Je comprends votre colère, ils ont enfreint des lois sacrées mais ce sont des hommes simples, ils ne pensaient pas à mal.

— Leur curiosité et leur manque de foi sont seuls responsables de leur châtiment. J'ai essayé de les prévenir, de les sauver, avoua-t-elle d'une voix basse et radoucie.

— Alors, je vous en remercie, dit le prêtre en se redressant. Puis-je demander pourquoi vous êtes venue jusqu'ici ?

— Il y a quelque chose que je dois accomplir.

— Puis-je vous être d'aucune aide ?

— Non, c'est une tâche dont je dois m'acquitter seule. En théorie, je devrais même vous tuer à présent. Quel est votre nom, prêtre ?

— Je m'appelle Yûichi.

— Je dois accomplir cette tâche, quoi qu'il en coûte. Ne vous mettez pas en travers de mon chemin, Yûichi-san, et tout ira bien pour vous et les vôtres.

Yûichi se redressa avec respect et l'observa avec un mélange de peur et d'intérêt. Hikari se laissa faire. Elle eut un regard dégoûté pour le bol de soupe et un second navré pour son kimono en lambeaux.

— Pourriez-vous me fournir des vêtements décents ? demanda-t-elle au prêtre.

— Bien sûr, s'empressa de lui répondre le religieux. Laissez-moi examiner votre plaie d'abord.

Hikari porta une main à son cou. D'un geste délicat, elle gratta le cataplasme qui avait durci pendant la nuit, révélant une peau intacte.

— Ce n'est rien, la blessure est déjà refermée, dit-elle avec un sourire satisfait.

Yûichi s'inclina une fois de plus et disparut dans les entrailles du temple. Hikari se leva et inspecta les lieux. Derrière l'autel une petite porte se découpait dans le mur, elle devina qu'il s'agissait des quartiers du religieux. Une vague de culpabilité la saisit à la gorge, dont elle était incapable de démêler l'origine. Avait-elle honte de manipuler cet homme en menaçant de massacrer sa communauté parce qu'il avait découvert seul qui elle était ? En ne le tuant pas pour cette découverte, mettait-elle le clan en péril ? Hikari relâcha le soupir qui lui comprimait la poitrine. La forêt lui manquait déjà. Elle dut réfréner de toutes ses forces l'envie de se changer en renarde et de partir courir les sentiers. Le goût fade de la soupe de légumes lui revint en bouche, la faisant grimacer. Son échine trembla, ses ongles s'allongèrent tandis que devant ses yeux ouverts dansaient les images de la traque du gibier. Le souvenir du sang chaud lui coula dans la bouche. Elle secoua la tête pour chasser l'envie sauvage qui palpitait sous sa peau. Sa faim reflua et elle perçut la présence du prêtre dans son dos. Elle se retourna lentement. Celui-ci la regardait avec une crainte mêlée de respect. Il se tenait immobile, les yeux écarquillés. *Comme un lapin qui se retrouve face à un prédateur*, pensa-t-elle. Hikari hésita un instant. Après tout, rien ne pressait. Cela faisait des décennies qu'elle observait ce village et elle avait enfin une chance de l'étudier de l'intérieur, de se mêler aux mortels et de vivre comme eux. C'était une expérience inédite pour elle, inespérée. Elle tuerait Jun, mais elle pouvait aussi en profiter un peu.

— Je vais m'installer ici, vu que je risque de rester quelques jours, dit-elle d'une voix autoritaire. Montrez-moi la chambre.

Le prêtre s'inclina et lui fit signe de le suivre. Il puait la peur. Elle l'accompagna jusqu'à la chambre, petite et peu meublée. Une porte coulissante donnait sur les flancs de la montagne et un petit potager recouvert de neige. Elle s'avança au centre de la pièce pour l'inspecter et, satisfaite, se retourna vers son hôte.

— Vous pouvez emporter le futon, je n'en aurai pas besoin.

L'homme acquiesça sans un mot, n'osant franchir le seuil pour la rejoindre. Hikari huma l'air. La peur de l'homme se mélangeait à l'odeur de la pièce. Sueur, fumée et encens. *Au moins, il ne sent pas trop mauvais*. Hikari lui jeta un coup d'œil par-dessus son épaule. Le petit homme fixait quelque chose derrière elle. Elle suivit son regard et surprit son reflet dans un petit miroir posé au sol. Ses pupilles ambrées fendues de noir se fixèrent sur le prêtre qui recula d'un pas. Dans le miroir, ses cinq queues battirent l'air en lançant des étincelles menaçantes.

24

1467, province d'Izumi, Japon.

Hikari redressa le nez de son ouvrage. Elle regarda Jun s'avancer timidement sur le chemin qui menait au temple. Assise sous le grand chêne dépourvu de feuilles, elle le laissa venir à elle, brodant tant bien que mal. Le prêtre, malgré la crainte qu'il ressentait à son égard, l'aidait de son mieux à s'intégrer dans le village. Ils s'étaient mis d'accord sur la stratégie à adopter et Hikari se faisait passer pour une jeune femme amnésique. Fascinée par les hommes, Hikari observait le prêtre, l'aidant même dans certaines tâches afin d'acquérir les bases du comportement humain et ne pas se trahir trop vite. En dépit de tous ses efforts pour le cacher, la kitsune prenait un plaisir immense à découvrir toutes ces actions de la vie quotidienne des mortels. Chaque jour apportait son lot d'efforts et de tracas, qu'elle s'efforçait de comprendre. La vie des hommes était dure et âpre, bien éloignée de celle du clan.

Depuis deux jours donc, elle restait à l'abri du temple et apprenait. Jun venait la voir en secret dès qu'il en avait l'occasion. Hésitant, il s'assit à côté d'elle sur le banc de pierre glacé. Un silence apaisant s'installa entre eux. Hikari reprit ses aiguilles et son ouvrage maladroit tandis que le bûcheron observait la forêt.

— Les bois vous manquent ? finit-il par demander.

— D'une certaine façon. Pas comme vous pourriez le penser.

Hikari délaissa son travail, inutile et raté de toute façon, et observa l'homme qui se tenait près d'elle. Contrairement au religieux, le fait qu'il sache qui elle était ne la dérangeait pas. Elle admira ses traits burinés par le travail en extérieur, sa peau tannée et ses muscles fermes sous sa tunique épaisse. La tristesse lui broyait le cœur. Elle leva les yeux pour rencontrer ceux de cet homme qu'elle devait tuer et n'y trouva que de la douceur et de la patience. Son cœur se brisa un peu plus. Elle ouvrit la bouche mais aucun mot ne franchit le barrage de ses lèvres. Elle aurait voulu s'excuser, demander pardon. Elle n'avait jamais demandé pardon à qui que ce soit. Elle était Hikari, la chasseresse du clan, elle était une déesse. Les petits dieux ne s'excusaient pas, ils prenaient ce dont ils avaient besoin et s'en retournaient dans leurs forêts, repus et satisfaits. La main chaude de l'homme se posa sur la sienne. Le silence se prolongea un instant avant que sa voix grave ne le brise à nouveau.

— Pourquoi êtes-vous là ?

— J'ai une mission à accomplir. Je ne pourrai partir qu'une fois qu'elle sera achevée.

Chaque mot prononcé lui déchirait les lèvres. Jun scruta son visage et n'insista pas. Tout ce qu'ils ne pouvaient pas se dire resta suspendu dans le nuage blanc de leurs souffles. Dans les fourrés, un mouvement imperceptible fit craquer la poudreuse. Finalement, à regret, Hikari dégagea sa main.

— Vous devez partir. Nous nous verrons plus tard, lui dit-elle.

D'un geste, elle l'encouragea à s'en aller et fouilla la lisière des bois des yeux. Jun sembla saisir son trouble. Il se leva, jeta un regard inquiet vers les ténèbres qui entouraient les troncs. Avec un dernier sourire encourageant, il reprit le chemin du sanctuaire. Lorsqu'il eut disparu à un tournant, Hikari prit une grande inspiration pour reconnaître l'odeur de ses sœurs qui venaient lui rendre visite. Mais le froid et l'éloignement prolongé avec le clan rendaient son nez d'humaine moins performant et elle dut se résoudre à attendre que celles-ci se montrent d'elles-mêmes. Une renarde sortit du couvert des arbres et s'ébroua pour chasser la neige qui recouvrait son pelage.

Hikari grimaça en reconnaissant Morio et son sourire en coin, visible même sur son museau pointu. La kitsune s'approcha à pas mesurés et s'assit dans la neige, la tête penchée sur le côté, ses trois queues formant un cocon autour de ses pattes antérieures. Hikari entama sa transformation mais l'interrompit rapidement, consciente de la proximité des humains. Seules ses oreilles et ses dents s'étaient allongées. Le rire de Morio résonna dans son esprit. Son aura exsudait une joie malsaine. Elle se réjouissait visiblement de son humiliation. Mais sous la couche de colère et la vengeance accomplie, Hikari lut des traces de regret.

— Si tu es venue m'insulter, tu peux aussi bien repartir tout de suite, lui lança mentalement Hikari.

— Je viens savoir où tu en es. L'humain est-il mort ? Le clan s'impatiente. Tu manques à nos sœurs et sans toi, nous sommes… incomplètes, nous manquons de force.

Morio comme toujours choisissait bien ses mots. Hikari perçut la voix d'Ino dans les mots de sa messagère. Son absence était bien un manque pour le clan, privé de sa combattante la plus douée. Elle retint une remarque acerbe et se contenta de hausser les épaules, jouant l'indifférente.

— Tout se passe comme prévu, dit-elle simplement.

— Donc tu ne l'as pas encore tué.

— Non.

— Pourquoi ?

— Parce que nous ne pouvons pas laisser d'autres mortels découvrir ce que je suis, et pénétrer dans ce village et lui ouvrir la gorge de mes crocs serait une erreur, expliqua Hikari comme si elle parlait à un renardeau particulièrement lent. Ino a puni ces hommes parce qu'ils avaient vu des choses interdites, parce qu'ils nous avaient vues…

— Le clan les a tués, rectifia Morio en grondant. La loi l'imposait.

— Je ne vais pas assassiner l'un d'eux en me dévoilant, reprit Hikari comme si de rien n'était. Je vais le séduire, gagner sa confiance et aspirer son âme dans le secret de sa chambre. C'est une méthode que tu connais bien si je ne me trompe ?

Sa pique toucha juste, et Morio glapit de rage. Hikari ravala un sourire victorieux et afficha un air aussi calme que possible, n'offrant aucune prise à la colère de sa sœur.

— Fais attention à toi, Hikari, grinça la prêtresse. Tu as prêté serment et tu ne peux t'en défaire. Nous ne t'attendrons pas éternellement.

Sa menace plana dans l'air. Hikari sentit son cœur se soulever. La provocation de la renarde était-elle pure méchanceté ou contenait-elle une part de vérité ? Avant que la jeune femme ne puisse lui poser la question, Morio avait rejoint la protection de la forêt. Hikari se leva d'un bond et courut jusqu'aux premiers arbres, juste à temps pour saisir la silhouette agile de la renarde qui disparaissait au loin. Elle fit claquer sa langue d'agacement et d'angoisse, tentée un instant de se changer en renarde pour la poursuivre. Une douleur aiguë lui traversa la nuque. Son serment se rappelait à elle. Elle ne faisait plus partie du clan, pas tant que sa promesse ne serait pas réalisée.

À regret, elle recula et se rassit sur son banc. Ses crocs et ses oreilles pointues reprirent forme humaine. Elle récupéra ses aiguilles et la vision de sa broderie ratée, de la soie abîmée entre ses mains, chassa la pensée de sa sœur renarde. Son esprit se fixa sur sa mission et sur ce qu'elle devrait affronter le soir même. Elle devait gagner la confiance de ce village, de Jun. Si elle voulait rester et apprendre encore un peu comment vivent les humains, elle devait se fondre dans le paysage. Accomplir sa mission n'était qu'une formalité et cette chance d'assouvir sa curiosité, unique.

— Tu as l'air bien soucieuse, dit une voix connue dans son dos.

Hikari sursauta et le tissu qu'elle tenait atterrit dans la neige. Akane le ramassa et le posa sur ses genoux en s'asseyant à son tour sur le banc. Une fois son étonnement passé, la joie remplaça la peur. Hikari prit son amie dans ses bras avec fougue, enfonçant son visage dans son cou chaud qui fleurait bon le clan et la sécurité. Akane lui rendit son étreinte et les deux femmes restèrent un long moment enlacées de la sorte.

— Je ne peux pas rester longtemps, dit Akane d'une petite voix. Ino est sur les dents depuis ton départ.

— Je sais, dit Hikari en se détachant de son amie. Morio vient juste de partir.

Elle lui raconta son entrevue avec la favorite d'Ino. Akane ne put retenir une exclamation de surprise rapidement suivie par une ribambelle de jurons pour sa sœur renarde.

— La petite garce jalouse. Elle devait t'avertir d'une chose importante et elle ne l'a pas fait, je l'étriperais si je pouvais.

La colère d'Akane était comme un baume sur le cœur ravagé de Hikari. Elle s'attendrit de la virulence de cette sœur d'ordinaire si douce. Un instant, elle craignit que toute cette histoire ne la change de manière irrémédiable. Elle saisit les mains d'Akane entre les siennes et embrassa ses phalanges blanchies par la colère.

— C'est inutile de t'énerver contre Morio. Dis-moi plutôt ce qu'elle devait me dire.

— Tu as raison. Où en es-tu avec l'humain ? demanda Akane.

— J'avance doucement. Ce soir, je gagnerai la confiance de ce village et dans quelque temps, je tuerai le bûcheron de façon que cela passe pour un accident. Dans quelques semaines tout au plus, tout sera réglé.

— Tu n'as pas quelques semaines, lui révéla Akane d'une voix angoissée. Tu dois faire au plus vite, tue-le ce soir !

— Mais pourquoi ? S'il se donne à moi de lui-même, j'absorberai plus de pouvoir que si je le tue de sang-froid, avança Hikari pour justifier le long délai qu'elle s'octroyait pour remplir sa mission.

— Ino avance le départ du clan. Les kitsunes se réunissent.

— Mais ça n'a aucun sens. La guerre civile est encore loin à l'est, nos temples ne sont pas en danger !

— Ino a promis son aide au nouveau clan de Rika. Les hommes marchent sur leurs terres, ils ont envoyé un message à ce sujet. Nous partons dans trois jours. Tu dois nous rejoindre, réaliser ton serment d'ici là, sinon elle partira sans toi.

La nouvelle fit l'effet d'une douche froide à Hikari. L'accablement pesa sur ses épaules comme les premières neiges sur les frêles branches des bouleaux. Elle baissa la tête, noyée dans la terreur que lui inspiraient les mots d'Akane. Les kitsunes n'étaient pas faites pour vivre seules. Déjà son éloignement du reste du clan se faisait ressentir. Sa transformation avait été plus lente, ses pouvoirs s'affaiblissaient. Elle savait qu'Akane avait raison, qu'elle devait prendre l'âme du bûcheron le plus vite possible et rejoindre les siens. Chacune des fibres de son corps lui hurlait d'en finir mais son cœur lui murmurait d'attendre encore. Un mauvais présage la troublait, qu'elle ne pouvait ignorer. La détresse qu'elle ressentait se reflétait dans les yeux d'Akane qui l'observait, les lèvres serrées, le visage plus pâle que jamais.

— Je serai là à temps, lui dit Hikari. Attends-moi près du ruisseau le jour du départ, je serai là.

— Et si tu ne viens pas ? murmura Akane dans un souffle.

— Alors je vous rattraperai. File maintenant, tu es restée trop longtemps, des hommes viennent par ici. Va !

Comme Morio avant elle, Akane rejoignit rapidement le couvert des arbres. Elle bondit entre les bosquets et, entre deux sauts, retrouva sa forme de renarde. Elle lança un dernier glapissement à l'intention de Hikari avant de disparaître entre les troncs. Sur le chemin, Yûichi se dirigeait vers Hikari, accompagné par une vieille femme au dos courbé par l'âge. Elle s'appuyait difficilement sur une canne et ses cheveux blancs clairsemés s'échappaient d'un foulard aux couleurs passées.

— Hikari-san, voici Kaho-san, dit Yûichi en faisant les présentations. Le conseil du village s'est réuni ce matin, comme vous le savez, pour discuter de votre situation.

— Ces vieilles biques estiment qu'une jeune femme ne peut demeurer au temple trop longtemps, grinça la nouvelle venue avec un rire moqueur. Une question de décence soi-disant.

La vieille femme éclata d'un rire hoquetant qui la secoua tout entière. Hikari jeta une œillade interloquée au prêtre. Celui-ci ne put dissimuler un sourire amusé.

— Kaho-san s'est proposée pour vous aider et vous servir de chaperon. Vous continuerez à travailler au temple comme miko et Jun a proposé que vous emménagiez dans l'ancienne demeure de Hisao.

— C'est… inattendu, dit Hikari. Est-il vraiment nécessaire que je quitte le sanctuaire ?

— Ça permettra de calmer les esprits, dit Yûichi.

— Ils ont peur de vous, jeune fille, dit Kaho en la considérant avec intérêt. Ils ont peut-être raison. Et de toute façon, je n'ai rien de mieux à faire.

Elle lui adressa un clin d'œil complice. Avant que Hikari ne trouve quoi répondre, Jun apparut sur le sentier. Il s'avança vers eux en petites foulées pressées. Il se dirigea vers Kaho et la salua gentiment. Hikari, elle, se concentra sur la vieille qui souriait au bûcheron de ses gencives nues. Le prêtre vint poser une main sur son épaule. Il se pencha pour lui murmurer à l'oreille.

— Ne vous inquiétez pas, Kaho vous aidera.

— Elle est au courant ?

— Non, mais sa foi est forte et contrairement aux autres, elle ne craint pas seulement les kami, elle les respecte et eux la respectent aussi.

— Venez, je vais vous montrer la maison, proposa finalement Jun en prenant la main de Kaho dans la sienne pour l'aider.

Ils cheminèrent en se calant sur le rythme de la vieille femme, dont la démarche déjà bancale était rendue encore plus pénible par la neige. Il leur fallut une éternité pour rejoindre la maison de Jun. Hikari ne pouvait s'empêcher d'observer sa nouvelle compagne. Elle n'avait jamais vu d'humains aussi âgés. Elle était fascinée. Sans se cacher, elle dévisagea la vieille, parcourant de son pouvoir les sillons que ses rides creusaient dans son visage et ses mains. Kaho répandait un calme à toute épreuve. Elle la vit tressaillir sans un mot, tourner la tête comme pour capter un courant d'air invisible. Oui, les hommes étaient vraiment des créatures incroyables, aussi différents que les libellules au printemps. Aussi fragiles aussi…

Jun les conduisit jusqu'à la maison voisine de la sienne. Il ouvrit la porte sur une pièce froide plongée dans le noir. Il ramassa quelques bûches qui traînaient près de l'entrée et entra pour allumer une flambée.

Lorsqu'il revint, ses yeux brillaient d'excuses silencieuses.

— Je n'ai pas pensé à réchauffer la maison avant votre arrivée.

— Vous ne pouviez pas savoir, lui répondit Hikari qui se garda de lui dire que le froid ne la gênait pas.

Le bûcheron alluma rapidement un feu et entreprit de faire bouillir de l'eau. Hikari accepta le thé qu'il lui offrit. Les paroles du prêtre lui revinrent en mémoire, elle devait se faire une alliée.

— Merci de prendre soin de moi, Kaho-sama.

La vieille femme eut l'air satisfaite. Ils burent leur thé en silence. Hikari en profita pour observer la maison. Elle se fit violence pour rester assise et ne pas l'inspecter en détail, tant la curiosité la démangeait. La maisonnette était constituée d'une seule grande pièce. Dans un coin, une paillasse était étalée à même le sol avec une bassine posée à proximité. De la viande séchée et des herbes pendaient du plafond, répandant une odeur musquée appétissante. La vieille se leva en faisant grincer ses articulations.

— Il se fait tard, je n'ai plus la force de la jeunesse pour veiller toute la nuit.

— Je vais vous raccompagner, proposa Jun.

— Tu es gentil. Jeune fille, je passerai vous aider demain pour le ménage.

Hikari s'inclina respectueusement pour la remercier. Les deux femmes se jaugèrent du regard puis Kaho posa sa main sur le bras que lui offrait Jun pour la guider à l'extérieur.

Hikari se retrouva seule devant la petite maison. L'odeur des flammes et de la viande salée s'en échappait. Son estomac émit un grondement affamé. Sans attendre que Jun revienne, elle commença l'inspection de sa nouvelle demeure. La paillasse, munie d'une couverture rugueuse, attendait dans un coin. Des bols s'entassaient près de l'âtre. Elle s'approcha et constata avec surprise que tout était propre. Un sac de toile grossière avait été posé près de l'entrée. Elle l'ouvrit d'une main, et l'odeur musquée qui s'en dégagea lui fit porter ses doigts à son nez. Elle fouilla rapidement à l'intérieur et y découvrit les vêtements de l'ancien propriétaire. Elle referma le sac et leva les yeux vers le plafond. Un sourire affamé fit jaillir ses canines immaculées. D'un bond, elle décrocha le morceau de sanglier fumé et mordit dedans à pleines dents. Le goût du sel lui emplit les papilles et lui arracha une grimace. Elle faillit recracher la viande dure, mais son estomac se rappela à elle. Avec dégoût, elle engloutit la moitié du cuissot fumé. Elle s'essuya la bouche d'un revers du poignet, elle avait toujours faim mais son estomac n'en supporterait pas plus. Elle replaça la viande parmi les autres et s'assit sur la paillasse pour réfléchir. Il allait falloir trouver un moyen de sortir chasser, elle devrait en discuter avec le prêtre, il pourrait peut-être l'aider.

Soudain prise d'une immense lassitude, Hikari se laissa tomber en arrière sur le lit de fortune. Ses sœurs lui manquaient et leur absence était comme un trou béant dans sa poitrine, comme si un organe essentiel à sa survie lui avait été arraché. Elle devait accomplir sa mission pour pouvoir les retrouver, il lui restait peu de temps. Trois jours pour tuer un homme. Elle avait déjà tué des humains, plus que son comptant. Il lui restait trois jours pour tuer un simple bûcheron.

Comme un écho à ses pensées, la porte d'entrée s'ouvrit sur Jun. Une agréable odeur l'accompagnait. Il déposa deux bols de riz chaud et gluant sur la table.

— Venez manger avant que ça ne refroidisse, lui dit-il.

En un instant, Hikari bondit sur ses pieds et se retrouva assise à la table. Il l'observa, stupéfait. Son regard allait et venait entre le lit et la table. Hikari sourit et prit l'un des bols. Les baguettes dans les mains, elle adressa une prière silencieuse à ses sœurs et prit une bouchée. Le riz fondit sur sa langue, lui rappelant le goût des offrandes que laissaient parfois les voyageurs sur le chemin du temple. Elle savoura ce mets, bien plus délectable que la viande salée, et afficha un air ravi et repu, une fois le bol terminé. Elle était tout à fait consciente du regard que le bûcheron posait sur elle et des questions qu'il devait rêver de lui poser. Malgré tout, il respecta son silence. Une fois le repas terminé, elle le raccompagna jusqu'à la porte.

— Merci, Jun-san, pour votre aide.

— J'ai laissé des vêtements propres pour vous près de la bassine d'eau. Kaede était un peu plus grande que vous mais ils devraient vous aller.

Hikari frémit en entendant le nom de la miko décédée.

— Demain matin, Kaho viendra vous aider pour le ménage et Yûichi-sama vous attendra au temple dès que vous serez prête.

— Encore une fois, merci, dit la renarde et elle se surprit à le penser réellement. Je suis désolée pour la mort de votre ami.

D'un geste doux, le bûcheron prit sa main dans la sienne. Son pouce caressa le fil de soie qui retenait l'amulette qui pendait à présent au poignet de la jeune femme.

— Je sais que vous avez fait ce que vous pouviez. J'espère que vous pourrez accomplir votre mission.

Hikari déglutit avec difficulté et acquiesça lentement, le cœur lourd. Ses sentiments s'affrontaient à l'abri de son esprit. Il lui souhaita une bonne nuit et elle le laissa partir, la trace de son pouce comme une brûlure sur sa peau. Elle savait qu'elle aurait dû le retenir, le séduire pour l'amener jusque dans sa couche, en finir rapidement. Lui souffler des visions euphorisantes pour faire sauter ses défenses et, dans un moment de vulnérabilité, se gorger de son âme. Tout serait réglé en une nuit et le lendemain au lever du jour, elle serait libre de courir parmi ses sœurs. Au lieu de cela, elle répondit à son signe de la main et referma la porte sur la nuit.

25

2016, Tokyo, Japon.

Mina passa une main sur ses yeux fatigués. Elle avait faim et n'avait qu'une seule envie : se coucher. Cela faisait maintenant deux nuits que Natsume lui avait expliqué son plan et qu'elles erraient dans les rues de Kabukicho. En vain. Servir d'appât lui sembla tout à coup une très mauvaise idée. Un fil ténu de pouvoir la retenait accrochée à la miko, dissimulée quelques rues plus loin. À travers ce lien, elle pouvait percevoir la fatigue qui alourdissait les paupières de son amie, l'angoisse qui lui tenaillait le ventre. Elle pouvait sentir les battements de son cœur, la sueur qui perlait le long de sa nuque. Mais maintenir cette connexion l'épuisait, drainait toute son énergie. Mina croisa le regard scrutateur de Mayuri et relâcha sa concentration, aussitôt la sensation de la présence de Natsume s'atténua. Elle baissa les yeux, presque honteuse, et tourna à l'angle de la rue, la fantôme sur les talons.

Cela faisait longtemps qu'elle marchait dans les ruelles toutes plus semblables les unes aux autres, elle avait perdu tous repères. Elle s'enfonça plus profondément dans les venelles qui sentaient l'urine et le moisi. De temps en temps, elle percevait des réminiscences du passage de l'esprit. Elle ne croisa personne au cours de sa déambulation. Son inquiétude grandit. Elle lançait en permanence des appels en direction de Natsume mais celle-ci semblait avoir disparu. Les fils de son don s'effilochaient dans le vide laissé par la miko. Son cœur accéléra encore et elle le sentit pulser dans le bout de ses doigts.

Quelqu'un s'avançait dans sa direction. Mina bloqua sa respiration. L'adrénaline coulant furieusement dans ses veines saturait son esprit de sensations. Elle ralentit le pas. Dans la lumière sale de la rue, la silhouette se découpa plus nettement. Elle passa sous un lampadaire, et Mina vit qu'il s'agissait d'un homme, le visage masqué sous la large capuche de son sweat-shirt. Elle se tendit vers lui, projetant sa volonté et son pouvoir à sa rencontre pour le sonder. Et ne trouva rien. Un magma informe d'oubli enveloppait l'inconnu qui avançait d'une démarche hésitante. Mina serra les poings, cherchant désespérément à entrer en contact avec Natsume. L'homme n'était plus qu'à quelques mètres d'elle. Lorsqu'il la dépassa, les effluves d'alcool qui se dégageaient de lui saturèrent l'atmosphère. Il passa sans la regarder, les yeux noyés dans le vide. Le bruit de ses pas était assourdi contre le macadam, le fond de l'air sembla se refroidir de plusieurs degrés. Confuse, Mina fut tentée de tendre la main vers lui, de le toucher pour s'assurer qu'il était bien humain. Le geste qu'elle esquissa dans sa direction le surprit et le fit tituber hors de portée.

— Qu'esse'tu veux ? bafouilla-t-il en la dévisageant d'un œil embrumé.

— Rien, pardon, s'excusa Mina en s'éloignant d'un pas.

Il lui lança un regard torve et reprit sa route sans plus se soucier d'elle. Mina attendit qu'il ait tourné au croisement pour souffler de soulagement.

— Tout va bien ? demanda Mayuri qui avait perçu son trouble.

Mina ouvrit la bouche pour lui répondre lorsqu'une sensation de froid intense la percuta comme une gifle. Elle eut l'impression désagréable de traverser un voile gelé, et frissonna avant de s'arrêter net. Mayuri s'approcha mais Mina l'arrêta d'un geste. Une gangue ouatée semblait être tombée sur la rue. L'air sec et glacial lui frigorifia les poumons. Un miaulement assourdi lui parvint. Mina leva la tête. Deux yeux jaunes l'observaient depuis le dessus d'une poubelle. Le félin à la longue queue tigrée émit une sorte de crissement, un ricanement moqueur, sans la quitter des yeux. Il émanait de sa fourrure des volutes rougeâtres qu'elle ne lui avait jamais vu auparavant. Mina recula d'un pas, mais déjà le chat bondissait de son perchoir. Il lui passa entre les jambes en feulant et disparut dans son dos, se fondant parmi les ombres.

— C'est lui ! s'écria Mina.

— Tu es sûre ? demanda Mayuri.

— Je ne sens plus Natsume, s'affola-t-elle. Ce n'est pas normal.

La panique lui serra la gorge. Un hurlement déchira la quiétude de la nuit. Mina fit volte-face, le cœur tambourinant avec force contre ses côtes. Alors qu'elle hésitait, un second cri retentit. Un râle d'agonie, de bête blessée. Mina sentit la bile lui remonter dans la gorge. Elle se précipita en direction des cris, Mayuri sur ses talons. Les plaintes de douleur diminuèrent rapidement en intensité avant de s'éteindre définitivement. Mina déboula hors d'haleine dans une allée sombre. Une silhouette se tenait debout, à peine discernable dans les ténèbres, immobile. Elle propagea sa perception autour d'elle. Une aura d'un gris maladif se tenait là, dans la pénombre. Mina déglutit, terrorisée à l'idée de se retrouver seule face au fou furieux qu'elle cherchait en vain depuis deux nuits. Mais où était Natsume ?

— Monsieur ? demanda Mina avec prudence.

Un silence assourdissant lui répondit. Elle crut un instant qu'il ne l'avait pas entendue, mais la silhouette releva la tête dans sa direction. Une sensation de malaise lui picota la nuque. Mina prit appui d'une main moite sur le mur le plus proche et fit un pas en avant. Son pied s'enfonça dans un liquide gluant avec un bruit de ventouse. Dégoûtée, elle dégagea sa chaussure et sortit son téléphone de sa poche. Elle dirigea le faisceau lumineux sur la flaque devant elle, qui brilla d'un rouge soutenu. La nausée lui souleva le cœur. Elle braqua son écran sur la personne renfoncée dans les ombres et toujours immobile à quelques mètres d'elle. Une Natsume échevelée se découpa en ombre chinoise. La jeune fille la regardait, hagarde et tremblante. Elle tendit vers Mina deux mains ouvertes en signe d'incompréhension avant qu'un cri d'horreur ne lui déchire la gorge. Ses doigts étaient recouverts de sang encore humide. Aux pieds de Natsume, le corps exsangue de l'homme ivre gisait dans une position étrange. Mina sentit son cœur rater un battement avant de s'emballer. Elle serra les lèvres pour contenir un gémissement terrifié en avisant le cadavre. Ses cheveux avaient blanchi, sa peau grisâtre se tendait sur ses os saillants. Une nouvelle plainte terrifiée s'échappa de la bouche de Natsume. Elle recula précipitamment et heurta le mur derrière elle. Elle se laissa glisser contre le béton et continua de battre des pieds dans le vide tout en se cachant les yeux, comme si elle cherchait à disparaître dans le mur. Mina courut vers elle et l'aida à se relever, en la tirant de toutes ses forces.

— Natsume, lève-toi ! ordonna-t-elle. Qu'est-ce qu'il s'est passé ?

— Je ne sais pas… je ne sais pas.

Natsume répéta cette phrase en boucle tandis que Mina l'éloignait du cadavre. L'expression de terreur figée sur les traits du mort la mit mal à l'aise. Elle entraîna son amie vers la sécurité relative des lampadaires. Les tremblements de Natsume étaient de plus en plus violents.

— Natsume, regarde-moi. Que s'est-il passé ? répéta Mina d'une voix aiguë.

— Je n'en sais rien, bredouilla la jeune fille choquée en contemplant ses doigts.

— Concentre-toi. De quoi te souviens-tu ? insista Mina en posant ses mains sur les épaules de son amie.

— Je… je te suivais. Je me suis cachée pour laisser ce type bourré passer et… il est mort, réalisa Natsume. Elle se dégagea brutalement et se pencha juste à temps pour vomir son dernier repas. Mina s'écarta un peu et la laissa reprendre ses esprits. Mayuri s'approcha à son tour du carnage. Ses yeux fantomatiques considérèrent la scène, le cadavre et les deux adolescentes, avant de s'écarquiller d'effroi. Près d'elles, Natsume s'essuya la bouche d'un revers de la main. Elle se redressa en prenant appui sur le mur et s'éloigna d'une démarche flageolante.

— Attends-moi ! cria Mina.

— Ne t'approche pas de moi, hoqueta la jeune fille en tendant ses bras en bouclier devant elle.

Elle se détourna brusquement et se mit à pleurer, le corps secoué de sanglots incontrôlables. Mina sentit une vague de pitié et d'affection la submerger. Une pointe de colère aussi. Elle s'approcha de Natsume et prit délicatement ses mains dans les siennes. Ses doigts souillés de sang avaient laissé de longues traînées écarlates sur ses joues blanches, lui faisant comme un masque de guerre. La pâleur de sa peau s'en trouvait rehaussée et Mina ne put s'empêcher d'admirer la beauté sauvage de son amie, avec ses cheveux emmêlés et son maquillage dévasté. Malgré ses yeux rougis par les larmes, elle dégageait une force qui rayonnait par chacun de ses pores. Natsume se recula vivement, la confusion se lisant sur chacun de ses traits. Des traces sanglantes ornaient à présent les gants blancs de Mina.

— Natsume, calme-toi, s'il te plaît. Ça va aller, on va comprendre ce qu'il s'est passé ensemble d'accord ?

La miko hésita un instant avant de hocher lentement la tête. Mina lui sourit pour l'encourager et l'entraîna un peu plus loin encore du cadavre. Elle fit signe à Mayuri de la suivre. Une fois éloignées, elle sortit de son sac un paquet de mouchoirs qu'elle tendit à son amie.

— Bon, de quoi tu te souviens ?

Natsume fronça les sourcils, et Mina pouvait deviner qu'elle faisait défiler toute sa soirée dans son esprit.

Une étincelle de compréhension perça furtivement sur son visage avant d'être à nouveau avalée par la panique.

— Je ne sais pas, je te suivais à distance et cet homme est arrivé. J'ai vu… j'ai vu son aura. Il avait des cornes, il dégageait quelque chose de sombre, de… de mauvais. Et il y avait cette voix dans ma tête qui me disait que c'était mon devoir…

— Et ensuite ?

— Ensuite plus rien, tu es arrivée et…

Un nouveau sanglot l'empêcha de parler. Mina expira un grand coup et s'approcha de l'homme étendu au sol. Elle pointa à nouveau son téléphone vers le corps sans vie et s'accroupit pour l'observer. Son bras était agité de tremblements. Les yeux grands ouverts du défunt qui semblaient la fixer, la mirent mal à l'aise. Sa bouche, figée dans un rictus, exprimait une surprise horrifiée. Elle remarqua que certaines mèches de ses cheveux étaient blanches au milieu de sa tignasse de jais. Mina prit une grande inspiration et s'efforça d'oublier que l'homme vivait quelques minutes auparavant. Elle se concentra sur le corps, examina son front avec attention et découvrit deux petites protubérances masquées par des mèches de cheveux. La bouche entrouverte laissait apparaître de petites dents pointues et effilées comme des rasoirs. Un yokaï comme l'avait dit Natsume. *Il ne méritait pas de mourir*, pensa-t-elle en se redressant. La chair de poule hérissa les poils de ses avant-bras. Qu'est-ce qui aurait pu le terrifier à ce point ? Elle échangea un regard inquiet avec Mayuri qui examinait elle aussi le corps du défunt.

— Il ne reste rien, dit le spectre. Il ne reviendra pas, sous aucune forme.

Mina retourna près de Natsume qui tremblait comme une feuille en se tordant les mains.

— Tu ne te rappelles rien d'étrange ? Rien qui sorte de l'ordinaire avant l'arrivée de cet homme ?

Natsume hésita, blêmit.

— Le chat, bredouilla-t-elle presque pour elle-même. Un chat a surgi de nulle part entre mes jambes. Il… Il m'a fait un clin d'œil et après, tout est devenu noir. Bon sang, mais qu'est-ce qu'il m'arrive ? Ça ne devait pas se passer comme ça !

Mina sentit son souffle se bloquer dans sa poitrine. Mayuri haussa un sourcil surpris.

— Qu'est-ce qui ne devait pas se passer comme ça ? la devança la fantôme.

Natsume leva les yeux vers la revenante comme si elle la voyait pour la première fois.

— Natsume, tu vois Mayuri, n'est-ce pas ? Et tu as vu que cet homme était un yokaï, pourtant, nous sommes en dehors du *Kogage*. Tu m'as dit toi-même que tu ne pouvais pas discerner les esprits, assena Mina à toute vitesse, sentant l'angoisse lui remonter dans la gorge. Comment se fait-il que tout d'un coup tu puisses voir des fantômes que même ton oncle peine à distinguer ? Qu'as-tu fait ?

— Je n'ai rien fait ! Je te jure, je n'ai rien fait !

— Natsume, c'est impossible, tu as forcément fait quelque chose. Ce sont tes mots, on ne peut voir les yokaïs que si on a du sang de démon ou que l'on a passé un pacte avec l'un d'eux. Qu'as-tu fait ?

— Je n'ai rien fait, s'effondra Natsume. C'était juste un rêve, ce n'était pas réel. Je pensais… Je pensais que mes pouvoirs se réveillaient enfin. Qu'à force de te côtoyer, mon propre don se révélait. Je ne savais pas, ce n'était qu'un rêve !

Les beaux yeux bruns de la miko s'emplirent de larmes. Les paroles de l'esprit revinrent instantanément à Mina. Il avait trouvé une proie plus facile à séduire. Mina se figea, craignant de comprendre comment le yokaï avait prévu de s'en prendre à elle.

— Natsume, c'est très important, tu as vu un chat en rêve ? Que t'a-t-il dit ?

— Il a dit que je pourrais réveiller mes pouvoirs, que j'avais ma place moi aussi dans ma famille, que je n'avais pas à les laisser me mettre de côté.

— Très bien, et que t'a-t-il promis en échange ? interrogea Mina.

— Il a demandé à voir certains de mes souvenirs. Oh que j'ai été stupide ! se lamenta Natsume, les joues toujours inondées de larmes, alors qu'elle réalisait son erreur. C'était tellement évident. Je suis un monstre. J'ai trahi ma famille. J'ai tué un homme.

— Tu as passé un pacte avec lui, tu étais possédée Natsume, ce n'était pas ta faute, tenta de la rassurer Mina.

Natsume se figea, porta une main à sa bouche, son visage empreint d'un masque d'horreur. Elle ne pleurait plus à présent. Elle se tenait droite, les mains crispées en poings le long de ses jambes et regardait le cadavre avec une expression déterminée.

— Natsume ? demanda Mina.

— Je vais régler cette histoire, dit la jeune fille d'une voix rauque.

— C'est trop dangereux, il faut retourner au sanctuaire. Ton oncle saura quoi faire.

— Hors de question, rugit Natsume. Je ne peux pas retourner là-bas, ils me chasseraient !

— Mais enfin, c'est ta famille ! s'exclama Mina qui sentait que la situation lui échappait.

— À ton avis, que fait-on aux chasseurs qui se laissent abuser par l'ennemi ? En me laissant posséder, j'ai trahi ma famille, j'ai failli à notre tâche. Je ne suis vraiment bonne à rien, ajouta Natsume en sanglotant.

— Natsume, je t'en prie…

Natsume fit volte-face avant de partir en courant. Mina se lança à sa poursuite. Lorsque la jeune fille rejoignit une artère passante, elle se jeta dans la foule, provoquant quelques exclamations outrées sur son passage et disparut dans le brouhaha ambiant. Mina resta seule sur le trottoir. Elle tenta de lancer son pouvoir après la miko, mais la fatigue des deux derniers jours la terrassa. Elle tourna quelques minutes avant de baisser les bras et trouva refuge près d'un lampadaire où était accroché un vélo auquel manquaient une roue et la selle.

— Je vais essayer de la trouver, proposa Mayuri. Où a-t-elle pu aller selon toi ?

— À cette heure, peut-être au *Kogage* ? Il faut aussi prévenir Ryu pour le cadavre, il saura quoi faire.

— D'accord, je vais commencer par là et le mettre au courant, dit la fantôme. Tu devrais rentrer te reposer.

Mayuri lui adressa un petit signe de la main et disparut à son tour. Un profond sentiment d'impuissance envahit Mina, éclipsant même la peur qui lui nouait les entrailles. Que faire ? Retourner au temple ? Demander l'aide d'Akihiro ? Alors qu'elle peinait à se décider, un vertige la saisit et des étoiles mouchetèrent sa vue. Épuisée, Mina s'engouffra dans la première station de métro qu'elle trouva.

26

2016, Tokyo, Japon.

En arrivant aux abords du sanctuaire, Mina ralentit l'allure. Pendant la nuit, elle avait eu le temps de réfléchir et elle s'était décidée à demander l'aide d'Akihiro au sujet de Natsume, mais quelque chose n'allait pas. Une brume épaisse aux inquiétantes nuances de gris surplombait la colline qui abritait le temple shinto. Mina fronça les sourcils et s'avança avec précaution jusqu'au torii. Perché sur le portail de bois, Arashi l'accueillit avec un croassement rauque. Le malaise qu'elle ressentait s'accrut encore lorsqu'elle posa le pied sur la première marche des escaliers. Alarmée par l'aura délétère qui envahissait les lieux, Mina recula prudemment. Un fourmillement désagréable lui dévala la nuque. Un sentiment diffus de crainte la retenait d'avancer. Après une ultime hésitation, elle escalada les dernières marches menant au temple, à bout de souffle. Elle prit une grande inspiration qui résonna dans le silence matinal.

Mina jeta un regard étonné au temple désert. Un calme surnaturel planait sur l'esplanade dégagée.

Une brise discrète agitait les rubans qui pendaient à l'arbre des vœux. Arashi, le corbeau, fixait le bâtiment principal et un mauvais pressentiment l'étreignit. *Faites qu'il ne soit rien arrivé à Natsume*, pria-t-elle intérieurement. Les battements d'ailes du corbeau, toujours perché sur sa branche, lui firent lever les yeux. Le silence du volatile renforça son inquiétude. Un éclat de voix brisa la paix menaçante du lieu, provenant du bâtiment où l'on vendait les amulettes. Mina se dirigea vers le son et s'approcha à pas de loup. Elle contourna le bâtiment et grimpa sur l'estrade de bois qui surélevait la terrasse par rapport au jardin. Une dispute faisait rage à l'intérieur. Elle allait coller l'oreille aux panneaux de bois lorsque l'un d'eux glissa violemment sur ses rails. Mina se retrouva nez à nez avec un torse imposant. Elle releva précipitamment la tête pour croiser un regard brun hargneux et un crâne rasé. Elle réalisa que malgré leur ressemblance, l'homme qui lui faisait face n'était pas Akihiro, et elle recula d'un pas.

— Qui êtes-vous ? demanda l'homme d'une voix tranchante comme un couteau. Et que faites-vous là ?

— Je…

Mina recula encore. Son talon ripa sur le rebord de la plateforme. Elle chuta en arrière avec un cri de détresse. Une main puissante se referma sur son poignet, manquant de lui broyer les os, et la tira en avant. Un flash lui vrilla les pupilles. Le souvenir s'imposa à elle. Une silhouette difforme se cachait dans les ombres d'une rue mal éclairée. Elle haletait, aux aguets. Elle savait que de prédateur, il était devenu proie. Le chasseur de démons jubila en sentant la peur qui émanait de sa future victime. Il la regarda tourner à l'angle d'un amoncellement de poubelles, paniquée. D'un geste d'une vitesse prodigieuse, il s'élança derrière le yokaï, le doubla. Il faucha le malheureux qui s'écrasa au sol, le saisit par la gorge et le leva à hauteur de son visage. Dans les yeux entièrement noirs de l'esprit, deux pupilles brunes cerclées de jaune se reflétèrent un instant. Une clochette tinta. La lame s'enfonça dans le ventre de la créature. Le chasseur poussa un cri de triomphe qui trouva un écho entre les lèvres de Mina.

Submergée par le débordement de violence et d'exultation du souvenir, Mina s'affala sur elle-même avec un bruit sourd. Allongée sur le parquet de la terrasse, elle grimaça de souffrance, une main crispée sur sa tempe tandis que l'étau qui lui emprisonnait le bras se relâchait brusquement. Elle se recroquevilla au sol, prostrée, l'esprit encore vibrant des réminiscences de sa vision. Le visage d'Akihiro apparut dans son champ de vision, plissé d'inquiétude.

— Mina-chan, dit-il, tout va bien ?

Il fallut plusieurs secondes à la jeune fille pour retrouver son calme et son souffle, et se redresser en position assise. Le prêtre lui apporta un verre d'eau qu'elle accepta avec gratitude. La migraine se frayait un chemin jusqu'à ses yeux et elle se massa les tempes. C'est alors qu'elle vit l'homme qui l'avait agrippée, assis en tailleur face à elle. Il portait un kimono bleu roi sur un hakama gris foncé. Un anneau d'or brillait à son poignet. Tout en lui dégageait autorité et pouvoir. Son assurance était déstabilisante et se répandait hors de lui dans une aura rouge veinée de noir. Mal à l'aise, Mina détourna les yeux pour éviter ces émanations rageuses. L'homme au crâne rasé la détaillait avec un intérêt teinté de mépris.

— Qui es-tu ? demanda-t-il sans se présenter.

Il fronça les sourcils comme pour la mettre au défi de répéter sa question. Il exigeait une réponse et il l'obtiendrait. *Il lui ressemble tellement*, réalisa-t-elle.

— Vous êtes le père de Natsume, dit-elle simplement.

— Qui es-tu ? gronda-t-il.

La colère qui vibrait dans sa voix, la violence contenue qui se dégageait de lui, effrayèrent Mina autant qu'elles l'énervèrent. Elle but une gorgée d'eau et observa avec un plaisir mal dissimulé la veine qui battait sauvagement à la tempe de l'homme. Il enrageait qu'elle lui tienne tête. Voyant que Mina ne se décidait pas à répondre, Akihiro s'interposa.

— Akito, voici Kobayashi Mina, c'est une amie de Natsume-chan.

— Elle a le don. Qu'as-tu vu ?

Mina reposa son verre en prenant garde de ne rien renverser.

— Réponds, petite morveuse.

— Ou quoi ? Vous allez me tuer comme le pauvre esprit de la ruelle ? demanda Mina d'une voix maîtrisée qui l'étonna.

Un éclair de fureur traversa les yeux du colosse et pendant une seconde, un cercle jaune illumina ses iris. Il croisa les bras sur son kimono sombre et l'observa avec attention.

— Je n'ai pas de comptes à rendre à une gamine dans ton genre.

— Une gamine dans mon genre ?

— Qu'est-ce que tu veux ?

— Je suis là pour Natsume, dit Mina en se tournant vers Akihiro. Il y a eu un incident hier soir pendant que nous chassions le yokaï responsable de la vague de meurtres.

— Ma fille n'a rien à faire avec quelqu'un comme toi, elle poursuit son héritage, l'interrompit le père de Natsume d'une voix dure. Elle n'a pas besoin d'aide.

— Akito, dit simplement le prêtre.

— Elle est en danger, insista Mina.

— Et que sais-tu du danger, petite voyante ?

— Vous l'avez dit, j'ai le don. Mais Natsume ne l'a pas !

Les deux frères échangèrent un coup d'œil. Akito fit claquer sa langue avec colère, dardant sur elle son regard dur, comme il aurait considéré un déchet oublié sur le trottoir. La colère de Mina gagna en intensité. Elle serra les poings pour contenir leurs tremblements.

— Natsume a été piégée parce qu'elle voulait que vous vous occupiez d'elle. Elle court après quelque chose de bien trop fort pour elle. Elle va se faire tuer.

— Tu ne sais rien à rien, laisse ma fille suivre sa voie. Son don s'est enfin déclaré, elle doit suivre son destin.

— Elle va se faire tuer ! répéta Mina un cran plus fort. Ça ne vous fait rien ? Natsume n'a pas de don. Akihiro-sama, je vous en supplie ! implora-t-elle.

— C'est vrai, bafouilla le prêtre visiblement perdu face à l'assurance de son frère. Mais les éveils tardifs sont possibles. Il y a déjà eu des cas dans le passé.

La détresse du prêtre atténua la colère de Mina.

— Vous savez que ce n'est pas le cas pour Natsume. Elle est désespérée, prête à tout pour vous prouver sa valeur. Natsume a passé un pacte avec un esprit et elle ne sait plus comment s'en sortir !

— Elle ne ferait jamais ça ! grogna Akito. Jamais !

— Ses pouvoirs ne viennent pas de nulle part, enfin ! Elle n'était pas capable de voir le moindre fantôme et voilà que tout d'un coup, elle les perçoit mieux que vous, Akihiro-sama ? Vous savez que ce n'est pas normal. C'est n'importe quoi ! s'emporta Mina qui n'en croyait pas ses oreilles. Natsume va mourir, soit parce qu'elle se fera tuer par ce démon qu'elle n'a pas les moyens de combattre, soit parce qu'elle est possédée.

— Possédée ? murmura le prêtre, sous le choc.

Mina ne put retenir une grimace. Les mots étaient sortis tout seuls. Elle baissa les yeux, mal à l'aise. Lorsqu'elle les releva, la détresse qui déformait le visage du prêtre fit vaciller ses dernières barrières. Son frère arborait toujours une expression butée.

— Natsume ne laisserait jamais un esprit la posséder, je refuse d'y croire, assena-t-il à nouveau, débordant d'assurance. Elle a engagé sa première chasse au démon, rien ni personne du clan ne doit lui prêter main-forte. Il est temps pour elle de mériter le nom qu'elle porte.

— Peu importe ce que vous voulez croire ou non.

— Akito, elle a peut-être raison, murmura le prêtre.

— Cette gamine dit n'importe quoi ! Elle ne sait rien de nous.

— Akito, murmura le prêtre d'une voix blanche, je dois te dire quelque chose.

Mina et le chasseur de démons se tournèrent d'un bloc vers Akihiro. Sous leurs regards conjugués, il baissa la tête, honteux.

— Hier soir, Natsume est repassée au temple. Après son départ, je me suis rendu compte que Genso avait disparu.

— Genso, c'est la cloche avec les rubans orange ? demanda Mina.

— Oui, répondit Akihiro, vous l'avez vue en rêve si je me souviens bien.

— J'ai vu Natsume avec cette cloche, plusieurs fois, avoua Mina.

Près d'elle, Akito bouillait littéralement de fureur. Il serrait les poings à s'en faire blanchir les jointures, comme s'il se retenait de la frapper.

— Comment as-tu pu la laisser partir avec ? gronda-t-il en se tournant vers son frère.

— Je vérifie tous les jours les scellés, Genso et Moe étaient toujours présents, bredouilla le prêtre, pétrifié.

Un silence morbide s'abattit sur la terrasse. L'aura de violence contenue qui enveloppait Akito céda d'un seul coup. Pendant une fraction de seconde, une vague de pouvoir déferla dans la pièce, semblable à un hurlement de rage. Sauf que le chasseur de démons ne prononça pas un mot, ne bougea pas un cil. Ses yeux, aux pupilles cerclées d'un jaune menaçant, étaient verrouillés sur Mina qui encaissa la vague psychique de son mieux. Lorsque cela prit fin, Mina eut l'impression d'avoir été avalée par un tsunami et recrachée sur une plage. Elle prit une inspiration sifflante, secouée de tremblements.

— Si la sécurité du sanctuaire a été compromise, nous pratiquerons un exorcisme et nous dresserons de nouveaux kekkaïs pour protéger le temple, dit Akito. Si Natsume chasse un démon puissant, Genso pourra l'aider. Je m'assurerai qu'elle est bien en possession de la cloche.

— Quoi ? C'est tout ? s'insurgea Mina, toujours haletante. Vous avez entendu ce que je viens de vous dire ? Natsume est possédée ! Elle a besoin d'aide, maintenant !

— Elle ne se serait pas laissé séduire par un démon. Même si son don est faible et son entraînement incomplet, elle n'aurait jamais fait ça.

— Et que savez-vous de Natsume ? rugit Mina en puisant dans sa colère pour calmer les soubresauts qui lui agitaient les mains. Vous parlez d'elle comme si vous la connaissiez mais vous l'avez abandonnée ici depuis des années. Vous ne savez rien d'elle.

— Et tu crois la connaître mieux que moi ? susurra Akito.

Mina ouvrit la bouche pour riposter mais le chasseur de démons se leva brusquement et la saisit par le bras. Il la traîna jusqu'à la porte. Mina tenta de se débattre mais elle ne put rien faire contre la poigne d'Akito. Sans ménagement, il la repoussa en dehors du bâtiment.

— Ça suffit maintenant. Va-t'en. Natsume peut se débrouiller toute seule, cela fait partie de son initiation. Elle tuera son premier démon et deviendra une chasseuse à part entière.

— Vous êtes fou, répondit Mina.

La colère laissa place à la détresse. Elle sentit les larmes lui monter aux yeux. Dans le dos d'Akito, Akihiro lui lança un regard perdu.

— Akihiro-sama, Natsume n'a reçu aucun entraînement, vous devez l'aider.

— Il ne peut pas, assena Akito. Natsume a entamé une cérémonie sacrée, rien ne peut l'interrompre. Et si tu te mets sur son chemin, tu auras affaire à moi. Laisse ma fille tranquille !

— Alors vous allez la laisser mourir sans rien faire ?

— Si tel est son destin, oui. Maintenant disparais, et que je ne te revoie plus traîner ici.

Mina suffoqua de rage et d'incompréhension. Devant elle, le père de Natsume lui semblait un mur infranchissable. Elle pourrait frapper encore et encore, elle se briserait sur ses certitudes et ses traditions séculaires. Avec un cri de colère étouffé, elle tourna les talons et quitta le temple.

27

1467, province d'Izumi, Japon.

Hikari quitta le temple à la tombée du jour, tremblante et épuisée. La vie des hommes n'avait décidément rien à voir avec celle du clan dans la montagne. Jamais elle n'aurait pensé que leurs activités, grouillantes et mystérieuses vues depuis les sommets, puissent être aussi harassantes. Et sans fin. Il y avait toujours quelque chose à faire et personne ne chômait. Dégager la neige, ranger, laver, préparer les offrandes et les cérémonies, aider la vieille Kaho et accompagner Yûichi dans la montagne, elle découvrait chaque jour de nouvelles tâches.

Hikari se passa une main sur le front quand un vertige la fit vaciller. Elle n'avait pas l'habitude de travailler, son activité principale était la chasse, parfois la collecte des offrandes, et la fatigue était une sensation nouvelle pour la jeune femme. Au bout du petit chemin, elle pouvait apercevoir la fumée qui s'échappait de sa chaumière. Elle en était venue à apprécier son confort rustique et sa simplicité. Grâce à l'aide de Kaho, elle avait réussi à se débarrasser de l'odeur de son précédent propriétaire et, au bout de plusieurs jours, continuait de s'émerveiller des moindres détails. Son regard se posa sur la maison voisine et son ventre se souleva. Quelque part au fond de son esprit, une petite voix persifla une pensée qu'elle refoula. Elle se persuadait qu'elle avait encore le temps, ignorant l'avertissement d'Akane et se concentrant sur l'idée de s'intégrer au village pour ne pas affronter les sentiments qu'elle éprouvait à l'égard de Jun. Elle ferma les yeux pour le chasser de son esprit et reprit son chemin d'un pas énergique.

Hikari n'était plus qu'à quelques pas du palier quand la douleur lui transperça la poitrine comme une flèche. Elle tomba à genoux, une main crispée sur son torse, les yeux exorbités. Elle tenta d'inspirer une goulée d'air froid mais son souffle resta bloqué dans sa gorge, lui arrachant un hoquet guttural. La souffrance se propagea dans tous ses membres, rayonnant depuis son cœur meurtri en vagues inexorables. Son crâne se retrouva enserré dans un étau brûlant. Sa vue se brouilla. Hikari hurla quand les visions affluèrent sous ses paupières. Elle vit le clan préparer son départ, Ino, dégageant une puissance qu'elle ne lui avait jamais vue, ordonner à ses sœurs de se lever. Les renardes prenaient la route en cet instant, dans un babil joyeux et impatient. Une seule de ses sœurs se retourna vers la vallée, une tristesse insondable noyant ses beaux yeux verts. Akane lança un dernier cri d'appel qui résonna dans les oreilles de Hikari comme une oraison funèbre. Le mirage s'estompa et la douleur qui ravageait son corps reflua lentement, emportant avec elle chacun des liens qui la retenaient à ses sœurs, étirés par une distance trop grande. Hikari gémit. Ses poumons s'ouvrirent brutalement et l'air glacé afflua. Elle resta immobile. Seule. Elle ne ressentait plus rien qu'un vide monstrueux et d'une violence inouïe. Incapable de réfléchir, broyée par le choc, Hikari se laissa tomber au sol. Deux bras puissants la rattrapèrent. Dans le brouillard qui noyait ses sensations, elle sentit qu'on la soulevait. Le froid laissa place à la tiédeur émanant d'une paillasse près d'un feu. Hikari se laissa sombrer dans le désespoir et les ténèbres l'engloutirent.

La kitsune ouvrit les yeux dans une demi-pénombre. Des effluves de cendres chaudes et de riz vinrent lui titiller les narines. Son cœur lui remonta dans la gorge, elle détourna la tête. Elle flottait dans un néant douloureux qui avait pris racine à la place de son cœur. Que faisait-elle là ? Où était-elle ? La vérité lui revint comme un coup de poing. Elle était seule. Coupée des siens, de la sécurité du clan, de tout ce qui lui était naturel et essentiel. *Mes pouvoirs vont faner*, pensa-t-elle avec fatalité. *Je vais dépérir.* Cette pensée la troubla plus qu'elle ne l'aurait imaginé. Le désespoir l'envahit. Pouvait-elle encore accomplir sa mission et partir à la poursuite du clan ? Ino avait choisi de partir sans elle, elle avait choisi de la sevrer de leur lien. Sa disgrâce était totale, et implicitement, le clan la reniait. Même si elle arrivait à les retrouver, rien ne lui assurait que ses sœurs la reprendraient dans leurs rangs.

Un éclat de voix se fraya un chemin, la tirant de ses pensées. Les yeux toujours clos, Hikari s'efforça de repousser ce qu'il se passait autour d'elle, concentrée sur sa peine et le manque qu'elle ressentait dans chaque fibre de son corps. Mais elle était trop réveillée à présent pour faire fi de l'activité qui l'entourait.

À l'odeur du feu se rajouta celle d'hommes. Elle reconnut celle de Yûichi et fut rassurée de savoir le prêtre à ses côtés. Des pas s'avancèrent vers elle et une main lui posa un linge frais sur le front. On murmura une phrase qu'elle ne saisit pas. Les éclats de voix reprirent de plus belle et dans les ténèbres qui l'entouraient, elle capta des bribes de la dispute qui semblait faire rage à quelques pas d'elle.

— … bien dit qu'elle n'apporterait que des malheurs ! tonna une voix.

— Tu dis n'importe quoi, elle est malade c'est tout.

— Qui nous assure qu'elle ne va pas nous transmettre son mal ?

— … trop dangereux…

Hikari laissa les voix la bercer et s'abîma à nouveau dans un sommeil vide. Ses songes furent peuplés de cris d'adieu et de fourrures. Elle courait pour rattraper Akane sans jamais pouvoir l'atteindre. Parfois, Ino se jetait sur elle pour lui barrer la route et elle pouvait lire dans ses babines retroussées son triomphe égoïste et satisfait. Elle ne voulait pas se battre contre la renarde, juste retrouver ses sœurs, mais le reste du clan poursuivait inexorablement sa route sans lui adresser un regard.

Lorsqu'elle finit par émerger de ses cauchemars, ses yeux s'ancrèrent dans ceux de Jun. Elle fit le point sur leur couleur brun chaud le temps que son esprit s'éclaircisse, fronça les sourcils en sentant une vague de honte l'envahir. Au fond d'elle-même, la petite voix lui murmurait de tuer le bûcheron sur-le-champ, de se gorger de son âme et de courir ventre à terre rejoindre le clan. Il était encore temps de les rattraper.

Le sourire qu'il lui adressa en la voyant réveillée balaya toute idée de violence. Une boule chaude se forma dans la gorge de la renarde. Hikari voulut tendre une main vers le visage de Jun mais la fatigue plombait ses membres.

— Ne faites pas d'effort, la pressa Jun en posant une main sur la sienne. Vous êtes restée plusieurs jours piégée dans la fièvre sans manger. Vous devez vous reposer.

Il lui souleva délicatement la tête et porta un gobelet d'eau à ses lèvres. Hikari but avec avidité, réalisant qu'elle était assoiffée, et manqua de s'étouffer. Elle toussa et se laissa à nouveau aller contre le sol.

— Je suis désolée, dit-elle d'une voix rendue rauque. Je vous ai créé des ennuis.

— Ne vous inquiétez pas.

Un silence s'installa entre eux, doux et naturel. Jun essuya la sueur qui perlait encore sur le front de la jeune femme et lui resservit un peu d'eau lorsqu'elle en réclama. Hikari s'émerveilla de la délicatesse de ses gestes, de la lueur d'inquiétude qui brillait au fond des yeux de cet homme qui l'aidait. Elle se concentra et projeta son pouvoir fatigué vers Jun. Dans son aura, d'une chaude couleur brun rouge, comme le plumage des moineaux de montagne, elle lut du désir et de l'affection, une inquiétude réelle. Son cœur se serra. À cet homme, elle devait la vie et une promesse de mort. Une pensée saugrenue se fraya un chemin dans ses réflexions morbides. La désirerait-il toujours s'il savait ce qu'elle était vraiment ? S'il apprenait combien d'hommes elle avait tués par nécessité et par plaisir ? Un sentiment de dégoût accompagna cette pensée qui effraya la jeune femme autant qu'elle la plongeait dans un abîme de perplexité. Si les kami prenaient parfois des amants humains, cela restait rare et ne durait jamais. Les mortels étaient si fragiles, si éphémères. Les esprits se lassaient d'eux trop vite. Et pourtant, elle avait envie que l'instant partagé avec Jun s'éternise. Malgré son désir, elle devait y mettre un terme.

Une bouffée de chaleur lui monta aux joues et, honteuse de sa faiblesse, Hikari se renfonça sous sa maigre couverture et tourna le dos au bûcheron. Elle sentit son étonnement mais il respecta son silence et la laissa seule. Une nouvelle larme échappa à son contrôle dont elle n'aurait pu dire à quoi elle la devait. Finalement, l'épuisement la reprit dans ses filets.

Il lui fallut plusieurs jours de soins attentifs et réguliers pour récupérer entièrement. Hikari y vit le début du déclin de ses pouvoirs. Un combat de chaque instant faisait rage dans son esprit. Partir rejoindre ses sœurs et implorer la clémence du clan était tentant mais elle ne pouvait reprendre la route avant d'avoir retrouvé toutes ses forces. Et chaque jour passant, elle repoussait l'échéance et la mise à mort de son bienfaiteur.

Ce soir-là, Yûichi vint prendre le thé avec elle, en attendant que le bûcheron ne rentre de son labeur. Le temps de sa convalescence, Jun passait chaque jour voir comment elle se sentait, malgré les commérages qui ne manquaient pas de fuser sur son passage. Le reste du village continuait de l'épier avec consternation, inquiet des mauvais présages que cette jeune fille perdue dans les bois pourrait attirer sur eux, le souvenir de Kaede et des bûcherons morts encore vivace dans leur mémoire. Le prêtre but une gorgée brûlante et la fixa d'un air interrogateur.

— Posez votre question, dit simplement Hikari que la situation mettait mal à l'aise.

— Vous êtes troublée, je le sens. Je voudrais vous aider.

— Mais vous ne le pouvez pas, cessez de vous tourmenter.

— N'y a-t-il donc aucun moyen ?

— Deux chemins s'offrent à moi et je ne sais lequel choisir.

Hikari s'étonna de s'être laissée aller à une telle confession. Elle était fatiguée de ce combat intérieur dont elle ne parvenait pas à déterminer l'issue. Face à elle, Yûichi sourit avec une tendresse mal dissimulée.

— S'il s'agit de la mission que vous devez mener à bien, je pense que votre choix est déjà fait mais que vous refusez de le voir.

— Je vous trouve bien présomptueux, le tança Hikari.

Elle saisit sa tasse un peu trop vite et renversa une partie du liquide sur ses mains et sa tunique. Elle grogna, plus par principe que de douleur. Le petit sourire du prêtre l'irrita au plus haut point. Malgré tout, ses paroles se frayèrent un chemin dans son esprit, plantant des graines aussi gênantes qu'agréables. Agacée qu'un simple mortel puisse lire en elle aussi facilement, Hikari le congédia en lui souhaitant une bonne nuit. Les braises mourantes du feu crépitaient doucement. Elle jeta une bûche dans l'âtre pour raviver le foyer et se mit à tourner en rond.

Votre choix est déjà fait. Les paroles de Yûichi résonnaient en boucle dans ses oreilles, encore et encore.

Peut-être avait-il raison ? Mais que pouvait savoir un homme des dieux ? Rien. Son cœur battait la chamade, elle avait chaud. Elle devait sortir d'ici.

Hikari se débarrassa de ses vêtements qui entravaient ses mouvements et l'étouffaient, et fit coulisser la porte donnant sur l'extérieur. Au-dehors, la nuit avait jeté ses voiles noirs sur le village qui sombrait doucement dans le sommeil. Un ondoiement changea sa peau fine en fourrure épaisse. Elle tendit ses oreilles pointues, à l'affût, et se faufila hors du temple. En quelques bonds, elle rejoignit le couvert des arbres.

Elle se mit à courir, comme elle n'avait jamais couru de toute sa longue vie. Les petits animaux s'enfuyaient sur son passage, comme s'ils se souvenaient de ses prouesses de chasseresse. Mais elle ne les voyait pas. Toute son attention était focalisée sur le vieux sanctuaire, le refuge du clan. Elle grimpa la montagne comme un guerrier s'élançant au combat. Ses griffes cliquetèrent contre les rochers, firent voler la neige fraîche contre son pelage d'hiver. La langue pendante, elle gravit les hauteurs et arriva, essoufflée, aux portes du domaine du clan. Un silence sépulcral régnait dans les profondeurs de la forêt. Aucun feu n'éclairait l'intérieur de la bâtisse, aucun rire ne s'en échappait non plus. Lentement, Hikari s'approcha, humant l'air nocturne.

Quelques effluves musqués flottaient encore çà et là, mais un vide glacé prenait lentement possession des lieux. La renarde gémit comme un enfant abandonné et pénétra à l'intérieur du temple principal. Des étoffes abîmées gisaient à même le sol près du foyer éteint. Elle se roula en boule dans les robes déchirées et enfouit son museau entre ses pattes.

Au bout de plusieurs minutes de silence assourdissant, elle s'extirpa de son cocon. Elle devait se rendre à l'évidence, il n'y avait plus rien pour elle ici. Un coffret attira son attention, à moitié dissimulé dans les cendres froides. Elle le dégagea et découvrit Genso et Moe, les clochettes de Chikanori. La gorge nouée, elle prit délicatement dans sa gueule le cadeau laissé par la doyenne. Et, d'un pas traînant, elle quitta le temple et erra entre les arbres qui bordaient ce qu'il restait de son foyer. Brisée, elle reprit le chemin de la vallée.

Le retour lui parut interminable. Hikari broyait du noir. Des petits glapissements tristes lui échappaient alors qu'elle descendait la montagne, la tête basse et le cœur lourd. Finalement, le village réapparut dans le lointain. Une colère qu'elle ignorait posséder enfla dans sa poitrine à la vue des fumerolles qui s'échappaient des cheminées. Elle devait en finir. Elle avait trop longtemps repoussé le moment d'accomplir sa promesse. En se trouvant des excuses, elle avait failli à sa nature profonde. Elle était membre du clan du versant est, et sa place était avec les siens. Animée d'une résolution nouvelle, Hikari bondit du rocher sur lequel elle s'était arrêtée et fonça vers le village.

Grondante, les dents sorties, elle se glissa entre les maisons et poussa d'une patte la porte entrouverte de celle de Jun. Sa fourrure ondula, ses articulations craquèrent en s'étirant vers une forme plus humaine. Il lui tournait le dos, affairé sur la cheminée, armé d'un tisonnier de fer. La porte claqua dans le dos de la renarde. Le coffret contenant les cloches lui échappa des babines et tomba au sol. Jun se redressa brusquement et se retrouva nez à nez avec une Hikari nue dans la lumière des flammes. Ses oreilles velues s'agitaient dans tous les sens au milieu de ses longs cheveux lâchés et ses ongles ressemblaient plus à des griffes qu'à des mains humaines. La kitsune s'avança vers le bûcheron, pleine de fureur et le saisit à la gorge d'une main ferme, ses nombreuses queues battant l'air dans son dos. Le tisonnier s'écrasa au sol en tintant. Jun ne se débattit pas. Il se contenta de la regarder droit dans les yeux. Hikari fronça les sourcils, serra un peu plus fort le cou de cet homme qui n'essayait même pas de se défendre. Elle approcha son visage du sien, ses canines effleurèrent le nez de Jun, elles éraflèrent son menton avant de se poser sur ses lèvres. Elle sentit un sourire s'épanouir sur la bouche de sa victime. Elle aspira l'essence de Jun qui s'enfuit à travers leurs lèvres si proches, comme un courant d'air tiède. Elle goûta l'âme du bûcheron qui s'offrait à elle sans retenue ni contrepartie. Elle pouvait sentir le pouvoir affluer dans ses veines, gonfler sa poitrine nue. Son corps fut parcouru d'électricité. Elle était si proche d'obtenir une sixième queue, si proche d'égaler Ino, d'être en mesure de la défier. Hikari vit les cheveux de Jun se strier de blanc au fur et à mesure que la vie s'enfuyait de lui. Il souriait toujours et, quand il scella leurs lèvres, la colère et la peine de la renarde s'éteignirent. Elle lui rendit son baiser.

28

1468, province d'Izumi, Japon.

Dans la lumière pâle de l'hiver finissant, Hikari se pelotonna un peu plus contre Jun. Depuis plusieurs jours, elle commençait à sentir le froid de la montagne, et ce qui était auparavant pour elle une douce brise s'était transformé en bise glacée et douloureuse. Elle fit de son mieux pour rester immobile et ne pas réveiller le bûcheron encore assoupi. D'un doigt léger, elle traça la ligne de son flanc, remonta vers son épaule solide sous laquelle elle devinait les muscles noueux, durcis par le labeur. Un sourire irrépressible lui vint. Elle se rapprocha un peu plus du corps chaud de son amant, savoura l'odeur de fumée et de bois qui imprégnait chaque parcelle de la peau de Jun. Un plaisir coupable lui noua le ventre. Ses doigts se perdirent dans les cheveux à présent poivre et sel du bûcheron. Une pointe de culpabilité lui étreignit le cœur. Elle était coupable de ne pas avoir encore tué cet homme. Elle était coupable de le garder en vie, de jouir de lui, de le respecter et de l'apprécier. *Apprécier seulement ?* murmura la petite voix dans sa tête.

Au début, elle s'était persuadée qu'elle repoussait son meurtre par curiosité, envers ces humains qu'elle avait tant observés et qui la fascinaient. En l'utilisant lui, elle pouvait se fondre parmi eux et en apprendre plus sur leur façon de vivre. Mais si elle était honnête avec elle-même, elle savait que ses raisons avaient vite changé. Depuis des mois, elle se trouvait des excuses pour rester un peu plus longtemps. L'hiver, le froid, son ignorance de la localisation du clan, tout était prétexte à repousser le moment fatidique. Elle resta un instant à regarder le dos de ce mortel qu'elle avait laissé entrer dans sa vie. Elle savait qu'il lui faudrait bientôt mettre fin à cette histoire, de la pire façon qui soit. Cette pensée creusa un peu plus le vide qui lui dévorait les entrailles depuis le départ du clan. Si elle aimait s'éloigner parfois de ses sœurs, leur connexion était constante, leur présence inébranlable. La solitude complète qu'elle vivait à présent la terrifiait.

Avec précaution, elle s'écarta de lui et se leva en silence. Son corps était courbaturé et sa poitrine étrangement tendue et douloureuse. À nouveau, le froid la saisit et elle enfila rapidement une tunique et un pantalon, ayant fini par abandonner son kimono, qu'elle ne mettait plus qu'au temple. Elle enfonça avec délice ses pieds dans les bottes fourrées qui attendaient près du feu, rajouta une bûche dans l'âtre et se drapa d'un châle avant d'ouvrir la porte. Serrant les bras sur sa poitrine, elle s'assit sur les marches qui menaient à la maison. Tout était calme mais une tension habitait l'air, le rendant électrique, comme prêt à s'embraser.

Malgré l'heure matinale, le village aurait dû fourmiller d'activité. Mais les rues étaient vides et calmes. Hikari frissonna. L'hiver avait été rude mais il touchait à sa fin. Bientôt le soleil viendrait réchauffer la vallée. Elle pouvait le sentir dans le chant fébrile des oiseaux qui revenaient et dans les grincements des arbres. Lors de ses balades solitaires en forêt, elle avait aperçu le vert tendre et timide des premiers bourgeons. Déjà les animaux étaient plus actifs et sortaient de leur torpeur hivernale. Mais quelque chose de plus animait leur éveil. Une joie, une impatience peut-être, comme s'ils pressentaient quelque chose qu'elle ignorait encore. Une angoisse inconnue lui fit crisper les poings.

Des craquements discrets lui annoncèrent que quelqu'un venait dans sa direction, et elle reconnut à l'oreille la démarche traînante de Kaho. La vieille femme apparut dans le petit matin. Hikari lut sa contrariété sur son visage ridé. Elle claudiqua jusqu'à la renarde qui ne l'aida pas, sachant que son amie n'apprécierait pas. Kaho monta les marches menant à l'entrée. Hikari se leva en s'inclinant pour la saluer, lui laissa sa place. Kaho s'assit en seiza[1], faisant craquer sa hanche abîmée, et poussa un soupir rauque de soulagement tandis que Hikari se rasseyait à ses côtés.

— Vous auriez dû rester chez vous par ce froid, Kaho-sama.

— Je devais vous parler.

Hikari dévisagea la vieille femme. Son pouvoir détecta un filet de peur qui venait ternir le calme habituel de son amie. Lorsque Kaho avait découvert la liaison qu'entretenaient Jun et Hikari, elle s'était enfermée dans un silence boudeur et avait refusé de leur adresser la parole pendant plusieurs jours. À force

1. Seiza est le terme japonais pour la façon traditionnelle compassée de s'asseoir au Japon.

de cajoleries et de visites, Hikari avait fini par comprendre que la vieille femme redoutait que sa relation avec le bûcheron ne mette fin à leur arrangement et ne la renvoie à sa solitude de veuve sans enfant. Hikari, prise d'une affection sincère pour la vieille bougonne, s'était mise à passer plus de temps avec Kaho, notamment de longues après-midi en sa compagnie. Une routine rassurante s'était installée entre les deux femmes.

— Je n'ai rien dit mais au village, on se doute de quelque chose. J'ai entendu l'apothicaire en parler hier soir à l'auberge.

— Ce ne sont que des rumeurs, répondit la jeune femme en haussant les épaules avec désintérêt.

— Pas cette fois, murmura Kaho. Watanabe, l'aubergiste, a envoyé une de ses filles vous espionner il y a quelques jours et maintenant elle raconte à chaque client qui passe que vous dormez ensemble.

— Eh bien tant pis, après tout c'est la vérité, s'emporta Hikari.

La renarde claqua de la langue, agacée. Elle ne comprenait pas le secret qui entourait sa liaison avec le bûcheron ni cette obsession de Jun et de Kaho pour la discrétion. Elle ne comprenait pas les messes basses et les regards en coin qui la suivaient.

— Tu es folle, siffla Kaho, visiblement choquée. On va vous réclamer des comptes, ton honneur et le sien vont être piétinés.

— Pourquoi ? Je ne comprends pas.

— On ne dévoie pas une miko.

— Je n'en suis pas vraiment une, objecta la kitsune.

— Sans parler que la plus grande partie du village te considère encore comme une étrangère.

— On se moque de leurs ragots, dit Jun dans leur dos.

Hikari se retourna vivement et son sourire heureux trouva celui du bûcheron. Il leur tendit à chacune une tasse de thé bien chaud et descendit les marches pour étirer son corps encore endormi.

Hikari baissa les yeux, essayant de comprendre la situation telle qu'elle paraissait pour son amant et son amie. Les hommes fonctionnaient en société, mais d'une façon très différente du clan. Ils ne formaient pas une famille, elle l'avait découvert très vite, et leurs rivalités ne se réglaient pas en ayant recours à un combat sain ou à un tribunal impartial. Leurs émotions étaient puissantes, ils s'embourbaient dans leurs rancœurs et leurs colères. Ils se jugeaient, se condamnaient sans merci. Ils s'aimaient aussi, avec force et passion, malgré les interdits qu'ils se créaient. Ces sentiments, Hikari commençait à les comprendre et à les ressentir. Une bouffée d'affection lui comprima la poitrine tandis qu'elle regardait Jun se disputer à voix basse avec Kaho. Son regard se perdit dans le paysage et remonta la cime des arbres jusqu'au sommet de la montagne. Elle avait appris à endurer la douleur de la perte du clan, à la juguler, à l'ignorer la plupart du temps. Doucement, avec les semaines, la douleur physique s'était transformée en mélancolie, que l'attention et les caresses de Jun avaient changée en résignation. Si elle avait fini par ne plus regretter son choix d'avoir laissé partir ses sœurs, ce matin-là, Hikari avait le vague à l'âme. Elle porta à sa bouche sa tasse de thé. L'odeur des feuilles lui monta au nez et lui souleva violemment le cœur. En une seconde, la nausée la submergea. La tasse lui échappa des mains et se fracassa au sol. Hikari se pencha juste à temps et son estomac se rebella avec ardeur, la forçant à rendre son dîner de la veille. Les voix de Jun et Kaho se turent, et le bûcheron se précipita vers elle. Kaho, d'une main veinée de bleu, rassembla ses cheveux pour les éloigner du désastre.

— Il ne manquait plus que ça, bougonna la vieille femme.

— Qu'est-ce qui m'arrive ? hoqueta Hikari entre deux haut-le-cœur.

La vieille femme lui fourra sa propre tasse de thé sous le nez. L'odeur infecte fit pâlir Hikari qui repoussa son bras tendu, la poitrine soulevée par l'écœurement.

— Nausées matinales. Tu as des courbatures dans les reins ? Les seins douloureux ?

— Oui, bredouilla Hikari, depuis hier, mais c'est la première fois que le thé a ce goût horrible.

— Tu es enceinte, idiote !

Hikari s'essuya la bouche d'un revers de la main et jeta un regard perdu à Jun. Des sentiments confus transparaissaient sur le visage fatigué du bûcheron, mais la joie y prédominait et cela rassura la kitsune. Hikari n'était pas certaine de comprendre ce qui était en train de se passer. Mais une puissante émotion lui souleva la poitrine, une joie féroce, une volonté féroce de protéger ce qui était en train de grandir en elle.

— Arrête de sourire comme un bienheureux, le tança Kaho. Qu'est-ce que vous allez faire maintenant ?

— Nous allons nous marier, répondit simplement Jun.

Le sourire du bûcheron s'étira un peu plus et, d'une main il attira la kitsune dans ses bras. Sa joie se communiqua à la jeune femme qui éclata de rire sous l'œil bougon de Kaho qui riait malgré elle. Hikari se tourna vers le ciel. Un bleu limpide, sans nuages, sans trace. Une gaieté pure déferla en elle. Quand Jun la serra plus fort contre lui, elle lui rendit son étreinte avec fougue. La force qu'elle perdait chaque jour loin du clan, elle la puisait en lui. Et cette force, elle la transmettrait à son enfant. Car les petits étaient sacrés pour le clan. Et elle n'avait plus peur de l'admettre à présent, elle était incapable de tuer Jun. Elle embrassa cette vérité tout entière et refoula les larmes de bonheur qui lui piquaient les yeux.

∽

La nouvelle se propagea dans tout le village comme une traînée de poudre. Les rumeurs qui allaient déjà bon train enflèrent de plus en plus et plusieurs femmes du village vinrent frapper à la porte de Hikari pour lui proposer leur aide. La jeune femme, dont les haut-le-cœur ne faisaient que s'amplifier avec le temps, se retranchait derrière les frêles épaules de Kaho qui chassait les importunes en prétextant qu'elle s'occupait de tout.

La vieille referma une fois de plus la porte avec un sourire crispé.

— Ce sont de vraies commères, maugréa-t-elle en reprenant son ménage. Comment te sens-tu ?

— Mal, répondit Hikari qui somnolait sur son lit. Je vais essayer de dormir.

— Oui, repose-toi, une grossesse n'est jamais évidente.

La vieille femme regarda son amie se retourner vers le mur et s'envelopper dans ses couvertures, le visage exsangue. Elle s'inquiétait. Cette grossesse se passait mal. Cela faisait plusieurs semaines mais les nausées persistaient. Son ventre était déjà anormalement distendu. Incapable de manger autre chose que de petites rations de viande à peine cuite et prémâchée, Hikari maigrissait et s'affaiblissait. Kaho craignait pour l'enfant qui grandissait en elle. Elle couva la jeune femme d'un regard protecteur. Elle avait accepté dans son cœur la joie qu'avait apportée cette inconnue, qui semblait ignorante de tout et pourtant porteuse d'un savoir qui la dépassait totalement. Une inconnue qui la traitait comme une égale et non comme une bouche inutile à nourrir pour la communauté. Elle voyait en Hikari la fille qu'elle n'avait jamais eue après la mort prématurée de son époux.

Elle termina son ménage, se drapa dans son châle et sortit de la maison. De son pas claudicant, elle se dirigea vers le temple, saluant au passage les villageois qui croisaient sa route. Le printemps commençait à s'installer. La neige fondait et les rues du village devenaient de longs chemins boueux qui rendaient sa marche difficile et hésitante. Les arbres reverdissaient et les oiseaux chantaient leurs parades nuptiales. L'air sentait le frais. Elle trouva le prêtre occupé à de la calligraphie, installé juste devant le temple pour profiter du beau temps.

— Kaho-san, comment allez-vous par cette belle journée ? la salua le prêtre. Et Hikari-san ?

— Bonjour Yûichi-sama, répondit la vieille dame en s'approchant de lui. C'est à son sujet que je viens vous voir. Elle va mal, ses douleurs ne passent pas, je ne sais plus quoi faire pour la soulager. Ne devrions-nous pas aller voir l'apothicaire ?

Le prêtre releva brusquement la tête de son ouvrage, l'air inquiet.

— Surtout pas ! Je vais venir.

Il rangea ses affaires et replia l'écritoire. En quelques gestes, il avait tout replacé en vrac à l'intérieur de son logement et revint d'un pas rapide vers Kaho. Il glissa un bras sous le sien et ils repartirent ensemble vers la maison de Hikari. Bien que Jun y passât secrètement le plus clair de son temps, les deux amants vivaient encore séparés en attendant le mariage. La découverte du ventre distendu de Hikari avait déjà bien assez fait jaser le village. Et bien que personne ne fût dupe, Jun et Kaho tenaient à sauver les apparences en dépit des ragots qui allaient bon train.

Kaho ouvrit la porte avec précaution, craignant de réveiller Hikari qui dormait sûrement. Le prêtre la suivit dans la pénombre de la pièce principale. Comme il faisait frais, il rajouta une bûche dans le foyer et le tisonna pour faire repartir le feu. Pendant ce temps, Kaho s'approcha de la paillasse sur laquelle Hikari s'était endormie. Elle laissa échapper un grognement surpris en découvrant le lit vide. La couverture roulée en boule remua. Kaho fronça les sourcils, se persuada que c'étaient les ombres et ses mauvais yeux qui lui jouaient des tours. Elle se détourna pour prévenir Yûichi que la jeune femme avait disparu quand un glapissement contrarié émana du lit. Elle se retourna vivement ce qui déclencha une douleur dans sa hanche abîmée. Un museau pointu et blanc surmonté d'une truffe noire surgit du tas de linge et se fraya un chemin à l'air libre. Le renard la considéra de ses petits yeux jaunes avant de bâiller à s'en décrocher la mâchoire. Kaho ne put retenir un mouvement de surprise et, reculant précipitamment, trébucha et chuta. Yûichi accourut et découvrit le renard qui se recroquevillait dans l'angle du mur, le regard affolé. Il jura entre ses dents et aida la vieille femme à se relever.

— Calmez-vous, Kaho-san, je vous en prie, lui intima-t-il en l'éloignant de l'animal.

La vieille femme se laissa entraîner un peu plus loin, ses yeux noirs fixés sur le renard. Au bout d'un moment, agacée par la prévenance du prêtre, elle lui donna un coup de canne dans les jambes.

— Lâchez-moi enfin, je ne suis pas en sucre. C'est elle, n'est-ce pas ?

— Euh… je…, bredouilla Yûichi, ses yeux allant du goupil à Kaho, l'air perdu.

— Ce renard, c'est Hikari, insista Kaho. Cette renarde est grosse et je vois mal comment elle aurait pu entrer ici depuis l'extérieur, j'ai pris bien garde à fermer la porte derrière moi en sortant. Et puis, je suis peut-être vieille mais je ne suis pas stupide, lui dit-elle avec un sourire complice.

Le renard cessa de glapir et de se rencogner, et Kaho put l'admirer. C'était une bête magnifique qui portait encore son pelage d'hiver. Une lueur d'intelligence faisait briller ses pupilles dilatées par la peur. Elle remarqua qu'il avait quatre queues et son souffle se figea dans sa poitrine déjà éprouvée par l'âge.

— En effet, c'est bien Hikari, avoua le prêtre.

— Par tous les dieux, murmura Kaho. Je me doutais bien qu'il y avait quelque chose de surnaturel dans toute cette histoire, mais une kitsune…

Elle n'eut pas le temps de finir sa phrase. Tremblant sur ses pattes, la fourrure poisseuse de sueur, le renard se leva et se dirigea d'un pas flageolant vers la sortie. Hikari revint quelques minutes après, nue, le teint verdâtre. Elle prit appui sur le chambranle pour soulager ses jambes fatiguées. Ses yeux, d'un jaune tirant sur l'ambre, luisaient étrangement dans la pénombre. Avec l'aide de Yûichi, qui détourna pudiquement le regard, elle s'écroula sur sa couche, une main à la gorge.

— Comment vous sentez-vous ? demanda le prêtre.

— Mal. Je suis moins indisposée sous mon autre forme.

Kaho écouta cet échange en silence, encore un peu hébétée par ce qu'elle venait de découvrir. Bien qu'elle le soupçonnât depuis longtemps, en avoir la preuve tangible lui avait fait un choc. Ce fut le regard désespéré de Hikari qui la ramena sur terre. Dans un réflexe maternel qu'elle s'ignorait posséder quelques mois auparavant, elle attrapa la couverture qui traînait au sol et en recouvrit les épaules nues de la jeune femme. Hikari dut percevoir son trouble car elle posa sa main sur la sienne. Kaho réalisa qu'elle tremblait.

— Merci Kaho-san, je suis désolée de vous avoir menti, je ne voulais pas vous mettre en danger.

— Ce n'est rien, nous avons des problèmes plus urgents, dit Kaho en désignant le ventre gonflé de la jeune femme.

La vieille femme prit une grande inspiration et s'assit sur la paillasse près de son amie. *Une déesse*, pensa-t-elle, *c'est une déesse et moi je m'assois à côté d'elle*. Hikari serra sa main usée entre ses doigts fins et délicats, et aussitôt l'angoisse et la crainte qui lui plombaient le cœur s'envolèrent, remplacées par une douce sérénité. Elle comprit que la kitsune l'apaisait par ses pouvoirs et, au lieu d'avoir peur, elle lui en fut reconnaissante. Hikari lui posa la main sur son ventre énorme. Elle sentit la vie qui poussait en elle, et une joie enfantine dérida son visage.

— Ce sont des jumeaux, lui dit Hikari d'une voix lasse et heureuse.

— Vous êtes sûre ? demanda le prêtre.

— Certaine. Mais je ne pourrai pas les porter jusqu'au bout sous cette forme. Nous avons un autre problème, mais vous l'avez sans doute remarqué, ajouta Hikari et son ton inquiéta ses deux visiteurs.

Elle désigna son ventre beaucoup trop rond pour ce stade d'une grossesse humaine.

— Les grossesses sont rares dans le clan et la gestation est beaucoup plus courte que pour les humains.

— Combien de temps ? demanda la vieille femme en fronçant les sourcils.

— Deux mois, environ.

— Si peu ? s'étonna-t-elle. Mais cela veut dire que les petits vont arriver dans moins d'un mois !

— Nous trouverons une solution, tempéra Yûichi. Nous allons avancer les noces pour la fonte des dernières neiges, ainsi, quoi qu'il arrive, personne ne pourra plus rien dire.

— Ça jasera quand même, se désola Kaho. Ils pensent déjà que Jun n'est pas le père.

— Mais il l'est ! s'insurgea Hikari.

— Bien sûr, mon petit, la calma Kaho en retrouvant ses attitudes maternelles. Mais ça, personne ne voudra le croire. Comme il les aura reconnus, les choses seront réglées, mais les commérages…

— Occupons-nous de ce qui presse, trancha le prêtre. Kaho va venir s'installer avec vous, cela repoussera les curieux. Hikari-san, vous ne sortez pas et évitez de vous transformer avant notre retour.

La jeune femme acquiesça. Kaho pouvait voir son teint cireux et maladif et les efforts qu'elle faisait pour lutter contre les nausées. Elle pressa sa main dans les siennes et se leva avec détermination. Hikari lui sourit faiblement avant de s'enfouir à nouveau entre les couvertures et de se recroqueviller en position fœtale, les mains nouées autour du ventre.

ꕥ

Hikari saisit la main que lui tendait Jun. Son ventre gonflé lui faisait mal. Elle avait l'impression que les deux petites vies qui grandissaient en elle essayaient de repousser ses os pour se faire de la place. Elle fit un pas en avant mais ses jambes lâchèrent, trop faibles pour la porter. Les bras solides de Jun l'attrapèrent et la soulevèrent délicatement. Elle se blottit contre sa poitrine, enfouit son visage émacié dans le creux de son épaule.

— C'est bientôt fini, lui murmura-t-il. Tu verras.

— Je sais. Je suis heureuse, répondit Hikari en enlaçant son cou de ses bras amaigris.

Le bûcheron la pressa un peu plus fort contre lui et ouvrit la porte de la petite maison du pied. Dehors, il faisait doux et l'odeur des premières fleurs redonna du baume au cœur de la renarde. Kaho attendait sur le chemin, vêtue de son plus beau kimono. Elle s'approcha de sa nouvelle démarche assurée, rajusta les vêtements de Hikari dans les bras de son futur mari et, vérifiant que son chignon ne s'était pas défait, piqua quelques fleurs dans ses cheveux. La blancheur du kimono de coton faisait ressortir la pâleur de ses joues et les cernes noirs qui cerclaient ses yeux. Malgré tout, Hikari irradiait d'une beauté opalescente dans le soleil matinal. Jun porta la jeune femme jusqu'au temple où devait avoir lieu la cérémonie et la déposa au pied des marches. Hikari s'agrippa à lui, serra les dents. Elle pouvait entendre la rumeur du village, tout entier rassemblé pour les noces. Ils l'attendaient. Une peur panique se déversa dans ses veines et elle eut l'impression d'être un petit animal piégé par une meute. Elle déglutit pour se donner une contenance et, prenant appui sur Jun, commença à escalader les marches. Elle emplit ses poumons de l'odeur de la nature qui renaissait et cela lui fit du bien. Plus les marches défilaient sous elle, plus le poids sur sa poitrine s'allégeait. L'avertissement de Kaho lui parvint en même temps que le grognement de douleur de Jun. Le bûcheron stoppa sa progression et, la saisissant par le poignet, détacha sa main dont les ongles griffus s'étaient plantés dans son biceps. Kaho arriva à leur hauteur, une lueur inquiète dans les yeux.

— On voit vos queues, Hikari, la prévint-elle en tentant de les cacher dans les replis du kimono de la mariée.

— Tu dois garder le contrôle, la supplia Jun.

— Je fais de mon mieux. C'est de plus en plus dur, ils sont de plus en plus forts.

Hikari porta une main à son ventre. Ses trois dernières queues lui battirent doucement les flancs. Elle n'avait pas imaginé perdre deux appendices aussi rapidement, mais l'éloignement du clan gangrénait ses forces. Elle demanda quelques instants d'un signe de la main et ferma les yeux, plongeant au plus profond d'elle-même. Elle trouva rapidement la source de son propre pouvoir, une boule chaude et lumineuse dont l'éclat s'était terni mais qui luttait encore pour ne pas s'éteindre. À ses côtés, elle repéra les lueurs vacillantes des deux petites âmes qui croissaient en son sein. Elles dansaient une gigue endiablée, tournoyaient comme des planètes autour de son cœur. Hikari se focalisa sur elles, les cajolant, les baignant dans son amour et son pouvoir. Les lumières se calmèrent et avec elles, son estomac.

Hikari relâcha une grande inspiration, rouvrit les yeux et fit signe à Jun qu'elle était prête. Ils gravirent les dernières marches et débouchèrent dans la grande avenue qui bordait le temple. Des dizaines de visages se tournèrent vers eux. Yûichi les attendait.

Le couple s'avança pour la purification. Jun et Hikari remirent leurs offrandes aux divinités. Les villageois s'installèrent au pied des marches, en deux longues rangées. Hikari sentait leurs yeux fixés sur elle, comme s'ils n'attendaient qu'un faux pas de sa part pour lancer la curée. Elle se tourna résolument vers le prêtre, ne put retenir un sourire amer. Que penseraient ses sœurs de ce rituel humain ? Les yeux flamboyants d'Ino émergèrent de ses souvenirs. *Rien de bon*. On apporta les coupes de saké sacré.

Un mouvement furtif dans les arbres attira l'œil de la kitsune. Elle perçut le reflet sombre du pelage des tanukis qui se pressaient dans les fourrés sur sa droite. Un de leurs enfants trébucha et poussa un couinement apeuré. Plusieurs villageois tournèrent la tête dans sa direction mais une patte ferme l'avait vite ramené vers la sécurité des arbres. Et comme si leur présence mal-habile avait levé un voile, elle repéra de nombreux esprits et des petits dieux, assis sur les rochers et entre les racines qui la saluèrent de loin. Elle reconnut plusieurs d'entre eux, déjà présents à la noce de Rika. La gorge serrée, inquiète de se trahir, elle répondit aux saluts d'un discret battement de paupières.

Son oreille affûtée perçut les murmures des humains dans son dos, ramenant son esprit à ce qui se déroulait devant elle. Elle entendit clairement les remarques sur son ventre, les soupçons sur la paternité de Jun. La colère flamboya un instant dans ses entrailles. Comment ces mortels ignorants de tout pouvaient-ils se permettre de la juger ? Jun serra un peu plus fort sa main et la renarde laissa sa rage s'évanouir.

Hikari et Jun burent leur coupe respective avant de se les échanger. Le goût puissant de l'alcool souleva le cœur déjà éprouvé de la jeune femme. De nouveaux hommages eurent lieu en musique. Hikari suivit fidèlement les instructions qu'elle avait reçues, craignant à chaque instant de faire un faux pas et de révéler son ignorance des rites traditionnels. Elle avait chaud et se sentait à l'étroit dans son kimono de cérémonie mais fit bonne figure et pensa même à sourire. La joie qui irradiait du bûcheron l'aida à faire fi des regards méprisants et des commentaires mesquins que percevait son ouïe surdéveloppée. Finalement, la cérémonie s'acheva, bien plus simple et rapide que celles auxquelles elle était habituée, et le nouveau couple quitta le sanctuaire.

La noce reprit le chemin du village en une procession à peu près droite. Watanabe avait accepté d'ouvrir l'auberge pour un repas convivial après la cérémonie. Jun avait travaillé d'arrache-pied pour pouvoir payer ce banquet, s'absentant parfois plusieurs jours d'affilée pour se rendre dans les villes voisines vendre du bois de chauffage et œuvrer sur les chantiers.

Sur le chemin, sous un ciel limpide, une pluie fine et lumineuse se mit à tomber sur la procession. Hikari s'arrêta et tendit la main pour saisir la fraîcheur de l'instant. Un silence émerveillé avait étreint l'assistance mais les oreilles fines de la renarde percevaient tous les chuchotements de la foule.

— Ça ne durera pas, dit une femme dans la file des commères.

— Non mais tu l'as vue ? Si jeune et enceinte, et de qui ? renchérit une seconde voix dépitée. On ne sait même pas d'où elle vient.

— Tu as raison, on se demande vraiment ce qu'il fait avec une fille comme ça. C'était un si beau parti.

Hikari frémit. Autour d'elle, la pluie continuait de tomber d'un ciel sans nuages et ancra une angoisse sourde dans son esprit. Elle jeta un coup d'œil par-dessus son épaule sans apercevoir les mauvaises langues qui avaient prononcé ces mots. Jun se pressa contre elle et lui offrit un sourire éblouissant, son visage constellé de gouttelettes translucides.

— Tu as l'air troublée, lui dit Jun. Tu as encore mal au cœur ?

— Non, ce n'est rien, le rassura Hikari. De vieilles croyances, rien d'important. Allons-y, les invités s'impatientent.

Ils échangèrent un regard complice, pressés d'être débarrassés de tous ces importuns et de retrouver l'intimité de leur foyer. Hikari passa un bras las autour de la taille de son époux et se laissa entraîner.

Lorsqu'ils arrivèrent à l'auberge, la pluie cessa, laissant derrière elle un monde lavé et propre. Hikari s'apprêtait à franchir la porte que lui tenait Jun lorsqu'une vague de douleur la submergea et la plia brutalement en deux. Alors que le village disparaissait derrière un voile noir, elle sentit qu'on la soulevait du sol. Hikari se laissa faire et reconnut à l'odeur la maison et la couche dans laquelle elle avait passé tant de nuits aux côtés de Jun. Cette odeur familière la rassura autant que la main douce de Kaho qui lui épongeait le front. Elle se tordit de souffrance sur la paillasse. Jun se pencha vers elle, jetant une ombre sur ce qui l'entourait.

— Les petits arrivent.

L'inquiétude qui faisait vibrer sa voix transforma la colère de Hikari face à sa propre impuissance en une volonté farouche de remporter cette épreuve. Elle serra les mâchoires et ferma les yeux. Mais les enfants à naître n'étaient pas des yokaïs, bien que métis, ils étaient humains. Elle repoussa le renard en elle qui tentait de se frayer un chemin pour atténuer ses souffrances, et le travail commença.

ᔕ

Kaho lui tendit un linge taché de sang, dans lequel se tortillait une petite silhouette sale. Jun prit délicatement entre ses mains le corps gigotant de son premier fils. Son vagissement lui déchira les tympans mais il n'y prêta pas attention. L'enfant était fort et plein de vie. Au milieu des cris, Kaho coupa le cordon du second nourrisson, identique à son frère. Elle aida Jun à les prendre tous les deux dans ses bras et les deux bébés trouvèrent chacun la main de l'autre. Ce contact les apaisa immédiatement et ils tournèrent leurs yeux vers leur mère qui haletait près d'eux. Jun regarda Hikari avec un émerveillement croissant. Du sang et d'autres matières visqueuses maculaient ses jambes blanches et le bas de son ventre. Elle remonta une couverture souillée sur son corps brisé avec une grimace de douleur. Ses longs cheveux étaient collés à son front par la sueur et des cernes noirs lui encadraient les yeux.

Le sourire épuisé qu'elle lui adressa le bouleversa totalement et il s'approcha pour qu'elle puisse elle aussi admirer ses fils. À leurs côtés, Kaho retenait maladroitement ses larmes. Hikari lui fit signe de les rejoindre et elle s'assit près de Jun qui ne pouvait se détacher de sa femme, la gorge nouée de bonheur. Il déposa les enfants près de leur mère et ceux-ci, comme mus par une énergie intarissable, se tortillèrent pour la rejoindre. C'est à ce moment-là qu'il remarqua la fine ligne de duvet qui leur parcourait la colonne vertébrale. Un segment de poils noirs qui leur sinuait depuis la nuque jusqu'à la naissance des fesses. Inquiet, il se tourna vers sa femme mais celle-ci n'avait d'yeux que pour ses enfants tout juste nés. Elle les couvait d'un regard protecteur et sauvage et il sut qu'elle ne laisserait jamais rien leur arriver.

29

2016, Tokyo, Japon.

En pénétrant à l'intérieur du bar, Mina fut frappée par l'atmosphère morose qui y régnait, bien loin de la fumée troublante et de la musique hypnotisante de sa dernière visite. Elle n'eut pas à chercher Ryu bien longtemps car le tanuki se dirigeait droit sur elle avec une expression qui hésitait entre la colère et le soulagement. Mina tenta de lui sourire mais ce dernier balaya l'air de ses mains poilues.

— Enfin te voilà ! s'exclama-t-il.

— Qu'est-ce que…

Mina n'eut pas le temps d'achever sa phrase que le petit homme lui saisit le bras et l'entraîna dans le bar. Ils dépassèrent les tables vides et quelques habitués levèrent des têtes abattues dans leur direction. Une atmosphère tendue planait sur les lieux.

— Ryu, qu'est-ce qui se passe ? Je cherche Natsume !

— Il y a encore eu un mort. Ce n'est plus une vague de meurtres, c'est une hécatombe parmi les esprits. Les Grands vont intervenir, ça tourne au massacre.

— Quel rapport avec Natsume ?

— Elle vient d'un clan de chasseurs de démons, siffla Ryu. Elle a passé un pacte avec l'un des Neuf, et depuis les cadavres fleurissent à chaque coin de rue. Les rumeurs courent plus vite que la vérité.

Mina resta muette. Elle aurait voulu défendre la miko mais elle la soupçonnait à présent d'être impliquée dans cette série de meurtres. Contre son gré, mais impliquée tout de même.

— Où est-elle ?

Ryu jeta un coup d'œil inquiet dans le dos de Mina. Celle-ci se retourna discrètement. Toutes les conversations s'étaient éteintes dans le cabaret et la jeune fille pouvait sentir l'attention des clients focalisée sur elle et sur le tanuki. Ryu forma des mots avec ses lèvres, sans les prononcer. *On nous écoute*. Mina hocha lentement la tête et retira le gant qui lui protégeait la main droite.

— Tu as quelque chose sur le visage, dit-elle l'air de rien.

Elle posa la main contre la joue du tanuki et se concentra sur l'image de Natsume. À travers les yeux de Ryu, elle vit la miko se présenter au *Kogage*. Son mascara noir avait coulé, laissant des sillons sombres sur ses joues et sur son menton. Sous le maquillage, de larges cernes noirs ourlaient ses yeux rougis. Ses mains tremblaient et ses cheveux en bataille masquaient mal son expression hantée. Ses ongles étaient maculés de terre ou d'autre chose.

— Que t'est-il arrivé ? demanda le Ryu du souvenir en l'entraînant à l'écart.

Natsume leva vers lui des yeux terrorisés, avant de fondre en larmes. Mina sentit son cœur se serrer. Elle n'avait jamais vu Natsume aussi vulnérable. Sa carapace d'assurance brisée, elle vidait sa peur et sa tristesse en longs sanglots déchirants. Au bout d'un moment, Ryu soupira bruyamment. La gifle qu'il lui administra envoya valser la tête de Natsume sur le côté. Dans les yeux de la miko, Mina décela une étincelle de colère qui la rassura.

— Haku te cherche partout, lui dit Ryu. T'es au courant que tu es vraiment dans une sale situation ?

— Ce n'était pas nécessaire, la gifle.

— Je crois que si. Tu ne peux pas rester ici, tu comprends ? Tout le monde te cherche, on commence à te soupçonner, Natsume.

— Je ne savais pas où aller. Je crois… Ryu, je crois qu'ils ont raison.

Natsume prit une grande inspiration, essuya d'un revers de la main ses yeux encore humides. Elle regarda un instant sa paume noire de maquillage.

— Ichigo Akito est venu ici, révéla le tanuki.

— Mon père ? s'alarma Natsume.

— Je t'ai dit que c'était sérieux. Il faut que tu règles cette histoire, ou que tu disparaisses un moment, mais Haku est déterminé à te retrouver. Qu'as-tu accepté de donner en échange de son aide ?

Natsume se remit à pleurer en silence.

— Des informations sur ma famille et un accès au temple, avoua-t-elle entre deux sanglots étouffés.

— Tu es vraiment une piètre chasseuse, Natsume, tu sais ?

Natsume renifla sans répondre. Soudain, Mina eut la porte du club dans son champ de vision. Même à travers les souvenirs de Ryu, elle pouvait percevoir la puissance de Haku et son aura si particulière.

— Haku arrive, tu dois partir.

— Ryu, aide-moi, je t'en supplie, dit Natsume en s'agrippant à lui. Je ne sais pas où aller.

— Va voir Mina, proposa le tanuki.

— Non ! Je refuse de la mettre plus en danger, elle est déjà trop impliquée.

Le tanuki hésita un instant mais la détresse de la jeune fille l'emporta sur sa lutte intérieure.

— Va au théâtre Nô. Demande Baba-chan, dis-lui que tu viens de ma part, en compensation. Elle saura de quoi je parle, elle te cachera.

Natsume hocha la tête, et essuya les larmes qui lui maculaient le visage. Déjà, Ryu la poussait à travers le panneau secret dissimulé derrière le bar.

— Ryu ? Merci, lui dit la miko.

Sans attendre de réponse, elle s'enfonça dans le puits de ténèbres. La vision s'estompa en même temps que Natsume.

Mina revint à la réalité le souffle coupé, haletante. C'était la première fois qu'elle recevait une vision aussi longue, aussi détaillée, et surtout focalisée sur un seul événement. Elle ignorait qu'elle était capable d'une telle chose. Elle se sentait vidée de toutes ses forces. Face à elle, Ryu fronçait ses sourcils broussailleux.

— Tout va bien ? Tu as pâli tout d'un coup.

— Ça va oui, j'ai vu ta dernière conversation avec Natsume, lui dit-elle en prenant de grandes inspirations pour calmer les battements anarchiques de son cœur.

— Vraiment ? s'étonna-t-il en la scrutant avec intérêt. Alors tu sais où la trouver.

— Je ne suis jamais allée au thé… à cet endroit, éluda-t-elle en jetant un coup d'œil par-dessus son épaule.

— Oh, je vois. Attends-moi là, je reviens, lui dit Ryu.

Il contourna le comptoir et s'affaira quelques secondes avant de réapparaître. Il lui tendit un bout de papier avec une adresse griffonnée au stylo. Mina eut à peine le temps de le ranger dans sa poche, qu'une aura écrasante la cloua au sol. L'échine courbée en deux, elle avait la sensation qu'une main immatérielle lui appuyait sur la colonne vertébrale. Pétrifiée, elle leva un regard anxieux vers Ryu, lui aussi figé de terreur.

Haku pénétra dans le *Kogage* comme un roi en son royaume. Un roi furieux. Le peu de conversations qui subsistaient mourut dans un bel ensemble. Des regards terrifiés émaillèrent le sillage de l'oni tandis que nombre de clients se contentèrent de baisser la tête. Un malaise palpable plomba l'atmosphère. De sa démarche souple, il se dirigea droit sur Mina et sur le tanuki. Sa peau cuivrée avait pris une teinte écarlate, marbrée de traînées plus sombres, couleur de sang caillé. Mina dut convoquer toute sa volonté pour se redresser et soutenir le regard courroucé de l'oni. Un tic agitait le coin des lèvres du démon.

— Mina-kun, justement je te cherchais, dit-il d'une voix où suintait la colère.

— Vraiment ? demanda Mina.

L'emprise que lui imposait Haku empêchait son corps d'exprimer toute la peur qu'elle ressentait et elle lui en fut presque reconnaissante. Sa colère prit naturellement le dessus, elle refusait de se laisser maîtriser de la sorte. À ses côtés, Ryu perdait peu à peu figure humaine pour retrouver son apparence de raton laveur. Son museau humide s'agitait dans tous les sens. Autour d'eux, le silence régnait. Mina n'eut pas besoin de tourner la tête pour savoir que tous les regards convergeaient vers eux.

— Où est Natsume ? demanda le démon.

— Aucune idée. Mais si je la vois, je lui dirai que vous la cherchez.

Sa propre insolence étonna Mina. Mais elle commençait à être fatiguée de tous ces gens qui lui demandaient des choses, qui exigeaient des réponses de sa part. Elle redressa un peu plus la tête, sentit son épine dorsale grincer alors qu'elle opposait sa volonté à celle de l'oni. Du coin de l'œil, elle capta l'arrivée de Mayuri dans le cabaret. Cette dernière, voyant la jeune fille en difficulté, s'avança dans sa direction. Mina remua imperceptiblement la tête, lui intimant de ne pas s'en mêler. La détresse envahit son visage translucide, mais elle se tint en retrait malgré tout.

— Tu te crois maligne, petite bâtarde ? siffla Haku. Tu penses que tu peux me défier parce que tu as un peu de pouvoir ? Tu n'es rien, je te briserai s'il le faut. Natsume a passé un pacte avec moi et les termes du contrat sont clairs. Le temps qui lui a été imparti arrive à son terme demain, à l'aube, elle devra payer le prix de son inconscience.

— Cela ne la concerne pas. Laissez-la en paix.

La voix avait claqué comme un fouet, pleine d'assurance. Eri vint se placer entre Haku et Mina, formant un bouclier de son corps. Ses traits étaient tirés mais elle exsudait la détermination. Face à la nouvelle venue, Haku cilla et relâcha une partie de l'emprise psychique qu'il exerçait sur Mina. La jeune fille sentit sa poitrine et son dos s'alléger, elle recula d'un pas. Le tanuki, lui aussi libéré de son entrave, l'entraîna derrière le comptoir.

Eri, quant à elle, ne bougea pas d'un pouce, défiante. L'air crépitait de pouvoir et des clients commençaient à quitter le bar, le plus discrètement possible. Presque inconsciemment, Mina projeta son don vers les deux adversaires. L'aura de Haku se répandait hors de lui en vagues écarlates agressives, qui se heurtaient à celle d'Eri, un halo de lumière pure, auréolé d'or qui l'enveloppait comme un cocon. Des formes étranges dansaient dans son dos, s'enroulant autour de ses jambes et de sa taille. Mina plissa les yeux et reconnut des queues duveteuses.

La colère du démon se brisa sans dommage contre la carapace de la médium. Haku, tremblant de rage, fit mine d'avancer vers la jeune femme pour la réduire au silence. Celle-ci se contenta de lever la main à hauteur de son visage et de pencher délicatement la tête sur le côté. Elle murmura quelque chose que l'oni fut le seul à entendre. L'éclat de fureur qui faisait briller ses prunelles noires se para des reflets du doute. Finalement, Haku fit brutalement volte-face et s'éloigna de quelques pas. Il se retourna brièvement et s'adressa à Mina, un rictus circonspect lui relevant le bord des lèvres :

— Tu as vraiment des connaissances intéressantes, Mina-kun. Quand toute cette histoire avec Natsume sera terminée, viens me voir. Ma proposition tient toujours.

Mina ne répondit pas et, face à son silence, l'oni se contenta de hausser les épaules, visiblement déçu. Puis il quitta le *Kogage* et l'atmosphère du cabaret redevint respirable. Ryu s'écroula au sol, tremblant comme une feuille.

— Je suis trop vieux pour ces conneries, couina-t-il.

Mina ne répondit pas. Elle fixait le dos tendu d'Eri qui ne se retournait pas. La jeune fille passa une main dans ses cheveux striés de blancs et contourna le bar, tout en renfilant son gant. Mayuri se précipita vers elle.

— Tu vas bien ? C'était quoi ça ? demanda la fantôme en regardant la médium avec suspicion.

— Haku cherche Natsume.

Mina s'avança vers Eri mais celle-ci se mit immédiatement hors de portée, les yeux fixés sur les mèches blanches dans sa chevelure. Mina en fut blessée.

— Merci, dit-elle à la médium.

— Je suis désolée, répondit simplement l'étudiante sans la regarder.

— Tu m'as ramenée chez moi hier soir, non ? Comment savais-tu où j'habitais ?

— Il y a beaucoup de choses que tu ignores, Mina-chan.

Elle mit une main dans sa poche et en ressortit une tresse de rubans rouges à laquelle était accroché un pendentif en bois. Elle le tendit à Mina, qui s'en saisit avec précaution. En l'examinant plus attentivement, elle réalisa que la breloque de bois patinée était en fait une ancienne plaquette votive comme celles que l'on trouvait dans les sanctuaires shinto.

— C'est pour ton amie, dit Eri, celle qui est possédée. Donne-la-lui, ça l'aidera à repousser l'influence du kami. Encore une fois, je suis désolée, j'espère que tu me pardonneras.

Mina haussa un sourcil surpris. Eri avait parlé de kami, et non de yokaï. Visiblement, il y avait effectivement certaines choses qui lui échappaient. Eri lui adressa un sourire d'excuses et quitta à son tour le *Kogage*, laissant la jeune fille avec plus de questions que de réponses. Désemparée, Mina resta un instant immobile à fixer l'amulette. De quoi Eri s'excusait-elle ? De ne pas avoir réussi à l'aider ou bien parlait-elle d'autre chose ? Une vague d'inquiétude la traversa alors qu'elle se demandait une fois de plus comment l'étudiante avait bien pu la ramener jusque dans son lit. La voix de Mayuri la tira de ses pensées.

— Cette femme, elle ne m'inspire vraiment pas confiance.

— Je sais, mais sans elle, Haku s'en serait pris à moi.

— Qu'est-ce qu'elle te veut ? demanda Mayuri.

— Aucune idée, mais j'ai l'impression de la connaître depuis longtemps. Il y a quelque chose de familier chez elle…

Mina leva la tête en direction de la porte. Le parfum d'Eri continuait de flotter dans l'air. Une odeur de pluie et de terre.

— Je suis désolée mais je n'ai pas trouvé Natsume. Que fait-on maintenant ? reprit Mayuri.

— Ne t'inquiète pas, je sais où elle est, lui dit Mina en rangeant le talisman dans sa poche.

Eri observa Mina marcher dans Kabukicho, le fantôme d'une jeune fille à ses côtés. Elle s'approcha subrepticement, veillant à rester toujours assez loin pour ne pas être vue. Elle pouvait lire la fatigue et la tension sur son corps. Eri s'approcha un peu plus. L'odeur de la peur, de l'urgence, émanait de l'adolescente en vagues diffuses. La honte la submergea et elle laissa la foule l'éloigner légèrement de la lycéenne. Le regret pesait comme un poids mort dans son estomac. Malheureusement, ce qui avait été pris ne pouvait être rendu. Elle avait failli à accomplir son devoir, elle n'avait pas réussi à tuer la jeune fille. Elle n'aurait jamais dû entrer en contact avec elle. Dès le début, elle aurait dû la traiter comme une proie normale. Mais un seul regard sur la frêle adolescente avait suffi à faire flancher ses résolutions. Elle lui ressemblait tellement. Pas physiquement mais son aura avait la même odeur, la même chaleur. Elles avaient la même lueur au fond des yeux.

Eri sentit son cœur se serrer douloureusement alors que les souvenirs affluaient. Elle ferma les yeux pour repousser la nostalgie qui l'envahissait. Mais la donne avait changé. Mina était en danger, des forces énormes s'étaient lancées à ses trousses et la jeune fille ne faisait pas le poids. Malgré la honte d'avoir échoué dans sa mission, elle ne pouvait pas la laisser se faire tuer sans réagir. Pas comme ça. Elle ne le lui aurait pas pardonné.

Eri regarda Mina passer le kekkaï qui protégeait le Festival. Elle s'apprêtait à la suivre, modifiant déjà subtilement son apparence, lorsqu'une silhouette familière traversa son champ de vision. Eri sentit son cœur rater un battement dans sa poitrine. Elle huma l'air et se figea. L'odeur lui chatouilla les narines avec délice. Sans s'en rendre compte, elle s'était déjà mise en mouvement et suivait la nouvelle venue à la trace. Elle la repéra qui observait la carte d'un restaurant français avec une moue contrariée. La gorge nouée, elle s'approcha de la jeune femme et posa une main tremblante sur son épaule.

— Sanaka.

Son murmure, plus que son geste, fit tourner la tête de l'inconnue. Sanaka ouvrit de grands yeux ravis et sourit de toutes ses dents pointues avant de se jeter dans ses bras. Eri enfouit son visage dans le cou de sa sœur et s'enivra de son odeur, de sa chaleur. Le temps de quelques inspirations, elle eut le sentiment d'être rentrée chez elle et cette sensation, presque oubliée, lui arracha une larme salée. Sanaka resserra son étreinte pour soutenir Eri dont les jambes flageolaient.

— Je suis là, lui chuchota-t-elle avec douceur. Nous sommes là.

30

2016, Tokyo, Japon.

Mina jeta un coup d'œil à la ruelle sombre dans laquelle elle devait s'engager. Le lieu tenait plus de l'impasse où l'on entreposait les ordures que d'une vraie rue. Des déchets vieux de plusieurs semaines indiquaient le faible niveau de fréquentation de la zone.

— C'est une bonne idée de cacher Natsume au milieu du Festival, dit Mayuri. Elle sera difficile à repérer au milieu de la foule.

Mina retint un soupir. Elle était fatiguée de courir à droite et à gauche. Elle s'avança d'un pas décidé. La sensation familière de traverser un voile lui balaya le visage et les épaules.

— Où se trouve le théâtre ? demanda Mayuri.

Mina indiqua du doigt un bâtiment aux murs de bois, dont l'entrée était éclairée par de petites lanternes rouges. Elles se présentèrent devant la porte qui s'ouvrit sur leur passage. À l'intérieur, elles se retrouvèrent face à une immense salle et plusieurs rangées de personnes assises sur des petits coussins. Au fond du théâtre, une estrade de planches, recouverte d'un toit pentu, brillait sous la lumière des bougies et des lumignons. Un homme portant un masque de démon cornu, évoluait en dansant devant un splendide décor représentant un arbre stylisé. Le roulement des tambours, accompagné par les flûtes de bambou accentuait chacun des mouvements du danseur qui se déplaçait avec grâce.

— Nous devons trouver Baba-chan, murmura Mina. Ce doit être la propriétaire, j'imagine.

Son intervention lui attira plusieurs regards furibonds de la part des spectateurs. À peine eut-elle prononcé ces mots qu'une main se posa sur son épaule. Mina sursauta et se retourna vivement. Une splendide jeune femme s'inclina brièvement et lui fit signe de la suivre. Ses longs doigts fins se terminaient par des ongles effilés comme des rasoirs de plusieurs centimètres de long. Mina ouvrit la bouche mais la yokaï tendit un index pointu devant sa bouche pour lui intimer le silence. Elle répéta son geste et s'éloigna. Mina et Mayuri furent entraînées dans les coulisses du théâtre. L'esprit les guida jusqu'à une petite porte à laquelle elle toqua avec déférence, toujours silencieuse.

— Entrez, dit une voix rauque de l'autre côté du battant.

La jeune femme ouvrit la porte et invita Mina et le fantôme à pénétrer dans la pièce. Elles s'exécutèrent sans un mot. La porte claqua dans leur dos. Mina retint sa respiration.

— Que viennent faire une bâtarde humaine et un fantôme inconnu dans mon établissement ?

Une vieille femme aux longs cheveux blancs remontés en chignon les observait avec intérêt depuis un large fauteuil rembourré. Deux défenses pointaient hors de sa bouche et encadraient son nez. Sur ses genoux, un lourd livre relié de cuir était ouvert et à ses pieds, un petit chien blanc dormait en ronflant doucement.

— Alors ?

— Vous êtes Baba-chan ? demanda Mina. Nous venons de la part de Ryu, du *Kogage*.

— Je sais qui est Ryu, l'interrompit la vieille avec une pointe d'agacement. Que me veut encore ce vieux rat d'égout ? J'ai déjà payé ma dette avec l'autre petite qui est venue. Cette gamine, c'est un nid à problèmes. Je ne peux pas risquer la sécurité du théâtre ni celle de mes employés, elle doit partir, vous direz ça à Ryu.

— C'est pour elle que nous sommes là, s'empressa de dire Mina. Nous venons la chercher.

Les yeux de Baba s'étrécirent et elle se pencha en avant. Mina s'inclina profondément devant l'ogresse.

— Au moins, toi tu connais les bonnes manières, pas comme ton amie, la félicita Baba. On va vous conduire à elle.

Elle jeta un long coup d'œil aux deux jeunes filles qui lui faisaient face et retourna à son imposant registre. Dans leur dos, la porte s'ouvrit avec un nouveau cliquetis et leur guide leur adressa un sourire engageant.

— Attends, dit Baba alors que Mina s'apprêtait à refermer la porte derrière elle. Comment t'appelles-tu ?

— Kobayashi Mina, répondit celle-ci.

— J'ai entendu parler de toi. Il y a des gens puissants qui gravitent autour de toi. Pourquoi ?

— C'est une question à laquelle je cherche également une réponse.

— Tu devrais mieux choisir les personnes que tu fréquentes si tu veux survivre dans ce monde, petite.

Mina reçut son conseil comme un avertissement. La peur hérissa les poils de ses avant-bras. Pressée de quitter cet endroit, elle se contenta de s'incliner encore une fois et referma la porte. Mayuri lui fit signe de se dépêcher, leur guide disparaissant déjà dans un couloir faiblement éclairé vers l'arrière de la scène. Le son des tambours arrivait assourdi. Au milieu des décors et des costumes flamboyants des pièces de kabuki[1], elle leur indiqua un recoin dans la pénombre, s'inclina et disparut. Mina déglutit, craignant l'état dans lequel elle allait retrouver son amie.

— Je vais surveiller la scène, dit Mayuri.

Mina hocha la tête, reconnaissante, et se tourna vers l'endroit indiqué par leur guide.

— Natsume ? appela-t-elle.

Quelque chose bougea dans les ombres et une silhouette échevelée s'extirpa avec prudence d'un tas d'accessoires.

— Mina-chan ? Mais qu'est-ce que tu fais là ?

— C'est Ryu qui m'envoie.

Natsume apparut dans la lumière chiche. Elle avait nettoyé les coulures de maquillage qui lui maculaient le visage, mais ses yeux restaient rouges et gonflés. Elle se tordait les mains et jetait perpétuellement des

1. Kabuki : autre type de théâtre traditionnel, plus populaire que le Nô.

coups d'œil inquiets par-dessus son épaule. Mina remarqua qu'elle avait beaucoup maigri, ses cheveux s'étaient ternis et son teint était devenu cireux. L'image d'Emiko se superposa un instant à celle de Natsume. Mina laissa échapper un soupir.

— Natsume, tu dois rentrer au temple. Tu as besoin d'aide. Ton oncle te cherche partout.

— Tu as vu mon oncle ?

— Oui. Ton père aussi, avoua Mina. Il n'est pas très commode.

— Je ne fais que les décevoir, bredouilla Natsume, dont les yeux se remplissaient de larmes. J'imagine que mon père ne me cherche pas, lui.

— Non, lui confirma Mina à regret. Il a parlé de rituel sacré, de première chasse et insisté sur le fait que personne ne devait t'aider.

— Je m'en doutais. C'est pour ça que je ne peux pas rentrer. Je ne peux pas me présenter devant lui comme ça.

— Ne dis pas ça. Ce n'est pas ta faute, tu as été trompée par un esprit.

— Mina, je ne sais plus quoi faire. Je ne contrôle rien. J'ai peur. Toutes ces choses que je vois à présent… Il y en a partout, ils sont si nombreux, les fantômes, les monstres. Je fais des cauchemars, j'entends des voix, des morts me suivent. J'ai des absences, des trous de mémoire. Parfois, je me réveille dans un endroit et je ne sais pas ce que je fais là. J'ai l'impression de perdre la tête et j'ai peur de savoir ce que j'ai bien pu faire. Mina, j'ai tellement peur, ils sont partout. Je ne sais pas comment tu fais pour vivre avec ça.

— Oui, je sais, c'est effrayant, répondit Mina.

De nouvelles larmes s'amoncelaient dans les yeux de Natsume. Avec un soupir, Mina s'approcha de la miko. Elle savait que Natsume faisait de son mieux. La détresse de son amie la mit face à sa propre impuissance. Elle piocha le talisman d'Eri dans sa poche et le tendit à la miko en pleurs.

— Qu'est-ce que c'est ? demanda celle-ci entre deux sanglots.

— Une protection, contre l'esprit qui essaie de te contrôler. Porte-le, s'il te plaît.

— Ça ne marchera pas, j'ai tout essayé pour me défaire de lui, pour rompre le contrat.

— Dans tous les cas, ça ne peut pas faire de mal, insista Mina.

Natsume hésita un instant puis noua la tresse autour de son poignet.

— Nous ne pouvons pas rester ici, lui apprit Mina. Baba-chan nous a demandé de t'emmener.

— Pourquoi ? Je croyais que je pourrais me cacher dans le théâtre, Ryu a dit que je serais en sécurité ici.

— Natsume, Haku te cherche partout et il est très, très en colère. Baba-chan veut protéger les siens.

— Oui, je comprends, dit Natsume à voix basse. Elle a déjà fait beaucoup pour moi, je vais me débrouiller.

Mina sentit l'agacement la gagner.

— Pourquoi tu t'obstines à vouloir tout régler toute seule ? s'indigna la jeune fille. J'étais là quand tu as sollicité mon aide, j'ai risqué ma vie quand tu me l'as demandé. Je cours dans tout Tokyo pour te retrouver et quand enfin je te mets la main dessus, tu ne veux plus de moi ?

Mina se tourna vers Mayuri pour quêter un peu de renfort mais la fantôme ne put lui offrir qu'un haussement d'épaules impuissant, occupée à surveiller les coulisses vides. Natsume baissa la tête, tritura ses mains sales.

— Je t'en ai déjà trop demandé, tu es trop impliquée. Je… Je ne veux pas que tu sois blessée par ma faute, avoua Natsume dans un filet de voix à peine audible.

Cette révélation inattendue brisa la colère de Mina. Elle dégagea d'une main gantée ses cheveux emmêlés sur son visage.

— Tu l'as dit, je suis impliquée, c'est trop tard pour faire demi-tour maintenant. Va au sanctuaire, il faut pratiquer un exorcisme.

— Non, impossible !

— Ton oncle sait que tu es partie avec Genso, la cloche sacrée du sanctuaire. Tu l'as avec toi ? Elle pourrait te protéger, insista Mina. C'est un artefact très puissant.

La rougeur qui envahit le cou et les joues de la miko constitua une réponse suffisante.

— Si je l'avais gardée avec moi, l'esprit aurait pu s'en servir…, balbutia Natsume. Elle est cachée.

— Où ça ?

— Je l'ai laissée à Ryu, il ne sait pas ce que c'est et je devais absolument ignorer où il la cacherait. Je ne pouvais pas laisser un esprit malfaisant mettre la main dessus.

— La représentation touche à sa fin, les prévint Mayuri, jusque-là silencieuse. On devrait en profiter pour sortir en se mêlant aux spectateurs.

— Où irons-nous ? Je ne peux pas retourner au *Kogage*, c'est trop dangereux pour Ryu aussi, se lamenta Natsume qui commençait à paniquer.

— Je connais quelqu'un qui pourrait peut-être nous aider.

— Qui ça ?

— Eri, devina Mayuri. C'est une mauvaise idée.

— Qui est Eri ? demanda Natsume, son regard inquiet passant de Mina au fantôme.

— Une médium. C'est une longue histoire, éluda Mina. Et on n'a pas d'autre option de toute façon.

— Comme tu veux mais il faut y aller maintenant, la salle est en train de se vider, leur dit Mayuri en leur faisant signe de se dépêcher.

Les deux lycéennes emboîtèrent le pas de la fantôme. Elles contournèrent les coulisses, se guidant au bruit que faisaient les esprits en quittant les lieux. Dans les couloirs, elles dépassèrent des esprits en livrée qui conduisaient des spectateurs vers la sortie. Sur la scène, une nouvelle pièce débutait et la voix grave d'un nouvel acteur fit vibrer l'air. Elles déboulèrent dans l'entrée du théâtre. Baba les attendait dans le hall. Sans un mot, elle les regarda passer, inclina légèrement la tête en direction de Mina lorsque celle-ci lui murmura un merci. Les trois jeunes filles se fondirent sans mal dans la foule hétéroclite et quittèrent le repaire de l'ogresse.

Elles se perdirent rapidement dans le Festival et se dirigèrent d'un pas résolu vers la sortie. À peine eurent-elles franchi le kekkaï qui protégeait l'entrée des lieux qu'une main saisit l'épaule de Mina et la tira loin de ses amies.

— Je t'avais dit de la laisser tranquille, rugit une voix au-dessus d'elle.

Déboussolée, Mina laissa échapper un cri perçant et s'étala contre l'un des murs sales de la ruelle. Sa tête cogna contre le béton et sa vue se moucheta de points noirs.

— Mina ! s'exclama Mayuri en se précipitant vers elle.

Mina porta une main à son crâne douloureux. Au milieu des étoiles qui dansaient devant ses yeux, elle reconnut la silhouette massive d'Ichigo Akito. Celui-ci s'approcha de sa fille, menaçant. Natsume, les yeux écarquillés de terreur, recula d'un pas. Le chasseur de démons tendit une main vers elle avant de s'arrêter net. Une expression d'horreur passa sur ses traits burinés, vite remplacée par du dégoût. Ses lèvres se relevèrent en une grimace de fureur.

— Alors elle disait vrai ? Je sens l'odeur d'un yokaï sur toi, tu empestes le démon !

Natsume tenta de dire quelque chose mais les mots moururent sur ses lèvres. Elle jeta un regard terrifié à son père, la détresse lui envahissant le visage.

— Tu es une honte pour cette famille, Natsume. Heureusement que ta mère n'est plus là pour voir ça.

— Papa, je…

— Laisser un démon posséder ton esprit ? Tu as commis le plus grand sacrilège de notre caste. Tu n'es plus ma fille.

Les mots claquèrent comme des balles. Natsume s'immobilisa, la bouche ouverte. Akito cracha au sol en signe de dégoût. Un chuintement sonore fit crisser l'atmosphère. Le chasseur de démons dégaina la lame de son katana[1] qui accrocha un rayon de lumière. Mina sentit ses entrailles se retourner. À quelques mètres d'elle, Natsume recula encore de plusieurs pas, plus pâle que jamais.

— Papa, qu'est-ce que tu fais ? bredouilla-t-elle d'une voix haut perchée où suintait la peur.

— Je lave le déshonneur que tu as amené sur notre famille, répondit son père en levant haut son sabre.

Luttant contre sa tête douloureuse, Mina se redressa d'un bond. Sans réfléchir, elle se précipita sur le bras armé d'Akito. Le chasseur de démons, surpris par la poigne de la jeune fille, grogna, tenta de se dégager.

— Cours, Natsume ! hurla Mina, toujours suspendue au bras de son père.

— Ça suffit ! rugit Akito.

D'une bourrade, il arracha la lycéenne à son bras. Le coup de poing qu'il lui assena la renvoya sur le bitume. Mina gémit, la mâchoire pulsant de douleur. Elle sentit plus qu'elle ne vit l'aura d'Akito s'avancer vers elle. La lueur démente qui lui illuminait les prunelles la cloua au sol. Un courant d'air froid lui balaya le visage. Elle releva la tête et vit que Mayuri s'était interposée entre elle et son agresseur. La lame du chasseur s'enfonça dans le corps immatériel du fantôme. Mina hurla. La pointe du katana ressortit dans le dos translucide et s'y bloqua. Mayuri hoqueta, se plia en deux sous l'impact. La lame se mit à miroiter, s'illuminant par vagues étincelantes. Mayuri tourna lentement la tête vers Mina. Son teint diaphane perdit peu à peu son éclat, vira au gris. Mina comprit avec horreur que le katana buvait l'essence du fantôme. Puis aussi

1. Katana : sabre long traditionnel, arme des samouraïs.

soudainement qu'elle l'avait transpercée, l'arme se retira. Mayuri s'effondra au sol.

— Elle est à moi !

Mina reconnut aussitôt la voix de l'esprit invoqué la veille avec l'aide d'Eri. Elle releva la tête et vit Natsume broyer entre ses mains le poignet de son père qui lâcha son sabre en hurlant de douleur. Les yeux de la miko se mirent à briller d'un éclat sauvage, ses pupilles fendues en leur milieu. Elle feula en direction de son père et le saisit à la gorge. D'un seul geste, Natsume souleva Akito à bout de bras, sa main brisée pendant inutilement le long de son flanc. Pétrifiée, Mina observa ce prodige.

— Monstre, siffla Akito en bavant, la gorge comprimée dans un étau. Tu n'es plus ma fille, tu n'es rien qu'un monstre…

Akito, la mâchoire tétanisée par la douleur, ne put achever sa phrase. Natsume partit d'un grand éclat de rire. Une voix rauque, très différente de celle de la miko, s'éleva.

— Ça n'a pas été très dur de s'infiltrer dans les failles que vous avez contribué à créer en elle. Je devrais vous remercier.

— Immonde créature…

La pression sur la gorge d'Akito s'intensifia et sa peau commença à virer au bleu. Natsume secoua la tête, comme déçue.

— Quant à toi, siffla le démon en se tournant vers Mina, tu m'appartiens, ne l'oublie pas. Si tu ne veux pas me donner ce que je veux de toi-même, je te forcerai à venir me l'offrir. Je te ferai plier et tu viendras à moi, tu verras, pour sauver ton amie, tu te soumettras.

La voix du yokaï perdit en intensité. Une expression perplexe envahit ses prunelles fauves. Mina vit l'amulette tissée de rouge tressauter au poignet de la miko. Elle comprit que le talisman agissait, permettant à Natsume de conserver une part de contrôle sur son corps. Sur son visage, une lutte sans merci se déroulait. Subitement, elle relâcha sa prise sur le chasseur qui s'écrasa à ses pieds, inconscient. La lueur jaune dans les yeux de Natsume s'évanouit, et elle se retrouva pantelante au milieu de la rue. Elle balaya la scène, les yeux écarquillés d'horreur et s'enfuit en courant.

Mina se traîna jusqu'à Mayuri qui gisait, toujours inconsciente, à quelques pas d'elle.

— Mayuri, oh mon Dieu, Mayuri, dis-moi que tout va bien, balbutia-t-elle.

Sa mâchoire lui faisait mal, éclipsant presque la douleur dans son crâne. Des larmes salées roulèrent sur ses joues. La fantôme ouvrit deux yeux voilés, couleur de fumée.

— Est-ce que je peux faire quelque chose ? demanda Mina.

— Non, répondit Mayuri d'une voix lasse. J'ai mal. Je ne me souvenais plus de cette sensation.

— Je vais t'amener chez Ryu, il pourra t'aider, il…

Sa voix se brisa.

— Ça va aller Mina, lui dit le spectre. Aide Natsume, elle a besoin de toi.

Mayuri lui sourit et tourna son regard vers le ciel. Le gris de son corps se fondit doucement dans le néant, et Mina se retrouva à genoux sur le bitume, le visage inondé de larmes amères. Un souffle de vent lui caressa délicatement la joue, murmura un merci sans paroles qu'elle fut la seule à percevoir.

31

1471, province d'Izumi, Japon.

Hikari émit un long sifflement qui se perdit entre les arbres. Le soleil perçait à travers la canopée en rais lumineux. Elle tendit l'oreille et perçut les rires enfantins portés par la brise. Elle ramassa son panier plein à craquer de pousses de bambou. Hikari eut la sensation d'être suspendue hors du temps. Son apaisement fut cependant de courte durée. Deux petites silhouettes déboulèrent d'une sente pour se jeter dans ses jambes. Elle les accueillit avec un rire joyeux qui répondit à celui de ses fils. Ils lui tournèrent autour, lui faisant la fête, rapides et solides sur leurs jambes malgré leurs trois printemps à peine. Elle les regarda se chamailler et se poursuivre, le cœur inondé d'amour et de fierté. Leurs cheveux avaient la douceur de la fourrure et leurs yeux ambrés tiraient vers le jaune à la lumière. *Comme les miens*, pensa-t-elle. Keisuke était le plus intrépide, toujours le premier à s'échapper pour partir à l'aventure, à courir après les animaux de la forêt, souriant de toutes ses petites dents acérées. Kansaku, plus calme, était celui qui montrait le plus de pouvoirs.

Il sentait les choses et devinait sans mal les pensées de son frère. Un lien étroit reliait les deux enfants qui, sans être réellement rejetés par le reste du village, se suffisaient à eux-mêmes. Comme chaque fois qu'elle pensait à leur vie, le cœur de Hikari se serra d'appréhension.

Depuis plusieurs mois déjà, elle essayait de convaincre Jun de quitter le village, d'emmener leurs fils ailleurs, là où leur étrange naissance ne serait pas un fardeau et où personne ne leur jetterait de regards suspicieux en murmurant sur leur passage. Elle sentait que le bûcheron s'apprêtait à craquer. Elle raffermit sa prise sur son panier et héla ses petits qui s'éloignaient déjà, pris dans leurs jeux.

— Venez maintenant, il est temps de rentrer.

— On va aider Kaho à passer le balai ? demanda Kansaku avec une moue ennuyée.

— Ou aider papa à couper le bois ? renchérit Keisuke en battant des mains.

— Oui, il sera content que vous proposiez votre aide.

Des cris de joie accompagnèrent ses paroles et les deux enfants partirent en courant devant elle. Elle leur emboîta le pas et ils descendirent le flanc de la montagne avec agilité, à l'abri des regards curieux des humains. Lorsqu'ils arrivèrent près du village, les enfants cessèrent presque à regret leur course effrénée pour l'attendre.

— Redressez-vous, leur dit-elle. Et soyez sages.

Les garçons maugréèrent mais se mirent à épousseter leurs tuniques pleines de terre. Alors qu'ils quittaient définitivement le couvert des arbres, un picotement familier dévala les bras nus de Hikari. Elle tourna brusquement la tête en direction de la lisière et plissa les yeux pour scruter les ombres qui s'y prélassaient.

— Maman ? Tout va bien ? demanda Keisuke en la tirant par la main.

— J'ai cru sentir quelque chose.

— Il y a quelque chose dans la forêt, dit Kansaku de sa petite voix sérieuse.

— Tu as vu quelqu'un ? s'alarma Hikari.

— Non, mais les oiseaux, ils étaient plus heureux aujourd'hui.

La renarde dévisagea son fils. Sur sa petite poitrine, l'amulette de bois semblait irradier doucement. Hikari se prit à espérer que l'enchantement contenu dans le talisman protège ses fils de tout mal. Le poids qu'elle pensait disparu depuis des années lui lesta à nouveau l'estomac. Elle leur fit signe de reprendre la route et se détourna, non sans avoir jeté un dernier regard inquiet par-dessus son épaule.

Hikari vérifia que les jumeaux dormaient bien, rajusta les couvertures sur leurs frimousses apaisées et quitta le petit coin où ils couchaient sur la pointe des pieds.

— Tout va bien ? lui demanda Jun.

Elle acquiesça en silence et le bûcheron la saisit par la taille avant de l'embrasser avec fougue. Hikari laissa ses inquiétudes fondre dans cette étreinte bienvenue. Elle entoura le cou de son mari et lui rendit son baiser avec la même ardeur. Pourtant, un sentiment d'urgence restait, chevillé à son cœur. Elle rompit l'échange à regret. Elle vit ses yeux jaunes fendus par un trait noir se refléter dans ceux de Jun.

— Je crois qu'il est temps que tu ailles te promener, lui dit-il en étouffant un rire.

— Tu te moques de moi, le tança Hikari en lui assénant une tape sur l'épaule.

— Absolument !

Il l'embrassa de plus belle et Hikari savoura cet instant de complicité. Quand il la relâcha enfin, la poussant presque vers la sortie, une pointe d'angoisse lui tordit les entrailles. Elle quitta la chaleur rassurante de son foyer avec le sentiment étrange qu'elle ne le retrouverait jamais.

Hikari abandonna le village à la faveur de la nuit et s'enfonça dans les ténèbres qui peuplaient la forêt. Elle marcha suffisamment longtemps pour être certaine que personne ne la surprendrait, avant de s'arrêter dans une petite clairière où elle retira ses vêtements. Elle les plia et les déposa sur une souche. Sa fourrure frémissait déjà sous sa peau, difficile à contenir. Hikari abandonna la lutte, relâcha la tension qui l'habitait en permanence. Poils, crocs et griffes lui déformèrent le corps, et elle s'ébroua avec un bâillement de satisfaction.

Retrouver sa nature profonde de temps en temps lui était indispensable, sous peine de gâcher tous les efforts mis en œuvre pour dissimuler ce qu'elle était. L'absence prolongée du clan avait déjà affecté les pouvoirs de la renarde ainsi que le contrôle qu'elle exerçait sur eux. Peu après la naissance des jumeaux, la kitsune s'était aussi rendu compte qu'elle ne parvenait plus à conserver pendant plus de quelques semaines sa forme humaine. Des balades, comme Jun et Hikari les appelaient, s'étaient révélées nécessaires pour que Hikari ne perde pas le contrôle. Son estomac gronda et elle passa une langue rouge sur ses babines. Les sons et les odeurs de la forêt affluaient autour d'elle et saturaient ses sens. Elle s'en gava avec délectation et se mit en mouvement. La chasse l'appelait.

Repue par son festin, Hikari, assise au bord d'un ru de montagne, se lavait les mains et la bouche du sang qui les souillait. L'eau fraîche était revigorante et la lune, presque pleine, illuminait l'onde de reflets miroitants. L'ombre d'un prédateur se faufila dans les buissons. Hikari agita ses oreilles poilues et bondit sur ses jambes, à moitié accroupie, prête à en découdre. Les poils de sa nuque se hérissèrent alors qu'une odeur étrangement familière occulta toutes les autres. Un renard, au pelage roux vif, bondit des fourrés et se campa devant elle. Hikari cligna des yeux, surprise, avant de lâcher un cri de joie. La femme et l'animal se jetèrent l'une sur l'autre et roulèrent au sol. Hikari, le souffle court, enfonça les doigts dans le pelage doux du renard qui lui lécha consciencieusement le visage. Elles se séparèrent en riant et, le temps d'un battement de cils, le renard troqua sa fourrure pour la silhouette élancée d'une jeune femme.

— Hikari, s'écria Akane.

Les deux amies tombèrent de nouveau dans les bras l'une de l'autre. Le vide qui s'était creusé dans la poitrine de Hikari depuis le départ du clan sembla se combler d'un coup et elle agrippa un peu plus fort l'amie retrouvée.

— Akane, mais qu'est-ce que tu fais là ? C'est bien toi, n'est-ce pas ? J'avais cru percevoir ta présence tout à l'heure mais je n'étais pas sûre. Mes pouvoirs ne sont plus ce qu'ils étaient, dit-elle en se tapotant le nez, la mine contrite.

— Oui, c'est moi, la rassura Akane en souriant. Que veux-tu dire ? Tu perds tes pouvoirs ?

— Tu sais bien comment ça marche. Je suis devenue une piètre chasseuse comparée à celle que j'étais avant, se désola Hikari.

— Je ne savais pas, murmura Akane, s'excusant presque.

— C'est normal, il n'est pas naturel pour nous de vivre séparées les unes des autres, personne n'aurait pu le prévoir. Tu es seule ? demanda Hikari en scrutant les fourrés.

— Je suis partie en avant du clan. J'ai pensé à toi chaque jour. Où étais-tu ? Quand es-tu revenue ?

Hikari hésita.

— Je ne me suis pas beaucoup éloignée. J'ai perçu votre trace au niveau des premiers charniers sur l'autre versant, dit Hikari en se remémorant ses vagues tentatives pour quitter le village sans avoir accompli sa promesse. J'étais certaine que vous finiriez par revenir. Mais toi, raconte-moi tout ! Où étiez-vous ? Qu'avez-vous vu ? Je veux tout savoir.

Akane lui prit la main et l'entraîna près du petit ruisseau. Elle s'assit sur un rocher et commença son récit. Elle lui narra les derniers jours dans le temple de la montagne, l'attente, l'espoir de voir apparaître Hikari et finalement le départ avec le clan. Ino avait décidé de prendre le chemin du sud, là où la guerre civile venait d'éclater entre le shogunat[1] et le clan

---

1. Les shogunats sont les noms donnés aux dynasties de Shogun (seigneurs de guerre) qui gouvernèrent le Japon du XIIe au XIXe siècle.

Hosokawa. Les premiers temps, la condamnation de Hikari et son absence avaient pesé sur le moral du clan. Voyant que la chasseresse ne les rejoignait pas, elles avaient dû continuer leur route sachant que plus elles s'éloignaient, plus il serait difficile pour Hikari de les retrouver. Puis les premiers combats avaient éclaté et les kitsunes avaient trouvé un nouveau terrain de jeu et de chasse de choix, avec toutes ces armées en campagne qui traversaient le Japon et les forêts sacrées. Hikari demanda des détails. Akane lui rapporta tout ce dont elle se souvenait.

— Mais il y a mieux ! s'exclama-t-elle finalement.

Elle se redressa d'un bond et exhiba fièrement son dos. À la base de son coccyx s'agitaient trois splendides queues touffues.

— Tu as une troisième queue ! s'enthousiasma Hikari. C'est merveilleux !

— Il a fallu prendre ton relais pendant ton... absence, révéla Akane qui exultait de joie.

— Et comment ça se passe avec Ino ?

— Elle prend très à cœur son rôle de cheffe, avoua Akane en se rasseyant. S'éloigner de toi l'a aidé à apaiser un peu sa rancœur, mais notre retour la rend nerveuse. J'ai eu du mal à la convaincre de me laisser venir seule. Morio parle toujours beaucoup de toi, ajouta-t-elle prudemment.

Hikari hocha la tête, plongée dans ses réflexions. Morio n'avait jamais digéré son refus et le lui avait fait payer. Hikari releva la tête et ne put s'empêcher de jeter un regard vers la vallée. Aujourd'hui, tout était différent. Si le clan apprenait la vérité sur ce qu'elle avait fait dans ce village d'humains, les conséquences seraient terribles. Les enfants étaient rares, choyés et protégés. Mais les bâtards, eux, étaient le plus souvent mis à mort sans autre forme de procès. Une kitsune pouvait s'acoquiner avec un mortel, bien que cela soit assez mal perçu par les clans, mais pas se reproduire avec l'un d'entre eux. Le phénomène était déjà exceptionnel en soi et les kami voyaient d'un très mauvais œil la dilution de leur sang et de leurs pouvoirs au profit des mortels. Surtout maintenant que les hommes gagnaient en puissance et en territoires, au détriment des yokaïs et du petit peuple. La haine qu'Ino lui vouait ne laissait aucune chance à sa famille si la cheffe de clan apprenait l'existence des jumeaux. Elle avait trahi par deux fois la confiance de ses sœurs, mais aujourd'hui elle avait quelque chose de bien plus précieux à protéger. Malgré tout, la culpabilité qu'elle avait réussi à enfouir pendant des années se remit à lui tordre les entrailles.

— Tout va bien ? demanda Akane qui avait perçu son trouble.

— Oui, ça va. Je pense à Ino, je suis un peu angoissée à l'idée de la revoir, j'imagine. Nous ne nous sommes pas quittées en très bons termes.

— Ce n'est rien de le dire, s'esclaffa la renarde. Je suis fatiguée, j'ai fait un long voyage. Tu rentres au temple avec moi ?

Hikari serra les dents. Elle savait que ce moment allait arriver, que son amie lui poserait cette inévitable question. Elle remua les jambes dans l'onde froide du ruisseau et tourna son regard vers la lune. Malgré l'amenuisement progressif de ses pouvoirs depuis sa séparation avec le clan, elle ne pouvait manquer de sentir la confusion qui émanait d'Akane.

— Hikari… commença celle-ci à voix basse, presque suppliante.

— Je suis désolée.

C'est tout ce qu'elle réussit à dire. C'était suffisant. Le visage résolument tourné vers le ciel, Hikari refusait d'affronter le regard de son amie. Elle avait honte mais elle ne regrettait rien. Elle avait menti, trahi, triché et elle était prête à tout recommencer s'il le fallait. À son grand étonnement, au lieu d'exprimer la colère, les yeux d'Akane semblaient perplexes. Puisant au fond d'elle-même le courage qui lui manquait, Hikari se tourna vers elle. Une moue d'incompréhension bordait les lèvres de la renarde. Dans ses yeux, une lueur déçue passa vivement et Hikari sut qu'elle avait blessé son amie.

— Tu n'es pas partie parce qu'il n'est pas mort. Tu ne l'as pas tué, comprit Akane. Qu'as-tu fait ? La forêt bruisse de rumeurs étranges.

— Non, je n'ai pas pu, pas encore.

— Hikari, cela fait trois ans que nous sommes parties…

Hikari se perdit dans la contemplation des remous autour de ses mollets.

— Je l'aime.

— Je t'aime moi aussi, s'exclama Akane. Nous t'aimons toutes ! Cela n'est-il pas suffisant ?

— Si, ça l'était. Mais les choses ont changé, j'ai changé.

— Aimer un mortel, quelle folie. Tu sais que tout cela va mal finir.

Ce n'était pas une question. Un silence pesant s'installa entre les deux femmes, dévorant petit à petit la joie de leurs retrouvailles. Hikari prenait à présent pleinement conscience du fait qu'elle avait vécu dans l'inconscience pendant trois ans. Son sursis prenait subitement fin. La tristesse et la peur se mêlèrent à l'angoisse qui lui dévorait le cœur.

— Il va pourtant bien falloir faire quelque chose. Les autres seront là dans deux jours, peut-être moins, l'informa Akane d'une voix sèche. Je vais prévenir nos sœurs que tu es ici, cela te laisse le temps d'agir.

La renarde se leva et s'éloigna de quelques pas en direction des arbres. Le cœur plombé, Hikari la regarda partir, déchirée en deux. Akane se transforma en renarde et fila d'un bond prodigieux. Hikari ne la retint pas, c'était inutile. Elle se leva à son tour et regagna le village au pas de course. Le jour se levait doucement. Un reflet attira l'attention de la kitsune qui se figea sur le petit sentier menant chez elle. Elle scruta les buissons, immobile comme une statue, mais le phénomène ne se reproduisit pas. Avec un soupir contrit, elle reprit sa course en direction de son foyer.

ೞ

Jun finissait de repriser une chemise lorsque Hikari franchit le seuil de la maison, une lueur paniquée au fond des yeux. Il abandonna son ouvrage et se redressa d'un bond pour aller à sa rencontre. Au bord des larmes, elle l'esquiva et se mit à empiler des affaires avec une frénésie inquiétante.

— Hikari, qu'est-ce qu'il se passe ? lui demanda-t-il alors qu'elle lui transmettait sa nervosité.

— Il faut partir, maintenant.

— Quoi ? Mais nous avions prévu d'attendre l'automne, c'est trop tôt.

— Non, tu ne comprends pas, vous devez partir, tout de suite !

Elle parlait d'une voix aiguë et s'agitait dans tous les sens. Elle abandonna le bol qu'elle tenait à la main pour se diriger vers la paillasse où dormaient les enfants. Jun s'interposa et, plaçant ses mains sous son menton, la força à le regarder.

— Arrête, calme-toi. Tu me fais peur.

— Nous n'avons pas le temps, supplia la jeune femme à voix basse. Tu dois prendre les enfants et partir.

— Eh bien, nous prendrons le temps. Explique-moi de quoi il retourne, ça ne peut pas être aussi dramatique. Quoi qu'il arrive, nous trouverons une solution.

Une larme dégringola sur la joue de son épouse.

— Le clan est de retour, dit-elle d'une voix blanche.

Jun crut que la terre s'ouvrait sous ses pieds. Il blêmit et recula d'un pas, sous le choc.

— Elles arrivent. Il faut partir avant leur retour. Elles ne peuvent pas vous trouver, il faut emmener les enfants loin d'ici, c'est leur seule chance.

Hikari parlait vite, la respiration hachée et sa panique se répandait autour d'elle comme une brume sombre. Conscient que la situation était grave, Jun prit une grande inspiration et balaya les options qui s'offraient à eux. Comme Hikari ne se calmait pas, il attrapa la jeune femme par les épaules et la serra dans ses bras. Elle se débattit quelques secondes avant de s'agripper à lui de toutes ses forces.

— Ça va aller, lui murmura-t-il. On va trouver une solution, on fera ce qu'il faut.

— Je ne supporterai pas de vous perdre, chuchota Hikari dans son cou. Je ne le supporterai pas.

— Combien de temps avons-nous ?

— Deux jours.

— Très bien, dans ce cas nous allons commencer par confier les petits à Kaho. Il ne faut pas qu'on les voie avec nous.

— Non, vous devez partir, insista Hikari en se dégageant de son étreinte.

— Je ne te laisserai pas.

— Il est trop tard à présent. Promets-moi que tu fuiras avec eux !

— Je te le promets, dit Jun à contrecœur.

Sa promesse sembla apaiser un peu Hikari, qui se détendit légèrement. Elle se détourna pour ranger la vaisselle qu'elle avait sortie avant de se laisser tomber sur le petit banc qui flanquait la table. Secouée de tremblements, elle se mit à pleurer en silence. Le cœur lourd, Jun s'assit près d'elle et la prit à nouveau dans ses bras. Deux petites silhouettes s'avancèrent jusqu'à eux à pas feutrés. Les jumeaux, les yeux encore englués de sommeil, se blottirent dans les bras tendus de leur mère.

— Ça ne va pas, maman ? demanda Keisuke en bâillant. Tu es triste ?

— Non, tout va bien, le rassura Hikari en le serrant contre elle. Vous allez faire un grand voyage, tous les trois avec Kaho-san. Et papa vous rejoindra après.

— Et toi ? insista Keisuke.

— Il y a quelque chose dans la forêt, dit Kansaku en regardant vers la porte. Ça vient pour nous ?

Hikari crut que sa poitrine allait s'ouvrir en deux.

— Non, mon chéri, pas pour vous, juste pour maman. Je savais que tout cela allait mal finir, hoqueta

Hikari entre deux sanglots. Je le savais et je n'ai rien voulu voir. Tout cela est ma faute.

— De quoi parles-tu ?

— Il y a eu un signe, juste avant la naissance des petits. Un mauvais présage, une pluie dans un ciel sans nuages. Je n'ai pas voulu voir.

Jun resserra son étreinte sur sa famille, caressant les longs cheveux soyeux de la jeune femme avec douceur pour lui faire sentir qu'il était là, avec elle. Petit à petit, il commençait à prendre conscience de la situation et des conséquences qui en résulteraient. La peur s'insinua dans son esprit et se logea dans son estomac, amenant avec elle un goût de bile. Mais au fond, il ne regrettait rien. Il savait par ce que Hikari lui avait raconté que le clan serait impitoyable avec eux et qu'il mourrait probablement s'il ne fuyait pas. Et malgré sa promesse, il ne comptait pas fuir. Les années passées auprès de la renarde avaient été les plus belles de sa vie. Elle lui avait apporté l'amour, la sérénité et de magnifiques fils, qu'il ferait tout pour protéger. Mais il n'abandonnerait pas Hikari. C'était au-dessus de ses forces. Plus déterminé que jamais, il embrassa le front de sa femme, en espérant qu'ils trouvent un peu de repos avant les épreuves qui les attendaient.

32

2016, Tokyo, Japon.

Eri regardait Sanaka flirter avec un jeune homme d'à peine vingt ans. Sa cadette l'avait entraînée dans une chasse, à peine leurs retrouvailles célébrées. Eri avait suivi, peu pressée de retrouver certains membres du clan. Mais sa jeune sœur l'avait d'abord emmenée dans une boîte de nuit très fréquentée où elles n'avaient pas tardé à attirer l'attention de tous les hommes présents. Eri fronça les sourcils en percevant le pouvoir de Sanaka. La kitsune embrassait son prétendant à pleine bouche et Eri pouvait voir la vie s'échapper de lui et se déposer sur les lèvres de sa compagne. Des quantités infimes d'essence vitale étaient avalées par la renarde, qui rompit l'étreinte pour se lécher la lèvre inférieure avec délice. Elle repoussa sa victime ignorante en rigolant et s'approcha d'Eri en ondulant des hanches.

— Tu vois c'est vraiment très simple, indécelable, il ne s'en rendra jamais compte, lui dit-elle avec un clin d'œil. Il suffit de n'avaler que quelques semaines de sa vie. Ça demande un certain contrôle mais une fois qu'on a compris le truc, c'est enfantin. Tu es sûre que tu ne veux pas essayer ?

Un peu répugnée par ce qu'elle voyait, Eri attrapa son verre encore plein, le vida d'un trait pour effacer le goût amer qui lui restait dans la gorge, et s'éloigna sans un regard en arrière, déçue. Elle fendit la foule jusqu'aux toilettes pleines à craquer. Les relents d'urine, d'alcool et de rouge à lèvres bon marché embaumaient l'atmosphère d'une odeur rance. Eri se passa les mains sous l'eau et s'aspergea la nuque, pour nettoyer la sueur qui la recouvrait. Le reflet de Sanaka se joignit au sien.

— Tu fais ça depuis longtemps ? demanda Eri.

— Oh oui, ça fait un moment que les temples ont cessé d'être entretenus. Nous avons dû venir à la ville nous aussi, suivre les humains vers les nouveaux lieux de culte, lui confia la renarde en rajustant les boucles dans ses cheveux. Tokyo est si grand, il y a tant de choses à faire, je suis contente qu'Ino se soit enfin décidé à venir.

— La forêt ne te manque pas ?

— Si parfois, mais je crois que je préfère l'effervescence de la ville. Ce siècle est définitivement mon préféré. Pas toi ?

— Non, répondit Eri d'une voix neutre. J'ai chaud, sortons.

Sanaka remit une couche de rouge sur ses lèvres et suivit Eri hors des toilettes. Elles jouèrent des coudes au milieu de la foule qui dansait pour atteindre la sortie. Dehors, il faisait à peine moins chaud et le fond de l'air humide annonçait l'arrivée de l'été et de la saison des pluies. Elles firent quelques pas dans la rue.

— Bonsoir les filles, susurra une voix.

Eri se crispa en reconnaissant ce timbre et se retourna vivement. Une grimace qu'elle ne sut retenir lui déforma la bouche.

— Allons, allons, fais au moins semblant d'être contente de me voir, reprit la nouvelle venue.

La kitsune portait sans complexe les marques rouges à son front, ses cicatrices rituelles masquées par du fond de teint. Ses vêtements moulants étaient d'un vert rappelant celui des jeunes pousses de bambou, une couleur qu'elle avait toujours affectionnée. Elle pencha délicatement la tête sur le côté et étira les lèvres en son éternel sourire un peu tordu, dévoilant ses petites canines acérées.

— Morio, la salua Eri avec raideur. Cela faisait longtemps.

— Des siècles, si je ne m'abuse, lui lança Morio avec un sourire mesquin.

— Elle s'appelle Eri maintenant, dit Sanaka en tentant maladroitement de détendre l'atmosphère.

— Joli prénom. Comment vas-tu ? demanda Morio sans un regard pour Sanaka.

— Bien, merci. J'imagine que tu n'es pas là pour parler du bon vieux temps, répondit Eri d'une voix tendue.

— On ne peut rien te cacher. Sanaka nous a dit qu'elle t'avait trouvée par hasard. Ino veut te voir. Tout de suite.

Eri sentit son estomac se tordre d'appréhension. Sa joie de retrouver ses sœurs, perdues de vue depuis plus de deux cents ans, était ternie par l'accueil froid de Morio et l'injonction d'Ino. Certaines choses ne changeaient visiblement pas et elle était convaincue de trouver Ino aussi impitoyable que jamais. Sanaka se précipita derrière Morio qui s'en allait déjà, le dos droit et pleine d'assurance. Eri laissa échapper un soupir résigné et leur emboîta le pas.

Morio les conduisit loin dans les profondeurs des ruelles de Kabukicho jusqu'au cœur du Festival. Elles traversèrent la grande allée illuminée de lampions, jusqu'à une auberge traditionnelle dont elles firent le tour en empruntant un passage sombre. Dans l'arrière-cour de l'établissement, un cerisier du Japon supportait difficilement ses dernières fleurs. En dessous, plusieurs jeunes femmes se retournèrent d'un même mouvement pour observer les nouvelles arrivantes. Le pouvoir du clan affectait la nature qui l'entourait. Les végétaux étaient plus vivaces et les animaux plus alertes. La présence des kitsunes, établies autour de son tronc, prolongeait sa floraison. Mais Eri ne put s'empêcher de remarquer l'arbre agonisant. L'aura du clan drainait l'arbre solitaire au lieu de lui donner de la force. Morio et Sanaka rejoignirent le clan rassemblé. Eri sentit son cœur se serrer violemment à la vue de ses sœurs.

Elle s'immobilisa, perturbée par les émotions contradictoires qui la submergeaient. Des gémissements résonnèrent faiblement à quelques pas d'elle. Elle réprima un geste de recul en avisant Ino. Assise telle une reine sous l'arbre aux branches pendantes, Ino releva lentement la tête en direction de la nouvelle venue. Elle s'aérait négligemment à l'aide d'un éventail aux armatures brisées. Ses yeux se plissèrent pour observer Eri et un rictus satisfait ourla ses lèvres laquées de rouge carmin. Le pouvoir vibrait autour et en elle, illuminant ses longs cheveux d'ébène dans la nuit. Ses mains griffues étaient crochetées autour d'un corps voûté. Une lueur sombre dansait dans ses pupilles fendues et ses gestes avaient une aisance plus féline. Un flash dansa devant ses yeux quand Ino projeta son pouvoir sur elle pour la forcer à s'incliner. L'aura qui souffla sur la sienne était très différente de celle dont elle se souvenait. Elle réalisa qu'Ino avait acquis une puissance bien supérieure à celle que le temps accordait aux kitsunes. Prise dans les affres psychiques de la renarde dominante, elle perçut l'aura malsaine de la cheffe de clan et le reflet de ses queues. Elle comptait au moins sept appendices, c'était trop, beaucoup trop de puissance. Pendant une seconde, elle resta tétanisée de surprise mêlée de terreur. Depuis la séance de spiritisme avec Mina, elle refusait d'admettre la vérité, qu'Ino était derrière tout ça.

Eri se mordit la lèvre jusqu'au sang pour se forcer à l'immobilité, à la soumission. Le visage d'Ino s'étira en un rictus mesquin tandis que sa poigne relâchait l'homme qu'elle retenait entre ses griffes. Sa victime, âgée d'une cinquantaine d'années, se laissa tomber au sol en gémissant et se recroquevilla aux pieds de la renarde. Ino poussa un grognement, rajusta son kimono écarlate, croisa les jambes sur l'amas étrange qui lui servait de trône. Eri frémit en voyant dépasser ce qui ne pouvait être qu'un bras humain.

D'un geste indifférent, Ino leva le charme qui immobilisait le clan. Le temps sembla reprendre sa respiration et les kitsunes bougèrent enfin. Des sourires heureux fleurirent sur les visages familiers, qui dénotaient franchement avec l'ambiance qui régnait. Eri ne put s'empêcher de noter l'absence de Chikanori.

— Tu es devenue puissante, Ino-san, lança Eri qui avait décidé d'attaquer la première.

— Tu as remarqué ? Tokyo est une ville vraiment très riche, pleine de gens fort intéressants. Il y avait bien longtemps que nous ne t'avions plus croisée, lui lança Ino avec morgue. Quand était-ce la dernière fois ?

— À Osaka, en 1803.

— Quel nom te donne-t-on à présent ?

— Eri.

Chaque réponse qu'elle était obligée de donner lui arrachait la langue.

— Je commençais à croire que tu faisais en sorte de nous éviter. Où étais-tu ?

— À Kobe, répondit Eri d'une voix neutre. La piste menait là-bas.

— Les as-tu trouvés ?

— Oui.

Ino plissa les yeux, et ses pupilles fendues luirent dans le noir. Eri déglutit et serra les poings pour cacher les tremblements qui les secouaient.

— Ta quête n'est pas encore achevée, dit Ino.

Ce n'était pas une question. Eri se fit violence pour ne pas partir en courant. Depuis qu'elle avait quitté le clan, sa vision du monde avait changé, évolué. Les brèves entrevues avec ses sœurs au cours des six siècles passés lui avaient prouvé combien ce changement avait été important en elle. Et combien ses sœurs, elles, ne changeaient pas. Elles pensaient encore vivre dans un monde sauvage où régnait la loi du plus fort, où la violence était quotidienne et jubilatoire, où les hommes n'étaient que les serviteurs des dieux et des esprits.

Bien sûr, le monde d'aujourd'hui était toujours violent, mais si différent de tout ce qu'elles avaient connu. Dans la cruauté d'Ino, elle lisait son refus d'admettre que leur temps était révolu. Que leur existence, de respectée, était devenue clandestine. Que les humains avaient à présent le pouvoir de rivaliser avec les dieux auxquels ils sacrifiaient tout autrefois. Elle comprit qu'Ino avait peur. Peur de perdre son statut, ses prérogatives, son pouvoir.

Eri balaya l'assemblée de ses sœurs avec tristesse et pitié. Jamais Ino ne les laisserait s'émanciper de cette vision étriquée et obsolète du monde. Elle réalisa avec angoisse et soulagement que tant que la renarde au kimono rouge dirigerait le clan, elle ne pourrait pas les rejoindre. Peu importe le prix que cela lui coûterait.

— Non, il y en a encore un, lui confirma Eri à regret.

— Je sais, murmura Ino juste assez fort pour qu'elle l'entende. Tu es restée trop loin, trop longtemps. Je veux que tu réintègres les rangs. Je te laisse jusqu'à demain pour accomplir ton serment. Si tu échoues, ton nom sera banni du clan.

Eri demeura muette. Un goût de bile lui remonta dans la gorge tandis que le visage inquiet de Mina s'imposait dans son esprit. Ino lut son trouble et sembla s'en réjouir. Elle se leva d'un bond et saisit par la gorge l'homme affaissé à ses pieds. D'une démarche victorieuse, elle le traîna jusqu'à Eri et le lui jeta dans les bras.

— Prends, tu auras besoin de forces et, quand tu reviendras, nous ferons une grande fête, jubila la renarde.

Eri hésita, tentée de refuser le cadeau de la cheffe de clan, mais le regard avide que lui lança Morio dans le dos d'Ino la convainquit de ne pas se rebeller ouvertement. Elle devait faire profil bas si elle voulait avoir le temps d'agir. Elle redressa le pauvre homme d'une main ferme et l'entraîna un peu plus loin. La voix d'Ino retentit de colère contenue.

— Mon cadeau n'est pas assez bien pour toi ? Aurais-tu oublié qui tu es ? Qui nous sommes ?

— Il n'a pas mérité ça, répondit Eri.

— Il n'est rien ! cria Ino d'une voix perçante. Décidément, tu ne changes pas, tu es trop douce, trop influençable. Fais attention, ou tu finiras comme elle.

La menace était claire et claqua dans l'air comme une balle. Eri sentit alors le piège se refermer autour d'elle. Elle se doutait qu'après ce coup d'éclat, Ino ne la laisserait pas sans surveillance, or, elle se refusait à la guider droit à Mina. Elle devait être plus intelligente, feindre l'humilité. En preuve de soumission, Eri baissa la tête et exposa quelques secondes sa nuque offerte. Le frisson qui secoua le clan la traversa comme une vague. Dans les yeux d'Ino, elle put lire une satisfaction orgueilleuse se refléter. La cheffe lui désigna du menton l'homme toujours roulé en boule par terre.

Eri se pencha sur lui et caressa gentiment ses cheveux blancs et sa peau parcheminée. Quand il releva la tête vers elle, elle vit dans ses traits prématurément vieillis la peur et le soulagement mélangés. Il savait qu'elle allait le délivrer du cauchemar dans lequel il était tombé par manque de chance ou par luxure. Elle se pencha vers lui et ses lèvres sèches vinrent à sa rencontre. L'homme lui enserra le cou de ses bras grêles tandis que la kitsune buvait le peu de vie qu'il lui restait, les mâchoires crispées, au bord des larmes. L'étreinte se relâcha définitivement, et le cadavre exsangue glissa au sol, où il resta immobile, les yeux grands ouverts sur le ciel noir.

Eri ferma les paupières de l'infortuné qui avait eu le malheur de croiser le clan et fit demi-tour sans un regard pour ses sœurs. Elle devait absolument retrouver Mina, l'empêcher de se jeter elle aussi dans un piège mortel. Elle avait à peine fait quelques pas qu'elle entendit Ino lancer le signal de la curée. Eri regarda une seconde ses sœurs se jeter sur le cadavre pour en extraire les dernières traces d'essence vitale. Ino claqua des doigts et Eri aperçut la silhouette d'une jeune fille à la tignasse emmêlée, image vivante d'une jeune miko d'un autre temps, lui apporter un plateau de nourriture. Dégoûtée malgré elle par ces pratiques qui avaient été les siennes, Eri se détourna et s'en fut en courant.

33

1471, province d'Izumi, Japon.

La silhouette se découpait à peine entre les bambous qui formaient une forêt dense et opaque. Elle scrutait avec intérêt les abords encore endormis du petit village de montagne. Attendre ne lui faisait pas peur, elle avait l'habitude de se dissimuler et de rester immobile des heures durant, à l'affût, invisible. Et pour rien au monde, elle n'aurait voulu être ailleurs en cet instant précis. Tout était calme dans le bois. Aucun oiseau ne lançait de trilles joyeux vers les cieux. Les animaux l'observaient avec une attention prudente, inquiets d'éveiller son intérêt. Elle leva la tête vers la canopée et prit une profonde inspiration. L'air avait l'odeur des jours où tout bascule. Elle était oracle, et la confirmation de ce pressentiment, elle l'avait lue dans la danse des feuilles et le vol désordonné des oies. Elle sentait la fragrance subtile du changement qui imprégnait la terre. Elle sourit d'excitation et quitta sa cachette pour s'approcher un peu plus du village. Morio le trouva presque inchangé depuis sa dernière visite, des années auparavant. La même fumée sale sortait des cheminées, la même odeur de sueur, de suie et d'animaux parqués embaumait l'air. Elle plissa les narines pour atténuer le fumet peu agréable de la vie humaine et se posta à la lisière du village, fondant sa fourrure rousse au milieu d'un tas de bois. Elle vérifia que son piège était en place. Et elle reprit sa veille silencieuse et attentive.

Lorsque sa proie se montra enfin, elle resta immobile. Ses pupilles fendues suivirent le transfert de deux enfants d'une maison vers une autre. Ils étaient encadrés par deux adultes, qui les menaient d'un pas pressé à la faveur des derniers lambeaux de nuit. Les oreilles basses, elle contempla cet étrange spectacle qui n'était pas censé avoir de spectateurs. La petite troupe traversa le village à bonne allure et l'espionne les laissa passer à quelques mètres d'elle. Son regard capta néanmoins celui d'un des enfants qui l'observa avec curiosité, comme s'il avait perçu sa présence sans la voir. Il émit un son aigu qui attira l'attention du deuxième et deux paires de prunelles jaunes se braquèrent dans sa direction. Elle s'écrasa un peu plus au sol, surprise. Les fuyards marquèrent une pause pour inspecter les alentours, alertés par le sifflement de Kansaku. Morio aplatit les oreilles et retint sa respiration le temps que le groupe la dépasse. Elle les laissa disparaître entre les chaumières et prendre un peu d'avance. L'attente reprit. Et comme elle s'y attendait, sa proie revint, seule. Toujours dissimulée derrière l'étal de bois, la kitsune se redressa sur ses pattes arrière. La silhouette de Morio s'étira et devint une jeune femme. Elle passa un doigt sur le grain de beauté qui lui ornait la gorge, comme pour s'assurer qu'il était bien là. Puis, d'une démarche affolée, elle s'avança vers l'homme qu'elle avait patiemment attendu.

ᔕ

Deux jours avaient passé et personne n'était revenu la voir. Hikari rongeait son frein. Akane refusait de se montrer mais elle sentait que les choses allaient changer. Déjà, la montagne semblait chanter une chanson de joie et d'accueil et elle percevait dans les murmures des feuilles le retour du clan. Sa convocation était imminente. Jun avait quitté le village à l'aube après avoir amené les enfants chez Kaho. La vieille femme était partie depuis la veille déjà avec les enfants, pour aller retrouver le bûcheron au prochain village. Hikari lui avait confié ce qu'elle avait de plus précieux, ses petits et les cloches sacrées de Chikanori, Genso et Moe. En dépit du mauvais pressentiment qui lui serrait la gorge, Hikari agrippa avec fermeté le sac qui lui sciait l'épaule et prit le chemin de la montagne. Sur son passage, les villageois se contentèrent de la regarder partir, sans lui adresser un mot d'adieu. Lorsqu'elle arriva près du temple, Yûichi s'avança sur sa route. Il s'inclina longtemps devant elle et glissa dans sa main une petite poche de tissu rouge dans laquelle était enfermée une tablette en bois.

— Un o-mamori ? demanda Hikari en repensant au talisman autrefois offert par Jun et qu'elle avait confié à ses fils pour les protéger du clan.

— Pour vous porter chance. C'est tout ce que je peux faire, se désola le prêtre.

— Il me faudra plus que de la chance, cette fois, Yûichi. Je vous remercie.

Hikari se détourna pudiquement pour essuyer les larmes qui lui inondaient les yeux. Jamais, avant de descendre dans ce petit village, elle n'aurait cru trouver tant de bonté et d'amitié chez les hommes.

— Les petits vont me manquer, dit le prêtre d'une voix éraillée.

— Ils sont en sécurité, le rassura Hikari. Merci pour tout.

— Merci à vous. Filez maintenant !

Hikari hocha la tête et rangea le talisman à l'intérieur de son kimono de coton bleu avant de reprendre sa route. À la croisée des chemins, elle ne put se retenir et se retourna une dernière fois pour contempler le village de bûcherons qui avait tant bouleversé sa vie.

Une fois hors de vue, elle quitta la route principale et fonça dans la forêt. Elle abandonna son sac plein de chiffons et de vieux pantalons près d'une souche et s'enfonça vers le cœur de la montagne. Lorsqu'elle arriva au temple, elle fut accueillie par les jappements joyeux de ses sœurs. Sanaka, Chikanori et les autres lui firent la fête tandis qu'Akane restait distante, visiblement inquiète. Après les effusions et la joie des retrouvailles, Hikari se dégagea de ses sœurs renardes et se dirigea vers son amie. Les deux femmes se prirent brièvement dans les bras l'une de l'autre. Akane laissa échapper un gémissement apeuré, jeta un coup d'œil en direction du bâtiment principal où les attendait le reste du clan.

— Si tu entres dans ce temple, tu cours à ta perte, dit Akane d'une voix brisée par l'émotion.

— Je sais, répondit Hikari, en prenant le visage de la renarde entre ses doigts blancs. Akane, plus que toutes les autres, tu es ma sœur de cœur alors je t'en supplie, pars, sois heureuse.

— Quitter le clan ? demanda Akane aussi choquée qu'incrédule.

— Ino et sa cour sont en train de pourrir notre famille, notre âme, tu ne le vois pas ? Elle tue par jeu, elle fait souffrir pour son plaisir. Les dieux nous ont créés pour protéger. Les kami sont cruels mais justes, Ino est une enfant qui joue à diriger le monde.

— Tu ne penses pas ce que tu dis. Un chef puissant est gage de pérennité pour les clans…

— Arrête de régurgiter les phrases toutes faites dont Morio et les autres nous abreuvent depuis des siècles. Le monde a changé. Nous devons nous adapter. Où est Rika ? Avez-vous eu la moindre nouvelle d'elle ?

Hikari vit le doute s'instiller dans l'esprit d'Akane. Elle devait insister, lui ouvrir les yeux.

— Je t'en prie, Akane, ne te laisse pas aveugler par la haine qui ronge le cœur déjà desséché d'Ino.

Elle n'eut pas le temps d'insister. La porte du temple s'ouvrit à la volée et Fumi sortit, drapée dans un kimono de soie vert d'eau. Elle se dirigea droit sur Hikari. La chasseresse haussa un sourcil interdit, étonnée de ne pas se retrouver face à Morio.

— Bon retour, ma sœur, je suis heureuse de te revoir, la salua Fumi, peu à l'aise dans ce rôle qui n'était pas le sien.

— Je suis heureuse de te revoir également, Fumi.

— Une veillée se prépare pour fêter ton retour, mais avant cela, il faut apporter la preuve que ta quête a bien été accomplie et ton serment respecté. Un conseil a été formé à cet effet. Suis-moi.

Hikari hocha la tête, évitant soigneusement le regard affolé d'Akane et suivit sans un mot la renarde jusque dans le temple. Sur ses talons, le bruissement des kimonos de ses sœurs l'accompagnait.

À l'intérieur, il régnait une pénombre rassurante. Les bancs avaient été réparés et assortis de nouvelles peaux pour le confort. Un trésor de guerre reposait dans un coin du temple. Hikari reconnut des casques de samouraïs, des étoffes précieuses et de la vaisselle fine. Près du feu qui dispensait le peu de lumière disponible en dehors du trou pour l'évacuation des fumées, Ino attendait, assise en tailleur à même le sol. Fumi rejoignit ses sœurs près du foyer. Une odeur d'humain flottait faiblement dans l'air et Hikari frémit à l'idée de découvrir l'état dans lequel se trouvait le malheureux qui servait de jouet à Ino.

Elle s'avança jusqu'au brasier et laissa ses sœurs s'asseoir autour d'elle, l'enfermant dans un cercle de femmes et de pelage soyeux. Elle ne put manquer de relever l'absence de Morio et son inquiétude augmenta d'un cran. Une fois tout le monde en place, Ino se leva avec nonchalance. L'assurance qu'elle dégageait fit vaciller les certitudes de Hikari.

— Hikari, du clan du versant est, tu es de retour parmi les tiennes. Sois la bienvenue.

— Merci, Ino.

— Tu nous as quittées voilà plusieurs années car tu as commis une faute qui exigeait réparation. Ton absence fut une plaie à vif pour le clan. En fautant, tu as mis tes sœurs en danger, par ton éloignement tant psychique que physique. Aujourd'hui, nous venons vérifier que tu as bien accompli ton serment afin que tu puisses revenir dans notre famille. Chikanori, en tant que doyenne, tu es la voix du clan, parle et nous t'écouterons.

La vieille renarde se leva lentement et s'avança d'un pas dans le cercle. Elle posa sur Hikari un regard si plein de tendresse que la jeune femme vacilla.

— Hikari, première chasseresse du clan, je suis heureuse de te revoir.

— Moi aussi, Chikanori, ta sagesse et ta bonté m'ont manqué.

— Les faits ! aboya Ino, hargneuse, rompant les retrouvailles.

La doyenne lui lança un regard méprisant avant de reporter son attention sur Hikari qui retenait sa respiration. La kitsune eut le sentiment que son procès venait enfin de commencer.

— Hikari, première chasseresse du clan, reprit la vieille femme avec solennité, tu as prêté serment de tuer l'homme qui avait assisté aux noces de notre sœur Rika, à présent sœur du clan du nord. Cet acte va à l'encontre de toutes les lois divines et tu l'avais épargné dans un moment d'égarement. Confirmes-tu ?

— Oui, souffla Hikari, le cœur cavalant comme un cheval affolé.

— Cet homme est-il mort ?

Hikari prit le temps de regarder chacune de ses sœurs, de graver leurs visages dans son esprit, même celui d'Ino qui rougeoyait de haine dans la lueur des flammes. Comme elle les aimait, sa famille, ses sœurs. L'image de Jun se superposa au visage d'Akane et son cœur s'envola.

— Non, dit-elle d'une voix solide et forte.

— Pourquoi ? demanda Chikanori, visiblement interdite. Tu as eu largement le temps de boire sa vie et son âme en compensation du crime qu'il a commis.

— Parce que je suis amoureuse de lui. Je n'ai pas pu prendre sa vie.

Les mots franchirent ses lèvres avec un aplomb qu'elle ignorait posséder. Un murmure d'incompréhension balaya les rangs du clan. Face à elle, le sourire d'Ino s'agrandit un peu plus, un rictus mauvais qui transpirait l'animosité. Hikari adressa un regard d'excuses à Chikanori qui secouait la tête avec résignation, puis elle sourit faiblement à Akane qui pleurait en silence. De grosses larmes coulaient sur ses joues pâles, qu'elle ne pouvait retenir. Toutes savaient ce qui allait à présent se passer et une plainte commença à s'élever des gorges nouées.

Ce fut le moment que choisit Morio pour sortir de la pénombre qui peuplait le fond de la pièce principale. Son beau visage anguleux était tordu par la malfaisance et lui faisait comme un masque de démon de théâtre kabuki. Elle murmura quelques mots à l'oreille d'Ino, qui hocha la tête en signe d'assentiment. Morio brisa le cercle des femmes et se plaça devant Hikari sans la saluer.

— Un second chef d'accusation s'ajoute au premier, dit Morio d'une voix suave.

Hikari se tourna brusquement vers la renarde et son cœur reprit sa cavalcade affolée. Ses yeux allaient d'Ino à Morio en passant par Akane.

— Hikari a trahi en n'accomplissant pas son serment juré mais ce n'est pas tout. Plusieurs yokaïs vivant dans la montagne m'ont raconté une histoire très intéressante. Hikari aurait participé à une noce, humaine, en tant qu'épouse.

Morio lâcha ce dernier mot comme une insulte. Des regards troublés se tournèrent vers la chasseresse qui garda le menton haut, confirmant par son silence les dires de la prêtresse.

— Mais ce n'est pas encore le plus sacrilège de ses actes. Non contente d'épargner celui qui devait mourir par la loi, elle lui a donné des enfants, lâcha Morio avec un sourire de jubilation, qui fut repris par Ino dans son dos. Deux fils, qui ne sont ni humains ni yokaïs, deux abominations.

Hikari sentit le monde vaciller autour d'elle. Le temps ralentit comme s'il se mettait au diapason de ses sentiments, engourdi, englué, choqué. Elle se tourna vers Akane qui affichait un air halluciné. Contre toute attente, Ino prit la parole.

— Notre sœur ne se serait pas abaissée à une telle monstruosité, dit-elle d'une voix faussement outrée. N'est-ce pas, Hikari ?

— Je peux prouver ce que j'avance. Je les ai vus, intervint Morio sans laisser à Hikari le temps de se défendre. Je peux vous montrer.

Elle ferma les yeux et les points rouges qui lui ornaient le front se mirent à luire. Le pouvoir de la prêtresse se communiqua à chacune de ses sœurs comme une vague. Hikari serra les dents alors que des images de ses fils jouant dans les bois envahissaient ses prunelles. Une fois la transmission mentale terminée, Morio s'empressa de retourner dans les ombres tandis qu'Ino haussait un sourcil satisfait. Hikari se tourna vers Akane. Lorsque leurs regards se croisèrent, Hikari sentit son cœur se briser. La colère et l'incompréhension défiguraient le visage habituellement si doux de sa sœur. Ino fit un geste en direction de Chikanori.

— Reprends le cours de la cérémonie, Chikanori. Tu sais ce qu'il faut faire.

— Tu as trahi le clan, doublement..., la voix de la doyenne se brisa et une larme s'échoua sur son menton. Hikari, je suis désolée, tu as failli à ton serment.

— Je sais.

— Je suis désolée.

— Ne le sois pas, la rassura Hikari, tout ceci est mon œuvre et je ne regrette rien.

Elle se tourna vers Akane, projetant tout son pouvoir vers elle pour tenter de partager ses pensées avec elle. Elle aurait voulu lui demander pardon, lui expliquer, la supplier de protéger ses enfants mais la renarde s'était renfermée sur elle-même et lui était devenue totalement inaccessible. Elle lui adressa un dernier sourire d'excuse avant que la voix, hachée par l'émotion, de Chikanori ne porte jusqu'à elle.

— Prononce les mots rituels, Hikari.

— J'ai failli à ma promesse, murmura Hikari, le regard tourné vers le bout de ciel visible depuis l'intérieur du bâtiment.

Elle achevait à peine sa phrase qu'une immense douleur lui transperça le thorax. La sentence des dieux était irrévocable. Les serments prononcés par les kitsunes étaient sacrés, elles ne pouvaient s'y soustraire et celles qui rompaient leurs promesses en mouraient, sans grâce possible. Les mains crispées sur la poitrine, Hikari se laissa tomber au sol. À travers les larmes de douleur qui brouillaient sa vision, elle perçut la détresse d'Akane, que Sanaka tentait de retenir. Elle vit Ino saisir son amie par la gorge et l'éloigner de la scène. Mais sa place ne resta pas vide bien longtemps. Morio jaillit à nouveau dans la lumière, traînant derrière elle une silhouette entravée qui se débattait. Le captif fut jeté sans ménagement dans le cercle des renardes. Hikari cligna des yeux et un cri muet lui ouvrit la bouche lorsqu'elle reconnut Jun qui hurlait à travers son bâillon. Déjà, elle ne sentait plus ses jambes et la douleur qui irradiait depuis sa poitrine se répandait dans tous ses membres. Elle se tordit au sol, gémissante, brisée, incapable de détacher ses yeux de l'homme qu'elle aimait. D'un seul geste précis, létal, Morio lui ouvrit la gorge. Une gerbe de sang éclaboussa Hikari tandis que son cœur pulsait pour la dernière fois.

Akane cessa de se débattre. Hikari reposait immobile à quelques mètres d'elle. Toute sa colère s'était dissipée à l'instant où son amie avait cessé de bouger. Au-dessus de son cadavre, Morio léchait le sang qui lui maculait les mains avec un plaisir non dissimulé. Akane s'effondra à son tour au sol, hébétée. Peu à peu, le visage éternellement jeune de Hikari se rida alors que son essence vitale s'évaporait dans le néant, maudite, imbuvable, emportant son âme et sa mémoire. Son corps parcheminé se transforma en poussière dorée qui s'éparpilla dans le temple dans un souffle puissant. Akane regarda tout ce qui restait de son amie disparaître à jamais. Les renardes entamèrent d'un même élan un chant funèbre qui se répandit dans la vallée mais Akane fut incapable de mêler sa voix à celles de ses sœurs. Lorsque l'oraison prit fin, elle releva péniblement la tête pour se retrouver face à l'expression dure d'Ino qui la considérait avec mépris.

— Hikari a payé pour ses fautes et l'humain est mort, dit-elle à l'assemblée des kitsunes éplorées. Mais il faut à présent s'occuper de ses rejetons maudits.

Un silence étourdi lui répondit. Le clan semblait anesthésié par la perte de leur chasseresse. Les renardes, immobiles et hagardes, contemplaient d'un œil vide l'endroit où s'était tenue Hikari.

— Certaines ici étaient au courant que Hikari avait trahi son serment, dit Morio. N'est-ce pas, Akane ?

— Je… non, je l'ignorais ! se défendit Akane.

— Tu étais au courant pour l'humain qu'elle a épargné, insista Morio. Je t'ai suivie, ne mens pas.

— Mais je ne savais pas pour les enfants.

— Donc tu savais qu'elle… aimait cet humain ? demanda Ino avec répugnance.

— Oui, avoua la renarde.

Akane se mit à trembler, incapable de réaliser ce qui était en train de se passer et se recroquevilla sur elle-même. Ses yeux sautaient du cadavre de l'homme au rictus victorieux que partageaient Ino et Morio. Elle sentit son estomac se rebeller. Elle avait guidé Morio jusqu'à Hikari, elle avait été piégée, elle aussi. Ino fomentait certainement la mort de Hikari depuis des années, elle avait toujours eu peur d'elle. Et elle, elle n'avait été qu'un pion dans leurs manigances. La honte et la tristesse la submergèrent, elle baissa la tête.

— Tu vas retrouver ces enfants et les tuer, exigea Ino, pour épargner ton honneur et celui de tes sœurs.

À partir de maintenant, tu perds ton nom et ta place dans ce clan, tant que tu n'auras pas accompli ta mission.

Akane, vaincue, baissa la tête en signe de soumission, incapable d'affronter le regard flamboyant d'Ino. La sentence ne se fit pas attendre, un trou se forma dans sa mémoire et le nom qu'elle portait depuis des siècles commença à lui échapper. Elle s'accrocha aux lettres de toute la force de son esprit, mais celles-ci s'effaçaient, diluées comme de l'encre sous la pluie. Puis, comme un souvenir trop ancien pour qu'on se le rappelle encore, elle l'oublia définitivement. La gorge serrée, elle contempla le kimono écarlate de celle qui lui avait pris son identité, la seule personne qui pourrait jamais la lui rendre.

— Jure-le ! exigea Ino. Jure que tu n'auras de repos tant que les descendants de Hikari ne seront pas tous exterminés, tant que son pouvoir existera encore dans un être hybride contre nature.

— Oui, répéta la renarde à ses pieds.

— Jusqu'au dernier. Jure-le !

— Je le jure.

34

2016, Tokyo, Japon.

Au bout de plusieurs minutes, Mina se releva, tremblante. Mayuri avait disparu, il n'y avait rien qu'elle pût faire de plus pour la fantôme. Elle essuya ses larmes d'un revers de la manche. La tête lui tournait et sa mâchoire lui faisait un mal de chien. Elle avait déjà perdu trop de temps, elle devait retrouver Natsume et mettre un terme à cette folie. Dans la lumière chiche qui éclairait la ruelle, elle vit luire la lame qui avait détruit Mayuri. Sa gorge se serra mais elle s'approcha malgré tout. Le katana était brisé en deux morceaux et gisait dans une flaque d'eau croupie. Mina se précipita vers Akito et vérifia son pouls. Il était assommé mais vivant. Elle entreprit de le retourner sur le dos. Comme elle l'avait espéré, le chasseur de démons portait deux fourreaux à sa ceinture. Elle retira celui qui contenait le wakizashi, la larme courbe, plus courte que le long katana. Elle avait pratiqué quelques années le kendo[1] en

1. Art martial de maniement du sabre, dérivé des entraînements des samouraïs, très largement enseigné dans les écoles japonaises.

primaire et, sans être particulièrement douée, elle savait se défendre. Elle doutait cependant que le sabre l'aide à vaincre le kami qui avait pris possession de Natsume. Elle aurait besoin de plus de puissance. Ses yeux errèrent un instant dans la rue autour d'elle jusqu'à l'endroit où le kekkaï miroitait faiblement. Elle avait besoin de magie. Et elle savait où en trouver.

Sa tête lourde et douloureuse ne lui permit pas de courir aussi vite qu'elle l'aurait voulu. Les vertiges qui la saisissaient la forcèrent à s'arrêter plusieurs fois en chemin, les mains crispées sur le wakizashi. La nuit était bien avancée à présent et les rues de Kabukicho commençaient à se vider de leur peuple nocturne.

Lorsqu'elle arriva devant le *Kogage*, un silence inquiétant planait sur les lieux. La porte fracassée du club pendait misérablement sur ses gonds, toujours invisible au commun des mortels. Elle était enfoncée en de multiples endroits et des marques de griffes lacéraient le centre du battant. Mina déglutit. Natsume était visiblement passée avant elle, à la recherche de Genso. Avec précaution, elle fit pivoter la porte qui grinça horriblement pour dévoiler l'intérieur du bar. Mina referma tant bien que mal derrière elle et s'aventura dans la pénombre. Quelques lampes avaient échappé au carnage et baignaient la pièce principale d'une lumière glauque et inquiétante. Les murs lambrissés portaient des traces identiques à celles qu'elle avait vues sur la porte. Ses chaussures écrasèrent le verre pilé qui jonchait le sol. Mina frémit.

Sur la scène, un corps translucide gisait, la tête renversée en arrière, la bouche ouverte dans un dernier cri d'horreur. Mina reconnut la femme des neiges, dont la longue chevelure poissait dans une flaque de sang blanc et épais comme du lait caillé. Elle s'écarta, le cœur soulevé par cette vision d'horreur. Elle heurta une chaise qui tomba avec un bruit mat, la faisant sursauter. Un gémissement à peine audible accompagna la chute du mobilier. Elle dégaina sa lame et la brandit d'une main peu assurée.

— Il y a quelqu'un ? demanda Mina en reculant encore. Répondez !

Une nouvelle plainte retentit, qui semblait provenir de sous la table la plus proche. Mina se pencha prudemment et découvrit Ryu qui baignait dans une mare de sang. Le tanuki luttait pour conserver une forme humaine. Son corps, secoué de tremblements, se couvrait de fourrure par intermittence. Elle rengaina le sabre et le fourra dans sa poche.

— Oh non, Ryu, appela Mina en s'agenouilla sous la table. Ryu, c'est moi, Mina !

Il l'observa plusieurs secondes avec un regard vitreux et, semblant la reconnaître, abandonna ses piètres tentatives pour conserver son humanité. Son corps rétrécit sensiblement, et sa fourrure se macula de sang séché. Affolée, Mina attrapa une serviette qui traînait au sol et entreprit de comprimer la plaie qui déchirait l'abdomen de Ryu.

— Ryu, qu'est-ce qu'il s'est passé ? demanda-t-elle en sentant les larmes déborder sur ses joues.

— Elle est arrivée de nulle part. Elle cherchait…

— Genso, devina Mina. Elle l'a trouvée ?

Ryu fit non de la tête. Il toussa et cracha du sang. Mina comprima un peu plus fort la blessure avec ses mains, mais déjà le tissu avait tourné à l'écarlate et elle sentait le liquide chaud s'écouler entre ses doigts.

— Tu dois trouver Natsume. Il faut l'arrêter.

— Ryu, où est la cloche ?

— Réserve de saké… sous le bar…

Le tanuki lui saisit le poignet et enfonça ses griffes dans sa peau. Les images défilèrent devant les yeux de Mina. En dépit de ses paupières closes, elle ne put qu'assister, impuissante, à l'irruption de la miko dans le bar et à sa mise à sac. Une expression de jubilation s'imprimait sur son visage, et des traits étranges dansaient au-dessus des siens. Mina put presque saisir le vrai visage de l'esprit qui la possédait et il lui était étrangement familier. Il possédait une vague ressemblance avec Eri, réalisa-t-elle, comme une cousine éloignée. Les images se fanèrent alors que Ryu relâchait son étreinte et sombrait dans l'inconscience.

— Ryu, reste avec moi. Comment briser la possession ? Je ne suis pas exorciste moi, c'est elle, la chasseuse de démons !

— Il faut pousser l'esprit à quitter son corps, tu dois la blesser assez gravement pour qu'il sorte de lui-même, hoqueta le tanuki, des bulles de sang à la commissure des lèvres. Elle ne survivra plus très longtemps si le démon reste en elle. Son âme sera avalée et son corps deviendra une marionnette vide.

Une nouvelle gerbe de sang s'échoua sur le menton de Ryu, dont le regard devenait de plus en plus flou.

— Sauve-la, d'accord ? dit-il. Et fais bien attention à toi surtout, Mina-chan.

— Ryu, murmura Mina.

Le tanuki lui adressa un clin d'œil avant de se figer. Sa main se desserra autour du poignet de la jeune fille. Mina ne put retenir un hoquet étranglé et fondit en larmes. Elle laissa sa colère et sa tristesse s'évacuer sans la retenir. Le tanuki, malgré ses airs bougons et le peu de temps qu'ils avaient passé ensemble, lui avait toujours ouvert sa porte et avait été de bon conseil. Il lui avait dévoilé un monde dont elle pensait être exclue, elle qui n'avait jamais trouvé sa place chez les êtres normaux et qui pensait que fuir ceux qui étaient différents était la solution. Par sa simple acceptation de ce qu'elle était, il l'avait apaisée. Pour cela, elle lui serait toujours reconnaissante. Elle ferma les paupières du yokaï et adressa une prière pour le salut de son âme dans sa prochaine vie.

Elle se releva et se dirigea d'un pas décidé vers le bar, enjambant les chaises brisées et les tables renversées. Derrière le comptoir, elle se mit à fouiller les placards et les tiroirs à la recherche de la réserve de saké. Dans sa précipitation, elle faillit ne pas sentir la barrière de protection qui tapissait le fond d'un des placards. Le sort était discret et il lui fallut s'y reprendre à deux fois pour saisir la poignée masquée par le petit kekkaï. Une trappe s'ouvrit et dévoila une dizaine de bouteilles rondes. La plus grosse émettait un bourdonnement sourd. Elle la saisit à deux mains et la tira hors du cagibi. Sans plus de cérémonie, elle la fracassa au sol. Un tintement pur lui répondit et Mina ramassa la cloche d'étain aux longs rubans orange. Elle serra le poing autour de la poignée. Il ne lui restait plus qu'à trouver Natsume. Ses souvenirs la ramenèrent à la séance de spiritisme avec Eri. Genso constituait un lien avec la miko. Mina prit une grande inspiration et ferma les yeux. Ses mains agrippèrent la cloche rituelle et elle tendit son esprit vers Natsume.

— Où es-tu ? demanda-t-elle dans le vide.

Elle se focalisa sur cette unique pensée, répétant en boucle sa question comme un mantra bouddhique.

Elle cala sa respiration au rythme de sa demande et son cœur se mit à battre à l'unisson. Elle se projeta en pensée dans les endroits qu'elle connaissait, ceux où Natsume aurait été susceptible d'aller. Le lycée, les ruelles sinistres de Kabukicho la nuit, le temple. Comme un flash, Arashi, le gardien du temple, jaillit devant ses yeux fermés, croassant et battant furieusement des ailes, serres en avant. Mina leva un bras pour se protéger et ouvrit les yeux. Elle était seule au milieu des débris du *Kogage*, le cœur battant la chamade. Et elle savait où se trouvait Natsume.

Elle pivota sur ses talons et quitta le club à toute vitesse pour plonger dans le métro le plus proche. Jamais le trajet depuis le centre-ville jusqu'au temple ne lui avait paru aussi long. Elle serrait dans sa main la cloche sacrée à s'en faire blanchir les jointures, ses pensées toujours focalisées sur son amie, sans prendre garde à ses gants maculés de sang. Elle jaillit de la rame à peine celle-ci arrivée à quai et bouscula plusieurs personnes, s'attirant les remarques courroucées des voyageurs. Elle remonta à l'air libre et sprinta en direction du parc Kinutakoen. Jamais elle n'avait couru aussi vite, l'air lui râpait la gorge et les poumons. Elle accéléra l'allure. La nuit commençait à pâlir.

Elle avisa la forme rouge du torii. Ses jambes tremblaient. Elle pouvait sentir au loin les émanations néfastes de l'esprit qui tentait de passer la barrière. Elle capta d'autres présences, dissimulées dans les bois autour du sanctuaire, qui attendaient en silence sans faire mine d'intervenir. Elle pria pour que Haku ne fasse pas partie des spectateurs. À bout de souffle, les mains posées sur les genoux, Mina fit une pause et se concentra sur Natsume. L'aura de son amie n'était plus qu'un mince filet, fatiguée de lutter, presque entièrement noyée dans celle du yokaï qui la possédait. Éreintée, Mina reprit sa course en titubant. À quelques mètres d'elle, l'ombre ailée d'Arashi l'accueillit avec un croassement sauvage avant de plonger en piqué sur la silhouette dépenaillée qui tentait de franchir le seuil du temple.

— Natsume ! hurla Mina avec la force du désespoir.

Sa voix porta jusqu'à son amie qui se retourna brusquement, ses cheveux emmêlés claquant dans son dos. Natsume se baissa juste à temps pour éviter l'attaque du volatile et siffla de rage. Le regard malsain qu'elle lui lança fit hésiter Mina qui trébucha et s'étala au sol, la cloche lui échappant des mains. Une vive douleur irradia de sa cheville jusque dans son pied.

— Je savais que tu viendrais, siffla le démon. Essaye de la sauver si tu le peux.

Les yeux de Natsume rougeoyèrent un instant et elle se lança à toute vitesse en direction de Mina, mains tendues en avant. Un visage étiré par la rage et la sauvagerie se superposait à celui de la miko. Ses ongles s'étaient allongés et affûtés, prêts à déchirer la chair en une paire d'armes redoutables. Mina se redressa à genoux. Elle tenta de dégainer le wakizashi, mais l'idée de blesser Natsume la révulsa. Tiraillée, elle leva les mains pour se protéger, prête à encaisser le choc. Le corbeau s'interposa juste à temps et ses ailes battirent contre le visage de Natsume qui leva un bras pour contrer l'attaque. Arashi lui laboura la peau de ses serres, traçant des sillons sanglants qui lui arrachèrent un cri de douleur. D'un revers de la main puissant, Natsume envoya valdinguer son agresseur, qui retomba au sol, inanimé. Mina voulut se précipiter vers le gardien mais Natsume s'interposa. Un rictus lui étira la bouche en un pli cruel. Ses pupilles verticales dardaient sur elle un regard effrayant.

— Tu lui ressembles tellement, dit-elle d'une voix qui n'était pas la sienne.

— Qui êtes-vous ? demanda Mina en se relevant pour faire face.

— Sache que j'ai tout fait pour qu'une abomination telle que toi n'existe pas, feula la créature sans répondre à sa question. Et ce soir, je vais mettre un terme à ton existence sacrilège.

Avec un grognement rageur, l'entité qui contrôlait Natsume se jeta sur elle. Mina tenta de fuir mais sa cheville tordue refusa de bouger. Les deux filles roulèrent au sol, les membres entremêlés. Les mains griffues de Natsume trouvèrent la gorge découverte de Mina et se mirent à serrer. Mina plaqua ses mains sur les poignets de son assaillante, se débattit de toutes ses forces pour lui faire lâcher prise. Mais la poigne de Natsume se durcit et l'étau autour de son cou se resserrait inexorablement. Mina lutta pour trouver de l'air. Et alors que des points noirs venaient moucheter sa vision, les images affluèrent dans l'esprit de la jeune fille.

Une odeur de forêt s'imposa, un temple délabré où se réunissaient des jeunes femmes à la beauté éblouissante s'épanouit sur ses rétines. Un sentiment de victoire. Les souvenirs d'une guerre lointaine, le dernier regard plein de tristesse d'une femme qui semblait souffrir atrocement. Mina hoqueta alors que l'air lui manquait. Ce visage, elle le connaissait, elle le voyait souvent dans sa glace. C'était une version plus mûre, plus belle et pure de son propre visage. L'image de sa souffrance était accompagnée d'une jubilation féroce, animale. Mais déjà, ses forces l'abandonnaient, ses oreilles bourdonnaient et les bruits du monde extérieur lui parurent lointains et étouffés. La femme de la vision tendit une main vers une autre jeune fille qui se débattait pour tenter de la rejoindre avant de tomber inanimée au sol, morte.

Mina écarquilla ses yeux à présent aveugles en reconnaissant ce visage ravagé par la détresse. Elle rassembla le peu de force qui lui restait et gratta fébrilement les mains qui enserraient sa gorge dans un étau mortel. Elle saisit vaguement le rire moqueur de son adversaire. Des soubresauts agitaient sa poitrine qui luttait pour trouver de l'oxygène. Sa tête lui faisait mal. La miko se pencha sur elle, plaqua sa bouche contre la sienne. Une nouvelle image déchira son cerveau déjà mal en point. Suivie d'une autre, puis encore d'une autre. Des visions d'elle-même et de Natsume, parlant, riant. Des images volées dans la rue, chez elle, au parc. La rue délabrée qui avait hanté ses cauchemars pendant de si longues semaines, le visage avide de Shin qui désespérait de solitude. Les vertiges s'accentuèrent, engloutissant les souvenirs dans un voile noir. Mina sentit la vie s'échapper de son corps par vagues douloureuses. Ses forces l'abandonnèrent et son bras retomba mollement dans l'herbe tendre. Ses doigts effleurèrent l'étoffe douce du ruban de la cloche qui gisait au sol. Convoquant ses dernières forces, elle saisit l'artefact. Dans un ultime soubresaut, alors que sa vue se voilait définitivement, Mina rugit en rabattant le bras. Genso heurta Natsume en pleine tempe.

La miko hurla. Sa poigne se relâcha et Mina inspira l'air goulûment, crachant et toussant, tandis que la vue lui revenait.

Au-dessus d'elle, Natsume roula sur le côté, criant de douleur, la tête entre les mains. Mina s'écarta de son amie, la cloche brandie devant elle comme un bouclier. Des mèches blanches dégringolèrent devant son visage, auxquelles elle ne prêta pas attention, focalisée sur la miko. Près d'elle, Natsume se tordait en jurant atrocement, haletant comme sous l'effet d'une violente douleur.

— Natsume ? demanda Mina.

Le son de sa voix sembla ramener Natsume vers la réalité. Ses yeux papillotèrent et son visage, si agressif l'instant d'avant, se détendit subitement. Ses pupilles retrouvèrent leur couleur d'origine et les griffes qui lui servaient de mains s'évanouirent. Le talisman à son poignet vibrait violemment.

— Natsume, c'est bien toi ?

— Mina, tu dois partir, ne reste pas là ! Je n'arrive pas à la contrôler, je n'ai pas la force…

Elle se reprit la tête entre les mains, des larmes de détresse dévalant ses joues rougies par l'effort. Elle sembla lutter contre elle-même puis cessa brutalement de bouger. Le ruban tressé qui retenait le talisman se déchira, et Mina le vit tomber dans l'herbe, brisé. Lorsque Natsume releva la tête, ses pupilles étaient à nouveau fendues et ses dents parurent plus longues que jamais. Elle passa une langue rouge sur ses lèvres gercées.

— Fini de jouer, dit-elle. Je vais boire ta vie jusqu'à ce qu'il n'en reste rien.

Mina déglutit avec difficulté. La haine de l'esprit était si puissante qu'elle s'évaporait par les pores de sa peau en fumerolles délétères. Elle devait gagner du temps, trouver un moyen d'arracher Natsume à son emprise. Elle jeta un coup d'œil en direction d'Arashi, mais le corbeau gisait inerte et sans vie. Mina serra un peu plus fort Genso dans sa main.

— Je l'ai vue, la femme qui me ressemble, dit-elle finalement. J'ai vu ce qu'il lui est arrivé, c'était votre œuvre, n'est-ce pas ?

— Ah, tu es au courant, s'étonna le démon qui possédait Natsume en levant un sourcil surpris. De tous les monstres qu'elle a engendrés, tu es certainement la plus douée, son âme a dû perdurer à travers des abominations comme toi. Il m'a fallu rassembler beaucoup de pouvoir pour réussir à pénétrer tes rêves.

Mina fronça les sourcils. Les pièces du puzzle se mettaient en place dans son esprit. Les mots de Haku au sujet des meurtres résonnèrent dans ses oreilles. « *Un esprit blessé ou qui chercherait à augmenter son propre pouvoir pourrait faire ce genre de chose.* » La répulsion la submergea quand elle réalisa ce qu'avait fait le démon qui se tenait face à elle. Des gens étaient morts par sa faute.

— C'était vous, dit Mina, choquée, vous avez tué tous ces yokaïs innocents pour m'atteindre.

— Personne n'est innocent, petite mortelle. Toi, moins que les autres, et je vais nettoyer le monde de la souillure que tu représentes, puisque d'autres ne sont pas capables de le faire. Morio, rugit-elle, dresse la barrière.

Une silhouette sortit du couvert des arbres, suivie par un cortège de jeunes femmes toutes plus belles les unes que les autres, toutes si semblables à cette distance. Mina observa la jeune femme en kimono bleu s'agenouiller au sol. Elle portait deux marques rouges sur le front et des cicatrices luirent sur son visage lorsqu'elle se mit à incanter. Une sensation bien connue parcourut Mina alors que le kekkaï se mettait en place autour d'elle. La barrière de protection les isola du monde extérieur, gommant les sons et rendant les contours du monde flous. De l'autre côté, près du torii carmin, elle vit l'oncle de Natsume descendre les marches en courant. Il se précipita en avant et rebondit avec violence contre la barrière invisible. L'esprit laissa échapper un rire grinçant et s'avança vers la lycéenne, toutes griffes dehors. La femme qui avait dressé la barrière enfermant Mina et le yokaï cria un avertissement.

Mina tenta de reculer mais une forme orangée percuta de plein fouet la poitrine de Natsume. Ses crocs se refermèrent sur la gorge de la jeune fille et elle l'entraîna loin de Mina qui resta muette de stupeur. Le renard se dégagea juste à temps pour éviter le coup de poing de Natsume et glapit avec hargne, les oreilles baissées. Il tourna brièvement ses prunelles fauves vers Mina. La jeune fille eut comme un choc en reconnaissant l'aura de l'animal. Natsume s'accroupit et enfonça les mains dans le sol, montra les dents et grogna de plus belle. Mina resserra sa prise sur la cloche. Le renard se métamorphosa en une jeune femme aux longues oreilles poilues terminées par un pinceau noir. Ses mains griffues et ses canines apparentes ne la rendaient pas moins belle.

— Mina, éloigne-toi le plus possible, dit-elle.

Et Eri bondit sur la miko enragée. Elles roulèrent au sol en feulant. Mina ferma les yeux, tétanisée. Les deux adversaires s'écharpèrent violemment avant de se séparer dans un bond prodigieux. Natsume portait à présent de multiples coupures et une balafre lui rayait la joue gauche. La miko porta une main tremblante de rage à sa joue blessée. Elle émit un cri de gorge rauque en essuyant le sang qui gouttait sur son menton. Eri boitait. Une longue estafilade lui traversait la cuisse, néanmoins son regard restait déterminé. Sans s'attarder sur sa blessure, elle retourna à l'assaut. Mina regarda les deux kitsunes se battre à coups de griffes et de crocs, roulant dans l'herbe et les graviers. Elle se redressa sur sa cheville blessée, à l'affût d'un moment pour intervenir, ses mains étaient crispées sur Genso. La cloche vibrait entre ses doigts.

L'occasion d'agir lui fut donnée lorsque Eri fut brutalement repoussée par la miko. Leur combat les avait rapprochées de Mina qui ne se trouvait plus qu'à deux mètres de son amie possédée. Les yeux de Natsume sautaient alternativement d'Eri à elle, en proie à l'indécision. Mina s'élança, ignorant sa cheville blessée. La jeune fille et la kitsune plongèrent d'un même élan sur la miko, incapable de choisir vers qui tourner sa colère. Les crocs d'Eri se refermèrent sur un poignet qui se brisa dans un claquement sec tandis que la cloche percutait le cœur de Natsume. Un hurlement sauvage s'échappa de ses lèvres. Mina ouvrit de grands yeux terrifiés.

Elle enfonça Genso dans la poitrine de la miko. L'artefact se mit à vibrer, repoussant l'entité hors du corps de son hôte. Pendant un instant, deux silhouettes se superposèrent au-dessus du corps de Natsume. La miko se concentrait pour aider Genso à achever son œuvre tandis que les contours flous et torturés de l'esprit qui avait investi son enveloppe se tordaient de douleur. Mina projeta son propre pouvoir dans la cloche pour nourrir son action. Un flash aveuglant éclaira la scène. Une silhouette vaporeuse fut expulsée du corps de Natsume qui devint aussi mou qu'une poupée de chiffon. La femme en kimono rouge tenta de se retenir du bout des doigts à l'enveloppe corporelle de sa victime, mais Mina pressa un peu plus fort l'artefact shinto pour le forcer à révéler la véritable apparence du yokaï. Avec un dernier cri de fureur, la femme fut arrachée de Natsume. Elle roula au sol sur quelques mètres avant de s'accroupir, ses oreilles de renard couchées en arrière. Elle feula en direction du corps qu'elle avait été contrainte d'abandonner.

Mina s'accroupit auprès de Natsume, vérifia qu'elle respirait toujours et déposa la tête de son amie inconsciente au sol. Elle portait les marques des blessures reçues durant son combat contre Eri, mais rien de grave. Mina brandit à nouveau la cloche à bout de bras vers la kitsune. À ses côtés, Eri tremblait. Puis, comme une vague qui reflue au bord de l'océan, ses griffes redevinrent des ongles, et le noir qui bordait le bout de ses oreilles pointues orna ses cheveux de jais luisant. Eri se redressa et se plaça devant les deux jeunes filles, faisant bouclier de son corps.

35

2016, Tokyo, Japon.

Face à elle, la kitsune exsudait la haine et la rage. Eri jeta un coup d'œil par-dessus son épaule pour voir Mina, tremblante et livide, qui tentait de protéger son amie. Dans ses yeux, elle lut la détermination qui avait un jour animé un autre regard. Un regard qu'elle avait aimé plus que sa vie. Et qu'elle avait trahi, elle le comprenait à présent. Elle ferma les yeux une seconde avant de faire face à la kitsune enragée.

— Ino, grogna-t-elle. Qu'est-ce que tu fais ?

— Ce que tu n'es pas capable de faire. Regarde-la ! Le vivant portrait de Hi…

— Ne prononce pas son nom ! hurla Eri. Tu n'en es pas digne. Tu l'as tuée, pour assouvir ta jalousie, tu m'as manipulée, moi, et Morio aussi. Tu es un monstre !

— Un monstre ? Mais moi je ne copule pas avec des humains, moi je ne ressens pas d'amour pour des êtres faibles, des proies. N'est-ce pas, Akane ?

Eri recula comme sous l'effet d'une gifle. Un sentiment de familiarité s'épanouit au creux de sa poitrine, de plus en plus intense au fur et à mesure que le souvenir oublié remontait à la surface. Elle leva un visage interdit vers Ino avant de comprendre que c'était à elle que la cheffe de clan s'adressait. Elle blêmit. Aussi simplement qu'elle l'en avait privé, Ino venait de lui rendre son nom. Une multitude de réminiscences tintèrent à ses oreilles. Une fois le choc passé, elle jeta un nouveau regard à Mina qui écoutait cette conversation surréaliste en fronçant les sourcils. Un sourire perfide éclaira le visage d'Ino qui partit d'un nouvel éclat de rire.

— Tu es comme elle, dit-elle avec emphase. Toi aussi, tu t'es pris d'affection pour cette erreur de la nature. Il faut dire que c'est son portrait craché.

Akane frémit mais ne répondit pas.

— Tu vois, je me doutais bien que tu n'y arriverais pas, reprit Ino. Depuis ton serment, je te surveille et tu t'es honorablement acquittée de ta tâche, je dois le reconnaître, même si tu as connu des débuts difficiles. Quelle idée, franchement, d'attendre si longtemps pour partir à leur recherche ? Le temps, en diluant le sang, la rendait plus compliquée à chaque génération. Mais quand je l'ai aperçue par hasard à Kyoto, j'ai tout de suite compris qui elle était et j'ai su que tu flancherais. C'était si évident.

— Alors c'était bien toi, au temple ? dit Akane en serrant les poings de rage.

— Qui d'autre ? Je suis revenue à Tokyo dans son sillage et je me suis un peu amusée avec elle. Elle est puissante, j'ai dû faire en sorte d'accroître mon propre pouvoir. Le temps que tu arrives, j'avais déjà entrepris de régler cette histoire mais elle s'est révélée plus débrouillarde que je ne l'aurais cru après tant de générations d'écart. Son don est fort.

— Accroître ton pouvoir ? Tous ces meurtres, c'était toi, comprit Akane, dégoûtée. Comment as-tu pu faire ça, Ino, ces gens-là font partie de ton peuple !

— Des faibles, des soumis qui se cachent des hommes comme s'ils avaient honte alors que tous ces mortels devraient se prosterner devant nous. Des lâches et des créatures sacrilèges, cracha Ino en désignant Mina, ils ne méritent pas de vivre.

Et dans ces paroles remplies de haine, Akane discerna de la peur. Ino était terrorisée par la montée foudroyante de l'humanité au détriment des kami. La manière dont les humains s'étaient imposés remettait en cause jusqu'à l'existence même d'êtres comme les kitsunes. Avait-on encore besoin d'eux dans ce monde de technologies et de sciences ? Y avait-il encore une place pour les esprits comme elles au milieu de cette société humaine si loin de tout ce qu'elles avaient connu ? Hikari, elle, avait compris que les humains n'étaient pas une race sans intérêt, qu'il fallait aller vers eux, leur donner une chance. Elle avait perçu un changement qui avait mis des siècles à arriver mais dont le résultat était inéluctable. Les hommes dominaient la planète et ils ne craignaient plus les anciens dieux. Il fallait jouer selon leurs règles à présent.

— Tu allais la tuer, comprit Akane.

— Bien sûr ! Moi aussi, je me suis fait une promesse : éradiquer toute trace de Hikari, définitivement, susurra Ino.

— Mais si tu l'avais tuée avant moi…

— Alors tu n'aurais pas pu accomplir ton serment, c'est vrai. Ainsi va la vie.

Ino accompagna sa déclaration d'un grand geste théâtral. Akane ferma les poings, la mâchoire contractée.

— Mais maintenant, la question ne se pose plus. Dans tous les cas, elle doit mourir, que ce soit par ta main ou la mienne. Tue-la, exigea Ino. Tu appartiens encore à mon clan, tu me dois obéissance.

— Tu es tordue, Ino. Je pensais que le temps et la mort de Hikari te guériraient de ta rancœur et de ta folie, mais je réalise aujourd'hui que ce n'est pas le cas. Tu vis dans le passé, tu continues de dévoyer nos principes et nos traditions. Tu persistes à tuer pour le plaisir, mais ce n'est pas notre rôle. Tu te fourvoies si tu penses que les mortels se soucient encore de nous et qu'en les terrorisant, tu retrouveras notre gloire passée. Non, je ne me plierai plus à ta volonté.

— Alors tu es prête à mourir pour une humaine ? Et que vas-tu faire ? M'affronter ? M'empêcher de prendre sa vie qui me revient de droit ? Tu ne fais pas le poids, tu ne l'as jamais fait. Hikari était la seule à pouvoir me tenir tête. Je sens d'ici que ton pouvoir a décliné. Combien de queues te reste-t-il ?

Sa question se perdit dans la brise. Sept queues touffues apparurent à la base du coccyx d'Ino, et s'enroulèrent autour de sa taille et de ses mollets. Elle jeta un regard hautain à son adversaire. Akane entendit le hoquet surpris de Mina dans son dos. Au-delà du kekkaï magique, elle saisit les regards choqués de Sanaka et de ses sœurs. À leurs côtés, Morio observait la scène avec avidité. Une tristesse immense lui envahit le cœur à l'idée de ce qu'avaient pu vivre ses sœurs sous la coupe d'Ino pendant si longtemps. Ses hésitations fondirent comme neige au soleil. Oreilles et queues poilues surgirent en même temps que ses crocs et ses griffes modifiaient son corps humain. Akane se baissa légèrement, reportant son poids sur sa jambe saine.

— Deux misérables queues dont une prête à s'effacer, la railla Ino. Tu me fais pitié.

— Je ne te laisserai pas la toucher, prévint Akane. Même si je dois y laisser la vie. Hikari n'aurait jamais permis que l'on touche à ses enfants.

— Ça ne t'a pas gênée quand tu éliminais sa lignée, génération après génération.

— Tu ne m'as pas laissé le choix ! Par ta faute, j'ai dû poursuivre, traquer et assassiner pendant des siècles. Et je regrette chacun de ses descendants qui ont péri par la faute de cette maudite promesse. Je suis prête à racheter mes actes avec ma vie, répéta Akane. Pour elle, pour ce qu'elle a essayé de nous faire comprendre. Nous pouvons cohabiter avec les mortels. Le monde a changé, nous devons nous adapter.

Ino cracha au sol. Elle irradiait d'un mépris non dissimulé.

— De toute façon, je ne comptais pas te laisser en vie, avoua la renarde en se jetant en avant.

Akane bondit de travers et leurs épaules s'entrechoquèrent avec fracas. Elle esquiva juste à temps le coup de griffes de la kitsune, qui siffla tout près de son oreille. Son pied fusa vers le sternum d'Ino, mais cette dernière était plus rapide et plus puissante. Elle s'enroula autour de sa jambe et faucha son appui affaibli. Akane chuta. Un coup de pied au ventre la fit décoller et elle s'écrasa en gémissant près du corbeau. Tout proche, elle se rendit compte qu'il ne respirait plus. Étourdie, la bouche pleine de sang, elle encaissa sans broncher les coups qui se mirent à pleuvoir sur elle. Le rire d'Ino se mêlait aux cris de Mina.

Puis, soudainement, la douleur s'arrêta. Elle redressa la tête juste à temps pour voir Mina qui matraquait la tête d'Ino de coups de cloche, agrippée à son dos. La garde du wakizashi dépassait du flanc de la kitsune, la soie rouge de son kimono barbouillée de sang plus sombre. Ino rugit et la fit basculer par-dessus sa tête avec violence. Le corps frêle de Mina s'échoua près d'Akane. Sa lèvre inférieure était fendue et un hématome commençait à poindre sur sa pommette droite, faisant écho à celui qui s'épanouissait déjà sur son menton.

Ino arracha la lame avec un glapissement et entreprit de se débattre avec le tissu de la cloche qui s'était entortillé autour d'une de ses queues. Elle essayait de saisir l'artefact, mais chaque fois que sa peau entrait en contact avec le métal, un grésillement répugnant se faisait entendre, suivi d'une horrible odeur de poils brûlés. De l'autre côté de la barrière, Morio fit mine d'intervenir.

— Non, rugit Ino en tendant une main en direction de sa sœur. Morio, ne bouge pas. C'est entre elles et moi.

La renarde se plia en deux, les doigts pressés sur son flanc meurtri, et s'écroula au pied du kekkaï. Mina en profita pour se traîner jusqu'à Eri.

— Eri, dit-elle en lui tendant la main.

— Mina, je suis tellement désolée.

— Prends.

— Quoi ? demanda Akane sans comprendre.

— Prends ce dont tu as besoin, insista Mina. Ma vie, mes pouvoirs, prends-les.

— Tu ne sais pas ce que tu dis.

— Prends-les ! Je n'en ai jamais voulu de toute façon. Je t'en supplie, sauve Natsume, implora Mina.

— Tu es consentante ?

— Oui !

Akane saisit la main tendue de Mina et la tracta vers elle d'un mouvement ample. Ses mains enveloppèrent le visage de la jeune fille et elle scella leurs lèvres. La vie de Mina se mit à défiler devant ses yeux clos. Repensant à Sanaka et ses méthodes pour se nourrir, elle repoussa la tentation de se gorger de toute cette essence offerte librement, chercha, fouilla dans les tréfonds de son âme. Une étincelle pulsait au plus profond de la chair de Mina, un supplément d'âme hérité de Hikari, la source de ses pouvoirs. Elle se jeta dessus et le but avidement jusqu'à ce que la petite flamme vacille et s'éteigne. Avec précaution, elle se détacha de Mina à présent inconsciente, ses cheveux entièrement blanchis.

À travers ses vêtements déchirés, elle pouvait voir la vie nouvelle qui bouillonnait en elle refermer ses blessures et ses plaies. Une douce chaleur se répandait dans tous ses membres et une troisième queue vint frôler le dos de sa main. Elle déposa un dernier baiser furtif sur le front de l'adolescente et se releva d'un bond.

D'un pas déterminé, elle marcha droit sur Ino qui venait tout juste d'arracher le tissu entortillé autour d'elle. Affaiblie, ses plaies suintant un sang épais, Ino trébucha lourdement. Akane déchira le bas de sa jupe, s'en enveloppa la main et saisit la cloche. Genso percuta la mâchoire de la cheffe de clan. L'effet de l'artefact ne se fit pas attendre. Des marques rouges parsemèrent la peau de la renarde. Le corps d'Ino fut secoué de soubresauts violents et se couvrit de fourrure rousse. Ses mains se transformaient en pattes malgré la lutte acharnée qu'elle menait contre la transmutation. Avec un cri de douleur, Akane enroula le ruban autour du cou de son adversaire. Ino se cabra pour trancher le garrot. Akane en profita pour la renverser sur le dos, resserrer la pression autour de son cou. Elle posa un genou sur sa poitrine pour l'empêcher de se débattre, leva le bras et fracassa la cloche contre le visage d'Ino de toutes ses forces.

La renarde rugit quand ses dents sautèrent et bava du sang qui lui coula dans la gorge. Akane profita de l'étourdissement de son ennemie pour lâcher son arme. Elle pressa sa bouche contre les lèvres éclatées et aspira toute la vie qui s'offrait à elle. Le corps de la renarde se figea d'horreur avant de commencer à vieillir et à se friper. Akane se dégagea en laissant juste assez de conscience à sa victime. D'un mouvement sec, elle brisa la nuque d'Ino.

Un immense soulagement tomba sur ses épaules comme une chape de plomb. Le kekkai se brisa avec un tintement pur, comme une coupole de verre invisible. Dans le lointain, elle vit Sanaka et ses sœurs se précipiter vers elle. Elle se dégagea du corps inerte d'Ino et se dirigea vers Mina.

Mina caressait les cheveux de Natsume avec douceur. La miko respirait avec difficulté, et son corps était marbré d'ecchymoses. Mina avait mal partout, se sentait à bout de forces. Eri, ou Akane puisque tel semblait être son véritable nom, s'approcha et s'assit près d'elle.

— Elle est gravement blessée, dit Mina d'une voix tremblante.

Akane se pencha vers la miko blessée et souffla entre ses lèvres exsangues. Pendant une seconde, il ne se passa rien, puis les coupures sur le visage et les mains de Natsume se mirent à fumer avant de se résorber. Son visage retrouva des couleurs et sa poitrine se souleva avec plus de facilité.

— Merci, lui dit Mina avec reconnaissance.

— Elle s'en sortira, dit Akane. Tu n'as pas peur de moi ?

— Pourquoi ? Tu nous as sauvé la vie. De plus, je sais ce que tu es depuis que tu as pris ma défense avec Haku, lui dit Mina avec un sourire rassurant.

Elle vit le visage de la kitsune s'écarquiller de surprise et ne put retenir un fou rire nerveux qui explosa au grand air, libérant toute la tension accumulée dans son corps depuis le matin.

— Comment as-tu su ?

— Je les ai vues, tes queues, quand tu t'es opposée à lui, elles dansaient dans ton aura. Ce n'était pas toi, le renard du temple à Kyoto alors ?

— C'était Ino. La première fois que j'ai croisé ta piste, c'était au *Kogage*. Je venais…

La voix d'Akane se brisa. Mina se doutait de ce qu'elle allait lui dire mais elle avait besoin de l'entendre de sa bouche.

— Je venais de tuer l'avant-dernier membre de la lignée de Hikari, souffla Akane, honteuse. Un cousin de ton père. J'avais trouvé sa photo chez lui et je m'apprêtais à venir le chercher à Tokyo, et puis je suis tombée sur toi par hasard. Je t'ai reconnue tout de suite, tu avais la même aura que Hikari.

Un silence s'installa entre elles. Mina prenait doucement la mesure des révélations qu'on venait de lui faire.

— Qui était-elle ? finit par demander Mina.

En disant ces mots, Mina indiqua du menton le cadavre à moitié transformé d'Ino qui gisait là où Akane l'avait abandonné. Une petite assemblée de femmes en costumes traditionnels étaient attroupées autour du corps. Près du torii, Akihiro était penché sur le cadavre d'Arashi. Il jeta un regard dérouté en direction de Mina, mais resta à distance. La renarde à ses côtés poussa un profond soupir.

— J'ignorais qu'elle était à tes trousses.

— Elle a dit que tu devais me tuer. C'est vrai ?

— Oui, avoua Akane en baissant les yeux. Mais je n'ai pas pu.

— À cause de cette Hikari ?

Akane hocha la tête et se mit à parler. Elle évoqua la montagne sacrée et le clan. Elle lui raconta son histoire, la vie avec ses sœurs, la trahison de Hikari, le serment qu'elle avait prêté et la traque de ses descendants. Mina buvait ses paroles, recollait les morceaux, complétait les silences.

— Pourtant, je suis en vie, et tu n'es pas morte, remarqua Mina, pensive. Pourquoi ?

— Tu as sacrifié quelque chose d'important aujourd'hui, lui expliqua Akane. La partie de toi qui portait la trace de Hikari a disparu. En me donnant librement ton don, tu m'as permis d'accomplir mon serment. Il ne reste plus rien de Hikari sur terre à présent. J'espère que tu ne m'en veux pas de t'en avoir privée.

— Mon supplément d'âme ? Akihiro-sama m'en a parlé, dit Mina en désignant le prêtre qui s'approchait prudemment. Je suis heureuse si ce don a enfin pu servir à quelque chose.

— Tu ne le regretteras pas ? demanda Akane, un pli inquiet lui brouillant le front.

Mina prit le temps de la réflexion, passa en revue toutes les choses qu'elle s'était interdit de faire pendant des années.

— Non, affirma-t-elle au bout d'un moment.

Et elle était sincère. Pour la première fois de sa vie, elle se sentait légère. Elle retira ses gants tachés et les jeta au loin. Où que son regard portât, elle ne voyait rien de plus que ce qu'elle s'attendait à voir. Elle tenta de lancer son don vers l'aura d'Akane mais ne perçut rien. Le soulagement l'envahit, et Mina ne put réprimer un sourire. Près d'elle, Natsume gémit faiblement. Akihiro s'était approché, évitant soigneusement l'étrange compagnie de femmes.

Derrière le sanctuaire, le soleil se levait timidement, arrosant la scène de lueurs fantastiques. Au loin, un couple déambulait dans les allées, inconscient de ce qui venait de se passer à quelques mètres d'eux, ils observaient avec curiosité cette petite assemblée en costumes traditionnels. Mina et Akane regardèrent le corps d'Ino disparaître dans les nuées, et les jeunes femmes qui l'avaient entourée se tournèrent vers elles sans oser s'approcher. Mina les scruta avec curiosité. Elles se ressemblaient toutes énormément, comme des cousines. Elle reconnut la jeune femme de la photo, chez Eri. Elle n'avait pas changé du tout.

— J'aurais bien aimé la rencontrer, Hikari, dit Mina. Elle était amoureuse, ce n'est pourtant pas un crime, non ?

— C'était une autre époque. C'était une personne merveilleuse, la meilleure d'entre nous. Elle voyait toujours le bon dans chacun.

Dans ses bras, Natsume frémit imperceptiblement. Mina lui caressa la joue et écarta une mèche de cheveux collés de sang qui lui barrait le front.

— Que vas-tu faire maintenant ? demanda-t-elle à la kitsune.

— Rejoindre mes sœurs. Retourner vivre dans la forêt, le plus loin possible des villes.

— Nous ne nous reverrons pas alors ?

— Non, c'est mieux ainsi.

La kitsune se leva, son apparence à nouveau totalement humaine. Elles échangèrent un regard dans lequel beaucoup d'émotions passèrent. Mina sentit qu'Akane voulait lui dire quelque chose, elle l'encouragea d'un sourire.

— Tu lui ressembles tellement. Je suis contente de t'avoir rencontrée.

Alors, comme si la mort de leur cheffe avait levé leurs hésitations, la petite troupe de femmes se dirigea vers Mina et Akane. Aussi intriguée que craintive, Mina les laissa s'approcher puis l'entourer. Elles s'assirent en seisa et s'inclinèrent devant elle. Sur le visage de celle qui paraissait la plus jeune, Mina perçut une émotion sincère et vit ses yeux pleins de larmes. Elles se présentèrent à la jeune fille, et voyant qu'elle ne semblait pas les repousser, s'extasièrent de sa ressemblance avec Hikari. Passés les premiers instants de timidité, elles se mirent à rire en touchant ses longues mèches blanches. Seule la jeune femme avec des cicatrices au visage hésita longuement avant de se présenter devant elle. Mina se contenta de hocher la tête vers elle. Elle ne savait rien de leurs vies, de leurs raisons mais elle ne leur en voulait pas. Elles avaient fait ce qu'elles pensaient être juste.

— Nous devrions y aller, dit l'une des kitsunes. Nous avons causé assez de dégâts comme cela.

— Tu as raison. Ça va aller ? demanda Akane en se tournant vers les adolescentes, soucieuse, alors que déjà les renardes se levaient et se dirigeaient vers la forêt.

— Je pense, oui. Son oncle est là. Au revoir, lui dit Mina la gorge serrée.

Akane eut une œillade sceptique pour le prêtre qui attendait toujours à distance respectable, les yeux ébahis. Puis, elle s'inclina profondément et fit volte-face. Mina ne manqua pas de remarquer ses yeux gonflés de tristesse mais elle respecta sa pudeur et ne dit rien. Elle la laissa rejoindre ses sœurs qui l'attendaient patiemment. Elle étreignit la main de l'une d'elles et elles disparurent dans la forêt qui bordait le temple.

Mina reporta son attention sur Natsume qui remuait faiblement entre ses bras. Akihiro l'avait rejointe maintenant que les renardes s'en étaient allées.

— Mina-chan, est-ce qu'elle va bien ? s'inquiéta le prêtre en se penchant vers sa nièce.

— Elle a besoin de soins et de repos, mais elle s'en sortira.

— Mais que s'est-il passé ? Où est mon frère ? Et qu'est-il arrivé à tes cheveux ?

Le prêtre affichait une expression alarmée. Mina passa une main dans ses cheveux blancs et les contempla un long moment. Elle pourrait s'y habituer, décida-t-elle. Après tout, ils étaient tout ce qu'il lui restait de son ancienne vie, la dernière trace. Sa gorge se serra quand elle comprit ce que cela signifiait, ce qu'elle avait perdu. Elle ne reverrait plus Ryu, ni le *Kogage*. Ni Mayuri. Ils étaient tous partis, et avec Akane, son lien avec le demi-monde s'était évanoui lui aussi. Elle baissa la tête vers Natsume, tout en rapportant sommairement les récents événements à Akihiro. Malgré ses balafres et ses blessures, la miko irradiait dans le soleil qui baignait le parc. Mina traça d'un doigt la ligne de sa mâchoire. Oui, jamais elle n'avait été aussi jolie.

Une goutte s'écrasa sur sa main et le ciel se mit à pleurer une pluie fine et claire. Mina offrit son visage aux noces de la renarde. Le jeune couple n'était plus très loin maintenant. La fille poussa un petit cri surpris et leva les bras pour se protéger de l'averse. Son compagnon posa un bras protecteur autour de ses épaules et lui dit en rigolant :

— N'aie pas peur, ce n'est qu'une pluie d'été. Tout va bien.

Mina laissa ces mots s'imprimer dans son cœur alors que Natsume ouvrait péniblement les yeux. Les premières paroles entendues lors du *kitsune no yomeiri* étaient un présage, lui avait dit la vieille nourrice de son père. Mina sourit à Natsume.

Oui, tout irait bien.

Remerciements

Écrire un livre, c'est toute une aventure ! Et si l'on pourrait croire que la seconde fois, on est un peu plus rodé à l'exercice, ce n'est pas le cas. C'est un mystère sans cesse renouvelé, mais après en avoir écrit deux maintenant (déjà), je suis certaine d'une chose : seule, je n'aurais jamais réussi. Pour ce second tome, l'équipe de gens attentionnés, patients et aussi un peu exigeants, a légèrement changé mais le résultat reste le même, ils ont su me donner confiance en moi pour que je sorte le meilleur de moi-même, même (et surtout) quand c'était difficile.

Tout d'abord, merci à l'équipe de Scrineo qui, depuis le début, a cru en moi et porte mes histoires de la plus belle des façons : en y croyant autant que moi. Ils sont nombreux, les anciens et les nouveaux : Jean-Paul Arif, bien sûr, Agnès et Floria, éditrices de choc pour les nombreux mails échangés jusqu'au dernier jour pour que ce livre arrive jusqu'à vous, Émilie et Jennifer aussi, Déborah qui assure d'une main de maîtresse la communication et toutes les apprenties qui sont passées à Scrineo.

Mon bêta-lecteur pour *Les Noces de la renarde*, Jérôme, sans qui, vraiment, ce livre ne serait pas ce qu'il est aujourd'hui. Merci du fond du cœur pour les mails, les cafés, les références, le temps et l'amitié, aussi.

Et tous ceux dont je suis fière de pouvoir dire qu'ils sont mes amis et qui m'ont encouragé, sorti de chez moi pour boire un verre quand il fallait et qui continuent de voir en moi l'autrice que j'aimerais être un jour. Un peu en vrac donc, ma famille (ce sont les meilleurs, vous ne pouvez pas imaginer), Bérénice, Nabil, Maud, Karell, Juliette et Sylvain (dix ans déjà), Chloé qui veille sur moi depuis Toulouse, Ericka, Pia, Cyrielle, Lise, Johan, Chloyeah et tous ceux que j'oublie. Vous savez déjà tout.

Je finis en remerciant mes ami.e.s auteurices, sans qui je ne serais pas là aujourd'hui : Estelle, Jean-Claude, Gabriel, vous avez été les premiers à me lire et à m'encourager et grâce à vous, l'aventure est belle.

Aux lecteurs, merci de continuer à me faire confiance, même quand je m'échine à semer des cadavres partout autour de moi. Merci de faire vivre *Rouille* et *Les Noces de la renarde*, j'espère que les histoires de Violante et Mina vous accompagneront longtemps.

Ouvrage composé par
PCA 44400 Rezé

Imprimé en Espagne par
Liberdúplex
à Sant Llorenç d'Hortons (Barcelone)
en février 2021

POCKET – 92, avenue de France - 75013 Paris

S31530/01